DIE FESSELN AUS STEIN

DIE SIEBEN INSELN
BUCH VIER

A.R. KNIGHT

1

STADTLEBEN

Die Ringstadt machte ihrem Namen alle Ehre, als ein sanfter Schneefall den Abend verzauberte. Erleuchtete Laternen gaben den abfallenden Dächern und den angenehmen Schatten in ruhigen Gassen Gestalt. Die Bevölkerung, und es waren so viele, lachte und sang, feilschte und kaufte sich durch den Tag. Wax zuckte nach zwei Wochen in der Stadt nicht mehr bei den unzähligen Geräuschen zusammen und rümpfte auch nicht mehr die Nase bei den Gerüchen, wenn die Abwässer ins Meer rasten. Er trug dicke Rana-Leinen, verstärkt durch Whent-Pelze, eine neue Foti-geschmiedete Klinge an der Hüfte, dicker als ein Kance-Rapier und weniger dazu geeignet, Wax in Schwierigkeiten zu bringen. Pelzbesetzte Stiefel und eine Wollmütze ergänzten seine neue Garderobe, die Eujos Großzügigkeit zu verdanken war.

Kances Zweite Königin ging in der Nähe, die beiden machten sich auf den Weg zurück zu ihrem Schiff für das, was dessen Kapitän Deux als ein besonderes Abendessen bezeichnete. Eine kürzliche Warmphase, obwohl es erst Früh-winter war, hatte einen Weg durch das Meereis geöffnet, oder so besagte es das Gerücht, und sie hatten jetzt die Chance, nach Norden nach Whent zu gelangen. Ein Fest heute Abend, und bald darauf ein Aufbruch zu jener felsigen Insel.

Weder Eujo noch Wax schienen bei ihrem langsamen Umherwandern ein Lächeln zu finden. Wax konnte Eujos Gründe für ihr scheinbares Zögern nicht erraten, aber er kannte seine eigenen, die in der Quest selbst lagen, darin, erneut den Mantel einer Erneuerung anzulegen und seine Familie und sich selbst in Gefahr zu bringen. Sie hatten den letzten Angriff der Unholde kaum überlebt, ganz zu schweigen von den verräterischen Kance-Wachen, und die Albträume von beidem plagten Wax seitdem.

Wie viele weitere würde er sich verdienen, bevor jemand den neuen Sitz auf dem Thron der Wunde einnehmen würde?

Die Flüstern in seinem Kopf flackerten bei dem Gedanken. Drei Skars, von Vis, Foti und Rana, setzten ihre kleinen Edelsteine in Wax' Halskette, die er unter den Schichten versteckt hielt. Trotz aller Ehren, die den Erneuerungen zuteilwurden, hatte er gelernt, dass die Inseln oft ein verzweifelter Ort waren, und Skars waren nur eine weitere Wertigkeit, die gestohlen oder gehandelt werden konnte. Am besten hielt man sie versteckt, am besten vermied man den Blickkontakt mit anderen.

So weit entfernt von Cassignols Kasino an Fotis Südküste, als Wax gefeiert und wie ein Star herumgezeigt wurde. Jetzt schienen forschende Blicke seinen Schritten zu folgen, und jeder Laut trug eine unsichtbare Bedrohung in sich.

»Es wird gut sein, wegzukommen«, sagte Eujo, die Stille brechend. »Eine Stadt wie diese infiziert dich, wenn du zu lange bleibst.«

»Die meisten Dinge tun das.« Wax kämpfte sich frei von seinen düsteren Verdächtigungen. Diese Gefühle konnten ihn ergreifen, wenn er allein in seiner Kabine war, im Dunkeln. Jetzt, hier, hatte er einen Standard aufrechtzuerhalten. »Ich glaube, ich werde das Ale vermissen. Schlägt unseren süßen Wein jeden Tag.«

»Wirklich? Ich liebe einen guten Mango-Twist.«

Wax' Herz zog sich bei dem Gedanken etwas zusammen. Sawis Lieblingsgetränk auch. Fermentierter Mangosaft, gewürzt mit etwas Zitrone und ein bisschen Zucker. Wie alle besten Vis-Weine lagerten sie sie tief unter Wasser in luftdichten Fässern, dem einzigen Ort, an dem der Wein kühl und stabil genug werden konnte, um seinen Geschmack zu bewahren. Dann, zur richtigen Zeit, wurde das Seil und die Boje, die mit dem richtigen Datum markiert waren, zurück an die Oberfläche gezogen, angezapft oder gehandelt.

»Dann sollten wir am besten welchen mitnehmen«, sagte Wax, als sie in eine schmale, abschüssige Straße einbogen. Der letzte Teil von Noctias Wohnvierteln, bevor sie den eigentlichen Hafen erreichten. »Ich kann mir nicht vorstellen, dass Whent etwas Ähnliches haben wird.«

»Oh, sie sind näher dran, als du denkst.« Die Königin hatte eine Aufmachung ganz wie Wax' eigene angenommen und verbarg ihre Königswürde unter gewöhnlicher Noctia-Kleidung, überall stumpfe Braun- und Grautöne und Pelze. »Ein kleiner Eiswein ist eine Köstlichkeit.«

»Sie kennen also alle besten Getränke von den Inseln?«

»Weißt du, was eine Königin macht, Wax?«

»Du gibst mir eine gute Vorstellung davon.«

Trotz all der Zeit, die sie zusammen verbracht hatten, während Deux die *Sturmkante* reparieren ließ, hatten Wax und Eujo es vermieden, viel über ihre Vergangenheit, ihr wirkliches Leben zu sprechen. Als ob beide nach den Rana-Abenteuern und ihren Beinahe-Toden eine neue Persona annehmen mussten. Stattdessen waren sie in der Ringstadt umhergestreift, hatten Restaurants ausprobiert, verschiedene Läden erkundet und geschaut, wie weit sie in die Najahn-Festungen kommen konnten, bevor sie bemerkt wurden.

Letzteres war Tornys Idee gewesen, ein Wettbewerb der Banditin, um, wie Wax vermutete, sie davon abzuhalten, einfach die ganzen Stunden wegzutrinken. Die vier von ihnen – Quik, Wax' Bruder und in diesen Tagen eine entfernte Präsenz – hatten Ziele gesetzt, wie diesen Turm des Tenets oder jene Schulbibliothek, und der erste, dem eine erfolgreiche Infiltration gelang, gewann, nun ja, mehr Ale.

Es hatte also nicht viel dazu beigetragen, das Trinken zu reduzieren, aber wenn man im frostigen Winterchill im Hafen festsaß, war Unterhaltung schwer zu finden. Heute Abend, dachte Wax, würde es kaum anders sein.

Aber zumindest würde es ein Ende markieren.

Deux bot eine großzügige Tafel, übersät mit Kance-Gerichten, an die sich Wax immer noch nicht gewöhnt hatte. Die Insel, mit ihrer Vogelpopulation und der Abhängigkeit von riesigen Beerenhainen, kletterndem Efeu und steifen Knollen, hatte einen weit weniger süßen Geschmack als die zuckergefüllten Früchte, die Wax liebte. Dennoch fiel es Wax heute Abend schwer, nicht das Wasser im Mund zusammenlaufen zu lassen, als Deux jedem eine persönliche Quiche – mit frischen Eiern zubereitet – auf den Teller setzte. Mit roten Pfefferflocken und Spargel durchsetzt, mit Frühlingszwiebeln bestreut und dampfend, deutete das Angebot darauf hin, dass Noctias

Händler an diesem Tag keine kleine Belohnung erhalten hatten.

Andererseits war dies die erste Mahlzeit seit mehr als einer Woche, bei der die ganze Gruppe zusammen war. Bliss und Torny, wie so oft ein Paar, hielten die linke Seite. Ihre Finger blitzten unter dem Tisch hin und her, wobei Wax nur Teile des Gesprächs mitbekam, aber nicht mehr brauchte, um die hin- und herfliegenden Witze zu erraten. Auch Pläne für spätere Feiern bei einem von Noctias endlosen Festen.

Partys, die Wax vor ein oder zwei Monaten noch gestürmt hätte. Die Jubelstimmung fühlte sich jetzt falsch an, im Widerspruch zu dem, was sie durchgemacht hatten, zu dem, was den Inseln von den Unholden angetan wurde. Als Wax Bliss damit konfrontiert hatte, hatte sie trotzig erwidert, dass sie, wenn sie schon sterben müssten, lieber jetzt ihren Spaß hätten.

Danach hatte sie aufgehört, Wax zu bitten mitzukommen.

Zu Wax' Rechten saß Quik, distanzierter als je zuvor, aber zumindest stank er nicht mehr vor Enttäuschung. Er war noch mehr zu einem Geist geworden, verschwand tagelang. Deux murmelte, dass es mehrere Boten gebraucht hatte, um Quik überhaupt zu finden und die Einladung zu überbringen. Was sein Bruder getan hatte, das stand auf Wax' Agenda für nach dem Abendessen. Informationen über seinen abtrünnigen Wächter sammeln.

Eujo zumindest füllte Wax' Zeitplan mit weniger unangenehmen Gelegenheiten. Sie nutzte ihren königlichen Rang und ihren gemeinsamen Erneuerungsstatus, um Abendessen und Mittagessen mit wohlhabenden Najahn und Stadtbewohnern zu ergattern, die alle die Chance liebten, ihr Ansehen durch die Anwesenheit der

Erneuerten zu steigern, während sie ihr Gewissen beruhigten, indem sie dem Paar zu einer Mahlzeit, einem nutzlosen Schmuckstück oder einem Versprechen künftiger Hilfe verhalfen, sollte einer von beiden die Aegis werden.

Wax unterdrückte ein Grinsen, als die Mahlzeiten, die Aufführungen und die Einladungen an ihm vorbeizogen. Anfangs war er nervös gewesen, bis Wax erkannte, dass jeder auf Noctia erwartete, dass er nichts von der zivilisierten Gesellschaft wusste. Sie erwarteten einen unbeholfenen Vis, verloren und verwirrt abseits des Dschungels. Einmal erkannt, fand Wax eine hinterhältige Ablenkung darin, diese Vorstellung zu bedienen und dann zu zerstören, wobei er die Gastgeber und die anderen Gäste abwechselnd beleidigte oder erfreute.

Letztere waren diejenigen, die die nächste Einladung aussprachen und Wax meist baten, dasselbe zu tun, um Noctias Annahmen zu widerlegen. Dass diese Leute oft von anderen Inseln kamen, überraschte Eujo und Wax überhaupt nicht.

Die Kance-Königin hielt unterdessen ihren königlichen Mund geschlossen und spielte die Diplomatin. Sie pries die Windinsel, drängte Kaufleute und Handwerker, ihre Geschäfte nach Kance zu verlagern, und verhielt sich in jeder Hinsicht wie die Botschafterin, die Wax vermutete, die sie war.

Bis sie spät in der Nacht auf dieses Schiff zurückkehrten und in ihren jeweiligen Kabinen zusammenbrachen, wobei sie den ganzen Weg über ihre ahnungslosen Gastgeber verspotteten.

»Bist du also bereit?«, fragte Quik und riss Wax aus seinen Gedanken über die Quiche und die Erinnerungen, die sie mit sich brachte. »Zurück zur Erneuerung?«

Die Frage kam ohne Hintergedanken, Ehrlichkeit war die wichtigste Währung seines Bruders.

»Sie ist es«, sagte Wax und nickte zu Eujo, die die Stirn runzelte. »Und sie braucht Wächter.«

»Das habe ich nicht gefragt.«

Der ganze Tisch sah ihn jetzt an. Torny unterbrach ihren Blick zumindest mit einem langen Besuch bei ihrem Weinglas, der Rote eine köstliche Kance-Mischung. Bliss' Stirnrunzeln glich dem von Eujo. Deux bot zumindest ein unterstützendes Nicken.

Vielleicht hätte der Kapitän nichts dagegen, die Stellung zu halten, eine Ausrede, um die winterlichen Meere zu meiden.

»Wir haben nicht viel Wahl, oder?«, fragte Wax Quik. »Wenn die anderen Erneuerten scheitern, würden wir die Welt verdammen, wenn wir aufgeben.«

Nachrichten darüber waren schwer zu bestimmen gewesen, aber die anhaltenden Gerüchte deuteten darauf hin, dass es keinem Erneuerten leicht fiel. Während keine Insel zugab, dass ihr Erneuerter gestorben war, gab es auch keinen klaren Anführer. Niemand klopfte an Noctias Tür und beanspruchte einen Platz auf dem Thron.

»Immer noch keine Antwort.«

Auf einen Bruder war eben Verlass, wenn es darum ging, die Wahrheit herauszupressen.

»Ich habe mich dafür gemeldet, oder? Ich bin bereit. Bist du es?«

Quik blickte auf seine Quiche hinab, als ob er überlegte, ob er noch einen Bissen hineinschmuggeln könnte, bevor er antwortete. Ein kurzer Seufzer sagte etwas anderes.

»Ich bin es nicht.« Quik nickte, nachdem er es gesagt hatte, Zweifel flohen aus seiner Seele. »Ich bleibe hier. Zumindest für eine Weile.«

Jetzt herrschte am Tisch wirklich Stille. Wax war zumindest dieses Mal nicht im Fokus. Bliss erholte sich als Erste, ihre Hände blitzten mit einer wütenden, offensichtlichen Frage.

»Weil ich besser werden muss«, antwortete Quik. »Die letzten beiden Inseln waren Katastrophen. Wir haben nur knapp überlebt, und wir alle tragen Narben davon. Die Erneuerung soll nicht einfach sein, aber wir werden nicht überleben, wenn das so weitergeht.«

»Außer dass wir jetzt ein Schiff haben«, konterte Bliss. »Wir können direkt dorthin segeln, wo die Skar sind. Einfach.«

»So einfach«, murmelte Torny. »Deux, hast du noch eine Flasche?«

»Bin schon dabei.« Der Kapitän stand auf und schien dankbar für die Gelegenheit, wegzukommen.

»Bis ein Unhold wieder angreift oder jemand anderes eine weitere Falle stellt und wir allein gelassen werden, um zu verlieren«, sagte Quik. »Wir sind nicht bereit.«

»Du hast Wax gehört«, sagte Eujo. »Er ist es. Mein Schiff ist es. Wir brechen in zwei Tagen auf. Ich würde mich freuen, wenn du mit uns kämst.«

Quik schüttelte den Kopf. »Ich habe bereits eine andere Verpflichtung eingegangen. Ich trete den Najahn bei.«

Wenn vorher Stille den Tisch umhüllte, hatte sie jetzt keine Chance. Bliss schlug auf den Tisch. Torny fluchte. Wax und Eujo fragten beide »warum« und »was« und dann »wie«. Quik hatte Antworten auf alles, gab sie geduldig und nahm mehr Wein, als er kam, und noch mehr danach, bis die Stimmen erschöpft waren und selbst Bliss' Finger still lagen.

»Du hast einen Eid geleistet«, sagte Wax später am Bug des Schiffes. Sichi, der rosa Mond, funkelte über dem Horizont und warf einen liebevollen Blick auf die Ringstadt. »Du brichst ihn.«

Quik machte keine Anstalten, Wax' Worte zu leugnen. »Ich tue, was ich für richtig halte, Wax. Das Einzige, was uns vielleicht am Leben erhalten könnte.«

»Sicher, bis du dich an diese Unholde erinnerst, von denen du gerade gesprochen hast. Wenn einer angreift, werden wir deine Hilfe nicht haben.«

»Dann bleib hier. Lass mich stärker werden. Wir können mehr Ressourcen, mehr Wächter bekommen. Mit, wenn nicht einer Armee, dann doch etwas Ähnlichem marschieren.« Ein Feuer, das Wax schon zu lange nicht mehr gesehen hatte, erfasste Quik, als sein Bruder sprach. »Ich trete nicht nur den Najahn bei, ich werde versuchen, sie zu überreden, sich uns anzuschließen. Es reicht nicht mehr aus, die Erneuerung von der Seitenlinie aus zu beobachten. Sie müssen helfen.«

»Eine Stimme, eine Vis-Stimme, wird nicht ihre Aufmerksamkeit erregen.«

Quik schnaubte. »Es ist nicht irgendeine Vis-Stimme. Es bin ich, Bruder.«

»Selbst du, Quik.« Wax sah jedoch nichts als Entschlossenheit. Er hatte denselben Blick auf Pans Gesicht vor dem Großen Sana gesehen. Eine Entscheidung war gefallen, und Wax würde sie nicht ändern können. »Dann versprich mir etwas?«

»Was?«

»Wenn ich dich brauche, wenn du irgendwie hörst, dass ich deine Hilfe brauche«, sagte Wax, kaum glaubend, dass er diese Bitte aussprach, aber gleichzeitig wissend, dass es notwendig war, »dass du dann kommst.«

»Du denkst, ich würde es nicht tun?«

Wax legte seine Hand auf die seines Bruders und

drückte sie fest. »Du hast mich da drinnen gefragt, ob ich bereit bin. Die Wahrheit ist, Quik, der einzige Weg, wie ich bereit sein werde, ist mit euch allen an meiner Seite.«

»Das bin ich. Das sind wir. Ich werde nur eine Weile weg sein, das ist alles. Aber wenn du diese lila Umhänge siehst, diese schwarze Rüstung, die kommt, um dich nach Hause zu eskortieren, wirst du mir danken.«

Falls, sagte Wax nicht, sie so lange überleben würden.

2

ERSTER TAG

Eine dünne Umhängetasche, seine Wäsche und seine Kampfhandschuhe. Das war alles, was Quik besaß, und er trug es am Körper, als er im frühmorgendlichen Frost über Noctias Kopfsteinpflaster stieg. Fleißige Arbeiter hielten die Straßen mit Kieselsteinen bedeckt, um das Ausrutschen auf ein Minimum zu beschränken. Eine Mühe, die Quiks Kance-Stiefel, die er einem ertrunkenen Deckshand abgenommen hatte, der sie nicht mehr brauchte, zu schätzen wussten. Das Schuhwerk fühlte sich wie eine zweite Haut an, aber es fehlte ihm das Foti-Gewicht. Quik empfand das Gleiche für die meisten Kance-Dinge: sicher schick, aber zu leicht und vergänglich, um mehr als Dekoration wert zu sein.

Außer den Schiffen. Die Schiffe waren so schnell und großartig wie es hieß.

Die Najahn trafen den gleichen Punkt, als Quik ihren Teil der Ringstadt erreichte. Sie besetzten eine ganze Klippe, versperrten aber den Zugang zu einem großen Tor auf halber Höhe von Noctias Kraterwand. Die Najahn kontrollierten, was manche eine Stadt in der Stadt nannten.

Wie die Außenposten, die sie auf jeder Insel betrieben und jeden Skar für die Erneuerungen bewachten, operierten die Najahn außerhalb der üblichen Grenzen.

Und keine Seele wagte es, sie herauszufordern.

Das Warum zeigte sich, als Quik sich dem ersten Tor näherte. Draußen standen, frisch in ihrer Schicht, Najahn-Wachen in voller Montur. Violette Wappenröcke bedeckten ihre Brust und ihren Rücken und schmückten schwarze Rüstungen, die nur aus Kurven bestanden, als wären die Soldaten lebende Klingen. In einer gepanzerten Hand hielten die vier Wachen vor dem Tor jeweils eine Glefe. Die Speere waren fast so groß wie die Wachen selbst, ihre geschwungenen Spitzen vereinten Nützlichkeit mit Tödlichkeit, fähig, sowohl zu haken als auch abzuwehren. Auf ihren Rücken ruhten in verschiedenen Farben Chakrams, rasiermesserscharfe Metallscheiben, leicht genug zum Werfen und gemein genug, um zu garantieren, dass man nur eine brauchte.

Neben dieser Zurschaustellung fühlte Quik seine eigenen Kampfhandschuhe an seiner Hüfte baumeln. Auf Vis, mit ihren selbstgemachten Speeren, Blasrohren und Bögen, schienen die Handschuhe mit ihren gehärteten Holzkrallen mehr als stark genug. Sie konnten sicher die Haut eines Hanokos aufschlitzen, aber gegen eine Rüstung wie die der Najahn fragte sich Quik, ob nicht ein einziger Schlag seine geschätzten Waffen zu Splittern zerschmettern würde.

Das war jedoch der Grund, warum Quik hier war. Er brauchte bessere Ausrüstung, besseres Training, einfach alles besser, um seinen Platz bei Wax zu verdienen. Quik musste nur hoffen, dass sein Bruder durchhalten würde, bis Quik ihn wiederfinden konnte, mit all den Najahn und ihrem Arsenal im Rücken.

Um durch das Tor zu kommen, musste er einen Brief und das darin enthaltene Siegel vorzeigen, das Quik als neuen Rekruten auswies. Das einfache Papier war ihm vor einigen Tagen nicht weit von diesen Mauern ausgehändigt worden, wo die Najahn ein Zivilbüro unterhielten und damit den verlorenen Seelen der Gesellschaft eine Chance boten, einen neuen Weg zu finden. Zumindest hatte das die Frau draußen zu den vorbeigehenden Menschen gesagt, als sie in ihrem Violett-Schwarz verkündete, dass hier die Gelegenheit sei, Angst in Grimmigkeit, Verlust in Rache und Schrecken in Hoffnung zu verwandeln.

Die Worte wirkten auf mehr als nur ein paar.

Quik zählte elf Personen im Raum, als er eintrat, alle stehend in der kargen Steinkammer. Ein einziges Najahn-Banner mit dem Emblem des Kreises, einem vergoldeten schwarz-goldenen Chakram in der Mitte, hing an der Rückwand. Die anderen Rekruten glichen Quik in ihrer nervösen Unruhe, entweder starrten sie ins Nichts oder musterten jeden, wippten von einem Fuß auf den anderen oder zitterten in der Kälte. Quik jedoch verlor diese Angewohnheiten, als er einen Platz in der Gruppe fand und sie vollständig in Augenschein nahm. Er bewertete seine Konkurrenz, wie es jeder Jäger tun würde, und fand dabei eine Person, die besonders nicht dazugehörte.

»Sawi?«, fragte Quik, der Name platzte heraus bei ihrem Anblick, wobei er einen Moment brauchte, um sie inmitten der violetten Robe zu erkennen, die Sawi bereits trug. »Was ...?«

Sawi schien seine Überraschung nicht zu teilen und bot das gleiche verschmitzte Lächeln, das sie zeigte, wenn sie versteckte Früchte oder einen schwingenden Pfad durch den Dschungel erspähte. Die anderen Rekruten hatten wie Quik ihre Augen und Ohren offen, schauten sich um wie, nun ja, neue Rekruten eben. Sawi hatte nicht die gleiche Ausstrahlung, kratzte sich ein wenig am Handgelenk und lehnte mit dem Rücken an der Wand gegenüber der Tür. Als ob sie wüsste, was zu erwarten war, als ob sie nicht gerade erst an diesem Morgen magisch von Kitaye hierher transportiert worden wäre.

Trotzdem galt in Kitaye, dass Ältere respektiert werden sollten, und Quik hatte ein paar gute Jahre Vorsprung vor Sawi. Die alte Ordnung wischte die Verwirrung des Tages beiseite und ließ Quik direkt an den anderen Rekruten vorbei stampfen, von denen keiner von Vis war, direkt an Sawis Seite.

»Du hast eine Geschichte zu erzählen«, sagte Quik und nahm seinen großen-Bruder-Ton an, denjenigen, der früher schnell Antworten von einem Haufen bekam, der eifrig versuchte, Bestrafung zu vermeiden oder mit seinen Tricks anzugeben. »Also raus damit. Was machst du hier und trägst das?«

»Auch schön, dich zu sehen, Quik«, erwiderte Sawi und ließ das Grinsen verblassen.

Sie musterte ihn. Ein Blick, den Quik nicht bemerkt hätte, wenn nicht das Gleiche jedes Mal passiert wäre, wenn er, Wax und Bliss irgendwo hineingingen. Die Leute drinnen, manche schlauer als andere, verlangsamten ihre Bewegungen und bewerteten das Trio, entschieden, ob sie ein Risiko darstellten oder nicht, schätzten ein, woher sie kamen und was sie wollten.

Eine Fähigkeit, die Quik viele Male bei Vis-Bestien angewandt hatte, die ihm aber immer noch bei Menschen fehlte.

»Ich bin überrascht«, sagte Quik. »Das ist alles.«

»Ich auch. Solltest du nicht bei Wax sein?«

»Lange Geschichte.«

Das Lächeln kehrte zurück: »Dann müssen wir uns wohl mal treffen und uns austauschen.«

Quik kniff die Augen zusammen. »Was ist los mit dir?«

Sawi nickte zurück in den Raum, zu den anderen Rekruten, die das Paar nun beobachteten. »Wenn wir kein Publikum mehr haben, Quik?«

Der Blick des Vis-Jägers auf die neuen Gesichter ließ viele von ihnen wegschauen, aber bevor er zu Sawi zurückkehren konnte, betrat ihr Ausbilder, Begrüßer, Kommandant – Quik war sich nicht sicher, welchen Begriff er verwenden sollte – den Raum. Wie die Wachen vor dem Tor trug der Mann seine volle Uniform und klapperte über den harten Stein, um vor dem violetten Banner stehen zu bleiben. Er lehnte seine Glefe mit dem Schaft gegen seine Schulter, während er eine Schriftrollenkapsel von seiner Hüfte löste.

Der Mann begann damit, jeden im Raum beim Namen zu nennen und ihre Anwesenheit zu bestätigen. Als der Appell beendet war, blieben zwei Namen unbeantwortet. Der Mann wiederholte sie lauter, und als niemand sich entschied, einen zweiten Titel für sich zu beanspruchen, erklärte der Mann sie für abwesend. Als er das tat, hallten draußen im Flur laute Schritte wider, als jemand auf die Worte reagierte.

»Sie werden bald hierher gebracht werden, um ihre Abwesenheit zu erklären«, sagte ihr Anführer, ohne Freude an der Situation zu zeigen. »Mit einem guten Grund werden sie nächste Woche beginnen. Mit einem schlechten werden sie sich einen Monat lang in den Abwasserkanälen wiederfinden.« Er sah jedem der Reihe nach in die Augen, ohne zurückzuschrecken oder sich zu beeilen. »Versteht das. Der Zirkel, die Najahn, sind fair. Gerecht. Aber wir sind nicht nachlässig. Wir tragen die

Inseln, und das ist eine Pflicht, die wir nicht aufgeben können.«

Soweit, so typisch. Quik konnte die Organisation der Najahn bewundern, ihre Tödlichkeit, ohne ihrer Propaganda zu folgen. Er hatte Wax seinen Eid geschworen, und er würde ihn halten, an der Spitze einer Najahn-Truppe marschieren, um ihn zu eskortieren, und diese Kance-Königin, wenn nötig, bis zur Wunde.

» ... und ihr werdet euch während der Rotationen in Paaren wiederfinden«, fuhr der Mann fort und riss Quik aus seiner Tagträumerei. »Ein ganzes Jahr mag wie eine lange Zeit erscheinen, um zu lernen, wie die Najahn arbeiten, wie *ihr* arbeiten werdet, aber es ist nur ein kleiner Tropfen im Rest eures Lebens im Dienste des Zirkels. Jeder Tenet, dem ihr assistiert, wird euch lehren, und wenn euer Jahr vorbei ist, wird der Bereich, der am besten zu euren Talenten passt, euer Zuhause sein. Findet am besten einen, den ihr genießt, denn es gibt keine traurigeren Najahn als jene ohne wahre Leidenschaft.«

Eine wahre Leidenschaft? Quik warf einen Blick auf Sawi in der Hoffnung zu sehen, dass sie dasselbe über diesen Unsinn dachte wie er. Tatsächlich schien sie nicht allzu genau zuzuhören, allerdings nicht aus Spott, sondern aufgrund einer deutlichen Konzentration. Über etwas nachsinnend, verengte sie ihre Augen passend zu ihren zusammengepressten Lippen.

Was machte sie hier?

Die Najahn-Rede wandte sich dann gewöhnlichen Angelegenheiten zu, wie Essen und Einrichtungen. Bibliotheken, die für neue Rekruten offen waren, Waffenkammern für Ausrüstungsanpassungen, Trainingsplätze für Übungen. Dies schien die anderen stärker zu fesseln als die

Regeln für ihr neues Leben, etwas, das Quik überraschend gefunden hätte, bis er ihre Outfits neu bewertete.

Jung, ja, aber nicht wohlhabend. Lumpen, Fetzen und schimmlige Kleidung schienen die vorherrschende Mode zu sein. Mädchen und Jungen gleichermaßen trugen Schmutz und Ruß, ihre Hände rau von Tagen harter Arbeit für den Lebensunterhalt. Vis hatte seine Armen und ihre Besseren, ja, aber der Abstand zwischen ihnen schien so viel geringer als das, was Noctia propagierte.

Bis zu diesem Moment war Quik leicht angewidert von der ganzen Praxis gewesen, den Bettlern und Verzweifelten, die auf die Straßen strömten, um zu finden, was sie konnten, bevor irgendein Najahn-Wächter sie wegscheuchte. Jetzt aber verstand er: Die Najahn hatten Arbeiten, die getan werden mussten, die nur von jenen erledigt würden, die zu verloren waren, um sie abzulehnen.

Er kämpfte den Schauer ab. Vis war nicht alle Inseln. Hier waren die Dinge anders.

»Der Treueeid ist heilig. Seine Worte werden eure Seele prägen und euch für immer an unsere Berufung binden«, sagte der Najahn-Mann, sein Ton änderte sich zu dem gleichen Stahl, den er benutzt hatte, als er die Abwesenden aufrief. »Sprecht mir nach.«

Quik fand seine Stimme, die sich mit der der anderen Rekruten erhob, ihre Worte füllten die Kammer, als sie die des Mannes wiederholten: »Ich schwöre Treue dem Zirkel, den Najahn und den Sieben Inseln. Ich werde unseren Feinden entgegentreten, unser Volk schützen und all meinen Willen in den Dienst ihrer Bedürfnisse stellen, bis Noctia mich in ihre warme Umarmung nimmt.«

Als die letzten Worte verklungen waren, gab der Najahn-Kommandant ihnen allen ein langsames Nicken, bevor er das Ende der Zeremonie verkündete. Sie alle sollten sich zu ihren Baracken begeben, ihre Partner finden und ihre erste Rotation erfahren.

»Wir sehen uns, Quik«, sagte Sawi, als sie an ihm vorbei zum Ausgang des Raumes eilte.

»Warte«, versuchte Quik, aber Sawi zögerte nicht einen Moment, schlüpfte an Rekruten vorbei, die ihre Ausrüstung aufhoben, und machte sich auf den Weg zur selben Tür. »Sawi, bleib stehen.«

Sie tat es nicht und verschwand so schnell, dass sie längst weg war, als Quik es in den Flur schaffte, sodass der Vis-Jäger von seinen Kameraden in sein neues Leben gedrängt wurde.

3
DIE RÜCKKEHR DES VERBANNTEN

Torny erwischte den richtigen Moment, schnellte ihre Zunge heraus und schnappte die Schneeflocke, als sie vorbeischwebte. Die seidige Kälte kitzelte die rosige Wärme, die ihre Noctia-Lederkleidung bot, überlagert von Gürteln und Taschen. Ihre Handgelenkschoner boten reichlich Fächer, ebenso wie ähnliche Schlaufen um ihre Oberschenkel. Brauchte das Anziehen Zeit? Auf jeden Fall.

Ließ es sie sich wie ihr perfektes Selbst fühlen?

»Ist das jetzt alles?«, formten Bliss' Finger zu Tornys Rechten, während sie am späten Nachmittag durch den Hafen von Noctia schlenderten. »Hast du endlich alles, was du brauchst?«

Der Schnee rieselte zwischen den Schiffen herab, die in der wärmeren Periode hektisch dabei waren, noch eine letzte Reise anzutreten, bevor der Winter die nördlichen Inseln in eine tiefe Kälte hüllte. Träger schlängelten sich um die beiden jungen Frauen herum, einige warfen ihnen missbilligende Blicke zu, die Torny wie immer ignorierte.

»Ein guter Wächter nimmt, was er kriegen kann«, erwiderte Torny. »Du magst ja mit deinem Stock zufrieden sein, aber ich brauche Zubehör.«

Bliss, die ihren von Foti verstärkten Stab auf Rana verloren hatte, hatte eine Metallstange gefunden, die auf ihre Größe zugeschnitten war. In den letzten Tagen hatte sie Linien hineingekratzt, Vis- und Kitaye-Siegel eingeritzt und ein paar scharfe Kanten an den Endkappen hinzugefügt. Das Ganze war niedlich: ein personalisierter Prügelstock. Torny brachte es nicht übers Herz, Bliss zu sagen, dass jeder Trottel mit einer Armbrust das Mädchen immer noch mühelos ausschalten könnte.

Aber solange Torny in der Nähe war, musste sich Bliss um solche Dinge keine Sorgen machen.

»Und jetzt hast du alles?«, signalisierte Bliss zurück.

»Fast«, antwortete Torny. Tatsächlich hatte sie die Messer gesammelt, einen neuen Enterhaken gefunden und ihren Vorrat an verschiedenen leichten Giften und den dazugehörigen Pfeilen aufgefüllt. Alles gut und schön, bereit für die Wildnis von Whent. Bis auf eine Sache. »Da ist noch etwas, das ich aufgehoben habe.«

»Aufgehoben? Wie einen Schatz?«

»Klar, warum nicht. Nennen wir es einen Schatz.«

Torny blickte zum Ozean, als sie antwortete. Bliss hatte eine Art, in ihrem Gesicht zu lesen, und je weniger Fragen Torny jetzt gestellt wurden, desto besser. Sonst könnte sie es sich noch anders überlegen.

»Es ist ein bisschen weit zu laufen«, sagte Torny. »Bist du fit genug dafür?«

»Du weißt schon, woher ich komme, oder?«

Dschungelwanderungen Tag ein, Tag aus. Bliss würde diese Ausdauer haben. Torny hustete in ihren Handschuh, um ihren eigenen Ärger zu verbergen. Nicht wegen Bliss'

Antwort, nein, sondern wegen sich selbst, weil sie die offensichtliche Frage gestellt hatte. Sei besser. Mach keine Fehler.

Sonst könnte sie wieder auf Foti landen und mit Lavagestein für ihr Abendessen schuften müssen.

Bliss hielt mit Torny Schritt, als sie das Hafenviertel der Ringed City hinter sich ließen. Das Najahn-Viertel ragte hinter ihnen auf, eine dominierende Kraft, was die Nachmittagsschatten anging. All diese undurchschaubaren Türme, die von den Klippen herabstarrten.

Wenn Bliss wüsste, wie oft Torny einen genaueren Blick in diese Orte geworfen hatte ...

»Wo sind wir jetzt?«, blitzte Bliss' Hand zu Tornys Rechten auf, als das Paar die rauere Straßenseite hinaufging, während glattere Pflastersteine in der Mitte rumpelnden Wagen, Trägern und zischenden Dampfmaschinen, die sie antrieben, eine bequeme Passage boten.

Aufwärts zu gehen in der Ringed City bedeutete, die Welt um einen herum zu verändern, ein langsamer Übergang vom schmierigen Geschäft des Hafenviertels zu einem Wohnviertel mit gestapelten Häusern und ruhigen Läden hier. Den Imbissbuden fehlten die derben Flüche schmutziger Seeleute, stattdessen zielten sie mit ihren Spezialitäten auf Familien und Einheimische ab. Ein oder zwei Gasthäuser unterbrachen die Parade, jetzt voll mit Langzeitgästen, da Reisende ihre Winterunterkünfte gefunden hatten.

Doch Torny verweilte bei keinem davon, wies nur auf Dinge hin, wenn Bliss danach fragte. Hier lagen nicht ihre Erinnerungen, und Noctia veränderte sich - selbst jetzt, in der Kälte, ging der Auf- und Abbau weiter - zu schnell, um der Nostalgie Halt zu geben.

Nein, Torny wurde erst wieder wach, als ihr Spaziergang sich um das südwestliche Ende von Noctia schlängelte. Die Ringed City nahm diesen Teil der kleinsten Insel ein, gerade genug, um einem entschlossenen Fußgänger zu ermöglichen, sich mit einer Stunde Fußmarsch von den Najahn-Türmen zu befreien.

»Okay, das ist cool«, signalisierte Bliss und blieb mit Torny am Knie von Noctia stehen.

Das Wahrzeichen, gekennzeichnet durch einen einsamen Stein mit eingeritztem Namen, ragte in Richtung Meer. Eine moosige graue Mauer, niedriger als Torny und perfekt zum Sitzen, umschloss die Klippe, begann dort, wo das letzte Haus endete, und reichte bis zum Beginn der nächsten Gebäude. Der Stein stand in der Mitte des Platzes, und Torny ging daran vorbei bis zum äußersten Punkt, wartete einen Moment, bis einige Kinder ihre Absicht verstanden und weggingen.

»Setz dich«, sagte Torny zu Bliss und deutete der Vis, sich zu ihr auf die Mauer zu setzen.

Von hier aus fiel die Ringed City nach Norden hin entlang der felsigen Klippen ab, eine Ausbreitung, die mit der monströsen Wand des Kraters im Osten wie eine halbierte Aussicht wirkte. Schiffe drängten sich, viele endgültig verankert in der mäßig geschützten Umgebung des Hafens. Hübsch, aber Tornys Herz lag in der anderen Richtung, und sie lächelte, als Bliss sich nicht einmal die Mühe machte, zur Najahn-Seite zurückzublicken.

»Noctia ist nicht nur die Najahn«, sagte Torny. »Es gibt auch hier schöne Dinge.«

Die Häuser zogen sich noch ein Stück weiter am Südufer entlang, breiteten sich in unregelmäßigen Abschnitten durch leichter zu bebauenden Fels sowohl die Klippen hinauf als auch hinunter aus. Die Dichte war jedoch nicht dieselbe und machte Platz für breitere Felder an den Klippen. Bäume und Büsche, jetzt skelettartig durch den beginnenden Winter, aber auf ihre eigene Art fesselnd, krochen den Fels entlang. Vorspringende Terrassen, vor so vielen Jahren gebaut, beherbergten Pflanzen und Tiere, die weniger in der Lage waren, die steilen Seiten zu erklimmen, aber für das Überleben der Ringed City so wichtig waren. Wie geschuppte Griffe zogen sich die Vorsprünge entlang der Südkante von Noctia bis zur fernen Seite der Insel jenseits des Horizonts.

»Alles hier ist echt«, sagte Torny. »Die echten Menschen von Noctia. Nicht Händler, nicht Seeleute, nicht die Najahn. Sondern wir. Ich.«

»Deine Familie?«

»Klar, sie sind irgendwo hier.«

Nicht dass Bliss sie treffen würde, aber das war nichts, was Torny jetzt besprechen musste. Tatsächlich würde es, nach der Sonne zu urteilen, heute Abend nicht mehr viel zu besprechen geben.

»Schau«, sagte Torny, »ich weiß, es ist ein weiter Weg, aber ich wollte, dass du das siehst, bevor wir gehen. Die meisten Leute mögen Noctia nicht. Sie denken, es sei dieser felsige, hässliche Ort voller gefährlicher Menschen, aber es ist wie überall sonst auch: meistens einfach nur Familien, die versuchen zu überleben.«

»Du hast noch nie so geredet.«

»Die Heimat bringt eine seltsame Seite in mir hervor.« Torny zog die Stirn kraus und blickte in Richtung der untergehenden Sonne. »Wo wir gerade davon sprechen, ich glaube, ich werde dort vorbeischauen.«

»Zuhause?«

»Jap. Wer weiß, wann wir wieder hier sein werden. Ich denke, ich sollte Hallo sagen. Ihnen mitteilen, dass ich noch am Leben bin.«

Bliss nickte, wartete einen Moment und nickte dann erneut. »Du willst nicht, dass ich mitkomme.«

»Es wird peinlich und langwierig sein. Vielleicht beim nächsten Mal.«

Für eine Überbringung fand Torny, dass die Aussage ganz gut ankam. Kein Zittern in der Stimme, kein Ausweichen mit den Augen. Sie hielt ihre Hände auf der Steinmauer, drückte sie fest genug gegen den schmutzigen grauen Stein, um sicherzugehen, dass sie nicht abrutschte.

»Okay«, gebärdete Bliss. »Dann zurück zum Schiff?«

»Ich werde da sein, bevor Sichi zu hoch am Himmel steht.«

»Das will ich hoffen.«

Bliss beendete, wie so oft, das Gespräch an dieser Stelle, glitt von der Mauer, fing sich leichtfüßig auf und ging mit einer flüchtigen Handbewegung davon. Torny winkte zurück und neigte dann den Kopf. Bliss bog nicht nach links ab, um nach Hause zurückzukehren. Stattdessen ging sie nach rechts und schloss sich den Leuten an, die in Richtung der Felsvorsprünge und Häuser gingen, ein Leben, in dem Bliss nichts zu suchen hatte.

Torny nahm einen tieferen Weg. Sie war Bliss ein paar Minuten lang gefolgt und hatte sich vorsichtig hinter den Stadtbewohnern gehalten, um außer Sicht zu bleiben. Die Vis tat genau das, was sie tun sollte, sie schlenderte umher und begutachtete die Gebäude, die Erdarbeiten, die Schafe und Hühner, die angeboten wurden. Sobald Torny festgestellt hatte, dass Bliss kein verstecktes Motiv hatte, glitt die Diebin bei der nächsten Gelegenheit nach unten ab. Die schmalen Serpentinen führten entlang der Höhlennischen hinab, nicht ihr offizieller Name, aber so nannten alle die schmalen Behausungen, die in den Fels gebaut waren. Gestützt von schweren Balken und kaum größer als ein kleines Boot, dienten die Nischen als Wohnraum für alle, die sich nichts Besseres leisten konnten.

Und zu diesem »alle« gehörten mehr als nur ein paar von Tornys ehemaligen Freunden.

Glücklicherweise gehörte es zu den ungeschriebenen Gesetzen des Besitzes einer Höhlennische, die Tür geschlossen zu halten. Die meisten öffneten sich nach außen, direkt auf den Gehweg, sodass Torny unangenehme Zufallsbegegnungen vermied, während sie sich mehrmals hin und her wand und dabei immer näher an die ein- und ausgehenden Wellen kam.

Noctias Südseite trug die zornigen Launen der Göttin, die Untiefen waren übersät mit hervorstehenden Felsen und wirbelnden Tümpeln. Schwarze Sandstrände boten denjenigen Möglichkeiten, die sonst wenig zur Unterhaltung hatten, und jetzt in der Winterkälte waren sie leer. An einem Sommertag hätte es hier lachende Kinder, müde Eltern und Paare auf der Suche nach ein wenig Romantik gegeben. Keine Schiffe würden hier anlegen, kein Geschäft, außer ein paar mutigen Essensständen, mischte sich in den Spaß ein.

Torny kämpfte jede Erinnerung nieder und konzentrierte sich stattdessen auf den Bereich hinter den Stränden, auf Höhlen und Einschnitte, die zu alt und instabil für jedes dauerhafte Geschäft, für jedes Zuhause waren. Jedes, bis auf das eine, das sie finden wollte. Ihre Stiefel knirschten auf den steifen Körnern, als sie an ein paar Sightseern vorbeiging, die sich an die Brandung wagten, und zog wenig bis gar keine Aufmerksamkeit auf sich. Wie auf Foti wusste hier jeder, sich um seine eigenen Angelegenheiten zu kümmern.

Den falschen Blick zu erwischen, konnte so viele gute Dinge ruinieren.

Die dritte Gezeitenhöhle, eine zackige Angelegenheit, deren Felsüberhänge mit Salz verkrustet waren, roch für Torny immer noch vertraut, ein schwacher Hauch von Pfeifenrauch und gekochter Muschelbrühe driftete heraus. Die Banditin warf einen letzten Blick umher, stellte fest, dass niemand ihr folgte, und schlüpfte hinein. Nach ein paar Schritten wärmte die Luft mit dem Komfort eines Feuers, dessen flackernde Flammen bald an den dunklen, löchrigen Wänden aufstiegen. Noctias Höhlen trugen eine düstere Geschichte in sich, eine, die weder in der Reinheit von Fotis schwarzem Lavagestein noch in dem verdichteten Sediment von Vis' lebendigen Höhlen geschrieben war - etwas, von dem Torny nur gehört hatte. Stattdessen bot Noctia einen leblosen Schlamm, als hätte jemand einen abgestandenen Brei genommen, etwas alte schwarze Asche hineingeworfen und es zusammengerührt, bevor er es zu Ziegeln gebacken hatte. Glatt, stumpf und gänzlich wertlos war der Fels von Noctia.

Weniger wertlos waren die Menschen, die sich um das Feuer und in der ganzen Höhle versammelt hatten, einem täuschend großen Raum, der wie ein Löffel aussah, der sich von Tornys engem Eingang aus ausweitete. Je tiefer die Höhle ging, desto höher wurde die Decke, und Torny konnte dank der Kugeln, die überall aufgehängt waren, bis ganz nach oben sehen. Die Lichter gaben den Blick frei auf Hängematten und in die Wände gehauene Betten, zusammen mit jeder Menge Schließfächern. Gestelle am Boden hielten sowohl Waffen als auch Werkzeuge eines bestimmten Handwerks, eines, das von all den Gesichtern ausgeübt wurde, die nun erkannten, wer angekommen war.

»Lasst ihr jetzt einfach Leute reinspazieren?«, fragte Torny zur Begrüßung und richtete ihre Worte an den älteren Mann, der nahe dem Lagerfeuer hockte und, wie es schien, wie immer mit einem Metallschürhaken darin herumstocherte. »Eine neue Rekrutierungsmethode?«

»Heutzutage müssen wir kaum noch nach neuen Dieben suchen«, erwiderte der Mann und erwiderte Tornys Blick mit seinem eigenen einzahnigen. »Besonders wenn vermisste zurückkehren.«

Yarvick vermittelte mit seinem Starren eine Menge, nicht zuletzt den Vorschlaghammer seiner eigenen Visage, so von unbekannten Lastern zerknittert, dass er einem fleischigen Gewirr von Baumwurzeln glich, die alle zusammenkamen. Ein gutes Auge leuchtete aus dem Gemisch hervor, das zweite war durch einen Opal ersetzt, tatsächlich ein Noctia-Skar für diejenigen, die scharfsinnig genug waren, es zu sehen, oder tief genug in den Flinken Fingern, um es zu wissen. Sein altes Haar war längst bis auf eine einzige dicke, schwarze Strähne geschrumpft, die er gebunden und um seinen Hals gewickelt trug, eine trockene und verschlagene Schlange. Der Rest von ihm lag unter einem Umhang begraben, der so zusammengestückelt war, dass jeder Versuch, seine ursprüngliche Farbe oder sein Gewebe zu identifizieren, längst vorbei war.

»Was bringt dich hierher zurück, Torny?«, fuhr Yarvick fort. »Kommst du, um eine Zahlung für deine Schulden anzubieten, oder hätte ich meine Jungs dich draußen aufspießen lassen sollen?«

»Ich bin wegen eines Auftrags hier, Yarvick.« Torny hörte nicht, sah nicht die Bewegungen an den Rändern der Höhle, aber sie wusste, dass es geschah. Sie hatte noch ein paar Sätze, um ihr Leben zu erkaufen, und Torny plante, sie zu nutzen. »Diese Schuld wurde auf Foti nicht bezahlt, also bin ich zurück, um das Richtige zu tun.«

Yarvick lachte, aus voller Kehle und kräftig. »Das Richtige? Torny, mir ist egal, was richtig ist. Mir geht es darum, was mir gehört.« Er zog den Schürhaken aus dem Feuer und hielt sein orangefarbenes Ende hoch. Sein Opalauge fing das Glühen auf und ließ sein Gesicht brennend erscheinen. »Und was mir gehört, was mir schon immer gehört hat, bist du.«

was mir gehört.« Er zog den Schürhaken aus dem Feuer und hielt sein orangefarbenes Ende hoch. Sein Opalauge fing das Glühen auf und ließ sein Gesicht brennend erscheinen. »Und was mir gehört, was mir schon immer gehört hat, bist du.«

4
TRAINING IM SAND

Der Sprung war zu kurz und Sawi knallte hart auf den Sand, die Steine zwischen dem Kies verfingen sich in ihren Haaren und Zähnen. Ihre Arme, die nach nicht vorhandenen Ranken griffen, lagen weit ausgebreitet. Eine dämliche Pose. Sawi schloss die Augen, unterdrückte einen Fluch und wartete auf den verbalen Anschiss.

»Du verlässt dich schon wieder auf deinen Instinkt«, ertönte erwartungsgemäß die Stimme ihrer Lehrerin. Ami ließ keine Gelegenheit aus, um zu kritisieren. »Das hier ist nicht Vis. Hör auf, dich so zu verhalten.«

Sawi rollte sich herum, eine Bewegung, die in diesen Najahn-Roben schwieriger war als nötig. Sie hatte um eine Najahn-Lederrüstung gebeten und war abgewiesen worden, Ami erklärte, Sawi hätte sich die noch nicht verdient. Die Vis würde in Schülerroben bleiben, bis sie sich behaupten konnte, ein Prozess, der einen Tag, einen Monat oder ein Jahr dauern könnte.

Im Moment, wenn Sawi raten müsste, setzte Ami auf Letzteres.

Die rothaarige, goldgesichtige Frau lehnte sich auf eine dicke dunkle Klinge, während Sawi wieder auf die Füße kam und sich dabei den Sand abklopfte. Warum sie immer am Strand trainierten, war eine weitere Frage, die Ami immer wieder abtat: Fußarbeit, würde Ami während des langen Abstiegs über die steinernen Stufen am Morgen sagen, sei etwas, auf das man sich nicht verlassen könne. Lerne auf den schrecklichen Dünen zu kämpfen, und du kannst überall tanzen.

Sawi wollte einwenden, dass die Wahrscheinlichkeit, dass die meisten ihrer Kämpfe auf Sand stattfinden würden, eine schlechte Annahme war, aber Ami weigerte sich, das zu hören. So wie sie sich weigerte, das meiste von dem zu hören, was Sawi sagte.

»Diesmal will ich, dass du mich angreifst«, sagte Ami.

»Womit?«

»Mit deinen Händen.«

Sawi blinzelte. »Du hast ein Schwert.«

»Danke, dass du mich daran erinnerst. Ich werde es benutzen.«

Ami machte einen einzigen langen Schritt zurück, zog die Klinge aus dem Dreck und umfasste den großen, schwarzen Eisengriff mit beiden Händen. Die Klinge selbst schien verbeult und in schlechtem Zustand, eine von vielen ramponierten Übungswaffen, die hier unten im Sand aufbewahrt wurden. Ein Opfer, so vermutete Sawi, der verheerenden Wirkung des Meersalzes auf die Metalle. Dennoch konnte die stumpfe und ramponierte Klinge Sawi immer noch in Scheiben schneiden.

»Was soll das Ganze eigentlich?«, fragte Sawi. »Ist das Gladdrings Idee?«

»Gladdring geht dich nichts an. Greif an, jetzt. Wirf mich um.«

Sawi seufzte und spreizte ihre nackten Füße. Der Sand kitzelte mit seiner kühlen Berührung, aber die Najahn-Stiefel waren noch schlimmer. Ihre Ledersohlen erzählten Sawi keine Geschichten darüber, wo sie stand, wie viel Kraft sie zum Bewegen brauchen würde. Vis-Kletterschuhe wären besser, aber Ami befahl Sawi immer wieder, all diese Dinge zurückzulassen.

Hinter dem Paar ragten Noctias zerklüftete Felsen auf, die in der Nähe des Meeres in Höhlen und Tunnel aufgebrochen waren. Gelegentlich spülte das plätschernde Wasser hindurch und ließ die Felsen glänzend nass zurück, übersät von Krabbeltieren. Möwen und andere Vögel stimmten in das Lied des Ozeans ein, obwohl der Tag schon weit fortgeschritten war. Sie hatte den Morgen mit dem Schock begonnen, Quik zu sehen, und beendete ihn nun mit einem Schwert, das auf ihre Brust gerichtet war.

Was für ein toller Tag.

»Jetzt«, sagte Ami.

Sawi stieß sich zuerst nach links ab, bewegte sich in Richtung der Wellen und brachte mit einer sandsprühenden Bewegung etwas Abstand zwischen sich und Ami. Die Wächterin behielt ihre Position bei. Ein Hinweis auf die Übung also. Keine aktive Verfolgung. Sawi konnte trödeln, konnte stochern und stupsen.

»Ein Unhold wird dich nicht so weglaufen lassen«, sagte Ami, als Sawi langsamer wurde und sich an der braunen, nassen Kante umdrehte, wo die Wellen aufhörten. Ein einsamer Pier ragte hinter ihr heraus, altes Holz, das bei jedem Wellenschlag knarrte. »Sie werden dir so weit folgen, wie du gehen kannst, und noch weiter.«

»Ich schätze, darüber mache ich mir Sorgen, wenn ich einem Unhold gegenüberstehe.«

Sawi beugte ihre Knie, bückte sich und schöpfte etwas

nassen Sand. Sie presste ihn zu einem dürftigen Ball. Stand wieder auf. Ami, mit verengten Augen, musterte sie.

Konnte sie erraten, was Sawi vorhatte? Wahrscheinlich.

Ami hatte die Welt gesehen, hatte gegen die Hälfte davon gekämpft, wenn man den Geschichten glauben konnte, die die Wächterin in Sawis ersten Nächten hier erzählt hatte, bevor ihre Beziehung so brutal wurde. Bevor Gladdring die Spielregeln änderte.

Sawi trat wieder in den Sand, schüttelte sich den scharfen Windstoß ab, der vorbeizischte, und bewegte sich den Strand hinauf zum Eingang der felsigen Höhle. Ein langsamer Kreis um Ami herum, der die ältere Kriegerin zwang, sich mit der Vis-Sammlerin zu drehen.

War sie das immer noch, eine Vis-Sammlerin? War sie nach gestern nicht eine Najahn-Rekrutin?

Eine Frage, die es wert war, beantwortet zu werden, wenn Sawi nicht gerade getestet wurde.

»Du spielst«, sagte Ami. »Verschwende nicht meine Zeit.«

»Es ist mein Leben, das auf dem Spiel steht. Ich werde mir so viel Zeit nehmen, wie ich will.«

Sawi verfiel in einen laufenden Trab, härter und anstrengender auf dem Sand, als es hätte sein sollen, aber die plötzliche Geschwindigkeit versetzte Ami in Alarmbereitschaft. Sie schwankte in ihrer Drehung, hob das Schwert, als Sawi den Winkel änderte und ihre Route nahe an Amis Standort vorbeiführte. Ein gerader Sprint würde sie jetzt direkt an der Wächterin vorbei, direkt zum südlichen Rand des Meeres bringen.

Als ob Sawi so dumm wäre.

Zwei Schritte entfernt, als Ami das Schwert für einen leichten Stoß anwinkelte, grub Sawi ihre linke Ferse ein und brach hart nach rechts aus. Eine Drehung, die in den Roben schwierig, in schwererer Rüstung unmöglich gewesen wäre. Sand flog in einer Welle auf, aber ein Winkel, der Sawi auf einer flachen Oberfläche zu Fall gebracht hätte, hielt auf den rutschenden Körnern. Sawis Ausweichmanöver zwang Ami, sich anzupassen, eine schnelle Drehung, die noch schwieriger wurde, als Sawis Schlammball Ami direkt auf diese goldene Wange traf.

Ami fluchte, die Klinge schwankte, langsam in ihrer Verfolgung. Langsam genug, damit Sawi in ihre Reichweite auf Amis rechter Seite gelangen konnte. Sie griff nach Amis Handgelenk, fand es und umklammerte mit ihren Fingern die Lederhandschuhe. Sawi zog, versetzte Amis Schienbein einen Tritt und hoffte, dass die Züge zusammen Ami in den Dreck stürzen lassen würden.

Die Wächterin bewegte sich nicht. Trotz Sawis Ziehen, ihrer angestrengten Bemühungen, blieb Ami genau im Sand stehen, der Schlamm tropfte von ihrem Gesicht. Als Sawi noch einmal zog, trafen sich ihre Augen mit Amis, und in ihnen sah Sawi ihr Verhängnis.

»Eine clevere Taktik, zunichte gemacht durch Dummheit«, sagte Ami eine Stunde später über Bieren zurück im Turm. »Als du deinen Zug gemacht hast, hättest du auf meine Augen, meine Kehle zielen sollen. Schlimmstenfalls hättest du das Messer von meinem Gürtel ziehen sollen, um dich zu bewaffnen.«

Das Paar saß an einem kleinen Tisch in einem chaotischen Raum, der ebenso von Skars wie von den glühenden Laternen an den Steinwänden erleuchtet wurde. Eine einzige gewundene Treppe umkreiste den Raum, schlängelte sich nach oben und führte in einen Flur, der zu einigen gelangweilten, loyalen Wachen führte, bevor er in offeneres

Najahn-Gebiet mündete. Die Skars, die kleinen Steine von den verschiedenen Inseln, lagen in kleinen und noch kleineren Haufen, jeder in einer Glashülle eingeschlossen, die viel stabiler war, als sie aussah. Sawi wusste das, weil Annalyse, die seltsame Wissenschaftlerin, die sich den Raum mit ihnen teilte – und bald mit dem Abendessen zurückkehren würde – Sawi hatte testen lassen, diese Käfige zu zerbrechen.

Sie hatte es mit einem Stab, einem Hammer und sogar einem Schwert versucht. Nichts.

»Eine Whent-Kreation«, hatte Annalyse damals fast freudig gesagt. »Wenn Noctia wüsste, was wir hier machen, würden sie alle durchdrehen.«

Annalyse sagte ständig solche Dinge. Wenn man ihr zuhörte, war Gladdrings Turm eine Schatzkammer des Seltsamen und Geheimen. Andererseits schien das der Grund zu sein, warum Ami und ihre mit Skars versiegelte goldene Gesichtsplatte hier lebten. Warum Sawi, laut Gladdring, auch hier leben würde. Sie würde dem Namen nach eine Najahn-Rekrutin sein, aber in allem anderen wäre sie Gladdrings Assistentin, oder wie auch immer er sie nennen wollte.

»Augen und Kehle?«, fragte Sawi. »Du wolltest, dass ich dich verletze?«

Ami tippte auf die goldene Gesichtsplatte, genau dort, wo ein Vis-Smaragd glitzerte. »Du könntest es nicht, selbst wenn du es versuchtest. Es sei denn, diese winzigen Hände von dir könnten meinen Hals mit einem Schlag brechen.«

Sawi blickte auf ihre Finger um den Bierkrug. Winzig?

»Es geht darum, deinen Killerinstinkt zu finden, Sawi«, sagte Ami. »Du hast gesagt, ein Unhold hätte dich fast getötet, dass du immer noch davon heimgesucht wirst, wie knapp es war. Ich versuche, dir beizubringen, diese Gefühle umzukehren. Sie zu nutzen, um Kontrolle zu finden, um sicherzustellen, dass du dich nie wieder so hilflos fühlst.«

Doch sie hatte sich fast von dem Moment an hilflos gefühlt, als das Najahn-Boot von Vis abgesegelt war. Weg von Freunden und Familie, das Abenteuer, das Sawi erwartet hatte, materialisierte sich nie. Stattdessen vertiefte sich Gladdring in die Intrigen und offiziellen Unsinnigkeiten, die die Najahn erforderten, und ließ Sawi allein auf dem Schiff umherirren, beobachtet von neugierigen Augen und ignoriert von steifen Mündern. Dieses Gefühl blieb ihr erhalten, als sie ankamen und Gladdring Sawi an Ami und Annalyse abgab und nur versprach, dass er zurückkommen würde, wenn er sie brauchte.

Das war jetzt mehr als eine Woche her, und seitdem waren Gladdrings Besuche spärlich gewesen und mehr für Gespräche mit Ami und Annalyse als mit Sawi. Nicht, dass Sawi eifersüchtig war, nein. Nicht, dass sie die späteren Abende allein in ihrem schmalen Zimmer verbrachte und aus dem schmalen Fenster blickte, sich fragend, wie sie einen schrecklichen Fehler gemacht hatte. Nein, nicht das. Niemals das.

Ihren Fehler einzugestehen, war ein Schritt, den Sawi nicht machen würde. Noch nicht.

»Zu versuchen, dich zu töten, wird mich nicht stärker fühlen lassen«, sagte Sawi und fuhr fort, bevor Amis sich öffnender Mund weitere zweifelhafte Weisheiten von sich geben konnte. »Was ich will, ist zu wissen, was ich hier mache, Ami. Das ist es, was mich selbstsicherer, wohler fühlen lassen wird. Ich bin verloren.«

Daraufhin lehnte sich Ami zurück. Nickte langsam. »Ich war auch mal da. War fast zehn Jahre lang auf dieser Insel verloren, Sawi.«

»Das ist eine lange Zeit.«

»Vergeht schnell, wenn du genug Bier hast und ein Schwert zum Schwingen gegen Übungspuppen.« Ami lachte, aber es klang hohl. »Scherz. Es ist so lang wie Ranas Flüsse.« Sie leerte ihr übriges Bier in einem einzigen Zug. »Aber du hast nicht so viel Glück. Sawi, es ist einfach. Du bist hier, um uns zu helfen, diese Dinge zu verstehen.« Ami schwenkte den Krug in Richtung der Skars. »Lerne, mit ihnen zu sprechen, wie man sie dazu bringt, auf das zu hören, was wir wollen. Dann benutzen wir sie, um die Unholde für immer zu vernichten.«

Zu viele Fragen darin, um sie zu verstehen. Mit den Skars sprechen? Annalyse und Ami hatten das vorher nicht erwähnt, hatten in den Tagen, die Sawi hier war, kaum über die Edelsteine gesprochen. Annalyse schwärmte nur von ihren Erfindungen, ließ Sawi die schlimmste Art von Ausrüstung tragen, während sie dieses und jenes Gerät testete. Ami drängte Sawi ständig zum Trainingsplatz. Keine Skars, kein edles Ziel.

Nur dass Sawi, bei Strafe einer schnellen Enthauptung, kein Wort über das, was sie hier sah, sagen durfte. Nicht einmal zu Quik, den sie heute Abend bereits versetzt hatte.

»Das ist genau der Gesichtsausdruck, den ich machte, als Gladdring es mir erzählte«, sagte Ami. »Er ist wahrscheinlich verärgert, dass ich es dir jetzt sage. Aber er kann Lava lecken gehen.« Ami blickte auf ihren Krug, als ob sie hoffte, er hätte sich in der Zwischenzeit von selbst wieder gefüllt, aber leider. »Der Mann hat Recht. Annalyse ist ein Genie, aber sie ist keine Kämpferin, und es werden Kämpfer sein, die diese magischen Steine jedem Unhold in den Hals stopfen werden, wenn es nach mir geht.«

»Warum ich, allerdings? Ich verstehe nicht-«

»Du bist loyal, sonst wärst du nicht hier.« Ami winkte die Frage ab. »Das ist das Wichtigste, Sawi. Denn was kommt, was Gladdring plant? Wir können nicht wanken, wir können nicht zweifeln. Wenn die Zeit kommt, wird die Welt uns brauchen, um zu handeln. Ich werde es tun, Sawi, und du auch.«

Sawi blinzelte. »Und wenn ich es nicht tue?«

»Dann wirst du tot sein. Ich werde dich selbst töten.«

5
DUNKLER VORMARSCH

Wie so viele in der langen Reihe hinter und um ihn herum, erzählte Svardes Körper eine Geschichte der Mühsal. Sein Bart, lang und struppig gewachsen, fand Verwandtschaft mit verfilzten Haaren, die in straffe Zöpfe seinen Rücken hinunter geflochten waren. Whent-Rüstung, steifer als Foti-Leder, aber geformt mit demselben Fels, der ihn jetzt umgab, knarrte zusammen mit Svardes Knien, Armen und Knöcheln bei jedem Schritt auf dem Höhlenboden. Schmerzen von hundert Wunden, sowohl real als auch eingebildet, suchten seine wiederkehrenden Kopf-schmerzen heim, ein Preis, den er am Strand im Süden bezahlt hatte. Jeder Atemzug trieb Luft an beschädigten Zähnen vorbei, ein Gesicht, das nur dank eines glücklichen Fundes eines Spähtrupps sauber war.

Doch seine Hände konnten immer noch seine Äxte halten. Seine Haltung war noch aufrecht. Seine Stimme dröhnte mit den Besten von ihnen, dort in der Dunklen Unterwelt.

Zu seinen Füßen krallte sich auch sein langjähriger

Gefährte, der steinhäutige Ferrit Kivi. Sie schnaufte, als sie jetzt nahe der Spitze der langen Kolonne gingen und eine Schicht beim Führen der Expedition immer weiter vorwärts übernahmen. Vor ihnen flackerten Blitze entlang der zerklüfteten Kurven, blinkende Kerzen oder seltsam gefärbte Pilze, die die Wände in Lila und Blau erleuchteten. Diese Pilze würden abgeschabt werden, wenn die Armee vorbeizog, zu den Nahrungsvorräten hinzugefügt und durch gehämmerte Laternen ersetzt werden.

Wie Jochi, der Whent-Kriegsherr, der diesen Angriff anführte, es ausdrückte, war dies nicht nur eine Mission, sondern eine Kolonisierung. Die Steinbeißer waren es leid, den Dämonen Territorium abzutreten. Stattdessen würden sie es kontrollieren.

Die Erschütterungen dieser Kontrolle pulsierten jetzt durch Svardes weiche Stiefel, das ständige Hämmern hinter ihm, als Ingenieure diese Lichter anbrachten, instabile Wände verstärkten und Plätze für Wegstationen, Gasthäuser und ganze Städte in den größten Höhlen planten. Woher die Menschen kommen sollten, um all diese Orte zu besiedeln, war Svarde nicht klar, aber dieses Problem schien die Whent-Arbeiter nicht zu beunruhigen.

Auch ihre Krieger marschierten mit dem Elan einer erobernden Armee. Während Svardes und Maenas anfänglicher Vorstoß in die Tiefen von stiller Dringlichkeit geprägt war, reisten die Whent mit singenden Liedern, schlagenden Trommeln und unbesiegbarem Selbstvertrauen, das sie vorwärts trieb. Die Veränderung war zunächst so erschütternd, dass Svarde sich dabei ertappte, wie er mit Kivi vorauseilte, nur um diese Einsamkeit, diese Entdeckerfreude zu spüren.

Er hätte Maena mitgenommen, aber die Rana-Kapitänin schien zunehmend nach innen gekehrt, gequält von einem Kampf, über den sie sich weigerte zu sprechen. Nur während Jochis regelmäßigen Besprechungen blühte Maena auf, als wären die logistischen Herausforderungen, die mit der Führung von Tausenden durch endlose Höhlen verbunden waren, die größte Faszination des Lebens.

»Es ist ihre Entscheidung«, sagte Svarde zu Kivi hinunter, als der Ferrit schnaubte und seine orangefarbenen Lüftungsschlitze in einem dampfenden Ausbruch schloss. »Mir gefällt es auch nicht.«

Die Dämonen, so schrecklich während der früheren Expedition, wichen vor der Macht der Whent zurück. Armbrüste, Speere und knochenbrechende Felsrüstungen verwandelten die planlosen Bestien in nicht mehr als Brei. Geheimnisvollere Gegner flohen entweder oder fanden sich von Bolzen aus der Ferne durchsiebt wieder. Eine Reihe dieser riesigen Augen, die geistverwirrenden Monster, wurden mit Whent-Granaten gekocht, die mit verheerender Wirkung in ihr Gebiet geworfen und gerollt wurden.

Alles in allem war Svarde fast gelangweilt.

Deshalb waren er und Kivi wieder an der Spitze, mit nur den Kundschaftern zwischen ihm und frischem Dämonenfleisch oder zumindest einer interessanten Entdeckung. Sie hatten das spinnenartige Schild der Aegis vor zwei Tagen passiert, was bedeutete, dass jeder Schritt von nun an in neues Gebiet führte. Ein Nervenkitzel, der nur etwas durch den schieren Geruch der rumpelnden, mobilen Zivilisation hinter ihm gedämpft wurde.

»Ist es das, was du dir vorgestellt hast?«, Jochi, der Svardes ruhigeren Gang an der Spitze der Kolonne verdarb, holte auf und passte sich dem Schritt des Axtmannes an. »Deine große Mission, jetzt mit angemessener Großartigkeit?«

Svarde hatte längst beschlossen, dass die Vernichtung

der Dämonen Vorrang vor dem Festhalten an einem Groll hatte, aber jedes Mal, wenn er Jochi sah, fiel es dem Foti-Wächter schwer, die Prüfungen zu vergessen, die ihm durch die Hand des Mannes aufgezwungen worden waren. Die Gruben, die Strandschlacht gegen diese Dämonen und die erschöpfenden Wagenfahrten dazwischen kamen alle auf Jochis Anweisung.

Der Drang, den Kopf des Mannes mit einer Axt fliegen zu lassen, musste gezügelt werden, wurde gezügelt durch eine Sache: Catya.

Das Sehen des Netzes der Aegis gab einen warmen, fernen Trost. Sie lebte noch, wie sehr dieses Leben auch eine Hülle sein mochte. Ein Signal auch, dass Svardes Mission, die Dämonen und ihren Ursprung zu ruinieren, dringend blieb. Beides diente dazu, Svardes Hände ruhig zu halten, seine Antwort auf Jochis Frage freundlich zu halten.

»Wenn es dazu dient, die Dämonen abzuschlachten, dann ist es das, was ich mir vorgestellt habe«, antwortete Svarde.

Jochi lachte. Die beiden Leibwächter hinter ihm, die Hände immer in der Nähe ihrer eigenen Speere, kicherten ebenfalls. Ob diese Art von Unterwürfigkeit Jochi störte - Svarde hätte jeden Anhänger geschlagen, der sich so verhielt - war ein Rätsel. Der Kriegsherr schien unbeeindruckt und begann stattdessen mit dem Tagesmarsch oder vielmehr dem nächtlichen Gang. Irgendwie behielten die Whent-Wissenschaftler, die mit ihnen mitreisten, alle gestohlen aus der Universitätsstadt, deren Plünderung Svarde und Maena verhindert hatten, die Zeit im Auge und bewahrten damit den Verstand der Armee. Schichten hielten die Menschen in Ordnung, auch als das Tageslicht immer weiter zurückblieb.

Für Svarde bedeutete das Gehen in den Nächten

weniger Menschen, die seine Schritte bedrängten. Ein paar Stunden Bewusstlosigkeit am Tag, rollend in einem gebetteten Wagen, war das Opfer wert. Nur die Offiziere erhielten diese luxuriöse Behandlung, die dazu gedacht war, sie näher am Geschehen zu halten, auch wenn die Armee sich rund um die Uhr bewegte und arbeitete. Andere mussten einfach während ihrer Wachmomente aufholen, eine Aussicht, die einfacher war, als es scheinen mochte, angesichts des mahlenden Tempos.

So ging es, wenn alle paar Schritte eine neue Laterne verlangt wurde, ein Halt für eine wissenschaftliche Beobachtung oder eine Dämonenhinrichtung.

»Und doch scheinst du nicht zufrieden, mein Freund«, sagte Jochi. »Was beunruhigt dich? Unser unvermeidlicher Sieg?«

»Die langsame Geschwindigkeit, mit der wir vorankommen, zum einen.«

Jochi nickte auf diese weise Art, wie es Anführer tun, wenn sie vorgeben, sich zu kümmern. »Alles hat seinen Preis. Je mehr Menschen, je dauerhafter unsere Eroberung, desto länger wird es dauern.«

»Und wenn die Bauern auf ihre Felder zurückkehren müssen, was bleibt Ihnen dann?«

»Der Winter in Whent ist lang, und unsere Entdeckungen hier machen diese Reise bereits profitabel.« Jochi streckte seine rechte Hand aus und pflückte einen violetten Pilz von der Wand. Leuchtende Teilchen fielen auf den feuchten Höhlenboden. »Wir lernen bereits, wie man diese anbaut. Können Sie sich vorstellen, Häuser mit Nahrung und Licht in einem Aufwisch zu füllen? Wie viel haben wir aus Angst vor den Unholden verloren?«

»Zu viel.«

»In der Tat. Dennoch muss ich fragen, ob Sie bereit sind, noch mehr zu verlieren.«

Jochis Tonfall veränderte sich mit diesen Worten und zog gleichzeitig Svardes Aufmerksamkeit auf sich.

»Was brauchen Sie?«, fragte der Barbar.

»Führung.« Jochi winkte zur langen Reihe der Expedition zurück, obwohl die gewundenen Höhlen den Großteil davon außer Sichtweite brachten. »Meine Kundschafter informieren mich, dass diese Tunnel in alle Richtungen führen und viel weiter reichen, als wir uns leisten können. Sie waren schon einmal hier unten und schienen sich Ihres Weges sicher. Wie wussten Sie es?«

Svarde deutete auf Kivi. »Sie kann die Steine besser hören als ich. Sie verraten ihr die wärmeren Wege, diejenigen, die immer weiter nach unten führen.«

»Schade, dass wir nicht mehr Ferriten haben«, erwiderte Jochi und beugte sich vor, um die Echse zu streicheln, doch Kivi schnaubte und wich aus. Jochi lachte, wieder von seinen Leibwächtern nachgeahmt, und stand auf. »Sie hat die Witterung noch, nehme ich an?«

Kivi schnaubte lauter. Dampf entwich.

»Sie weiß, wohin sie geht«, sagte Svarde. »Ihre Kundschafter haben sich bisher aber auch gut geschlagen.«

»Ein zerstreuter, wenn auch tapferer Versuch. Ich möchte, dass Sie mit Kivi die Führung übernehmen. Meine Kundschafter werden direkt mit Ihnen zusammenarbeiten und die Route zwischen Ihnen und unseren Truppen ablaufen. Ich habe vor, die Unholde zu vernichten, Svarde. Die Ausbreitung unserer Wurzeln in der Dunkelheit darunter kann danach kommen. Stimmen Sie zu?«

»Sie bieten mir die Chance, von Ihnen und all Ihren stinkenden Soldaten wegzukommen? Wie könnte ich da nein sagen?«

Dieses Mal war Jochis Lachen zumindest echt. Dieses Mal zumindest echoten seine stirnrunzelnden Leibwächter es nicht.

Die geänderte Aufgabe trat sofort in Kraft, als hinter der nächsten Biegung eine Kundschafterin mit frisch gepackten, randvollen Taschen auftauchte. Die Frau, die auf die schwerere Whent-Rüstung verzichtet und stattdessen leichtes Leder und mit Werkzeugen übersäte Gürtel trug, fragte, ob Svarde ein schnelleres Tempo mithalten könne. Als er zustimmte, schossen sie durch die Höhlen, wobei Kivi bald die Führung übernahm und Rechts, Links, Abwärts und in seltenen Fällen kurze Strecken aufwärts und darüber wählte, um gangbare Wege tiefer ins Dunkel zu erreichen.

Nach stundenlangem Voranschreiten, als die Vibrationen der Whent-Armee durch das Tropfen von Wasser und den hohlen Wind der Höhle ersetzt worden waren, erwartete Svarde, dass die Erschöpfung jeden seiner Schritte begleiten würde. Stattdessen ging er leichtfüßig, die schwere Rüstung lastete weniger auf seinen Schultern als zuvor.

»Das ist ein Zeichen«, sagte die Kundschafterin, die sich als Olgata vorstellte, »dass Sie tun, wozu Sie bestimmt sind.« Ihre einzigen Gesichtsausdrücke schienen ein ernster Blick und ein schiefes Grinsen zu sein, und letzteres erfüllte den Schein ihrer kleinen Laterne in ihrem derzeitigen felsigen Zuhause. »Wir werden hier zwei Stunden rasten. Schlafen, dann weiter.« Sie schnippte mit dem Finger in Richtung des Ferriten. »Kann dieses Ding Wache halten?«

»Ihr Name ist Kivi, und sie wird im Schlaf besser Wache halten, als Sie und ich es wach könnten.«

»Gut genug für mich.«

Olgata warf ihre Schlafrolle auf den harten Boden, benutzte ihren Rucksack als Kissen, und bevor Svarde es ihr nachmachen konnte, erfüllte ihr leises Schnarchen die Höhle. Svarde hätte über den Klang gelächelt, über die Freude, wieder an vorderster Front auf seiner eigenen Mission zu sein.

Hätte, wären da nicht die anderen, entfernteren Geräusche gewesen. Knurren, Scharren, ein einzelnes Brüllen wie eine Esse, die zum ersten Mal angefacht wird.

Die Unholde waren hier unten nie weit entfernt.

6

KAMPF BEIM BRUNCH

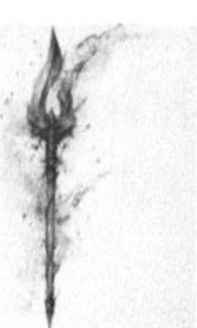

Ein letztes Frühstück in der Stadt. In einer Stunde würden sie in See stechen, aber Eujo wollte noch eine Mahlzeit außerhalb der Schiffsgrenzen genießen, so schön diese auch waren. Das Restaurant, das sie ausgewählt hatte, übertraf die Erwartungen mit einem breiten Glasfenster mit Blick auf den Hafen. Der Ort lag über dem geschäftigen Treiben, obwohl die Gerüche und Geräusche der Industrie immer noch durchdrangen und dem frühen Mahl eine raue Note verliehen, die von den Gästen des Lokals offenbar gesucht wurde. Zu ihnen zählten Verwalter, Hafenmeister und Aufseher, Najahn-Inspektoren und Kapitäne, die ihre Schiffe für einen langen Winter im Trockendock oder vielleicht für eine Südfahrt nach Smythe oder in eine Stadt an der Küste von Kance sicherten.

Einige wenige würden vielleicht nach Kitaye oder Mottilan aufbrechen.

Der Gedanke an die Heimat traf Wax, als er die Gabel – ein Utensil, dessen Gebrauch er in den Wochen seit seiner Abreise gelernt hatte – in eine Ei-Brot-Kombination stieß.

Eine Zitronenscheibe war dabei, an der er saugte, nachdem Eujo ihm geraten hatte, dass die Frucht ein notwendiger Bestandteil jedes Seeabenteuers sei. Besonders eines nach Whent, wo solche tropischen Köstlichkeiten schwer zu finden waren.

»Weil es dort oben nur Felsen und Staub gibt?«, fragte Wax.

Sie saßen an einem kleinen Tisch für zwei Personen, der von robusten Tellern und irdenen Bechern dominiert wurde, gefüllt mit brutalem Kaffee, der mehr nach Säure als nach dem reichhaltigen Kakao schmeckte, den Wax zu Hause bekommen würde. Steife Stühle, ein steinerner Boden, hier und da durch willkürlich angebrachte Bretter verstärkt. Leises Geplauder, während die Leute Manifeste und die Tagesziele durchgingen.

Eujo richtete ihren Blick abrupt wieder auf ihn. Ihre Augen waren zum Meer abgeschweift. Ihre Gedanken waren wahrscheinlich schon beim nächsten Abenteuer. Genau wie seine.

»Ich vergesse immer wieder, wie wenig du gesehen hast«, sagte Eujo und zuckte zusammen. »Tut mir leid, das ist ein Reflex. Ich hatte auch nicht viel gesehen, bis, nun ja, ich es geschafft habe.«

»Du sprichst nie darüber. Es geschafft zu haben. Was du damit meinst.«

Ein kaum merkliches Kräuseln der Lippen. »Vielleicht erzähle ich es dir eines Tages, wenn wir mehr Wein getrunken haben.« Sie blickte auf ihren Kaffeebecher, auf ihren fast leeren Teller. »Das war schön. Danke.«

»Was, ich sollte dir danken. Du hast für alles bezahlt.«

»Oh, du wirst es schon zurückzahlen, da bin ich sicher.«

Wax lachte. »Ich werde es versuchen. Wenn du die Aegis bist, werde ich deine Botengänge erledigen.«

Eujo neigte den Kopf. »Du würdest bleiben? Wenn ich es auf diesen Thron schaffe, würdest du hier bleiben? Nicht nach Hause gehen?«

Er hatte etwas Nettes gesagt und sich damit in eine schwierige Lage gebracht. Wenn es eine Sache gab, die er bei so einer Frage nicht tun durfte, dann war es zu zögern. Zu leicht könnte man dann eine Lüge entlarven, misstrauisch werden.

»Natürlich. Wenn wir es beide so weit schaffen, denke ich, werde ich dir viel mehr als ein paar Mahlzeiten schulden«, schoss Wax sofort zurück und zeigte ein aufrichtiges Grinsen.

»Falls ihr es so weit schafft«, sagte ein neuer Mann, der in engem Kance-Leder gekleidet war, das einen schmalen Körper umhüllte, ein schmales Gesicht, das von sich kreuzenden weißen Linien durchzogen war. Wax dachte zunächst, es seien Narben, aber ein genauerer Blick, der leicht fiel, als der Mann beide Hände auf ihren Tisch legte und das Paar angrinste, zeigte, dass es sich stattdessen um Tätowierungen handelte. »Eine ehrliche Frage, und eine, die ich hoffentlich klären kann.«

Hinter dem Mann lauerten zwei weitere Personen, beide Frauen, in Haltungen, die eher auf etwas Feindseliges als auf eine unschuldige Frühstücksunterhaltung hindeuteten. Wie der Mann trugen sie Outfits, die für den aktiven Dienst geeignet waren, mit deutlich sichtbaren Rapieren an ihren Gürteln. Woher sie gekommen waren, war Wax nicht klar, aber sie hatten die volle Aufmerksamkeit des Restaurants auf sich gezogen, wobei die Gespräche verstummten und mehr als ein paar Gäste einen frühen Abgang machten.

Eujo gab schnell den Ton an und warf dem Mann einen

wütenden Blick zu. »Was machen die Vientas hier? Solltet ihr nicht unsere Heimat beschützen?«

»Genau das tun wir, meine Königin. Wir beschützen unsere liebe Insel vor einem schwerwiegenden Fehler.«

»Und was wäre das für ein Fehler?«

Das Gift in Eujos Worten hätte jeden gewöhnlichen Mann einschüchtern müssen. Wax wollte für den Kerl das Gesicht verziehen, aber das schleimige Lächeln des Mannes wischte Eujos Tonfall so leicht beiseite, als hätte sie ihn um frische Butter gebeten. Keine Autorität, keine Forderung würde durch seine Schale dringen.

»Es wäre besser für unsere Insel, wenn die Skars nach Hause kämen und ihr Träger nicht«, sagte der Mann. »Alles Weitere müssen Sie nicht wissen.«

Wax schob seinen Stuhl zurück und stand auf. Er hatte keine Waffe bei sich, nichts außer einer Frühstücksgabel in der Hand, und die anhaltenden Traumata durch das Ungeheuer drohten, Angst wie einen Blitz durch jeden seiner Nerven zu jagen, aber er würde verdammt sein, bevor er diesen Schleimbeutel seine Worte in die Tat umsetzen ließe. Eujo jedoch blieb genau dort sitzen, wo sie war, und hob nur einen einzigen Finger in Wax' Richtung.

»Selbst ein Attentäter wie Sie müsste es besser wissen, als das hier zu tun«, sagte Eujo. »Nur zwei Tische weiter sitzen mehrere Najahn. Einer ist bereits gegangen, um Wachen zu holen. Sie würden sich selbst zum Untergang verurteilen.«

»Ein kleiner Preis, um unsere Insel zu retten.« Der Mann hob eine Hand vom Tisch und legte sie auf einen kleinen Beutel, der an seinem Gürtel hing. »Ein Preis jedoch, den Sie zahlen könnten. Wie es jede Königin tun muss.«

»Doch sie wird es nicht tun.«

Der Mann nahm den Beutel ab. Eujo hatte immer noch ihren Finger erhoben. Wax hielt die Gabel. Er versuchte, alle drei im Auge zu behalten, während die beiden Frauen sich so positionierten, dass sie den einfachsten Weg zu den Ausgängen und den Kopfsteinpflasterstraßen draußen blockierten.

»Tapferkeit ist leider Ihre Domäne«, sagte der Mann und legte den Beutel auf den Tisch. »Ein einfacher Schnupfer, und alles wird gut sein. Bitte.«

Eujo nahm den Beutel. Wax spannte sich an, hätte etwas Unüberlegtes getan, wenn er Eujo nicht inzwischen etwas besser kennengelernt hätte und wüsste, dass die Königin eine schlagfertige Gewitztheit besaß. Eine, die sie im nächsten Moment zum Einsatz brachte, indem sie den Beutel dem Attentäter ins Gesicht schleuderte. Der Beutel platzte, harmlosen Sand über den bereits zitternden Kopf des Mannes verstreuend.

Wax machte dann von der Gabel guten Gebrauch.

Er rammte sie hinunter, wobei die rauen Zinken in die linke Hand des Attentäters bissen, die immer noch auf dem Frühstückstisch lag. Jetzt stieß der Mann einen Fluch aus, eine angemessenere Reaktion. Eujo schob ihren Stuhl zurück und begann aufzustehen, während die beiden Frauen von ihren Nebenrollen zu Hauptdarstellerinnen wechselten. Beide griffen nach Rapieren, während die Menge im Restaurant flüchtete.

Um einen Ausgang zu erreichen, hätte er sich ohne Waffe durch mindestens zwei Killer kämpfen müssen. Nicht einmal Wax hatte so viel tollkühnes Selbstvertrauen. Stattdessen tat er, was er damals auf Vis gelernt hatte, bei der Prügelei im Speisesaal mit den Mottilan-Schlägern: Wax benutzte seinen Stuhl als Waffe, hob das unhandliche

Möbelstück auf und schwang es in einer weiten Bewegung vor seiner Brust. Der Mann mit der Gabel reagierte, indem er dem Schlag auswich, mit seiner sandbedeckten Hand die Gabel aus seiner eigenen Hand zog und dabei weiter fluchte. Seine Verstärkung zögerte und ließ den Stuhl vorbeifliegen.

Ein scheinbarer Fehlschlag, aber Wax hatte nicht nur gelernt, dass Möbel eine gute Verteidigung sein konnten. Er hatte bei dieser verlorenen Prügelei auch begriffen, dass es besser war zu fliehen als einen aussichtslosen Kampf aufzunehmen. Wax behielt seinen Schwung bei, verstärkte ihn noch, als er sich drehte, und schmetterte den massiven Stuhl gegen die dünne Glasscheibe. Das spröde, schöne Fenster zersprang, Scherben flogen umher.

»Zeit zu verschwinden!«, rief Wax und bemerkte Eujo mit ihrer eigenen stuhlbasierten Verteidigung, wobei sich die Rückenlehne geschickt dazu eignete, die Spitze eines Rapiers abzufangen und festzuhalten.

Er trat auf das zerbrochene Glas. Er hörte Eujos Warnung und duckte sich, wobei der Hieb des Rapiers Wax' Schulter streifte und ein Loch in sein schönes, in Noctia gewebtes Hemd riss. Roter Schmerz blitzte auf, und Wax nutzte das Feuer, um nach vorne zu stürzen, während seine Skars, die als Kette auf seiner Brust ruhten, zum Leben erwachten. Ihr Flüstern schwoll an, der Vis-Skar brach in hektisches Geplapper aus, als er begann, sich um den Schnitt zu kümmern.

Weitere Ablenkungen, die er beiseite schieben musste, als Wax aus dem Restaurant auf ein ramponiertes, abschüssiges Dach darunter stürzte. Noctia hielt seine Gebäudedächer schräg, mit Dachrinnen, die zu Regenfässern führten und die Möglichkeit boten, auf einer trockenen Insel Trinkwasser zu sichern. Jetzt mit Morgenfrost bedeckt, erwies sich der Schiefer als rutschige Landestelle, und Wax fiel auf die Seite und rollte sich ab.

Dennoch warf er einen Blick nach oben, in der Hoffnung, Eujo zu sehen, und fand sie auch, wie sie wie ein Vogel in der Morgensonne aus dem Restaurant flog. Ihr Sprung entging einem Rapier-Stich, das Schwert fing das Licht ein, und die Königin traf auf dasselbe Lagerhaus, das Wax gefunden hatte, und gesellte sich zu ihm in einem Sturz.

Wax griff nach der Dachkante, wobei die Regenrinne einen solchen Halt möglich machte, aber der Frost machte jede Chance zunichte. Wax' Finger, noch mit Frühstücksresten daran, fanden nur gefrorenen Schnee. Er fiel über die Kante, ein Vis-Fluch entfuhr ihm, als Wax geradewegs auf die Straße zustürzte. Eigentlich hätten ihn Kopfsteinpflaster begrüßen sollen, und das taten sie auch, obwohl Wax' linke Seite stattdessen auf gestapelte Kisten traf. Seine Schulter prallte von den Metall- und Holzkisten ab und wirbelte ihn herum, bevor er auf dem schneebedeckten Boden aufschlug. Die weiße Pracht, die sich angehäuft hatte und in Gassenecken wie diese geschaufelt worden war, bot Wax die geringste Polsterung, sodass ihm nur die Luft aus den Lungen gepresst wurde, seine Schulter schmerzte und eine elende Kälte alle Teile seines Körpers überzog, als der Schnee überall eindrang.

Für einen Moment. Im nächsten landete Eujo auf ihm und drückte Wax tiefer in die Schneewehe, was zu einer prustenden, hustenden Panik führte. Die Königin behielt wie immer ihre Fassung und rollte sich ab, stand mit natürlicher Geschicklichkeit auf der glatten Straße. Ihre Hand fand Wax' linken Arm, zerrte daran und zog ihn halb hoch.

»Lebst du noch?«, fragte Eujo und zog weiter.

»Ich hoffe«, hustete Wax.

Eujo zog noch einmal kräftig, und Wax kam frei aus der Schneewehe, obwohl seine Füße noch nicht bereit waren, das Kommando zu übernehmen, und er stolperte direkt in die Königin hinein, sodass beide auf die andere Seite der Gasse in den unberührten Schnee fielen, der dort wartete. Ein scharfes Klirren ertönte von der Stelle, wo Eujo gestanden hatte, ein Wurfmesser, das von der Straße abprallte.

»Danke«, sagte Eujo und schob Wax von sich. In derselben Bewegung ergriff ihre Hand die von Wax und zog ihn die enge Straße entlang. »Beweg dich, Wax. Das sind Killer.«

»Das hab ich gemerkt.«

Mit Eujo, die ihn zog, stolperte Wax vorwärts, wobei der Vis-Skar seinen Teil dazu beitrug, ihn aufrecht zu halten. Eujo schlängelte sich durch das Hafenviertel, wich Trägern aus, lief durch offene Stände und strebte immer zum Meer hin, zu ihrem Schiff.

»Wer waren diese drei?«, fragte Wax, als er endlich genug Luft hatte, um zu sprechen und sein eigenes Tempo zu finden.

Es half, dass sie die Lagerhäuser hinter sich gelassen hatten und die geräumten Straßen besseren Halt boten.

»Die Vientas. Eine Kance-Sekte«, antwortete Eujo und sprang über mehrere Seile, während Seeleute über ihre Störung beim Hochziehen eines Schiffs ins Trockendock fluchten. Wax folgte ihr und murmelte unterwegs Entschuldigungen. »Sie arbeiten normalerweise für die Königin.«

»Bist das nicht du?«

»Zwei Königinnen, Wax. Und sie mögen sie mehr.«

»Warum das?«

Eujos Schiff lag vor ihnen, die Segel wurden bereits gesetzt, um abzulegen. Die Vorratskisten, die früher den Pier überfüllten, waren alle verschwunden, verladen und bereit. Deux, der Kapitän, musste nur noch auf sie gewartet haben.

»Weil ich rau um die Kanten bin? Woher soll ich das wissen?«

Zum ersten Mal an diesem Morgen las Wax etwas Falsches aus Eujos schnippischer Antwort heraus. Die Betonung hätte ihn fast, zusammen mit einer eisigen Stelle auf dem Pier, in einen rutschenden Sturzflug ins Wasser geschickt. Vis-Instinkte hielten Wax stabil genug, um sich zu korrigieren, indem er eine Hand auf einen Seilknoten legte, um sich hochzudrücken. Gemeinsam erreichten sie die Schiffsrampe, eilten sie hinauf und riefen Deux zu, das Schiff in Bewegung zu setzen. Deckhände sprangen auf Eujos Befehl hin los, lösten die Taue und brüllten, um abzulegen.

Eujo bewegte sich weiter, als sie das Hauptdeck erreichte, und eilte nach drinnen, um Deux zu finden. Vermutlich, um zu berichten, was passiert war. Wax hingegen fand einen Halt am Geländer und blieb einfach stehen, lehnte sich an das Kance-Holz. Er blickte zurück zum Ufer und sah drei Gestalten, die sich zwischen den Arbeitern abhoben und sich mit entschlossenem Ziel bewegten. Das Attentäter-Trio hielt inne, als sie sich dem Pier näherten, und beobachtete, wie die *Storm's Edge* in See stach. Wax erwiderte ihre Blicke und sah nichts als Entschlossenheit in ihren grimmigen Mienen.

Die einzige Genugtuung bot der blutbefleckte Verband um die Hand des Mannes. Die Gabel hatte zumindest etwas Gerechtigkeit geliefert.

Diese drei markierten jedoch die zweite Kance-Gruppe, die versuchte, die Königin der Insel zu töten. Und Eujo, vermutete Wax, wusste genau, warum.

7

DIE DRITTE HAND

Der Turm des Tenets lehnte sich an die Klippe, wuchs wie Efeu den Fels hinauf. Schwarze Holzbalken stützten gestapelte Steine, die sich in verschiedene Richtungen neigten und sich alle paar Ebenen kreuzten. Fenster, geschwungene Formen, die sich zu getöntem Glas verdrehten, gaben keine Hinweise darauf, was im Inneren geschah. Ebenso wenig wie die beiden Gestalten, die vor dem Haupteingang des Turms standen, einer schmalen Einzeltür, die man nicht über eine aufsteigende, sondern eine absteigende Treppe betrat, ein langsamer Trichter von der Straßenebene zu ihren meerblauen Brettern.

»Hier für Ihre erste Führung?«, fragte eine der Gestalten, als Quik sich näherte, frisch gekleidet in seine violetten Najahn-Rekrutenroben.

Dem Vis-Jäger war eine Zeit genannt worden, pünktliches Erscheinen war auf Kitaye einfach nicht gefordert. Hier jedoch gab es Uhren im Überfluss, ihr wahnsinniges Ticken trieb Quiks jede Handlung mit einer neuen Art von Stress an. Ein hastig hinuntergeschaufeltes Frühstück, das er sich vom Tisch für Rekruten geschnappt hatte, und schon ging es los, er schloss sich dem Gedränge an. Fußgängerverkehr war zumindest vertraut, obwohl Quiks Statur ihm in seiner Dschungelheimat normalerweise Platz verschaffte. Nicht so hier, wo Ehrerbietung an die Roben und die getragenen Schärpen, Medaillen oder Waffen gebunden zu sein schien.

Es hatte drei Zusammenstöße und verdiente böse Blicke gebraucht, bis Quik diese Lektion gelernt hatte.

»Ich denke schon?«, antwortete Quik und hasste sich selbst für seine Unsicherheit.

Eines von vielen Versprechen an sich selbst, die er nicht eingehalten hatte. Bisher.

Die Gestalt wandte sich zur anderen, einem Mann, der in eine umgekehrte Najahn-Robe gehüllt war, eine, bei der das Violett durch die hellblauen Farben der Tür ersetzt war, das Schwarz durch Weiß. Eine goldene Anstecknadel entsprach zumindest den Najahn-Standards, obwohl Quik diese noch nie zuvor gesehen hatte: ein verzerrtes Schlüsselloch, als hätte jemand mit wenig Mühe daran herumgefuchtelt und das Schloss zerkratzt und verbogen. Ein seltsames Symbol.

Andererseits, da dies Noctia war, würde Quik bald jemand erklären, was es bedeutete. Wahrscheinlich mit einer gehörigen Portion seufzender Verachtung.

»Ist der Tenet bereit?«, fragte die Gestalt.

»Masayo ist in ihren Gemächern«, antwortete die andere Gestalt, ihrer Stimme nach eine ältere Tamas-Frau. »Führen Sie ihn hinauf.«

Der Gestalt zu folgen erwies sich als schwieriger als Quik erwartet hatte, vor allem weil er hinter der Tür jegliche Orientierung verlor. Die Tür selbst schwang lautlos auf, die Scharniere waren makellos geölt. Dahinter, wo ein Blick von außen ein kreisförmiges Erdgeschoss mit nach oben verzweigenden Treppen vermuten ließ, trotzte der Turm jeder Logik.

Zuallererst sah Quik keine Treppen. Stattdessen sah er gebrochenes Licht, das durch die wenigen Fenster strömte, die Strahlen trafen auf Prismen und wurden in einem Regenbogenspektrum reflektiert, das blendend gewesen wäre, hätte es nicht so strenge Linien gehabt. Indem er die Augen zusammenkniff und seinen Blick knapp neben die Strahlen richtete, verhinderte Quik, dass er vollständig geblendet wurde.

»Nehmen Sie sich eine Minute«, sagte die Gestalt. »Aber nur eine. In diesem Turm muss die Anpassung schnell erfolgen.«

Zwischen den Strahlen lagen Schatten, aber keine leeren. Weitere Gestalten bewegten sich in diesen weißen Roben, einigen folgten gewöhnlichere Najahn in Violett und Schwarz. Einige huschten auf Quiks Ebene umher, andere schienen geradewegs durch die Luft aufzusteigen, als würden sie auf dem Licht selbst gehen. Als er einem Paar folgte, sah Quik, wie sie oben links durch eine weitere Tür verschwanden, die scheinbar in der Luft schwebte. Sie schloss sich mit einem sehr realen Klicken. Auch beiläufige Worte drangen an sein Ohr, laufende Gespräche, untermalt von leichten Geräuschen, wenn Schuhe auf Stein trafen.

An den Wänden des Raumes hingen Gemälde, deren Inhalte amorphe, farbige Kleckse oder abstrakter Unsinn waren. Die Luft im Inneren kitzelte, ein würziger Duft erinnerte Quik an gekochte Eier und Zwiebeln.

»Sie bemerken das Frühstück«, sagte die Gestalt, die knapp vor ihm stand. »Das ist unwichtig. Konzentrieren Sie sich. Ihre Zeit ist fast um.«

Quik schüttelte den Kopf. Stopp. Denk wie ein Jäger. Nutze deine Sinne, das, was du weißt.

Der erste Hinweis kam von diesen schwebenden Gelehrten und wie sie gingen. Sicher, aber mit vorsichtigen Schritten. Nicht die sorglosen Kletterer, die Quik in anderen Türmen hier gesehen hatte, die Bewegungen, die er selbst auf einer normalen Treppe machen würde. Diese Schritte schienen auch die Lichtstrahlen zu umgehen, sich zwischen den Lichtschächten hindurchzuarbeiten.

Quik bewegte sich vorwärts, eine Hand tastete vor ihm durch einen der Regenbogenstrahlen. Auf der anderen Seite, wo noch Momente zuvor eine Gestalt in einer Robe vorbeigegangen war, fanden seine Finger ein straff gespanntes Seil. Quik blickte zurück zur Gestalt und sagte, was er gefunden hatte.

»Kein Seil«, erwiderte die Gestalt, obwohl sein Tonfall Anerkennung verriet. »Ein spezielles Kabel aus Kance. Gewoben, um Licht abzulenken. Tagsüber kann ein geübtes Auge ihr Muster erkennen und darauf gehen. Nachts unmöglich für jeden, der sie nicht schon einmal bestiegen hat.«

Jetzt spürte Quik Blicke auf sich. Andere, die vorbeigingen, bemerkten den Rekruten und gaben ihm Raum. Ob zum Scheitern oder zum Erfolg, Quik wusste es nicht. Konnte sich nicht darum kümmern.

»Warum?«, fragte Quik. »Was ist der Sinn?«

Er spürte mehr als dass er das Lächeln der Gestalt sah. »Das ist es, was Sie hier lernen sollen. Sie haben unser erstes Geheimnis entdeckt. Viele weitere warten.«

Die Gestalt wollte jedoch selbst nicht warten. Sie schritt nach rechts, ging um eine Stelle herum, wo ein prismatischer Strahl den Steinboden traf, und trat auf eine weitere Kabeltreppe. Quik folgte, unterdrückte seine eigenen zögerlichen Impulse und ging mit dem, was er hoffte, wie Selbstvertrauen aussah. Dennoch konnte er nicht verhindern, dass seine Augen nach unten flackerten, als er den ersten Schritt machte.

Seine Füße spürten die Kabel, stark und straff, mit wenig Nachgeben von Anfang an. Obwohl er wusste, dass sie da waren, konnte Quik ihre Linien nicht sehen. Es war nicht so sehr, als würde er auf Luft gehen, sondern eher auf einem trüben Dunst, einem nebligen Schleier. Seine Stiefel waren klar genug zu erkennen, aber darunter verwischte der Stein, das Licht schien unfähig, die Stufe zu definieren.

Die Tür, einreihig wie der andere Eingang unten – und jede Tür, die Quik bisher im Turm gesehen hatte – öffnete sich nach außen, zu ihnen hin, als die Gestalt am Griff zog. Die steinerne Einfassung drum herum wirkte konventionell neben der magischen Treppe.

Auf der anderen Seite wichen die Seltsamkeiten der Zweckmäßigkeit. Zu Quiks Linker, sich in die Felswand bohrend, wartete ein breiter Flur mit geschlossenen schneeweißen Türen, die auf Räume hindeuteten. Die Treppe setzte sich nach ein paar Schritten fort, nun aus normal gestapelten Steinen. Tische und Stühle lungerten im Raum herum, einige besetzt mit kaffeetrinkenden Seelen, die meisten mit großen, in Leder gebundenen Wälzern in den Händen.

»Ein Schlafsaal«, sagte die Gestalt und glitt weiter zur nächsten Treppe. »Sollten Sie so glücklich sein, unserem Tenet beizutreten, ist hier, wo Sie vielleicht leben werden. Es sei denn natürlich, Masayo hat andere Pläne für Sie.«

»Was *ist* Ihr Tenet?«, fragte Quik, als sie die zweite Treppe hinaufstiegen. »Man sagte mir nur, ich solle zu diesem Turm gehen. Sonst nichts.«

»Wissen. Information. Details«, sagte die Gestalt und ging weiter. »Viele Namen, ein Zweck. Wenn etwas auf den Inseln geschieht, wissen wir darüber Bescheid. Wichtiger noch, wir wissen, *warum* es geschieht.« Quik konnte das Grinsen förmlich hören, als sie die nächste Tür erreichten. »Manchmal *sind* wir der Grund.«

Die Beschreibung klang wie die Lira, Kitayes eigene Gruppe von verschwiegenen Soldaten. Eine Elitegesellschaft, die dazu bestimmt war, Vis vor verschiedenen Bedrohungen zu schützen, schien die Lira alle möglichen seltsamen Rituale zu pflegen. Nicht dass Quik es genau wüsste: Sie hatten ihn nie ausgewählt, ihrer schattenhaften Sekte beizutreten, und Quik hatte nie nach ihnen gesucht.

Er zog es vor zu schlafen, anstatt nachts weit entfernte Baumhäuser heimzusuchen.

Der dritte Stock bot einen weiteren Schlafsaal und zwei Abzweigungen, aber keine fortlaufende Treppe. Die Gestalt führte Quik scharf nach links, um den Treppenteil des Stockwerks herum zu einem offenen Torbogen, der zum Zentrum des Turms führte. Am Scheitelpunkt des Bogens hielt die Gestalt an. Sie griff nach rechts und drückte einen Stein ein, der nur unmerklich heller war als die umgebenden. Der kleine Block glitt hinein, ein leises Ticken begann, und die Gestalt trat hindurch.

»Schnell jetzt, es wird nicht auf Sie warten.«

Quik tat wie geheißen und überquerte den Bogen, bevor das Ticken aufhörte und der Stein in seine frühere Position zurückkehrte.

»Was wäre passiert?«, fragte Quik.

»Beten Sie, dass Sie es nie herausfinden. Jeder Bogen in diesem Turm ist so. Achten Sie darauf, dass Sie lernen, wo die Auslöser sind.«

»Scheint unnötig gefährlich.«

Die Gestalt lachte leise. »Unnötig? Unnötig wäre es, unseren Turm selbstgefällig werden zu lassen. Unsere

Pflicht verlangt ständige Wachsamkeit, Ohren und Augen, die immer lauschen und schauen.«

Eine Methode, um die eigenen Leute wachsam zu halten, also. Quik konnte den Grund dafür sehen, obwohl es etwas extrem erschien, das eigene Zuhause mit Fallen zu versehen.

Die Rückkehr zum zentralen Schacht des Turms, wenn auch ohne Treppenhaus, beendete ihre anderen Optionen. Sie hätten geradeaus zum anderen Außenflügel weitergehen können, aber die Gestalt wandte sich stattdessen dem vor ihnen in die Felswand geschnittenen Bogen zu. Eine weitere Tür, einzeln wie die anderen, wartete vor ihnen. Ihre Tafel wechselte zwischen Blau- und Weißtönen. Zu beiden Seiten standen Stühle, ein einzelner Tisch. Nichts trug irgendeine Verzierung außer den Wänden, die wieder mit tintenartigen Malereien von Stürmen, wirbelnden Meeren oder so dichten Wäldern geschmückt waren, dass sie fast schwarz erschienen.

Die Gestalt ging zur Tür vor. Klopfte einmal. Quik hörte keine Antwort, aber die Gestalt öffnete die Tür trotzdem. Winkte Quik hinein. Der Jäger ging vorbei, überschritt die Schwelle in das, was wie eine tödliche Falle von einem Büro aussah. Regale gab es im Überfluss, ebenso Tische, alle in glänzendem dunklem Holz gearbeitet. Ein Bett am hinteren Ende des Büros, eng unter die abfallende Felswand gequetscht, sah sorgfältig gemacht aus. Ein großer bernsteinfarbener Schreibtisch stand in der Mitte, bedeckt mit mehreren Stapeln von Schriftrollen, Büchern und anderen zufälligen Dingen.

Keine Stühle warteten auf Gäste.

Masayo, wenn sie gewartet hatte-

Instinkt ist schwer zu lehren, ebenso wie ein Gespür für Gefahr. Quik war jedoch nicht in einem vornehmen

Zuhause aufgewachsen. Er hatte seine Jahre in einem gefährlichen Dschungel verbracht, Ohren und Augen stets offen für versteckte und offensichtliche Bedrohungen. Der Schritt, der hinter ihm auf den Holzboden traf, war nicht derselbe, den die Gestalt bisher gemacht hatte, sondern landete leiser, kürzer. Die Luft bewegte sich auch, ein Rauschen, als jemand einen Umhang weit öffnete, perfekt für einen seitlichen Stoß.

Der Jäger drehte sich. Stemmte seinen linken Fuß und schwang sich herum, hob seine Fäuste, um jeden versuchten Schlag zu blocken. Besser ein Messerschnitt an den Händen als eine durchbohrte Lunge. Stattdessen fand sich Quik der Gestalt gegenüber, ja, aber auch nicht.

Der Umhang bedeckte nun keine undeutliche Gestalt mehr, sondern eine scharfäugige Frau, diejenige, wenn Quik wetten müsste, die draußen vor dem Turm gestanden hatte, als Quik zuerst ankam. In ihrer linken Hand hielt die Frau ein schmales Stilett. In ihrer rechten einen Brief mit dem Siegel von Najahn.

Als sie sah, wie Quik sie musterte, lachte die Frau einmal. Durchdringend und kurz. Dann ließ sie das Stilett über ihre Hände gleiten und zurück in die unsichtbaren Falten ihres Umhangs verschwinden.

»Zumindest bringen sie Ihnen etwas bei auf dieser Insel«, sagte die Frau. »Lassen Sie die Fäuste sinken, Quik. Ich werde Sie jetzt nicht töten.«

Quik nahm einen langen, langsamen Atemzug, als die Frau an ihm vorbei zum Schreibtisch ging. Sie fuhr mit einem Finger über dessen Kante und nahm auf der gegenüberliegenden Seite des massiven Möbelstücks Platz.

»Können Sie erraten, wer ich bin?«, fragte die Frau.

»Ist es die offensichtliche Antwort?«

»Ist sie das, Quik? Oder ist es ein großes Geheimnis?«

Selbstvertrauen. Das war es, wonach sie suchte, und was Quik jetzt hatte, nachdem er das ganze Spiel durchschaut hatte.

»Masayo. Das sind Sie.«

»Richtig«, nickte Masayo. »Nun, warum sollte ich Ihnen so einen gemeinen Streich spielen?«

»Weil Sie keine neuen Rekruten mögen?«

Ein echtes Lächeln, zum ersten Mal. »Ich mag keine hoffnungslosen Rekruten, Quik. Glücklicherweise für uns beide scheinen Sie weder das eine noch das andere zu sein.« Masayo griff auf ihren Schreibtisch, nahm die oberste Schriftrolle. Bot sie Quik an. »Das ist für Sie. Ihr erster Auftrag. Erledigen Sie ihn gut, und es könnte eine Zukunft für Sie hier geben.«

»Warten Sie. Das war's? Keine Führung? Keine Erklärung?«

Masayos Augen, kalt und grau, funkelten. »Die erste Regel für Erfolg in meinem Turm, Vis, ist, sich um sich selbst zu kümmern. Wenn Sie eine Führung wollen, gehen Sie hinaus und machen Sie eine. Dann schlage ich vor, Sie fangen an. Meine Geduld ist dünn, aber die des Zirkels ist noch dünner.«

»Ich bin nur ein Rekrut?«

Ein Kopfschütteln. »Sie sind ein Wächter. Ein erfahrener Jäger. Sie werden als solcher eingesetzt und bei Erfolg belohnt. Hören Sie jetzt auf, meine Zeit zu verschwenden, und nutzen Sie Ihre.«

8
DIEBESTRICKS

Torny lag auf der einzigen flachen Stelle des ansonsten abschüssigen Dachs ganz oben auf dem Schiff, das die Kapitänskajüte wie ein seltsamer Helm bedeckte. Die flache Stelle, kaum größer als Torny selbst und aus glänzendem Kance-Holz gebaut, war für Zubehör gedacht. Ein Kance-Schiff mit militärischeren Anwendungen könnte dort eine kleine Balliste oder ein Katapult zum Abfeuern von Feuerbomben auf kurze Distanz platzieren. Eujo hatte keine solchen Wünsche – umso bedauerlicher –, sodass Torny den Platz als Fluchtort nutzen konnte.

Ein Schiff in Fahrt hatte eine andere Atmosphäre als eines im Hafen. Decksmatrosen wuselten herum, das Geräusch des Meeres wurde von Rufen nach diesem und jenem übertönt. Reparaturen und Umrüstungen der Segel im Flug erforderten ständige Aufmerksamkeit. Sogar Bliss und Wax wurden in die Arbeit eingespannt, obwohl Wax jetzt, wie es schien, immer vorsichtig agieren musste, während er sich von einer weiteren Verletzung erholte.

Was für gute Wächter sie doch waren, dass sie ihre Erneuerung so nah an Kances Klauen herankommen ließen.

Tornys Augen verfolgten eine Möwe, die über ihnen flatterte und dem Schiff folgte, während Noctia in der Nähe blieb. »Kein Futter für dich«, murmelte Torny und zog dann ihr Messer näher heran, um ein Stück von dem Apfel abzubeißen, der darauf steckte. Alt und bitter, aber so spät in der Saison in See zu stechen, bedeutete eben eine schlechte Auswahl an Obst. »Das ist alles für mich, Vogel.«

Der Apfel mochte den Hunger etwas stillen, aber er vertrieb kaum die Gründe, warum Torny überhaupt hier oben war. Yarvicks Gemurre, Drohungen und Knurren wiederholten sich endlos, seit der Anführer der Flinken Finger Tornys Zukunft in einfachen, harten Worten dargelegt hatte: Erfülle die Aufgabe oder finde dich als gejagte Frau auf den Inseln wieder.

Ihr letztes Versagen hatte Verbannung gebracht. Dieses würde den Tod bringen.

Und Erfolg? Was würde der bringen?

Es gab eine Zeit, da wäre Yarvicks Zustimmung genug gewesen. Torny, zusammen mit zu vielen anderen Verlorenen auf Noctia, war dem Mann verfallen. Nahrung, Unterkunft, Zweck und genau das richtige Maß an Freundlichkeit lockten seine Ziele an. Das Training folgte, scharfe Worte und noch schärfere Stöcke kamen immer häufiger vor, trieben sie an, machten sie verzweifelt darauf aus, Yarvicks Freundlichkeit zu hören. In seiner Gunst zu stehen. In etwas Größerem als sich selbst zu schwelgen.

Bis das Schicksal sie nach Foti schleuderte. Lava und der ewige Gestank einer Schmiede können so einiges klären.

Warum war sie also zurückgegangen?

»Torny, bist du da oben?« Deux, der Kapitän. »Ich hätte

da einen Gefallen, bei dem deine Fähigkeiten helfen könnten.«

Eine ihrer Fähigkeiten. Jeder hasst einen Dieb, bis er einen braucht.

Drei kirschrote Schatullen, alle gleich groß und alle mit königlichen Kance-Siegeln verziert: glänzendes Silber, das sich um einen blauen Diamanten wand. Deux hatte sie auf dem Esstisch ausgebreitet – die Messe für die Decksmatrosen befand sich weiter unten im Schiff – zusammen mit einer zufälligen Auswahl an Werkzeugen, die Deux als das Nächstbeste zu Dietrichen bezeichnete.

»Nett von Ihnen anzunehmen, dass ich keine eigenen habe«, erwiderte Torny, obwohl ihre Hände sich den Werkzeugen nicht näherten. Noch nicht. »Was sind das für Dinger?«

»Die Verräter. Ihre größeren Truhen waren nicht versiegelt, und wir haben ihre Kleidung weggegeben. Diese hier bleiben jedoch verschlossen. Die Schlüssel müssen mit ihnen verschwunden sein.«

»Und Sie wollen sie öffnen für, was, Wertsachen?«

Die Diebin und der Kapitän standen allein am großen Tisch mit seinen Stühlen, der wie immer für die nächste Mahlzeit gedeckt zu sein schien. Große, schräge Fenster zeigten die graue See draußen und trafen sich in einem breiten Band an der Vorderseite des Raumes. Im hinteren Teil teilten zwei einzelne Türen den Schiffskern, jede führte zu Gängen und den unzähligen Kammern des Schiffes. Beide Türen waren jetzt fest verschlossen.

»Wie viel wissen Sie über die Kance-Königsfamilie?«, fragte Deux. Der Kapitän lebte und atmete wie immer Anstand. Volle Uniform in Weiß und Blau, makellos. Eine Mütze, die weder Wärme noch Nutzen zu bieten schien. Ein Säbel an seinem Gürtel, der zumindest echt genug wirkte.

Er stand zu aufrecht.

»Ich weiß, dass sie sich gerne gegenseitig in den Rücken fallen«, antwortete Torny. »In der Heimat gab's 'ne Menge Klatsch und Tratsch über Kance.«

Deux runzelte die Stirn, nickte aber: »Erstechen wäre netter als das, was oft passiert. Es ist schon sehr, sehr lange her, dass unsere beiden Königinnen Freundinnen waren. Generationen.«

»Noctia ist auch nicht viel besser. Der Zirkel ist ein Haufen Vipern.«

»In der Tat. Und darin könnten Sie unsere Begründung hier finden. Wie Ihre Najahn-Machtmakler müssen die Königinnen ihren Verrat im Stillen ausführen. Allgemeinwissen macht gewöhnliche Kriminelle.« Deux zeigte auf die Schatullen. »Wenn es irgendeinen Beweis gibt, irgendwelche Briefe, die auf ihre Taten hindeuten, könnten wir einen Weg haben, um-«

»Was, diese Attentäter aufzuhalten, die Wax fast umgebracht hätten? Wird sich Ihre andere Königin einfach vor Scham zusammenrollen und sterben?«

Eine grimmige Linie zeichnete sich auf Deux' Mund ab. »Nein. Sollte das, worauf wir hoffen, darin warten, wird Kance sie herausschleifen und von den höchsten Klippen stürzen, und wir werden zurückkehren und eine neue Königin an ihrer Stelle vorfinden.«

Brutal, aber dann waren die Inseln eben ein brutaler Ort. Komisch, wie Wax und Bliss das immer wieder vergaßen.

»Eine bessere als die alte?«

»Wer kann das schon sagen? Besser zumindest, die Chance zu ergreifen.« Deux verschob sich um einen halben Schritt nach links, beobachtete sie.

Torny warf einen weiteren Blick auf die Schatullen, auf

die ehrlich gesagt nutzlosen Metallstreifen und Zangen, die Deux auf dem Tisch ausgebreitet hatte. »Eine Sache noch, Kapitän. Haben Sie eine eigene Schatulle?«

»Die habe ich?«

»Sieht sie irgendwie aus wie diese hier?«

»Tut es das?«

»Dann lassen Sie doch Ihren Schlüssel hier bei mir. Ich verspreche, ich werde ihn nicht stehlen. Sie bekommen ihn bald zurück.« Torny klopfte einmal auf den Tisch. »Der Rest sollte gut genug sein.«

Deux griff in seinen Mantel, zog einen Ring mit mehreren Schlüsseln heraus. Er streifte den kürzesten und dünnsten ab und legte ihn auf den Tisch. »Kann ich mich auf Ihre Ehre verlassen, dass Sie nichts verheimlichen werden, was Sie finden?«

»Sie fragen eine Banditin nach ihrer Ehre?«

»Ich frage eine Wächterin.« Ein lauter Pfiff von draußen ließ Deux zusammenzucken. »Ich bin spät dran für einige Manöver um die Nordküste von Noctia. Jemand wird zurückkommen, um nach Ihnen zu sehen.«

»Nach mir sehen?«

Deux nickte jedoch nur noch einmal und verließ dann den Raum. Torny hörte ein Klicken, ein ganz bestimmtes Klicken, und folgte dem Kapitän. Sie versuchte die Tür, die der Mann benutzt hatte, fand sie fest verschlossen. Sie ging zur anderen, deren glänzender silberner Knauf makellos poliert war. Die Drehung führte ins Leere. Auch abgeschlossen.

Ehre, von wegen. So viel zum Thema Vertrauen.

Aber solange sie hier eingesperrt war, konnte Torny genauso gut mit der Arbeit beginnen. Yarvicks Auftrag bedeutete, dass sie alle hier auf ihrer guten Seite halten musste. Das, und Bliss war…

Zu naiv, um auf diesen Inseln ohne Torny zu überleben, die ein Auge auf sie hatte, das war's.

Die Schließfächer boten eine interessante Herausforderung. Jeder schien zu denken, dass Schlösserknacken, die Kunst des Diebes, ein magisches Talent erforderte, gepaart mit einer Gerätesammlung, die eines verschlagenen Sammlers würdig wäre. Tatsächlich fand Torny den kleinen Beutel in einem größeren an ihrer Taille, immer an ihrer Taille, der die einfachen Werkzeuge enthielt, die ihr Leben zu oft gerettet hatten, um sie zurückzulassen. Sie band ihn auf und schüttete den Inhalt auf den Tisch. Eine Feile und mehrere dünne Stangen aus weichem Metall, makellos und unscheinbar.

Nun arbeitete die Banditin nach Gefühl. Sie zog einen Stuhl heran, setzte sich neben das erste Schließfach. Las seine Linien, seine Scharniere und die Geschichte des Schlüssellochs. Gut gemacht, aber übermäßig verziert. Das ganze Schließfach schrie danach, dass es ein Geschenk war, eher als dass es dafür gefertigt wurde, Geheimnisse zu bewahren. Konnte etwas beides sein?

Sicher, aber nach Tornys Erfahrung entschieden sich die meisten Handwerker für eine Seite. Die meisten guten Diebe entschieden sich auch für eine Technik. Die Groben würden das Schließfach einfach aufbrechen, aber Deux schien sie intakt haben zu wollen. Wertvoll also. Oder vielleicht enthielten sie etwas, das er beim Öffnen nicht zerschlagen lassen wollte.

Die Schlösser selbst erzählten jedoch die Geschichte. Eine einfache Drehung eines Schlüssels. Keine Schließzylinder, keine Zahlenscheiben und Kombinationen, wie die Najahn sie zu benutzen begonnen hatten - Torny ließ ein selbstgefälliges Grinsen wachsen, da die Flinken Finger direkt für diese Änderung verantwortlich waren. Ein gutes

Schlüsselschloss konnte unaufbrechbar sein ohne Gewalt, wenn man nicht wusste, wie solche Dinge funktionieren.

Torny griff hinüber, nahm Deux' Schlüssel. Sie winkelte ihn an, steckte ihn in das erste Schließfach. Der Schlüssel ging direkt hinein, ein erfolgreicher Start. Sie begann ihn zu drehen, fand ihn blockiert. Wackelte etwas damit gegen die Innenseite, zog ihn dann heraus. Maß die Markierungen an Deux' Schlüssel. Jede gab einen Hinweis, den Torny zu nutzen begann, indem sie an einer ihrer weichen Metallstangen feilte.

Die Arbeit dauerte Stunden, wobei Deux hier und da vorbeikam, um ihren Fortschritt zu überprüfen. Essen und Trinken kamen und gingen, Torny verzichtete für einmal auf Wein zugunsten eines klaren Kopfes. Bliss besuchte sie auch, obwohl die Vis Mühe hatte, von der Schnitzarbeit fasziniert zu bleiben und sich nach nur wenigen Minuten verabschiedete. Kein Problem, keine Schwierigkeit.

Denn während ihre Finger das Metall bearbeiteten, hörte Torny Yarvicks Worte nicht, fand sich nicht in die Vergangenheit zurückgezogen.

Der neue Schlüssel, fast wie der von Deux, abgesehen von einigen leichten Modifikationen, diente dazu, das Schließfach zu öffnen. Ein paar Schnitzereien danach öffneten das zweite, dann das dritte. Was darin lag, war nicht das, was Deux und Eujo wollten. Briefe, drei, vermischt mit zufälligen Kleinigkeiten. Jeder, in unterschiedlichen Handschriften geschrieben, an Familien gerichtet, die nun zurückgelassen wurden. Die Worte baten um Vergebung, bekundeten Liebe, Verlust und den Wunsch, Namen geehrt zu sehen. Leben, denen Bedeutung gegeben wurde, indem sie ihrer Insel in ihrer größten Not dienten.

»Größte Not?« sagte Eujo, als sie und Deux sich bei

Einbruch der Nacht zu Torny an den Tisch setzten. »Das sind die schlimmsten Lügner. Mörder und Verräter, das ist alles.« Eujo ließ die Papiere fallen. »Wirf sie ins Meer, Deux. Lass ihre Namen aus der Welt verschwinden. Wir werden einen anderen Weg finden, ihre Bösartigkeit zu beweisen.«

Die Königin stand auf und stampfte aus dem Raum. Deux griff nach den drei Briefen, aber Torny schnappte sie zuerst.

»Ich kümmere mich darum«, sagte Torny. »Du gehst und machst dein Kapitänsding.«

Deux verengte seine Augen. »Die Königin hat mich gebeten-«

»Die Königin hat viel im Kopf. Erneuerung und all das«, schnappte Torny zurück. »Du auch. Ich möchte lieber keinen Eisberg rammen, während du den Müll rausbringst.«

Deux schien von dem Argument nicht bewegt. »Wenn diese Briefe nicht zerstört werden, dann werden Sie die Konsequenzen als schwerwiegend empfinden.«

»Ja, nun, das habe ich schon mal gehört.« Torny schob die Papiere in ihre Tasche. Hielt den neu gefertigten Schlüssel hoch. »Sie sollten in Erwägung ziehen, die Schlösser an diesen Schönheiten zu wechseln, oder Ihrem Schmied sagen, er soll seinen Stil ändern. Zu einfach.«

Jetzt sah Deux einfach nur verwirrt aus.

»Zu viele Schlösser von demselben Schlosser gemacht. Ein Mann hat nur so viele Stunden am Tag, um die Dinge zu machen, also kommen die Schlüssel fast gleich heraus.« Torny stand auf. »Dank Ihnen wette ich, dass ich jedes Kance-Schließfach in wenigen Minuten öffnen kann.«

»Wenn Sie versuchen-«

»Schwerwiegende Konsequenzen, hab's kapiert.«

Torny saß nahe dem Heck des Schiffes, auf dem Hauptdeck in der Nähe einer riesigen Spindel, um die sich ein Ankerseil wickelte. Eine nahe Laterne gab ihr genug Licht, um diese Briefe noch einmal zu lesen. So vertraut, so ähnlich den Briefen, die Yarvick im Namen jedes Diebes schreiben würde, der bei einem Auftrag fiel. Eine Nachricht, die unter der Tür einer Familie durchgeschoben wurde, die ihnen mitteilte, dass ein Sohn, eine Tochter, ein Vater oder eine Mutter nicht nach Hause kommen würde. Ein Trost, würde Yarvick sagen, für die Familie.

Doch jeder dieser Briefe gab einen Ort und eine Person an, wo Rache gefunden werden könnte. Wo Yarvick einen neuen Rekruten gewinnen oder einen Gefallen später einlösen könnte. Dieser letzte Punkt hielt Tornys Hand zurück, ließ sie diese Briefe in ihrer Tasche behalten.

Wax würde schließlich nach Kance gehen. Jemand könnte ihm vielleicht dafür danken, dass er Gewissheit brachte. Irgendwie könnte die Idee diese Stimmen zum Schweigen bringen.

9

MONSTERWANDERUNG

Selten war der Morgen, an dem Sawi nicht von Amis Klopfen an ihrer Tür geweckt wurde, mit einer frischen, mit Skars besetzten Waffe in der Hand. Sawi verbrachte das Frühstück damit, sich mit dem Flüstern dieser Edelsteine in ihrem Geist vertraut zu machen, wobei sie bereits das leise, eifrige Murmeln eines Vis von dem lärmenden Zischen eines Foti unterscheiden konnte. Rana und Kance lagen irgendwo dazwischen, der eine seidig, der andere glitschig, als würde er sich beim Sprechen abwenden. Das Flüstern zu hören war jedoch der einfachste Teil. Die Skars wirklich zum Reagieren zu bringen, sie aufzuwecken und zum Handeln zu bewegen, das war etwas ganz anderes.

Und heute, so sagte Ami, würde Sawi es nicht einmal versuchen müssen.

»Wir kommen aus diesem Turm raus«, sagte Ami und schwenkte eine Tasche, die bereits mit Essen und Wasser gefüllt war. »Ich hab's satt, und wenn du es nicht auch hast, belügst du dich selbst.«

Sawi, die auf Amis Bitte hin ihre violetten Najahn-

Roben anzog, konnte nicht leugnen, dass ein Blick über diese tristen Steinmauern hinaus entzückend wäre. Zweimal in einer Woche denselben Baum in Kitaye zu erklimmen, wäre eine Enttäuschung gewesen, hier schien Sawi nichts anderes zu tun, als dieselben Stufen hinauf und hinunter zu den tiefen Höhlen am Strand zu stapfen.

»Wohin gehen wir?«

»Gladdring und ich hatten ein Gespräch«, begann Ami und lenkte Sawi auf einen anderen Gedanken, bevor sie sie zurück in die Realität holte. »Nein, hör auf. Konzentrier dich auf mich, nicht auf den Tenet. Du wirst ihn sehen, wenn du bereit bist. Wenn ich es sage. Pass auf.«

»Tue ich doch.«

»Ich war auch mal ein junges Mädchen, Sawi, und-«

Sawis Blick war heiß genug, um Ami aus ihrem Vortrag zu werfen, und die Wächterin verstummte stattdessen mit einem schiefen Grinsen.

»Okay, schon gut. Schätze, ich habe wirklich deine Aufmerksamkeit«, sagte Ami. »Was gut ist, denn wir gehen zur Wunde.«

Ami hatte tatsächlich auch eine Waffe für Sawi, obwohl diese keine Skars trug. Ein einfacher Speer, nichts weiter als ein Schaft aus hellem Holz mit einer zackigen Spitze vorne dran. Sawi betrachtete ihn, während sie durch das riesige Najahn-Viertel liefen und auf den Bergpfad zusteuerten, der sie laut Ami den ganzen Weg hinauf und über den Krater führen würde. Schneeflocken fielen, wenn auch nicht stark. Noctia schien zu kurzen Schneestürmen zu neigen, gefolgt von Tagen und Abertagen feinen Schneege-stöbers. Der Schnee schien sich immer unter Sawis Roben und ihr Leder zu schleichen und sie von innen heraus auszukühlen.

»Du starrst diesen Speer an, als würde er sich verändern«, sagte Ami, als sie sich dem Kiesweg näherten. »Lass mich dir Zeit sparen: Das wird er nicht.«

»Es ist Müll.«

»Woher willst du das wissen? Hast du schon mal damit gegen einen Unhold gekämpft?«

»Vis hat überall Speere. Ich weiß, was ein guter-«

Ami drehte sich auf ihrem rechten Absatz und grub ihn in einen der letzten Pflastersteine. Anstatt ein Stück voraus und zu Sawis Rechten zu stehen, hatte die Wächterin nun ihr glutrotes Haar und ihr goldüberzogenes Gesicht dicht vor Sawis eigenem.

»Nur einmal«, sagte Ami, ihre Stimme sank zu einem messerscharfen Flüstern herab, »nur einmal, nutze dein Wissen auf die richtige Art. Halt den Mund, studiere, was um dich herum ist, und anstatt es abzutun, frage stattdessen warum.«

Sawi kämpfte dagegen an, mit den Augen zu rollen. »Warum dann?«

»Weil es einem Najahn-Novizen, den Rang, den deine nadelfreie, einfache Robe zeigt, verboten ist, außerhalb des Trainings eine echte Waffe zu tragen«, antwortete Ami. »Du bist bei mir, und dieser Speer ist alt genug, um als Relikt durchzugehen, also hat sich niemand darüber aufgeregt. Ansonsten würde dich irgendein Gelehrter, der einen schlechten Tag hat, für eine Woche mit Küchendienst bestrafen.«

Sawi sah sich um und bemerkte, dass die wenigen Seelen, die sich so nah am Weg befanden, ihnen keine Aufmerksamkeit schenkten. Wie immer auf Noctia gab es Geschäfte zu erledigen. Neugierige Augen und Ohren wären eher in der Nähe der Häfen zu finden. Dennoch ließ der Gedanke, Töpfe zu schrubben oder die fleckigen Steinböden zu fegen, ihre Nase kräuseln.

»Warum gibst du ihn mir dann überhaupt?«

»Weil die Wunde ein gefährlicher Ort ist, und ich würde es vorziehen, dass du ein paar Teller abwäschst, als unter meiner Aufsicht zu sterben.«

Amis nüchternes Ende der Unterhaltung erstickte jedes weitere Gespräch, selbst als Sawi mehr über die Schnitzereien im Tunnel fragen wollte, der in Noctias riesigen Krater führte. Die Neugier würde heute hungrig bleiben, und das war in Ordnung. Es würde genug andere Ablenkungen geben, angefangen mit der Wunde selbst und Amis Fluch, als sie aus der Höhle in den Krater traten.

Legende wurde Wirklichkeit, und Sawi wurde von einer groben Verweigerung getroffen. Als könnte sie nicht ganz glauben, was sich vor ihr abspielte. Eine Geschichte, eine Fabel, oft als Ritual erzählt, die die sieben Götter und ihre wachsenden Fehler darlegte. Noctia, der göttliche Schiedsrichter des Todes, der immer mehr in Konflikt mit dem Lebensspender Vis geriet. Ein Brechen von Banden, eine verräterische Wendung - wer der Verräter war, hing davon ab, wer die Geschichte erzählte und wo seine Sympathien lagen - und ein plötzlicher Schlag. Vis, der seinem Gegenpart einen tödlichen Stich versetzte und dabei den Krater und darunter die Wunde mit einem von Foti geschmiedeten Dolch erschuf.

Dieser Krater glich nun einem lebenden Wesen, von oben bis unten mit Lelune-Blumen bedeckt, tagsüber schwarz und nachts von einem wunderschönen, erstaunlichen Rosa. Ein Dankeschön, so sagten Sawis Älteste, an Sichi für ihr hilfreiches Licht.

Durch diese Blumen führte ein Kiesweg, ähnlich dem, auf dem sie gerade gelaufen waren, mit einem wichtigen Unterschied: Dieser endete nicht in einer Höhle oder einem Außenposten, sondern in einer Festung. Ami hatte Sawi zuvor gesagt, sie solle Zelte und Wachen erwarten. Nicht Steinmauern, wenn auch durch aufrechte Planken gestützt, Zeichen der Eile. Auch nicht mehrere Baracken, die auf dem grauen Staub am Grund des Kraters errichtet worden waren. Eine Kantine und andere Gebäude schienen im Entstehen begriffen, das kalte Wetter kein Hindernis für die schnelle Arbeit.

»Es wird schlimmer«, war alles, was Ami sagte, als sie die Entwicklung betrachteten. »Es wird immer schlimmer.«

»Du klingst nicht überrascht?«, fragte Sawi.

»Nein ...«, Ami verstummte, ihre Augen beobachteten die Arbeit, ohne sie wirklich wahrzunehmen. »Es war wie beim letzten Mal. Als wir ankamen, um die Erneuerung durchzuführen. Die Wunde war befestigt, die Unholde waren zu häufig, aber nicht so wie jetzt. Nicht so dauerhaft.«

»Die Erneuerungen werden häufiger, stimmt's? Vielleicht macht es jetzt Sinn, hier etwas zu haben.«

Ami runzelte kurz die Stirn. »Es bedeutet, dass uns die Zeit davonläuft.«

Die Wächterin stapfte weiter, bevor Sawi etwas Korrigierendes einwerfen konnte. Zwar geschahen die Erneuerungen schneller – was nicht gut war! –, aber es würden immer noch Jahre zwischen ihnen vergehen. Das war kaum vergleichbar mit Gladdrings Situation in Mottila, wo eine einzige missglückte Nacht sein Ende bedeuten konnte. Auch kaum vergleichbar mit Wax' Druck, der gegen sechs andere um den Skar jeder Insel wetteiferte.

Aber so war Ami eben. Alles war *am wichtigsten*. Jeder Tag war *entscheidend*. Vorerst kontrollierte Ami auch den Großteil von Sawis Leben, also würde Sawi versuchen, so gut sie es ertragen konnte, die Dinge wie ihre Lehrerin zu sehen.

Also beschleunigte Sawi ihren Schritt, als das Paar zum Grund des Kraters hinabstieg.

Die Aegis war nicht nur von außen umgeben. Ihr karger Thron, der für ihre verblasste, ausgemergelte Gestalt und ihre purpurnen Gewänder viel zu groß erschien, wurde von zwei Najahn-Wachen in voller Rüstung flankiert. Diese beiden hatten im Gegensatz zur üblichen Besetzung ihre Gleven und Chakrams gegen kleine Schwerter und riesige Schilde einge- tauscht. Sawi versuchte herauszufinden warum, bis Ami es ihr erklärte: Diese Schilde würden die Aegis schützen, bis andere Kräfte die Unholde niederstrecken würden.

Und andere Kräfte gab es zuhauf. Die Wunde, deren Riss sich nahe dem Thron erstreckte und auf beiden Seiten viel zu weit fortsetzte, wurde nicht nur von einem oder zwei Najahn patrouilliert, sondern von einer ganzen Truppe Bogenschützen. Halb so viele Gleven begleiteten die Armbrustschützen, ihre gebogenen Speere bereit, alles abzuwehren, was für einen Bolzenhagel zu tödlich war. Auch Chakrams waren überall verteilt, in Stapeln über den kuppelförmigen Bereich verteilt, wo jeder ambitionierte Najahn sie binnen Sekunden greifen und werfen konnte.

Überall Feuerkraft.

Nachdem sie Sawi der Schildmaid-Hauptfrau vorge- stellt hatte, ließ die Wächterin die Vis zurück und machte sich auf den Weg zur Aegis. Sawi sollte sich offenbar umse- hen, ein Gefühl für den Ort bekommen. Verstehen, wofür sie arbeitete, wen sie beschützte.

Es war jedoch schwer, Mitgefühl für so viele Soldaten zu empfinden, die von Kopf bis Fuß in purpurne und schwarze Rüstungen gehüllt waren. So anders als ihre

Freunde und Familie zu Hause, und so unwillig, Sawi mehr als einen finsteren Blick oder einen verwirrten Blick zu schenken. Als wäre sie hier in diesem rauen Kraterbett die Seltsame.

Niemand hielt Sawi auf, als sie sich dem Interessantesten hier näherte: der Wunde selbst. Die Linie durch den Felsen sah aus wie ein unnatürlicher Riss, zu gerade für die wilden Linien eines Erdbebens, doch so verkrustet von Alter und Kämpfen, dass sie irgendwie entstellt wirkte. Ein natürliches Wunder, geschändet wie eine Sana mit gebrochenen Blütenblättern. Schaden hatte jedoch seine eigene Faszination, und die Wunde zog Sawi an ihren Rand. Sie wartete auf eine Lücke zwischen den patrouillierenden Bogenschützen, deren Armbrüste über den Rand zielten, und schaute hinein.

Tages- und Fackellicht vereinten sich zu einem weiß-orangen Schimmer, der die Wunde erhellte und Sedimentlinien, einige herumhuschende Insekten und Krallenspuren beleuchtete. Blutige Flecken, einige weit entfernt von menschlichem Rot, vermischten sich mit verbrauchten Bolzen und zeugten von kürzlichen Kämpfen, kürzlichen Schrecken. Tiefer, Sawi neigte den Kopf, als würde sie einen Horizont absuchen, führte sie zu einer wachsenden Dunkelheit. Eine endlose Grube, so schwarz, dass jeder Nachthimmel dagegen mild hell erschien. Die Tiefe zog an ihr, schien die Wärme aus ihrem Körper zu saugen, ihr Atem stockte, während ihre Augen nach etwas, irgendetwas in dieser Dunkelheit suchten.

Ein Pfiff ertönte, scharf und klar, aber Sawi schob den Klang beiseite. Ein weiterer Schichtwechsel, eine weitere Najahn-Formalität. Nichts im Vergleich zu der Leere, die sie sah, der Wunde, die ihre ganze Aufmerksamkeit forderte. Die Entfernung, die Größe wuchs, schob die felsigen

Wände, den Fackelschein beiseite, bis nichts, nichts außer dieser Schwärze zu sehen war.

Nur war es nicht nur schwarz. Nicht jetzt, nicht mehr. Dort wuchs, genau dort, wenn sie es nur erreichen könnte, ein goldener Lichtpunkt. Ein glitzerndes Juwel, von der Farbe der Sonne. Und Sawi konnte es erreichen, das konnte sie, sie musste es nur versuchen. Ihre Hand streckte sich aus, diesem Juwel entgegen, ihre Finger streckten sich in die Dunkelheit.

Als sie es berührte, diesen glitzernden Fleck fand, wuchs er, ermutigt durch ihre Bemühungen. Er kam, kam an die Oberfläche, kam zu ihr. So schön, so perfekt, und damit, Sawi spürte es, gab es keinen Zweifel mehr, nur Macht. Kraft, um das zu tun, was Ami wollte, was Kitaye brauchte, was die Welt verdiente. Das Gold leuchtete so hell, landete auf ihrer Fingerspitze, sein Licht ein ... ein Feuer.

Sawis Lächeln kippte, ihr Geist wurde kalt, als sich die schimmernde Herrlichkeit in ein zischendes Orange verwandelte, ein wütendes Rot, das ihre Hand, ihren Arm hinaufkroch und sie verschlang. Sie begann zu schreien, sich wegzuziehen, nur um festzustellen, dass ihre Füße wegrutschten, ihr Arm nur tiefer in –

»Schließ verdammt nochmal deine Augen«, schnaubte Ami, die Wächterin packte Sawi und schleuderte sie von der Wunde weg, ließ die Vis-Sammlerin über den Schmutz kullern.

Die Flammen verschwanden, die Dunkelheit war weg, ersetzt durch herumschrammelnde Wachen und klickende Armbrüste. Etwas brüllte wütend von unten. Ami schenkte dem keine Beachtung, trat vor Sawi und setzte wieder ihren üblichen finsteren Blick auf ihrem vergoldeten Gesicht auf.

»Unholde jagen mit mehr als nur Klauen«, sagte Ami,

ohne Sawi die Hand anzubieten, als diese, ihren Arm unberührt von jeglichen Flammen, auf die Beine kam. »Sie werden deinen Verstand in Stücke reißen, alles, um dich zu brechen. Fordere sie nicht heraus, wenn du nicht bereit bist.« Ami blickte zurück zur Wunde, spuckte in Richtung des Risses. »Und du, Sawi, bist noch lange nicht bereit.«

Die Vis zitterte, rieb ihren Arm, während die Armbrüste weiter feuerten, ihr Klicken ging weiter und weiter, bis jemand den Tod des Unholds pfiff. Erst dann sagte Ami, dass sie gingen.

Sawi verzichtete auf ein angebotenes Abendessen, verzichtete auf weitere Vorträge und Lektionen und zog sich in ihr karges Zimmer zurück. Das schmale Fenster, die dünnen Laken, die Steinwände boten früher wenig Trost. Jetzt gab ihre Gewissheit Sawi alles. Sie kuschelte sich unter die Decken, legte trotz der frühen Stunde den Kopf aufs Kissen und wäre sofort in einen albtraumhaften Schlaf gefallen, hätte nicht ein kratzendes Geräusch sie hochschrecken lassen. Seine Quelle: ein Brief, blass und sauber, der unter ihrer Tür durchgeschoben wurde. Auf der Vorderseite das Wachssiegel eines bestimmten Tenets.

Gladdring.

10

RUBINROLLE

Je tiefer sie vordrangen, desto blutiger und kampfzerfetzter wurden die Höhlen. Die natürlichen Wände trugen nicht nur Spuren von Klauen und Reißzähnen, sondern auch von Klingen und Waffen, die Svarde nicht identifizieren konnte. Steinbrocken, einige zerbrochen und andere glatt, als wären sie von der perfekten Erzdecke abgeschnitten worden, lagen auf ihrem Weg, leicht zu umgehen, da die Tunnel weit genug wurden, dass Svarde, Kivi und die Kundschafterin Olgata nebeneinander gehen konnten.

Die Linienformation erleichterte auch die Kämpfe, wobei die Unholde häufiger auftauchten, während die Stunden und Tage dahinkrochen. Die Monster kamen in allen Formen und Größen, stimmten aber in einer beunruhigenderen Eigenschaft überein: Angst. Diese Unholde flohen vor etwas Schlimmerem, und obwohl Svardes Trio jegliche riesigen Monster vermied – Jochis Armee würde sich später um sie kümmern –, wäre ein solches Ausweichen ohne die blinde Feigheit in allem, was sie sahen, nicht möglich gewesen. Die kleineren forderte Svarde zum Niedermetzeln auf, oft mit einem Sprungschlag von hinten oder einem Hinterhalt von Kivi von oben. Sich windende käferartige Unholde, hilflose wandelnde Pilze, seltsame moosige Schrecken, alle fielen in dem, was zu einem belebenden Rhythmus wurde: laufen, abschlachten, rasten und alles wieder von vorn.

Mit Kivis Hilfe schlugen die drei einen Rastplatz abseits des Hauptweges, vorzugsweise in der Nähe eines Tümpels mit trinkbarem Wasser. Olgata bestand darauf, ein kleines Feuer zu entzünden, etwas Moos zu verbrennen und damit zu kochen, was sie sammeln konnten. Sie kochten auch das Wasser ab, um sicherzustellen, dass jeder Schluck frei von Krankheiten war. Aufgestapelte Steine und Svardes schiere Masse halfen dabei, das Licht des Feuers daran zu hindern, sich auszubreiten, obwohl die fliehenden Unholde sich kaum darum zu kümmern schienen.

Die Fluchten wiesen Svarde zumindest eine Richtung.

»Zu viele Möglichkeiten«, antwortete Svarde zu Beginn, als Olgata überlegte, welchen Weg sie einschlagen sollten. »Wir wissen, dass etwas die Unholde erschreckt. Entweder ist es ein Verbündeter, den wir nutzen können, oder ein schlimmerer Feind, den wir vernichten müssen.«

»Solange Sie derjenige sind, der die Vernichtung übernimmt«, hatte Olgata erwidert.

Trotz ihrer Worte war die Kundschafterin im Kampf nicht zu unterschätzen. Sie setzte eine Reihe von Tricks ein, benutzte eine Schleuder, zahlreiche Gadgets, die aus den Steinen und Moosen um sie herum gefertigt waren, und zwei geschwungene Steinhämmer, um alle Unholde zu vernichten, die an Svarde vorbeischlüpften. Jedes Mal, wenn er sie für ihre Kampfkraft lobte, duckte sich Olgata jedoch nur tiefer in ihre Kapuze und beklagte, Svarde hätte sie dazu gezwungen.

»Die Aufgabe einer Kundschafterin ist nicht das Töten«, fügte Olgata erst an diesem Morgen hinzu, nachdem sie ein umherstreifendes Quartett von spindeldürren, spuckenden spinnenartigen Unholden zermalmt hatten. »Ich mag die Gewalt nicht.«

»Dann sind Sie auf der falschen Expedition.«

»Ich will meiner Insel genauso helfen wie Sie.«

Das konnte Svarde respektieren. Noch mehr respektierte er Olgatas Verständnis dafür, dass Prinzipien beiseitegelegt werden mussten, wenn die Gefahr es erforderte. Dort, wohin sie gingen, würde Pazifismus nicht funktionieren.

Gegen Mittag betraten sie eine weitere Tümpelkammer, diese überquellend mit violetten und orangefarbenen Pilzen. Dünne und hohe Pilzhüte schossen zwischen verknoteten Wurzelgeflechten empor. Das Wasser dahinter blubberte am hinteren Ende, wo eine Quelle eintrat. Es gab auch nur einen Ausgang, da sich die Höhle weiter vorne in die Tiefe bog.

Ein idealer Ort für das Mittagessen.

»Wir machen hier Pause«, verkündete Svarde, dessen eigener Magen bereits bei dem Gedanken knurrte. Trotz des Sammelns, trotz der Unholde, die sie zu essen wagten, würden sie bald ihr Ziel finden oder warten und sich bei Jochis Armee mit Vorräten eindecken müssen. »Eine lange Pause.«

Olgata definierte die beiden, kurz und lang, als Gelegenheiten, einen Bissen zu essen und durchzuatmen, oder zu reinigen, vorzubereiten und zu planen. Hier, wo Überraschungen unwahrscheinlich waren und die Möglichkeit bestand, nicht nur die Wasserschläuche aufzufüllen, sondern auch das Blut vom morgendlichen Kampf abzuwaschen, dachte Svarde, dass ein paar Minuten mehr ihnen helfen könnten, weiter in den Abend vorzudringen.

Könnte sie sogar dorthin bringen, wo sie hin mussten. Die verdammte Welt konnte doch nicht viel tiefer sein, oder?

Olgata widersprach nicht, und die beiden tauchten abwechselnd in das Wasser, stiegen über die Pilze in den kühlen Tümpel. Die Höhlenluft war immer muffig und lehmig, hielt stets eine Temperatur wie an einem Frühlingstag auf Foti, abzüglich des gelegentlichen heißen Geysirs, der Dampf in den Stein spuckte. Während Baden auf seiner Heimatinsel, wo angesammelter Schmutz und Dreck eine gewisse Ehre zu tragen schienen, kein großes Thema war, stellte Svarde fest, dass seine Schnitte und Schwielen schneller heilten, wenn sie von dem Schmutz des Tages befreit waren. Mehr noch markierten die Bäder die Tage besser als alles andere, ein Gefühl des Fortschritts, während Olgata auf ihrer wachsenden Karte die Entfernung zwischen den einzelnen Tümpeln eintrug.

Wasservorräte bedeuteten alles für eine Armee auf dem Marsch.

Jochis sekundäre Kundschafter würden ihre Zeichen an den Höhlenwänden finden, die sie mit ihren Steinhämmern und spitzen Meißeln einritzte. Diese würden die Whent-Streitkraft hinter ihnen herführen, und-

Kivis Schnauben ließ Svarde sich umdrehen, der Tümpel kräuselte sich durch seine Bewegung. Er war nicht tief genug gegangen, um zu schwimmen, aber rutschiges Unkraut bedeckte hier die Steine, und selbst eine beiläufige Drehung brachte Svarde aus dem Gleichgewicht. Er warf seine Arme in einem Spritzer aus, schüttelte das Wasser ab, um ein anderes Geräusch zu hören, ein vertrautes:

Rana-Lachen.

Maena tätschelte Kivis Steinkopf, Heiterkeit leuchtete in ihren Augen, während sie über Olgatas kleinem Feuer stand. Svardes anfängliche Hochstimmung mäßigte sich so schnell wie sie gekommen war, das gesamte Erscheinungsbild der Kapitänin bewies, dass sie keine Vorhut war, keine schnell marschierende Truppe, die zu ihrer Entlastung kam: Maenas Whent-Uniform, die ihr mit ihrem Rang zur Verfügung gestellt worden war, wies überall Risse und Schrammen auf. Ihr Säbelgürtel hing kaum noch, und Svarde bemerkte schnell, dass sie nur einen einzigen Schuh trug.

Kein Beutel in Sicht, und Maenas Gesicht trug den Ausdruck von jemandem, der von dem gelebt hatte, was ihre Hände finden konnten.

Apropos finden, Olgata war verschwunden. Svarde wusste jedoch, dass er sich keine Sorgen machen musste. Die Kundschafterin hatte wahrscheinlich Maenas Annäherung gehört und sich rar gemacht, bereit, aus den Schatten zuzuschlagen, falls es nötig erschien.

Schließlich konnte ein Unhold fast jede Gestalt annehmen. Und nach dem gedankenkontrollierenden Monster, das Svarde bei seinem letzten Gang in die Tiefen gesehen hatte, würde er der Kundschafterin nicht widersprechen.

»Maena?«, fragte Svarde, während er aus dem Becken stapfte. Seine Äxte lagen am Rand des Wassers. Das Leder und die andere Ausrüstung befanden sich beim Feuer. Beide Hände griffen nach den Griffen und hoben die Klingen. »Was machst du hier unten?«

»Mir war langweilig«, sagte Maena und streichelte

weiterhin Kivis Schuppen. Die Echse schnaubte erneut, verwirrt. »Die anderen sind zu langsam. Du wärst den ganzen Ruhm einheimsen gegangen.«

»Ruhm?«

»Du weißt, was ich meine.«

Svarde musste sich konzentrieren, um seinen Weg durch die Pilze zu finden. Das verworrene Geflecht kitzelte seine Füße, die Weichheit eine angenehme Abwechslung zum staubigen Fels. Diese Konzentration bedeutete jedoch, dass er Maenas Worten nicht die Aufmerksamkeit schenken konnte, die sie verdienten, denn sie waren seltsam.

»Ich verstehe nicht.«

»Das Ende der Unholde, wofür wir alle arbeiten. Warum wir hier unten sind. Ich möchte dabei sein, wenn es passiert.« Maena zog den Säbel aus der Scheide und schwang ihn einmal durch die Luft, während Kivi zurückwich. »Ich möchte diejenige sein, die es tut. Das Ding zerstören, das so viel Böses angerichtet hat.«

Svarde nickte. Das zumindest klang mehr nach der Rana-Hauptfrau. »Du und ich zusammen.«

Maena grinste nur zurück und sah sich dann am Feuer um, während Svarde sich anzog. »Seid ihr nur du und Kivi hier unten?«

Svarde zögerte. Täuschung war nicht sein Ding, also wählte er statt zu lügen eine andere Taktik.

»Du siehst nicht gut aus«, sagte Svarde. »Wo ist deine Tasche?«

»Verloren. Diese verdammten Höhlen, weißt du?«

»Du bist allein gekommen?«

»Alle anderen waren zu langsam. Rasslebeck und Pennifer wollten bei der Armee bleiben. Wo es sicherer ist.«

Nicht der Rasslebeck und die Pennifer, die Svarde kannte, aber vielleicht hatten sie sich verändert. Es waren jetzt Tage vergangen, und der letzte Tauchgang in die Dunkle Tiefe war erschütternd gewesen. Svarde nutzte seine Narben, um weiter voranzustürmen. Andere mochten sie als Grund sehen, langsamer zu werden.

Svarde winkte zum Becken. »Dann nutze die Gelegenheit, dich zu säubern, Maena. Wir haben es nicht eilig.«

»Das könnte ich tatsächlich tun.«

Maena schnallte ihren Schwertgürtel ab. Svarde griff nach einem gerösteten Pilzhut – Olgata hatte sie gekocht, während Svarde das erste Bad nahm – und hatte den verkohlten, mehligen Pilz im Mund, als Maena in einen Lauf ausbrach, sprang und dann vollständig bekleidet ins Becken tauchte. Das Wasser spritzte auf und Svarde spuckte seinen Pilz aus, bereit aufzuspringen und ihr nachzugehen, als die Rana-Hauptfrau mit einem wilden Lachen auftauchte. Ihre Stimme hallte an den Höhlenwänden wider und prallte wer weiß wohin ab.

Kivi schnaubte. Diese Echos würden Konsequenzen haben.

Trotzdem planschte Maena. Sie wusch sich, ihre zerlumpte Kleidung, und Svarde aß. Minuten vergingen, und Olgata tauchte nicht wieder auf. Etwas anderes tat es.

Sie kamen mit einem stetigen Schlängeln, einem langsamen Schütteln wie Sand, der auf Stein reibt. Zwei Unholde, ihre langen Körper nicht aus Schuppen, sondern aus glitzernden, rubinähnlichen Edelsteinen gebaut. Die Steine fingen das Feuerlicht ein und hoben Opale hervor, die zwischen dem Rot verstreut waren. Svarde, der erneut sein Mittagessen aufgab, stand auf und hob seine Äxte, studierte die Unholde.

Das Paar bewegte sich nicht wie Schlangen, eher wie Flüssigkeit, die sich als eine einzige Masse auf Svarde, Kivi und ihr Feuer zuschlängelte. Sie wankten und formten sich neu, fast wippend in ihrer Bewegung. Keine Waffen, keine Klauen, keine sichtbaren Münder.

»Was für eine Art von Monster seid ihr?«, fragte Svarde die Kreaturen, als sie auf ihn zuschlängelten.

»Die Art, die spielen will!«, rief Maena aus dem Becken. »Zerschlage sie, Svarde. Zerschmettere sie in Stücke. Oder warte und ich werde es bald tun.«

Die Hauptfrau begann, ans Ufer zu planschen. Zu weit, um rechtzeitig dorthin zu gelangen. Svarde blickte auf seine Äxte und versuchte sich vorzustellen, was passieren würde, wenn er ihre Foti-geschmiedeten Metalle gegen einen echten Edelstein testen würde. Einen hier unten zu zerstören, würde den Wächter in eine schwierige Lage bringen.

»Kivi, du bist dran«, sagte Svarde, machte einen Schritt zurück zum Feuer und sah sich nach einer anderen Option um.

Der Ferrit nahm Svardes Einladung an und rannte damit los, buchstäblich nach links schreitend und auf die nähere Rubin-Steinbestie losstürzend. Kivi führte mit ihrem Maul, ihr Kiefer weitete sich und enthüllte mahlende Zähne, bereit, Stein zu köstlichem Staub zu zermahlen. Der Unhold reagierte überhaupt nicht, außer zu erschaudern, als Kivi auf seinen führenden Klumpen biss. Anstatt zurückzuweichen, als Kivis Zähne Halt fanden, fegte der Unhold vorwärts, seine Masse ballte sich zusammen und kletterte über und um Kivis Kopf, während sie kaute.

»Zurück!«, rief Svarde und entschied, dass seine Äxte es wert waren, für das Leben des Ferrits verloren zu gehen.

Der Foti-Krieger hob beide hoch, machte zwei lange Schritte auf den krabbelnden Ferrit zu, der nun in dem Rubinhaufen verschwand. Svarde sprang, flog und schwang beide Äxte auf die Kreatur hinab. Die Köpfe bissen in die Rubine, Funken flogen, Erschütterungen liefen Svardes

Arme hinauf. Die Waffenköpfe hielten, aber sie bissen auch nicht ein, Svarde traf und rollte vom Rücken des Edelstein-Unholdes ab. Das Monster bewegte sich weiter vorwärts, als Svarde sich auf die Füße stemmte.

Nur um zu sehen, wie der zweite, seine Steinhaut dunkelrot mit dem Feuer im Rücken, lautlos auf ihn zukam.

11

SCHNELLES MEER

Für jemanden, der an die sauberen, ruhigen Gewässer in Kitayes tropischer Bucht gewöhnt war, ließ das Umfahren von Eisbergen und deren kleineren Geschwistern, während die Wellen tobten und bittere Winde pfiffen, Wax die Buggeländer des Schiffes mit beiden Händen umklammern. Lederne Handschuhe, maßgeschneidert und von Deux als Abschiedsgeschenk an Bliss, Torny und Wax verteilt, erwiesen sich als notwendig, um die pure Kälte abzumildern. Genauso wie die dicken Umhänge, die die verräterischen Kance-Wachen zurückgelassen hatten.

»Wann gehen wir wieder nach Hause?«, gebärdete Bliss, die neben Wax zusammengekauert stand. Sie hielt ihre Hände frei von Handschuhen, um es einfacher zu machen, steckte sie aber nach jeder Geste wieder in ihren Umhang.

Im Gegensatz zu Wax schien Bliss recht sicher auf den Beinen zu sein.

Aber sie hatte ja auch nicht die Skars, die in ihrem Kopf herumspukten. Wax' Halskette, geschnitzt von den Najahn und für immer um seinen Hals gelegt, hielt die drei Steine. Sie drückten ihre Wärme gegen seine Brust, und mit dieser Nähe kam ein Flüstern wie Matsch, als würde Wax mehrere Gespräche gleichzeitig belauschen. In Sprachen, die er nicht kannte. Über Dinge, die er sich nicht vorstellen konnte.

Dennoch hatte er sie inzwischen gut genug entschlüsselt, um sie an ihrem Flüstern zu erkennen. Mehr noch an dem, was sie aufregte. Der Vis-Skar hielt sich jetzt ziemlich ruhig, obwohl Wax' anhaltende Schmerzen von der Flucht aus Noctia ihn zum Murmeln brachten. Der Skar beschleunigte die Heilung, aber er wirkte keine Wunder, konnte Wax nicht innerhalb eines Tages wieder auf die Beine bringen.

Andererseits, wenn er es getan hätte, wären die Rana- und Foti-Skars vielleicht noch lauter gewesen.

Die beiden Edelsteine schienen in einem erbitterten Kampf zu sein, beide stritten über die Eisberge und die geschickte Handhabung der *Storm's Edge*. Der Rana-Skar sprang jedes Mal auf, wenn Wax' Blick aufs Wasser fiel, als würde er verkünden, dass Wax mit seiner Hilfe den Ozean durchschwimmen könnte. Dass er in den eisigen Wellen viel sicherer wäre als auf dem schnellen Boot. Und wer weiß, in wärmeren Gewässern könnte der Skar ihn vielleicht wirklich über all das Meer bringen.

Der Foti-Skar gab gegenteilige Ratschläge und heulte Wax an, näher an diese schwimmenden Berge heranzukommen, damit er sie in Stücke sprengen könnte, die Eisschollen zu nichts weiter als dem Wasser machen könnte, auf dem sie trieben. Dass ein solcher Kurs Wax genauso sicher einfrieren würde wie das Eis, das der Skar zerstört sehen wollte, war kein Grund zur Sorge. Wax hatte diese Missachtung aus erster Hand gesehen, als er gegen ein Ungeheuer im nördlichen Sumpf von Rana kämpfte:

Das Feuer des Foti-Skars hatte das Monster erledigt, während es Wax fast bis ins Mark gegart hätte.

»Wenn ich das gewinne, komme ich nie wieder nach Hause«, sagte Wax. »Seltsamer Gedanke, nicht wahr?«

»Traurig, finde ich.«

»Hast du etwa andere Ideen, wie man die Welt retten könnte?«

»Svarde hatte eine.«

Der alte Foti-Wächter? Er hatte etwas über das Dunkle Unten erwähnt, die Quelle der Ungeheuer zu finden, aber Wax hatte nichts mehr von dem Mann gehört, seit er Vis verlassen hatte. Er hatte in Noctia herumgehorcht, aber wenn Svarde es je in die Stadt geschafft hatte, war er keine Erwähnung wert gewesen. Wer weiß, vielleicht hatte der Mann es versucht und war genauso gestorben wie all die anderen.

»Was, willst du etwa irgendeine Höhle finden und verschwinden?«, fragte Wax.

»Sie würde nicht weit kommen«, sagte Torny und mischte sich mit mehreren Bechern heißen Tees in das Gespräch ein. »Nicht ohne unsere Hilfe.«

»Und wie würdest du mir in einer Höhle helfen?«

Tornys Kance-Umhang verschlang die kleinere Banditin, so sehr, dass der Dampf aus ihrem Teebecher ihr Gesicht verhüllte. Ihre Hände, unsichtbar unter den Ärmeln des Umhangs, ließen nur Fingerspitzen am silberbeschichteten Becher sehen. Die Banditin war jedoch in den Tagen seit dem Verlassen von Noctia eine muntere Präsenz gewesen, weniger verbittert und enthusiastischer als zuvor.

Eine Lektion, dachte Wax, von der er lernen könnte.

»Na ja, ich würde dir all die Giftpilze zeigen, damit du sie nicht runterschlingst«, sagte Torny, und als Bliss anfing, einen Einwand zu gebärden, redete Torny einfach weiter.

»Du würdest offensichtlich auch in alle falschen Tümpel springen, also würde ich das verhindern. Ganz zu schweigen vom Kochen, ich hab deins probiert, und ...«

Wax lachte und schüttelte den Kopf. Er wandte sich von draußen ab, während Torny weiter Bliss neckte und stichelte. Er hob seinen Teebecher zum Dank und ging langsam zurück in die obere Kabine des Schiffes, wobei er sich an einem Deckhand vorbeiquetschte, der hinausging, um Eis von den Segeln und der Takelage zu entfernen. Eine brutale Arbeit, das.

Drinnen, frei vom Wind, ließ Wax seine Kapuze fallen. Auch die Skars wurden ruhig, als die tödliche Gefahr aus dem Blick verschwand, und ließen ihn durchatmen.

»Wax, gutes Timing«, sagte Eujo, die auf dem Weg zum vorderen Speisesaal an ihm vorbeiging. Wie üblich trug die Königin eine raue Hoheit zur Schau, mit silberblauen Kance-Roben, gepaart mit einer strengen Haltung, die Respekt verlangte. »Komm mit mir.«

Wax sah ihr nach, als Eujo weiterging. Keine Frage, nur ein Befehl. Eine Angewohnheit, die Eujo nicht abgelegt hatte, selbst während ihrer Zeit in Noctia, als es schien, als würde ihre eisige Mauer Stück für Stück schmelzen. Sie war auf dem Schiff zurückgekehrt, als ob die Anwesenheit ihrer Crew und Deux Eujo daran erinnerte, wer sie war. Jetzt streifte sie durch das Schiff, auf der Suche nach Aktion, und wenn sie keine fand, spannte sie sich an wie ein Hanoko, umgeben von Jägern.

Also hatte Wax seine Tage meist draußen verbracht und Eujo und ihre bissige Zunge gemieden.

»Was brauchst du?«, fragte Wax, als er Eujo in den nüchternen Speisesaal folgte. Was einst so elegant erschienen war, hatte nun kaum noch Charakter, das raffinierte Holz und die sauberen Wände boten wenig zum

Lieben. Zumindest bot das Fenster einen guten Blick auf den grauen Himmel. »Frühstück?«

»Hatte ich schon.« Eujo ging zum Kopfende des Tisches und winkte Wax zum Fußende. »Deux sagt, wir sind nur noch einen Tag von Whents Südküste entfernt. Die Winde lassen uns gute Zeit machen. Das bedeutet, wir müssen nutzen, was uns noch bleibt.«

»Ich nehme an, du hast eine Idee. Werde ich sie mögen?«

»Du weißt genauso gut wie ich, dass es nicht darauf ankommt, ob es uns gefällt. Wenn wir erfolgreiche Erneuerungen sein wollen, Wax, dann müssen wir die Skars benutzen.«

»Müssen wir das? Ich dachte, die Aegis sitzt einfach nur auf dem Thron.«

Eujo verzog das Gesicht und stemmte beide Hände auf den Tisch. »Wax, du nimmst das nicht ernst.«

»Ja, nun, mir ist kalt und ich habe immer noch Schmerzen. Die Skars hören auch nicht auf zu reden. Als wären sie aufgeregt.«

»Also hörst du sie.«

»Du etwa nicht?«

Eujo griff nach ihrem rechten Handgelenk, wo ein silberner Armreif ihre Haut mit Schlitzen für sieben Skars säumte. Vier lagen bereits darin: Kance, Vis, Foti und Rana. Sie fuhr mit dem Finger über die Edelsteine, während sie nickte.

»Sie wollen arbeiten, Wax. Ich denke, wir sollten sie lassen.«

Wax lachte: »Nach dem, was ich vermute, will mein Rana-Skar mich ins Wasser werfen.«

»Genau.« Ein leichtes, verschmitztes Grinsen.

»Oh, jetzt willst du, dass ich ertrinke?«

»Ich will, dass du es lenkst. Mit mir. Benutze den Skar und sieh, wozu er fähig ist.«

Der Speisesaal erwies sich als nichts weiter als ein Vorspiel, wo ein Deckhand heißen Tee servierte, der das Paar für den nächsten Schritt aufwärmen sollte. Eujo holte ihren Umhang, und bevor Wax wirklich verstehen konnte, was Eujo vorhatte, waren sie wieder draußen am Bug des Schiffes. Erneut der Wind, die peitschenden Wellen, das Eis, das links und rechts vorbeiglitt, während das Kance-Schiff dahinsegelte.

»Jedes Mal, wenn ich einen Skar benutzt habe«, sagte Wax, »bin ich der Richtung des Steins gefolgt. Ich kontrolliere ihn nicht. Es ist ein Tier.«

»Das ändert sich heute.«

»Du weißt wie?«

Eujo presste die Lippen zusammen. »Wie bei allem anderen musst du ihm zeigen, wer das Sagen hat.«

Na, das würde spaßig werden. Zumindest waren Torny und Bliss nach drinnen gegangen, sodass niemand außer ein paar Deckhands, die an den Segeln arbeiteten, Zeuge von Eujos Prahlerei sein würde.

»Okay, zeig mir, wie es geht«, sagte Wax und machte einen großen Schritt nach rechts.

»Zuerst Kance«, sagte Eujo. »Den kenne ich am besten.«

Sie drehte den Armreif so, dass der silberne Edelstein oben lag, am nächsten zum Handrücken. Sie schloss die Augen, der Pelzumhang zitterte im peitschenden Wind um sie herum. Wax wollte einen Witz reißen, irgendetwas, um den Moment aufzulockern, aber ihm fiel nichts ein. Nicht, dass es eine Rolle gespielt hätte: Eujo wirkte zu konzentriert, um sich darum zu kümmern.

Der Grund dafür zeigte sich, als sich die Segel des

Schiffes strafften, ein plötzliches Aufblähen, das die Deckhands dazu brachte, hastig mehr Spannung freizugeben, um zu verhindern, dass die Leinwand riss. Das Schiff schoss vorwärts, und jemand im Inneren fluchte laut genug, um den Lärm des Ozeans zu übertönen. Eis und Wasser rasten vorbei, Wax griff nach der Reling, um sich zu stabilisieren, während Eujo, die linke Hand über dem Armreif, völlig unbeeindruckt schien.

Zu viele Minuten vergingen, bevor sich die Segel entspannten. Das Schiff schoss über Wellen hinweg, streifte in hektischen Manövern Eisberge. Die Deckhands hasteten umher, tauschten in taumelnden Wechseln die Plätze, als die Muskeln zu müde wurden. Durch all das klammerte sich Wax an die Reling, beobachtete, während die Kälte Tränen über sein Gesicht trieb. Bis schließlich, als das Licht in den Nachmittag überging, Eujos Augen sich öffneten, ihre Wangen gerötet waren und sie atmete, als wäre sie gerade durch den Dschungel geschwungen.

»Alles in Ordnung?«, fragte Wax und löste seinen anhaltenden Griff.

»Gut«, sagte Eujo, ihre Stimme verlor sich. »Ich, ich habe versucht, ihm zu sagen, was es tun soll, und es hat nicht zugehört, Wax. Der Skar hat mich angeschrien.« Sie blickte auf den Armreif und runzelte die Stirn. »Ich verstehe natürlich nicht, was er sagt, aber er war nicht glücklich. Nicht, bis ich mich entspannt habe. Bis ich aufgehört habe zu versuchen, ihm zu sagen, was er tun soll, und ihn wild laufen ließ.«

»Also hat er die Segel von selbst gefunden? Hast du gesehen, was er getan hat?«

»Ich habe es gespürt.« Eujo rieb den Skar, eine fast liebevolle Liebkosung. »Er hat mich vor dem Wind geschützt. Wie dieser Umhang, aber stärker. Dann kam er zu mir.«

Wax hatte die gleichen Empfindungen gehabt. Der Foti-Skar hatte, nachdem er den Rana-Feind in die Luft gejagt hatte, nach Wax gegriffen, nach seinem Atem geschnappt, als wolle er ihn stehlen. Selbst der Vis-Stein zehrte an ihm, wenn die Wunden schwer genug waren.

»Und was nun?«, fragte Wax. »Du sagst, du kannst ihn nicht kontrollieren, dass er einen eigenen Willen hat, dass er keine Angst davor hat, uns auszusaugen, wenn er kann. Das wussten wir schon.«

»Ich glaube nicht, dass es so einfach ist. Sie wollen Dinge, Wax. Sie helfen uns, und vielleicht werden sie uns verletzen, wenn wir es zulassen. Aber ich weiß nicht warum.«

Wieder ein Lachen. »Du denkst, die Skars haben eine Agenda, Eujo? Es sind nur Steine. Fantastische Steine, aber es ist nicht so, als würden sie etwas planen.«

Eujo teilte das Lachen nicht. »Bist du sicher? Der Kreis sagt, die Skars seien Teile der Götter. Wenn das stimmt, dann leben die Götter vielleicht noch in ihnen.«

»Du wirst mystisch, Eujo.«

»Unsere Welt stirbt, Wax. Sie wird überfallen, zerstört, auseinandergerissen. Nach etwas Magischem zu greifen, könnte unsere einzige Chance sein.«

Die Königin drehte sich um, um über den Ozean zu blicken, und Wax folgte ihrem Blick. Am Horizont erhob und senkte sich eine graue Linie. Whent, fast einen ganzen Tag vor dem Zeitplan. Der Anblick brachte der Vis-Erneuerung nicht viel Trost.

»Weißt du, woran ich mich aus all diesen Legenden erinnere, Eujo?«, murmelte Wax.

»Was denn?«

»Die Götter haben sich gegenseitig getötet.«

12

TURMFALLE

Ein Jäger, der seiner Beute auflauert, war nichts Neues. Die Spuren finden, die Lieblingsnahrung des Tieres kennen, seine Gewohnheiten, wo es schläft – Quik hatte diese Dinge unzählige Male getan. Masayo, die Dritte-Hand-Tenet und Quiks Anführerin für seine erste Najahn-Rotation, bestand darauf, dass Spionage im Grunde dasselbe sei.

Sie hatte gelogen.

Quik wischte den verschütteten Tee vom abgenutzten Tisch in der Messehalle, der Lappen war bereits durchnässt von einem Dutzend anderer kleiner Katastrophen. Es würden noch ein Dutzend weitere folgen, bevor diese Schicht zu Ende war. Die Messehalle, in eine untere Klippe von Noctia eingebaut und mit Blick auf den westlichen Ozean und einer frischen Brise gesegnet, prahlte mit ihrer schieren Größe. Mehrere hundert Tische quetschten sich in den holzgetäfelten Raum, von unten gestützt und in die Luft ragend. Diese Tische, flankiert von Bänken, dienten als Gastgeber für die sabbernden Massen des Najahn.

Für eine so ehrenwerte Institution, für so gut ausgebildete Soldaten und Gelehrte, verwandelten sie sich alle in Schlampenhaufen, sobald sie Platz nahmen.

Auf Vis war eine gute Mahlzeit etwas, das man schätzte und genoss. Wenn man eine Orange oder Mango fallen ließ, musste man sie säubern und, wenn man sie nicht selbst aß, einem Haustier anbieten oder in einen Kompostkorb legen. Hier lud der Überfluss zu widerlichen Gewohnheiten ein, rücksichtslose Missachtung bedeckte Böden, Tische und Stühle.

Doch Quik hielt seinen Mund. Er folgte den Befehlen des Schichtleiters, eines Mannes, der zu viel von seinem eigenen Kaffee getrunken hatte und auf einem wahnsinnigen Kreuzzug zu sein schien, die Messe blitzsauber zu halten. Eine unmögliche Aufgabe, aber Quik hatte keine Lust, diesem schäumenden Gesicht zu widersprechen. Besser, wie Masayo geraten hatte, die Augen offen zu halten für eine Gelegenheit.

Wenn sich eine Chance für Quik ergab, in die Nähe von Gladdrings Turm zu kommen, hineinzugelangen, könnte er den Messe-Dienst für immer hinter sich lassen.

Bei diesem Gedanken verzog Quik das Gesicht, genauso wie in Masayos Büro. Sein einziges Publikum war ein weiterer Tisch, ein weiterer Spritzer Milch und Butter. Diebstahl war Tornys Gebiet. Am besten blieb es dabei. Seine Finger waren für Waffen bestimmt, nicht fürs Schleichen.

Quik hatte geplant, subtil mit Sawi umzugehen. Versuchen, sich mit ihr zu treffen, sehen, ob sie ihm helfen würde, aber die Sammlerin war verschwunden. Sie hatte ihr einziges geplantes Treffen vermieden, eine Zeit und einen Ort, die bei einer überraschenden Begegnung auf der Straße ausgetauscht worden waren, und obwohl Quik sich bemüht hatte, jeden Tag seitdem zu dem Treffpunkt zu kommen, hatte die Vis nicht ein einziges Mal ihr Wort gehalten. Vorerst eine verlorene Sache.

Hoffnung kam jedoch gegen Ende der Schicht, als die Messe vom Frühstück zum Mittagessen überging. Eine späte Frühstücksbestellung kam herein, überbracht von einem gehetzten Gelehrten, der Gladdrings Handels-Tenet-Anstecker trug. Die verflochtenen Pfeile und Taschen glänzten nicht sehr im winterlichen Grau, aber als Quik seinen Lappen in einen riesigen, schmutzigen Fass ausdrückte – später in einer spektakulären, ekligen Darbietung ins Meer gekippt –, bemerkte er das eigene Stirnrunzeln des Gelehrten und dessen dünne Arme.

»Sie werden Hilfe brauchen, um das alles zu tragen«, sagte Quik, als die Köche der Küche in Aktion traten, Eier in Eisenpfannen schlugen und Zwiebeln aus Säcken zogen, die gerade weggestellt werden sollten. »Ich habe Zeit.«

Der Gelehrte blickte kurz zu Quiks Gesicht auf, ließ seinen Blick über die verschmierte Schürze gleiten, die Quiks Najahn-Gewänder schützte. Das Stirnrunzeln verwandelte sich in eine neugierige Linie, gefolgt von einem Nicken. »Ich glaube, Sie haben in beiden Punkten Recht. Wenn Sie Ihre Hilfe anbieten, wäre ich froh, sie anzunehmen.«

Während ihrer langen Spaziergänge auf Foti, wenn Torny unaufhörlich über ihr Banditenleben plapperte, kam sie oft darauf zurück, dass Selbstvertrauen und Freundlichkeit zwei großartige, wenn auch oft vergessene Werkzeuge im Arsenal eines Diebes seien. Jemanden glauben zu lassen, man gehöre dazu oder man meine es gut, und Türen würden sich öffnen, ohne dass man einen Schlüssel bräuchte.

Quik setzte diese Maxime ein, während sie auf das Essen warteten, stellte Fragen über den Tag des Gelehrten, seine Pflichten, warum er im Handelsturm gelandet war. Jegliche Abwehr, die der Gelehrte vielleicht aufgebaut hatte, wurde entwaffnet, als Quik erklärte, er sei ein neuer Rekrut, der nur versuchte zu lernen, wie der Najahn funktionierte. Als der Gelehrte in eine viel zu lange, viel zu detaillierte Tirade über inselübergreifende Handelsverhandlungen verfiel, kämpfte Quik darum, sein eigenes Lächeln zu verbergen.

Er hatte sich seinen Weg hinein erkämpft. Und Torny hatte Recht: Es fühlte sich verdammt befriedigend an.

Zu des Gelehrten Verteidigung muss man sagen, dass es für ihn unmöglich gewesen wäre, die Mahlzeit allein zu tragen. Drei Körbe und ein Serviertablett vollgepackt mit Omeletts und Beilagen. Quik schnappte sich das und hängte sich zwei Körbe über die Schultern, sodass der Gelehrte mit dem dritten ein bisschen Ehre bewahren konnte.

Der Gelehrte plapperte weiter, nahm Quiks einsilbige Antworten als Einladung zum Weitermachen, den ganzen Weg bis zum Handelsturm. Quik zögerte, als sie durch die normale Holz- und Schwarzmetalltür hineingingen, und erwartete im Inneren ein anderes Rätsel wie bei der Dritten Hand. Stattdessen begrüßten ihn normale Flure, gesäumt mit lila Teppichen und hängender Kunst. Der Gelehrte bog scharf nach links ab und stieg eine Etage nach der anderen hinauf. Quik versuchte, sich die Details zu merken, versuchte, bei jedem Treppenabsatz nach möglichen Dingen Ausschau zu halten, die Masayo wertvoll finden könnte.

Alles, was er sah, waren weitere Gelehrte, alles, was er hörte, war Gemurmel über Handelsabkommen, Fragen zum Mittag- oder Abendessen und die üblichen Beschwerden über die kommende Kälte.

Der Gelehrte führte Quik in einen Raum, der wie ein Besprechungsraum aussah, geschmückt mit gerahmten Handelsverträgen und dominiert von einem einzigen großen Tisch. Lila gepolsterte Stühle säumten die dunkle Holzplatte, in deren Mitte das Siegel des Handelsturms eingebrannt war. Quik stellte das Essen nach den Anweisungen des Gelehrten auf, wobei Letzterer sich mit klebrigen Fingern einige Snacks sicherte.

»Sie finden selbst hinaus, oder?«, fragte der Gelehrte, als Quik fertig war, der Mann saß bereits am Kopfende des Tisches. »Wir fangen gleich an, und ich habe wirklich keine Zeit, Sie hinauszubegleiten.«

»Ich finde den Weg.«

Der Gelehrte winkte mit den Fingern zur Tür. »Sie können gehen.« Der Mann schien sich zu besinnen, als Quik sich zum Gehen wandte. »Und willkommen im Najahn. Danke für Ihre Hilfe.«

Siehst du? Nicht jeder hier ist so in seine eigenen Gedanken versunken, dass er unhöflich wäre.

Quik schloss die Tür hinter sich und trat in einen Flur mit zwei Möglichkeiten: Zu seiner Rechten lag der kurze Weg zurück zu den Umfangstreppen, die er hinaufgestiegen war, um hierher zu gelangen. Ein einfacher Ausweg, und nicht im Geringsten interessant. Stattdessen machte Quik langsame Schritte in Richtung des Turmzentrums. Unterwegs straffte er seinen Rücken und versuchte, jegliche Neugier aus seinem Gesicht zu vertreiben.

Er gehörte hierher, in diesen Turm, an diesen Ort. Das musste er, um Unterstützung für seinen Bruder zu gewinnen.

Sich an Quiks Hauptzweck zu erinnern, spielte einen besonderen Trick, entfachte eine gewisse Flamme. Mit zielstrebigeren Schritten ging Quik an einem Gelehrtenpaar vorbei, ohne eine Frage zu stellen, erreichte das Zentrum des Turms und erkannte, dass er die oberste Etage erreicht hatte. Der einzige Weg führte nach unten.

Eine gewundene Treppe führte durch die Mitte des Turms hinab, breit genug, dass mehrere Personen nebeneinander gehen konnten, und hielt auf jedem Stockwerk an Absätzen. Quik machte sich vorsichtig auf den Weg, trat langsam genug auf, um einen guten Blick auf die mehreren Etagen zu werfen, die er passierte, nur um keine Antworten zu finden. Najahn wuselten umher, viele bei ihrer eigenen Arbeit, während andere Händler oder Botschafter von den anderen Inseln begleiteten. Nichts schien geheimnisvoll, nichts eines näheren Blicks wert.

Quik dachte nicht daran, in Räume einzubrechen oder verschlossene Türen zu testen. Ein Spion konnte er vorgeben zu sein, aber die praktischen Fähigkeiten eines Diebes lagen außerhalb seiner Praxis.

Das bedeutete, dass er das Erdgeschoss und den Flur, der zum Ausgang des Turms führte, ohne Beweise erreichte. Nichts, was er Masayo liefern konnte, und folglich nichts, um seinem Bruder zu helfen. Die Treppe führte jedoch weiter nach unten, und in der ersten interessanten Sache, die er fand, erkannte Quik, dass der Chor von Gesprächen und Unordnung nicht aus den unteren Ebenen aufstieg.

Vielleicht die Schlafsäle für Leute, die im Turm lebten. Oder etwas, das seine Aufmerksamkeit wert war.

Verglichen mit der Alternative, einfach mit leeren Händen zu gehen, war die Entscheidung, die Treppe hinunterzugehen, eine einfache Wahl.

Unterschiede machten sich in den ersten paar Stufen unterhalb der Hauptebene des Turms bemerkbar. Zuerst nahm die Kunst ab. Der Stein schien kälter, die Stufen weniger abgenutzt. Die erste Ebene nach unten bestätigte sich als Schlafsaal, wenn auch weniger überfüllt als der der Dritten Hand selbst. Quiks anfängliche Verwirrung fand ihre Antwort im Gebäude selbst, seinem Zweck. Händler würden sich bewegen, auf Schiffen oder auf den Inseln bleiben, um Geschäfte abzuschließen. Nicht so viele wurden nur in Noctia gebraucht.

Die Treppe ging weiter, und so tat es auch Quik. Zumindest bis er den nächsten Treppenabsatz in Sicht bekam.

Zwei Stühle, ein Tisch. Darauf sitzend, schmutzige Karten, die zwischen dem Paar auf die Oberfläche schlugen, waren Wachen. Voulgenstäbe und Chakrams. Dahinter ein einzelner Flur, der irgendwohin führte. Keine weiteren Treppen nach unten.

Was würde ein Händler schützen müssen?

Der Adrenalinstoß traf ihn, und Quik kämpfte gegen den Drang an, sich in die Hocke zu begeben. Dies, hier, war eine Chance. Ein Ort. Aber wie konnte er daran vorbeikommen? Was könnte er den-

Eine Stimme drang nach oben. Aus dem Flur und die Treppe hinauf, in diese Richtung kommend. Sawi. Sie kündigte ein Treffen mit Gladdring an, zu dem sie zu spät kommen würde, wenn sie sich nicht beeilte. Eine andere Stimme antwortete, leicht und lachend, und erklärte, dass Sawi endlich bekäme, was sie wollte. Quik, auf halbem Weg die Treppe hinunter und noch nicht die Aufmerksamkeit der Wachen auf sich gezogen, drehte sich um.

Nur um eine Frau zu finden, die so groß war wie er selbst und ihm den Weg versperrte. Ihr Gesicht glänzte golden, eine Platte, die Quiks Blick von ihren verschränkten Armen, ihrem Stirnrunzeln ablenkte. Darin eingelassen, funkelnd gegen ihren Wirt, waren drei Skars. Ein grünes Vis, erkannte Quik. Und ein rotes Foti. Aber das bernsteinfarbene?

»Haben Sie sich verlaufen?«, fragte die Frau.

Quik versuchte, eine Lüge zu finden, etwas, das Sinn ergeben würde. Er stammelte die Worte heraus: »Ich lieferte Essen aus.«

»Niemand hier unten hat Essen bestellt. Versuchen Sie es noch einmal.«

»Oben. Ich habe mich verirrt.«

Die Augen der Frau verengten sich. Eine Hand begann, sich zu einem Dolch an ihrer Taille zu senken. Unten hörte Quik Stühle rutschen, Wachen, die aufstanden.

»Quik?«, sagte Sawi und machte ihren Auftritt unten. »Was machst du hier?«

Quik drehte sich. Seine Jägerhaltung verlor sich in einer Situation, in der er noch nie zuvor gewesen war, für die er nie ausgebildet worden war. Masayo, verdammt sei sie, hatte Quik nicht gesagt, was er tun sollte, wenn alles auseinanderfiel.

»Oh«, sinnierte die Frau, »das wird interessant. Quik, kommen Sie doch mit mir. Wenn Sawi mit ihrem kleinen Plausch fertig ist, können wir entscheiden, was wir mit Ihnen machen.«

Als Quik zu protestieren versuchte, als er seine Behauptung von der Essenslieferung wiederholte, konnte Sawi nur eine Grimasse ziehen. Konnte nur sagen, dass ihm nichts passieren würde, wenn er nichts Dummes täte. Dass es ihr leid täte, dass sie sich nicht früher getroffen hätten, aber sie jetzt wirklich gehen müsse.

»Sie jedoch bleiben hier«, sagte die Frau und schob Quik den Flur hinunter. »Und ich kann Ihnen garantieren, dass Sie eine gute Zeit haben werden.«

13
PARTYZIEL

Whent machte keinen guten ersten Eindruck. So begierig Torny auch war, das flinke Kance-Schiff zu verlassen, verlangsamte sie dennoch ihren Gang zur Schiffsseite, als sie sich dem Hafen der felsigen Stadt näherten. Östlich eines großen Strandes gelegen, bot das Einlaufen in den Hafen einen langen, unverstellten Blick auf die Verwüstung.

Schwarze Krater verunstalteten den schneeweißen Sand. Zerbrochene Türme standen in Trümmern, ihre Ziegel und Mörtel wie Kinderspielzeug verstreut. Feuergeschädigte Gebäude dahinter ließen ihre verkohlten Überreste dem Winterbiss ausgesetzt, nur wenige Menschen arbeiteten daran, sie wieder instand zu setzen. Die einzige Hoffnung ging von der Akademie der Stadt aus, deren Pracht sich an der Klippe über dem Hafen schmiegte und scheinbar von der Katastrophe, die ihre Nachbarn getroffen hatte, unberührt geblieben war.

»Das sieht düster aus«, gebärdete Bliss, als sie sich Torny anschloss.

Beide hatten Umhängetaschen unter ihren Kance-

Umhängen gepackt und trugen Wanderstiefel. Der Umhang half, Tornys Werkzeugsammlung zu verbergen und ersparte der Banditin unangenehme Fragen. Ihre beiden Leben kamen hier zusammen, aber je länger Torny das hinauszögern konnte, desto besser. Eine Schuld bei Yarvick wäre besser zu begleichen, ohne dass die Vis-Crew je davon erfuhr.

Und wenn der Banditenführer die richtigen Informationen hatte, würde das Tagebuch, das er suchte, irgendwo in dieser Stadt sein. Irgendwo Schickes.

Deux steuerte die *Storm's Edge* langsam hinein, Decksmatrosen eilten mit ihren Gegenstücken auf der Whent-Seite umher, um das Boot festzumachen. Der Kai, anders als in Noctia und, nun ja, überall sonst, war aus Stein gebaut, mit massiven, behauenen grauen Ziegeln, die im Meer ruhten. Als Tornys Stiefel den Pier berührten, fühlte er sich stabiler an als mancher Boden, auf dem sie gegangen war. Das, gepaart mit dem Schwindelgefühl, das Torny immer überkam, wenn sie das Meer gegen festes Land eintauschte, ließ die Diebin für ihre ersten Schritte unsicher werden.

Bliss, die unbeeindruckt herumhüpfte, sparte nicht mit ihrem Spott.

»Wart's nur ab«, konterte Torny, während das Paar seinen Weg zum Ufer machte, »irgendwann wirst du auch mal in etwas schlecht sein, und ich werde bereit sein.«

»Wird nicht passieren.«

Eine Angeberin, diese Vis. Außerdem jemand, den es abzuhängen galt. Tornys Ausrede hatte in Noctia funktioniert, aber ihr Grund, hier als Erste von Bord zu gehen, war nicht Sightseeing, sondern Arbeit. Herausfinden, wo die Whent-Skars waren, und dann den besten Weg dorthin planen. Eujo und Wax würden ihre Materialien packen, Vorkehrungen für Deux und das Schiff treffen und später an

Land kommen, um herauszufinden, welchen Empfang Whent den Renewals bereitete.

Ein Empfang, den Torny verbessern musste.

»Wo gehen wir jetzt hin?«, gebärdete Bliss, als sie den Hafen betraten.

Der Winter und die kleinere Größe bedeuteten, dass die Docks nahezu verlassen waren, nur ein paar andere Whent-Karavellen lagen im Hafen, und keine schien kurz vor dem Auslaufen zu stehen. Eine einsame Taverne hatte ein Schild in ihrem vereisten Fenster, das verkündete, sie würde im Frühling wiederkommen. Kisten und Fässer trugen eine Schneeschicht, die auf eine lange Standzeit hindeutete. Jenseits der stillen Lagerhäuser lockte eine Kiesstraße.

»Wenn man einen Ort kennenlernen will, würde ich normalerweise sagen, such dir die Kneipen«, sagte Torny, während sie über den knirschenden Kies auf die ersten ausgebrannten Gebäude zugingen. »Aber ich schätze, diesem Ort mangelt es an guter Stimmung.« Es schien auch für seine Größe leer zu sein. Angriff hin oder her, die Anzahl der klaren Schornsteine deutete auf eine halb verlassene Stadt hin. »Stattdessen nutzen wir, was wir haben.«

»Und was ist das?«

»Zwei Renewals, und eine davon ist eine Königin.«

Torny ritt auf diesem Argument durch die eigentliche Stadt – ein zusammengewürfelter Ort, gespalten zwischen planlosen Wiederaufbaubemühungen und benommenen Familien, die versuchten, Essen zuzubereiten – und in Richtung der Akademie, die in die überhängende Klippe eingebettet war. Als sie sich näherten, änderte Torny jedoch ihre Richtung und steuerte stattdessen auf größere Häuser und ein wohlhabenderes Viertel zu, das neben der Bildungseinrichtung lag.

»Du redest nicht viel«, gebärdete Bliss.

»Ich denke nach. Plane. Weißt du, all die Dinge, die eine Diebin tun muss.«

»Eine Diebin? Bist du nicht jetzt eine Wächterin?«

»Mehrere Hüte, Bliss.«

Torny verkörperte dieses Ethos auch in diesem Moment, indem sie versuchte, sich an die Details zu erinnern, die Yarvick ihr gegeben hatte. Informationen, so sagte er, die von einem unglückseligen ehemaligen Banditen gesammelt wurden, der den Tagebuchjob angenommen hatte, bevor Torny zurückkam. Dieser hatte den Standort eingegrenzt, bevor er mit schmutzigen Händen nach einem Abendessen erwischt wurde. Ein schneller Trip in die Gruben und ein langes, qualvolles Ende folgten.

So war das Leben der Diebe in Whent.

Die Beschreibung, die Yarvick weitergegeben hatte, funktionierte gut genug und führte Torny an umzäunten, ansteigenden Anwesen vorbei, die sich an den Fels drängten. Die meisten erstreckten sich über einen buschigen Hof vor dem eigentlichen Gebäude, alles in winterlicher Schönheit, als sich Schnee auf kahlen Baumästen und dünnen Büschen sammelte. Singvögel, unbekümmert von der Beinahe-Vernichtung ihrer Heimat, hüpften herum und zwitscherten. Der Wind schien daran Anstoß zu nehmen und raste in unerwarteten Böen heran, um das Gezwitscher mit knallenden Gebrüll zu übertönen. Unzählige Glockenspiele erklangen jedes Mal auch, schimmernd in gewölbten Steinfenstern und Eingängen, als ob sie den Elementen antworteten.

»Das ist es«, sagte Torny laut und fing sich bei Bliss' neugierigem Blick. »Ich meine, das ist ein guter Ort, um es zu versuchen.«

»Um was zu versuchen?«

»Unsere Informationen zu bekommen.«

Tornys Ziel hatte drei Ebenen, alle in aufsteigenden, sich verjüngenden Schichten, wie eine fabelhafte Torte. Nach dem Erdgeschoss begann jede Etage mit einem umlaufenden Balkon, weiße Geländer, die im Sommer wahrscheinlich mit Efeu bewachsen waren, boten kahle Barrieren zu einer offenen Aussicht. Gelegentliche Bögen und Wände ragten entlang dieser Ebenen hervor und teilten den Umlauf in private Bereiche, einige überdacht und andere nicht. Genau wie in Yarvicks Beschreibung.

Und der Ort hatte bereits eine Menschenmenge.

Im Gegensatz zu den Hafenarbeitern und Maurern, die versuchten, die Stadt zu reparieren, sahen die Menschen, die sich hier tummelten, eher nach dem Typ mit glatten Händen aus. Selbst wenn man die beiden Wachen am Tor außer Acht ließ - Torny würde für sie bald eine Geschichte parat haben - bewegten sich die Menschen dahinter mit der affektierten Aura der Privilegierten, einem schwebenden Gleitschritt über Gelände, wo der Schnee geräumt worden war. Jemand drinnen spielte Musik, ein Saiteninstrument, das sich mit zu raffiniertem Können für Kneipenabende und zufällige Übungen durch ein Stück bewegte.

»Das ist definitiv das, wonach wir suchen«, murmelte Torny. »Bleib ruhig, Bliss. Ich werde reden.«

»Sollte kein Problem sein.«

Torny verwandelte ein Lachen in ein halbes Lächeln. Natürlich würde Bliss mitspielen. Das machte sie so großartig. Sie würde bei jedem dummen Abenteuer dabei sein. Der Knackpunkt wäre jedoch, Bliss loszuwerden, wenn Torny die eigentliche Sache durchziehen musste. Oder vielleicht war loswerden nicht das richtige Wort.

War es gemein, seine Freunde zu benutzen? Selbst wenn es bedeutete, sein Leben zu retten?

Die beiden Wachen trugen Whent-Umhänge, dicke

braune Mäntel, die zu fetten Spitzhacken an ihren Hüften führten, als könnten sie jeden Moment losspringen, um eine Mine zu eröffnen. Der eine rauchte eine Pfeife, während der andere an einem dampfenden Becher mit etwas, wahrscheinlich Tee, nippte. Hinter ihnen markierte ein Holztor den Eingang zum Anwesen. Torny spürte bereits neugierige Blicke aus dem Gebäude auf sich. Menschen an einem Ort wie diesem würden immer nach einem neuen Drama, einem neuen Interesse Ausschau halten.

Reichtum kaufte nur langweilige Leben.

»Hallo«, begann Torny und erntete leere Blicke.

»Wir haben bereits für die Wiederaufbaumaßnahmen gespendet«, antwortete der erste Wächter, der größere und Pfeifenraucher der beiden. »Wenn ihr mehr Hilfe braucht, sucht woanders danach.«

Torny nickte und blickte zurück zur beschädigten Stadt. »Ja, ziemlich klar, dass eure Heimat noch mehr Hilfe braucht, aber deshalb bin ich nicht hier.« Der Wächter antwortete nicht, verengte nur seine Augen. »Seht ihr, ich bin eine Wächterin. Sie auch. Dachte, euer Boss möchte vielleicht wissen, dass ein paar Erneuerungen gerade in eurer Stadt gelandet sind.«

»Erneuerungen von wo? Es ist zu kalt zum Segeln.«

»Nicht für eine Kance-Königin. Ihr wisst doch, dass sie dem Eis ausweichen können, als wäre es ein Stein auf einem Feld.«

»Wo ist sie dann?«

»Sie kümmert sich um wichtigere Dinge. Sagt eurem Herrn oder eurer Herrin, dass sie heute Abend die zwei größten Stars der Insel bei sich haben können. Es kostet sie nur etwas Essen, etwas zu trinken und ein schönes Feuer, um unsere Hände zu wärmen. Etwas, um die Kälte des Meeres zu vertreiben, wisst ihr.«

Der Wächter bewegte sich nicht. Diese Augen blieben verengt. »Wenn sie hierher kommt und das bestätigt, was du sagst, dann können wir vielleicht ins Gespräch kommen.«

Torny presste ihre Lippen zusammen. Versuchte, das Nächste zu sagen, was ihr einfiel. Die Königlichenkarte auszuspielen, hätte den Trick tun sollen. Zumindest funktionierte es in allen Geschichten so.

»Gibt es einen anderen Ort?«, gebärdete Bliss zu Torny, während der neugierige Blick des Wächters zu ihr hinüberhuschte. »Wenn du nicht bekommst, was du willst, versuche es woanders. Mach sie eifersüchtig. Meine Mutter hat das ständig mit den Händlern gemacht.«

»Guter Punkt«, sagte Torny und wandte sich wieder dem Wächter zu. »Meine Freundin und Mitwächterin hier spürt, wie ich, dass ihr nicht gewillt seid, Gastgeber zu spielen. Ich schätze, wir werden stattdessen die Akademie fragen. Mal sehen, ob sie bereit sind, die Retter der Welt für eine Nacht aufzunehmen.«

Der Wächter lachte. »Die Akademie? Die meisten von ihnen sind mit Jochi abgezogen. Sie ist so leer wie die Stadt. Die werden euch nicht helfen.«

»Jochi?«

»Der Grund, warum die Stadt so verlassen ist. Der Kriegsherr beschloss, auf einen verrückten Marsch in die Dunkle Tiefe zu gehen. Nahm die meisten unserer kampffähigen Leute mit. Ein Kreuzzug, um die Welt zu retten, oder so sagte er.« Der Wächter schüttelte den Kopf und kicherte. »Das ist doch die Aufgabe der Erneuerungen, sagte ich, als er mich fragte. Auf keinen Fall gehe ich los, um *mehr* Unholde zu finden.«

Ah, eine Öffnung. Es war immer besser, wenn ein Opfer einem selbst den Schlüssel gab.

»Also denkt ihr, dass die Erneuerungen wichtig sind?«, fragte Torny.

»Sicher, ich nur...«, der Wächter brach ab, blickte über seine Schulter zurück zum Haus. »Hör zu, du lügst nicht? Bist nicht hinter etwas anderem her?«

Bliss schüttelte den Kopf. Torny ging direkt zum Angriff über: »Ihr müsst uns jetzt nicht reinlassen. Wir kommen wieder, Erneuerungen und jede Menge Beweise. Gebt die Nachricht weiter, und ich schwöre, ihr und euer Herr werdet wie Helden aussehen.«

»Wenn du lügst, kostet es mich meinen Job.«

»Wenn ich die Wahrheit sage und ihr uns auf der Straße lasst, wird das genauso schlimm sein«, konterte Torny. Dann schnippte sie mit den Fingern, wirbelte herum und zog Bliss die Kapuze ab. »Sieht sie für euch wie eine Whent aus? Das ist eine Vis-Wächterin. Genau hier, leibhaftig.«

Die beiden Wächter konnten dem Offensichtlichen schwer widersprechen. Sie gaben Torny ein paar Stunden Vorsprung, sagten ihr, sie solle mit den Erneuerungen zur Essenszeit zurückkommen - der Nachmittag neigte sich bereits dem Ende zu - und das Anwesen würde mit einem angemessenen Empfang bereit sein.

»Siehst du?«, sagte Torny, als die beiden zurück zu den Docks trotteten. »Einfach.«

»Dank mir.«

»Eine Heldin braucht immer ihr Sidekick«, stimmte Torny zu.

»Das meinte ich nicht.«

Torny lachte nur und ließ ihre Gedanken zum Anwesen, den Etagen und der Frage zurückkehren, wo in diesem riesigen Gebäude sich wohl ein bestimmtes Tagebuch verstecken mochte.

14
ZIRKELSPION

Der Tenet verblasste. Sawi beobachtete Gladdring während des langen Mittagessens, bei dem sie, abgesehen von ein paar belanglosen Fragen über Vis und wie überlegen sie Noctia fand, ignoriert wurde. Die verschiedenen Gelehrten und Beamten, acht insgesamt, schienen weit mehr daran interessiert zu sein, beim Tenet zu Wort zu kommen, indem sie ihm irgendein zufälliges Geschwätz entgegenbrachten, um ein zustimmendes Nicken oder, im besten Fall, eine Bemerkung zu erhalten, die ihre Idee als gut, ihren Vorschlag als klug oder ihre Initiative als im besten Interesse der Najahn bezeichnete.

Gladdring außerhalb der verzweifelten und tödlichen Fallen in Mottilan arbeiten zu sehen, führte Sawi auf einen anderen Weg, als sie beabsichtigt hatte. Die überraschende Begegnung mit Quik hatte sie in denselben Teil ihres Bewusstseins geschoben, in dem sie auch alle verbliebenen Gefühle für Wax, ihre Familie und ihre Kultur aufbewahrte. Ein Ort, der nur besucht werden sollte, wenn die Sterne herauskamen und Sawi ihr einziger Vertrauter war. Stattdessen verbrachte Sawi die Schritte damit, Fragen, Beleidigungen und die allgemeine Beschwerde zu überdenken, die sie in den Tagen seit ihrer Ankunft in dieser trostlosen Stadt durchdrungen hatten. Man hatte ihr Abenteuer versprochen, nicht Experimente und Prügel durch Ami und Annalyse. Man hatte ihr gesagt, sie solle loyal bleiben, darauf vertrauen, dass Gladdring Großes für sie bereithielt, und bisher war das Größte, was Sawi gesehen hatte, die Qualität des Bieres.

Noctia konnte zumindest ein gutes Bier brauen.

Gladdrings gewählter Versammlungsort eignete sich gut, um seine Wirkung zu verstärken: An den Wänden und auf dem Boden verstreut mit verschiedenen Schmuckstücken von den Inseln, erinnerte der Ort Sawi und jeden, der eintrat, genau daran, wo sie sich befanden, beim Handelstenet. Mit dieser Bühne brachte Gladdring seine Gäste gegeneinander auf, drängte sie zu größeren Zugeständnissen oder auf riskantere Plattformen, wo er dann ihre Pläne öffentlich zerschlug, nicht ganz demütigend, aber lehrreich für die anwesenden Najahn, wie man auf den ersten Blick unmögliche Ziele erreicht.

»Sichern Sie nicht nur den Reis der nächsten Saison von Rana, sondern holen Sie sich auch all ihre erstklassige Wolle«, schlug Gladdring einmal vor, woraufhin sein Ziel, ein schwitzender Mann in zu vielen Roben, herausplatzte, dass eine solche Forderung zu teuer wäre. »Nur wenn Sie nicht herausfinden, was ihnen am wichtigsten ist.«

»Und wie soll ich das anstellen? Eine direkte Frage würde mich aus ihrer Stadt jagen.«

»Fragen Sie die Piratenkapitäne, wenn sie in unseren Hafen kommen. Finden Sie heraus, wonach sie mit ihren Kuttern suchen, und besorgen Sie es. Kaufen Sie alles von ihren Zielen auf und halten Sie es als Lösegeld fest.« Gladdring behielt die ganze Zeit über seine Hände gefaltet, während sich hinter seinen Augen Figuren und Spielzüge bewegten. »Dann, wenn sie nachgeben, fordern Sie eine Gebühr von denselben Zielen für unseren Schutz. Alle gewinnen, aber vor allem wir.«

Zustimmendes Nicken und Gemurmel ging um den Tisch, woraufhin sich Gladdring dem Nächsten zuwandte und ein neues Problem zum Zerlegen erhielt. Während all dem aß und hörte Sawi zu, wartete auf ihre Chance, die erst kam, als das Mittagessen beendet war und der Tenet alle anderen aus dem Raum entließ. Er winkte Sawi näher, sich auf einen nahegelegenen Stuhl zu setzen.

»Kein Grund, ohne all die schwatzenden Stimmen über den Tisch zu rufen«, sagte Gladdring, als Sawi ihren Platz wechselte.

»Sie arbeiten doch für Sie, oder?« fragte Sawi. »Wenn Sie sie nicht mögen, warum behalten Sie sie?«

»Aus allerlei Gründen, die meisten davon politisch.« Gladdring rieb sich die Schläfen. »Sie sind alle jemandes Sohn, die Tochter eines Botschafters. Gefälligkeiten über Gefälligkeiten.« Er seufzte. »Sawi, es tut mir leid, dich in dieses Spiel hineinzuziehen. Ich kann mir nur vorstellen, wie viel reizvoller die Bäume von Vis jetzt erscheinen müssen.«

»Sie sind besser als die Steinkiste, in die Sie mich gesteckt haben.«

»Eine Kiste mit einem Bett und einem Kissen ist weitaus besser als manche andere.«

Sawi entschied sich, statt zu antworten, ihr Wasser zu trinken. Die kalte Flüssigkeit hier schockierte sie immer, so anders als die warmen Regentropfen oder der süße Kokosnusssaft, den sie zu Hause getrunken hatte. Was war besser? Sie würde diesen Punkt vielleicht widerwillig an Noctia geben.

»Die Najahn regieren Noctia, der Zirkel regiert die Najahn, und Fassle regiert den Zirkel«, begann Gladdring, seine Stimme fiel in den schleppenden Ton eines Lehrers. »Fassle hat zwei Adepten unter sich, wobei wir anderen Tenets eine Stufe darunter stehen. Es ist eine Hierarchie und eine unveränderliche dazu. Alles, was ich tue, kann von Fassle nach Belieben verboten, zerstört oder vereinnahmt werden.«

»Wenn er davon weiß, meinen Sie.«

Gladdring blinzelte einmal, dann kräuselte er die Lippe. »Du bist also kein Neuling.«

»Ich arbeite schon eine Weile mit Ihnen zusammen.«

»Dann ja, ja, du hast recht. Als ich wenige Skars und noch weniger Leute hatte, die mit mir arbeiteten, hatte Fassle kaum eine Chance, etwas zu entdecken. Selbst wenn er herausfand, dass ich mit den Edelsteinen experimentierte, stand wenig auf dem Spiel. Alle Tenets haben ihre eigenen Vorstöße.« Gladdring griff in seinen Umhang und holte den Bernstein hervor. Ami sagte, das sei die Quelle von Gladdrings Fähigkeit, einen Raum zu beeinflussen, ein Tamas-Skar. »Doch unser Abenteuer wird zu groß. Wir machen zu viele Fortschritte. Die Leute werden aufmerksam.

Das lässt uns zwei Möglichkeiten, Sawi. Entweder ich gehe zu Fassle und bitte um seine Zustimmung, wodurch ich die gesamte Kontrolle an ihn abgebe. Was Fassle mit einer solchen Kontrolle tun würde, bin ich mir nicht sicher, obwohl er so sehr darauf bedacht ist, die alte Ordnung aufrechtzuerhalten, dass ich bezweifle, dass seine Handlungen hilfreich wären. Wahrscheinlicher ist, dass die Skars weggesperrt, du nach Hause geschickt und meine Position durch jemand Gefügigeren ersetzt würde.«

»Sie würden Sie töten.«

Gladdring zuckte mit den Schultern und drehte den Bernstein weiter zwischen seinen Fingern. »Es wäre der richtige Schritt. Ich würde eine Bedrohung darstellen, besonders wenn ich anfangen würde, das Potenzial der Skars als Waffen gegen die Unholde anzupreisen. Fassle hasst alle Bedrohungen, besonders die, die das gemeine Volk betreffen.«

»Warum?«

»Die Macht zu verlieren ist der Alptraum eines jeden Despoten, Sawi. Fassle glaubt, der einzige Weg, ihn zu stürzen, wäre, wenn sich Noctia, alle Najahn, gegen ihn erheben würden.«

Sawi schüttelte den Kopf und blickte zurück auf ihr Wasser, als ob es irgendeine Art von Trost enthielte. Nichts von dem, was Gladdring sagte, schien eine Offenbarung zu sein, nichts ließ sie verwirrt oder schockiert zurück. Stattdessen erschien alles sinnlos.

»Warum erzählen Sie mir das alles?«, fragte Sawi.

»Weil Sie mir helfen werden, Fassle auf genau die Weise zu zerstören, die er nicht erwartet«, antwortete Gladdring. »Mit Ihrer Hilfe werden wir seine engsten Vertrauten manipulieren, seine Macht zerschlagen, und wenn das Vakuum offengelegt ist, werde ich es füllen. Dann wird uns nichts mehr davon abhalten, die Skars zur Verteidigung der Inseln einzusetzen.«

»Auf Vis habe ich meinem Freund Wax ständig gesagt, dass er verrückt wird.« Sawi erwartete den verwirrten finsteren Blick auf Gladdrings Gesicht und erntete ihn auch. »Er redete genau wie Sie von irgendeinem großen Abenteuer. Aber wenn wir ihn darauf ansprachen, hatte er nur Vermutungen. Schätze, Wunder, etwas Unglaubliches, wenn wir nur all diese schwierigen Dinge tun könnten. Sie sind genauso.«

»Träumer sind wahrlich verflucht«, erwiderte Gladdring. »Nichtsdestotrotz habe ich etwas, das Ihr Freund nicht hatte: Macht. Echte Macht. Die Art von Macht, die Sie im Moment Ihrer Weigerung zurück nach Vis schicken wird.«

Eine Drohung, aber wahrscheinlich nicht die Art, die Gladdring im Sinn hatte. Zurück nach Vis geschickt zu werden, würde mehr sonnige Tage bedeuten, keine Steinzelle mehr oder seltsame Sitzungen mit Ami. Sawi hätte frisches Obst, Mahlzeiten und Freunde. Ihre Eltern, Geschwister. Eine Rückkehr zu einem gut gelebten Leben.

Aber sie würde das Abenteuer verpassen. Wie viel war das wirklich wert?

»Was ist Ihr Plan?«, fragte Sawi.

Es konnte nicht schaden, es herauszufinden.

Die Kammer des Zirkels befand sich im massiven zentralen Najahn-Turm. Besucher, zu denen Sawi gehörte, wurden zu einem erhöhten Zuschauerbereich geführt und mehrmals daran erinnert, ruhig zu bleiben. Jegliche Bemerkungen, Rufe oder Störungen würden zu sofortiger Verbannung oder Schlimmerem führen. Sie durchsuchten sie, fanden keine Dolche, Pfeile oder Bögen.

Sie hinterfragten oder nahmen den Bernstein von der Kette um ihren Hals nicht.

Sawi begann, Gladdrings größeren Plan zusammenzusetzen, während er seinen kleineren erklärte, beginnend mit dem Moment, als der Skar ihre Haut berührte. Der Bernstein sprach anders als die elementaren Steine, die sie bereits ausprobiert hatte, aber sein Flüstern war nicht so fremd, so überraschend. All diese Sitzungen mit Ami hatten Sawi auf den Ausbruch in ihrem Geist vorbereitet, die sanften Fragen, die jedes Mal auftauchten, wenn sie jemanden ansah.

Jetzt lehnte sich Sawi an den Rand des Aussichtspunkts, Laternen umringten den Raum und sandten ihr orangegoldenes Licht hinunter zum kreisförmigen Tisch in der Mitte. Dort saß Fassle, geschmückt mit goldenem Schmuck über schwarzen Roben. Sein Adepten-Paar, von Kopf bis Fuß in violettes Tuch gehüllt, nahm die benachbarten Stühle ein. So viel Kleidung konnte nicht bequem gewesen sein, aber das Paar bewegte sich nicht, gab keinen Laut von sich, während Fassle durch die gewöhnlichen Geschäfte plätscherte.

Gladdring und die anderen Tenets, zumindest jene auf Noctia, füllten den Raum des Zirkels. Sie hörten zu, als Fassle zunehmende Feindesangriffe und Najahn-Gegenmaßnahmen beschrieb. Als er einen neuen Frieden zwischen Whent und Rana anpries, nachdem erstere eine verfolgte Flotte vor Feinden gerettet hatten. Gerüchte von Kance deuteten unterdessen darauf hin, dass die alte Königin keine Liebe für ihr jüngeres, beliebtes Gegenstück hegte.

»Wir können keine Spaltung auf dieser Insel zulassen, nicht jetzt«, sagte Fassle, die Stimme ein wieselartiges Krächzen. »Ich schaue auf diese Gruppe, um den Druck, den Sie haben, zu nutzen, um ihre internen Kämpfe zu unterdrücken.«

Der Tamas-Skar lieferte interessantere Kommentare. Sawi konzentrierte sich zuerst auf Fassle, was den Skar zu einem aufgeregten Gebrabbel anregte. Sawi konnte die Worte nicht verstehen, aber Eindrücke kamen mit ihnen, ähnlich wie die aggressiven Dränge des Foti-Skars oder der Wunsch des Kance-Steins zu springen, zu fliegen. Hier kamen die Impulse mit Stimmungen, Fassles Stimmungen.

Langeweile paarte sich mit seinen Worten, kein besorgtes Flackern, als er den Waffenstillstand und die

Kämpfe auf Kance durchging. Nichts hier rechtfertigte echtes Interesse oder echte Sorge von Fassles Seite.

»Nun, der letzte Punkt heute Morgen«, sagte Fassle, und er ließ das Papier fallen, legte seine Hände mit den Handflächen nach unten auf den harten Holztisch. Der Tamas-Skar summte in ein anderes Leben, ließ Sawis Herz rasen. »Es heißt, ein Kriegsherr von Whent habe eine große Streitmacht versammelt und in die Dunkle Tiefe geschickt. Sie versuchen, so sagen unsere Freunde auf dieser Insel, die Quelle der Feinde zu finden und sie zu stoppen.« Fassle runzelte die Stirn. »Ein nobles, wenn auch törichtes Ziel. So viele Leben während einer vollen Erneuerung wegzuwerfen, ist eine schreckliche Katastrophe. Ich habe den Botschafter gebeten, dieses Debakel rückgängig zu machen. Ich beschwöre Sie alle, dasselbe zu versuchen. Wir müssen die Erneuerung unterstützen, nicht diese hoffnungslosen Kreuzzüge.«

Und da war es. Der Skar gab seinen selbstgefälligen, unverständlichen Rat. Fassle war ein Feigling, würde alles tun, um seine Macht zu behalten. Als sie ihren Blick über die anderen im Raum schweifen ließ, stellte Sawi dank des Skars fest, dass diese Gefühle nicht geteilt wurden. Andere Tenets zeigten in gemurmelten Flüstern, die der Skar offenbarte, Enttäuschung. Selbst die diensthabenden Wachen fühlten sich von Fassles Ankündigung niedergeschlagen.

Gladdring wollte Fassle zerstört sehen. Diejenigen in diesem Raum schienen bereit, ihn abgesetzt zu sehen. Aber wie, wie konnte man diese Leute dazu bringen, nach ihren Gefühlen zu handeln? Wie konnte man ein elendes Schweigen in eine aktive Rebellion verwandeln?

In dieser Hinsicht hatte Sawi zumindest eine Idee.

15
ALTE KNOCHEN

Als Mann fand sich Svarde selten fliegend wieder. Es war einfach nichts, was dem Barbaren normalerweise passierte, da seine schweren Pelze, Rüstungen, Äxte und sein Auftreten jeden davon abhielten, aus Angst vor dem Verlust von Leben und Gliedmaßen. Als jedoch Olgatas schlanke, flinke Gestalt in Svardes Seite krachte und sie beide über die angreifende rubinrote Masse hinwegtrug, verzieh Svarde der Kundschafterin sofort und machte sich daran, wieder auf dem staubigen Höhlenboden aufzustehen.

Olgatas Hechtsprung schleuderte sie gegen die geschwungene Höhlenwand, gegenüber dem See und dem Großteil des Geschehens. Während sich ihr roter Gegner nicht so sehr umdrehte, als vielmehr sein wogendes, schimmerndes Selbst in ihre Richtung ausdehnte, nahm Kivis Herumgekratze eine interessantere Wendung. Das Ferrit, befreit durch Svardes brüllenden Ansturm, nutzte ihre Geschwindigkeit, um um das Wesen herumzutanzen, stürzte sich darauf und biss mit zufälliger Wildheit zu.

Zermahlene Rubine tropften wie gefrorenes Blut von Kivis Lippen.

Mehr konnte Svarde nicht wahrnehmen, da er Äxte zu schwingen und einen Feind zu bekämpfen hatte. Während Olgata zu Svardes Rechten den Tunnel hinauf davonsprintete, anscheinend auf allen vieren, zog Svarde selbst die ganze Aufmerksamkeit des Ungeheuers auf sich. Er stieß einen würdigen Fluch aus und schlug mit seinen Äxten nach dem sich ausstreckenden rubinroten Klumpen. Fast halb so groß wie er selbst, stürzte sich das Ungeheuer direkt auf Svardes Bauch zu.

Zumindest tat es das, bis es auf Svardes Zwillingsklingen traf. Jede Axt, geschärft durch Whent'sche Steinmetzkunst, biss mit einem funkelnden Krachen in die Rubine. Svardes Finger wurden taub von dem zitternden Schlag, während rote Splitter im Fackellicht zu glitzerndem, karmesinrotem Schnee wurden. Das Ungeheuer stoppte seinen Vorstoß, als wäre es überrascht, auf Widerstand zu stoßen.

Eine Chance, die Svarde nicht verstreichen ließ.

Er trat nach links, kreiste zurück den Tunnel hinunter, wobei er ein Auge auf Olgata hatte, die ihre Flucht aufgegeben hatte und nun stattdessen ihren Markiermeißel und Hammer gezückt hielt. Das Ungeheuer erholte sich von seiner Verwirrung und drehte seine ausgebeulte Masse, um Svarde zu folgen, wodurch es seinen Rücken - oder seine Vorderseite? Hatte dieses Ding wirklich eines von beidem? - für Olgatas Angriff freigab.

Während Svarde mit seinen Äxten zuschlug und bei jedem Hieb Stücke abtrennte, sah er, wie die Kundschafterin ihren Zug machte. Er sah auch eine andere Gestalt, die der Kundschafterin folgte, eine, die er aufgrund ihrer schieren Seltsamkeit einen Moment brauchte, um sie zu erkennen: Maena, mit triefend nassen Kleidern, die mit gezogenem Säbel in den Kampf trat. Sie hielt sich hinter Olgata. Das Fackellicht von hinten tauchte beide in schattiges Schwarz, bis auf den Säbel.

Das Rubinungeheuer stahl Svardes Aufmerksamkeit, als es tief nach den Füßen des Mannes ausholte. Der Angriff kam langsam, und Svarde entschied sich für einen Sprung, ein Halbsprung, der ihn auf die schimmernde Masse des Ungeheuers brachte. Die Edelsteinhaut erwies sich als rutschige Landung, der Sprung als schlechte Wahl, die Svardes Füße weggleiten und ihn hart auf den Rücken des Ungeheuers fallen ließ. Beide Äxte rutschten aus den Händen, die gegen die harte, glatte Haut klatschten.

»Schnell!«, rief Svarde, der Schrei so zusammengepresst wie seine Lungen.

Der Zug verschaffte Olgata ihre Zeit, und die Kundschafterin schlug tief mit dem Meißel zu, fast in der gleichen Bewegung, in der sie mit ihrem Hammer zuschlug. Brocken flogen davon, und Svarde spürte, wie das Monster erzitterte. Er wollte vor Sieg brüllen, nur war da wieder Maena, die Olgata nachstellte. Die Kundschafterin hatte ihren Hammer für einen zweiten Schlag erhoben, was der letzte Schlag gewesen wäre, als das Ungeheuer seine schwingenden Anhängsel umkehrte, und hinter ihr ragte die Rana-Kapitänin auf.

Aus dieser Nähe, nur ein paar Schritte entfernt, sah Svarde einen gefährlichen Schimmer in Maenas Augen, eine Reflexion von den Schuppen des Ungeheuers, die sowohl die Kundschafterin als auch ihre Verfolgerin in ein sonnenuntergangsrotes Licht tauchte. Der Säbel zielte auf Olgatas Bauch, begann vorzustoßen.

»Maena«, knurrte Svarde, nur um zu sehen, wie Olgata im letzten Moment von ihrem Meißelversuch abließ. Der

Säbel blitzte an der rechten Seite der Kundschafterin vorbei, traf einen rubinroten Auswuchs, den Svarde nicht sehen, sondern nur hören konnte.

Maena schwang den Säbel hin und her, mit genug Kraft, um Funken über die Höhle zu schlagen. Ihr Säbel trug die Hauptlast, die Klinge splitterte und brach, bis Svarde sich von dem Ungeheuer abstieß und zur Seite fiel, und alles, was die Rana-Kapitänin noch übrig hatte, war ein gezacktes Metallstück. Dieses Stück war eine fragwürdige Waffe gegen das Ungeheuer, seine kurze Reichweite versagte, als das Ungeheuer Maena zurückdrängte.

Ein Ausrutscher, ein schlecht platzierter Schlag, und die Kapitänin würde verschlungen werden.

»Hier rüber«, sagte Olgata mit toter Ruhe in der Stimme. »Im Wasser werden sie uns nicht kriegen.«

»Woher willst du das wissen?«, fragte Svarde, während er sich wieder vom harten Boden hochstemmte und auf den Teich zusteuerte.

Kivi schnaubte, ihre Zustimmung gab Svarde trotz des Schweigens der Kundschafterin Zuversicht. Das Ferrit, dessen eigenes Duell anscheinend unentschieden geendet hatte, schoss an Svarde vorbei und sprang in den Teich. Kein leichtes Federgewicht, begann Kivi zu sinken, ein Prozess, der nur dadurch gestoppt wurde, dass ihr schnelles Paddeln und ihr Schwung sie zur rechten Wand trugen, wo das Ferrit die Seite erklomm und an der Decke Zuflucht suchte.

Svarde folgte, gesellte sich zu Olgata und bald auch zu Maena am Rand des Teiches und darüber hinaus. Die Kundschafterin trat Wasser und drängte sie alle, tiefer zu gehen. Svarde und Maena gehorchten und umarmten erneut die Kälte. Während des ganzen Vorgangs fluchte Svarde wie ein Rohrspatz, Maena dagegen lachte nur und wedelte mit den

Überresten ihres Säbels herum wie mit irgendeiner lustigen Trophäe.

»Sie werden es nicht versuchen«, behauptete Olgata, als Svarde sie nahe der Mitte des Teiches erreichte. »Schaut.«

Tatsächlich nahmen die Ungeheuer Olgatas Herausforderung an und flohen davor. Beide verformten sich zum Rand des Teiches, berührten das Wasser und die sich windenden Pflanzen, bevor sie zu einer gemeinsamen Entscheidung kamen, sich zurückzuziehen. Ohne einen Laut, ohne eine für Svarde erkennbare Art der Kommunikation, verschoben beide entstellten Monster ihre glitzernden, geleeartigen Körper und bewegten sich den Tunnel hinauf, in Richtung Oberfläche und schließlich zu Jochis Armee.

»Wir müssen sie warnen«, sagte Olgata, als die beiden Ungeheuer verschwanden.

»Die werden schon klarkommen«, entgegnete Maena und warf endlich ihre nutzlose Klinge ins Wasser. »Nach ein paar weiteren Hammerschlägen haben sie statt Unholden einen Haufen Rubine, der ein Vermögen wert ist.« Maena drehte sich um und spritzte einmal in Olgatas Richtung, was ihr einen finsteren Blick der Rana-Kapitänin einbrachte. »Außerdem, wie willst du sie überhaupt warnen? Den ganzen Weg zurücklaufen? Svarde ohne dich weiterziehen lassen?«

»Ich wäre gerade-«, setzte Svarde an, nur um von Maena nass gespritzt zu werden.

»Ich rede nicht mit dir«, sagte Maena und warf Svarde ein wildes Lächeln zu. »Olgata, ich habe dich etwas gefragt. Wie? Was ist dein Plan, Kundschafterin? Diesmal kannst du dich nicht einfach durchboxen.«

Olgata, triefend nass, antwortete nicht. Stattdessen

schwamm sie an Maena vorbei und kletterte aus dem Becken. Sie hob die Fackel, während Svarde und Maena sich zu ihr gesellten.

»Wie die Kapitänin sagt«, murmelte Olgata, als das Trio dastand und Kivi sich an der Höhlendecke über ihren Köpfen festklammerte. »Die werden schon klarkommen. Lasst uns gehen.«

Man könnte meinen, das Wandern durch Höhlen würde langweilig werden. Doch Fels bot endlose Variationen. Je tiefer Svarde vordrang, desto mehr Abwechslung fand er, von glatten, herabhängenden Zähnen bis hin zu Pfützen, die scheinbar aus dem Nichts in kuscheligem Stein auftraten. Der sich windende Weg stieg und fiel, schlängelte sich nach links und rechts, verzweigte sich und endete in Sackgassen, die zu Umkehren oder Quetschen zwangen.

Letzteres nahm jetzt ab, nicht zuletzt, weil sie einer klaren Spur folgen konnten: Die rubinroten Schuppen waren nicht nur harte Haut, sie bröckelten reichlich ab, während die mäandernden Hügel ihren Weg durch die Tunnel bahnten. Alle paar Schritte fanden sich ein paar rote Sprenkel, die im Fackellicht glitzerten und sie weiterführten.

Niemand musste fragen, warum sie den Unholden folgen sollten: Die Monster kamen von genau dem Ort, an dem Svarde sein wollte. Wo auch immer diese Ungeheuer auftauchten, dort war die Tür, die Svarde schließen musste. Mit seinen Händen, seinen Äxten oder wenn nötig mit seinem Leben. Die anderen mussten ähnlich empfinden, denn niemand erhob Einwände oder schlug einen anderen Weg vor.

Die Rubinstraße, wie Maena eine Stunde nach Beginn ihres nächsten Marsches scherzte, verbreiterte sich zu einer weiteren Höhle, die anders aussah als die natürlicheren Räume, die sie zuvor gefunden hatten.

»Ausgehauen«, bemerkte Olgata, und Svarde konnte nur zustimmen.

Die Wände hier zeigten nicht die glättende Wirkung des Wassers, sondern wiesen eine geradlinigere Kante auf, als wäre der darunterliegende Stein mit einem Hammer, einer Spitzhacke oder etwas Größerem freigelegt worden. Der Boden war glatt, mit nur wenigen fehlenden Steinen, als hätte ihn jemand gefegt. Auf der gegenüberliegenden Seite zweigten mehrere große Tunnel nach unten ab, während einer fast direkt zu Svardes Rechten auf gleicher Höhe blieb. Über die Decke verteilt und in gehauene Nischen entlang der Wände geschmiert, saßen leuchtende Moosklumpen, deren Biolicht ein azurblaues Licht im Raum verbreitete, gerade hell genug, um überall dort Schatten zu werfen, wo etwas stand.

Diese Schatten ergossen sich überall hin, denn die Kammer war alles andere als leer. Kivi schnaubte warnend und Svarde zog seine Äxte, als sie sich umsahen. Olgata trat sogar einen Schritt zurück und ließ Maena ihren Platz neben dem Foti einnehmen. Der Grund: Leichen, viele. Die bewegungslosen, zerlumpten Gestalten – Svarde konnte selbst im schwachen Licht erkennen, dass dies keine gut ausgerüstete Armee war, die eine Niederlage erlitten hatte – lagen still in allen Positionen und zeigten die starre Nachwirkung einer üblen Schlacht. Zwischen ihnen, wie verstreute Gaben für die Toten, lagen Rubinhaufen. Brocken, die in unnatürlichen Klumpen herumlagen, reglos.

»Scheint, als wüssten wir jetzt, was mit den anderen Schnecken passiert ist«, murmelte Maena, als sie an Svarde vorbeiging und auf die erste Leiche zusteuerte. »Schau dir den Kerl an. Sein ganzer Brustkorb ist eingeschlagen.«

Während Kivi an ihrer Deckenkletterei festhielt, einer idealen Hinterhaltposition, gesellte sich Svarde zu Maena bei der grausigen Inspektion. Die Rana-Kapitänin hatte recht, der Mann – eindeutig ein Mann – hatte einen tödlichen Schlag erlitten. Dennoch, als Svarde genauer hinsah und versuchte, Waffen oder irgendeinen Hinweis jenseits der verblassten Lumpen zu finden, woher der Mann gekommen war, fielen ihm andere Seltsamkeiten auf.

»Er hat einen Schlag abbekommen, aber er sieht aus, als hätte er ihn nie gespürt«, sagte Svarde und deutete mit einer Axt auf den Kopf des Mannes. Im unheimlichen blauen Licht deuteten die geschlossenen Augen und der gerade, geschlossene Mund des Mannes eher auf einen ruhigen Schlaf als auf einen plötzlichen, schmerzhaften Tod hin. »Entweder das, oder er ist der friedlichste Tote, den ich je gesehen habe.«

Maena kniete sich neben den Körper und fuhr mit einer Hand das hosenbekleidete Bein des Mannes entlang, einem scheinbar schrecklichen Schnitt folgend. »Hier drunter ist nur noch Knochen. Ein Schnitt wie dieser hätte ihn auch umbringen müssen.« Maena runzelte die Stirn und klopfte zweimal auf das Bein des Toten. »Allerdings kann ich mich nicht erinnern, dass diese Schnecken Schwerter hatten.«

Olgata, die hinter den beiden stand und immer noch am Eingang des Tunnels verweilte, pfiff leise. »Das ist kein normaler Ort. Benutzt eure Nasen. So viele Leichen sollten nach Tod stinken. Auf jeder einzelnen müssten Maden kriechen, selbst hier unten.«

»Ich hasse es, das zu sagen«, meinte Maena und stand auf, »aber ich glaube, die Kundschafterin hat recht. Aber wenn diese Leute schon lange tot sind, wer hat dann die Schnecken erledigt?«

Svarde untersuchte zwei weitere Leichen und fand die

gleichen Beweise. Mehrere Wunden, die eine Person hätten zu Fall bringen müssen, keine davon eine wahrscheinliche Folge des Kampfes mit den Schnecken. Mehr noch, Waffen lagen überall auf dem Boden verstreut, viele scharf und gut gepflegt. Das deutete nicht darauf hin, dass sie lange ohne Besitzer im Dunkeln gelegen hatten. Fragen über Fragen, und schließlich beantwortet auf die Art, die Svarde am meisten hasste.

Kivis Schnauben warnte sie, ein dringliches Schnauben, das Svardes Äxte in Bereitschaft versetzte. Maenas Lachen, hoffnungslos und verwirrt, folgte. Olgata, immer noch am Eingang des Tunnels, fluchte und trat einen Schritt zurück. Sie hätte wegrennen sollen.

Denn die verdammten Toten standen überall um sie herum auf, und wenn die Schnecken ein Hinweis waren, würden diese Knochen nicht freundlich gesinnt sein.

16

ABEND AUSSER HAUS

Bevor Noctia hätte Wax die Vorbereitung für eine wilde, schicke Nacht auf irgendeinem Anwesen – nicht dass er damals überhaupt gewusst hätte, was ein Anwesen ist – genauso behandelt wie ein Festmahl an einem Kitaye-Feuer: völlig unbekümmert. Eujo zerstörte diese Träume jedoch schnell in der Ringstadt und schleppte Wax, Bliss und Quik direkt los, um Kleidung zu besorgen, die besser zu der Art von Zivilisation passte, die eine Königin zu genießen erwartete. Diese feineren Stoffe waren nach Wax' Einschätzung zwar weich, wenn auch dünn, luftig, aber mühsam sauber und ordentlich zu halten.

Viel besser war es, ein Flechtwerk zu tragen und sich keine Gedanken darüber zu machen, was damit passierte, denn man konnte am nächsten Tag ein neues aus irgendwelchen Ranken herstellen.

Trotzdem sah er jetzt den Nutzen dieser Vorbereitungen, als ihre vierköpfige Gruppe am Abend durch die Stadt zum Anwesen hinaufspazierte. Torny war mit der erworbenen Einladung zurückgekommen und bot Wax und Eujo etwas anderes als einen weiteren Abend auf dem Boot an.

Deux erklärte, er und die Decksmatrosen könnten eine Pause vom Unterhalten gebrauchen und die Zeit damit verbringen, das Schiff zu reinigen und Beutel für die Überlandreise zu den Whent-Skars vorzubereiten. Eujo nahm das zum Anlass, die ganze Gruppe in ihre Zimmer zu scheuchen, bestand auf feiner Kleidung, und so kamen sie heraus, in warme Pelze und darunter feine Stoffe gekleidet.

Als Wax in der Nähe der Rampe zum Dock stand, musste er sich zurückhalten, nicht über seine Schwester in einem echten Kleid zu lachen. Sie schien sich ziemlich unwohl zu fühlen, wand sich unter dem Mantel, den Eujo für sie ausgesucht hatte, und zupfte an dem seidigen Stoff, als wäre er klebriger Baumharz. Torny ging es nicht viel besser, obwohl die Banditin wohl glaubte, dass niemand die Werkzeuge bemerkt hatte, die sie unter ihrem übergroßen Mantel versteckt hatte. Da musste Wax sie wohl enttäuschen.

Andererseits sagte Eujo kein Wort, und auch die Wachen vor dem Anwesen nicht, als sie ankamen, also würden Tornys Geheimnisse vielleicht auch Geheimnisse bleiben.

»Sobald wir drinnen sind«, sagte Eujo, als sie durch das Tor gingen, die Köpfe hoch erhoben und die Gesichter selbstbewusst, wie die Königin es ihnen eingeschärft hatte, »werden wir uns aufteilen. Außer Bliss. Bleib bei Torny, damit du, ähm ...«

›Ich verstehe schon.‹

»Sie weiß, wie sie sich zu benehmen hat«, sagte Torny, als Wax gerade die gleichen Worte sagen wollte, und ließ sie in einen anerkennenden Blick zur Banditin übergehen.

»Richtig«, sagte Eujo, während sie den breiten gepflasterten Weg entlanggingen, dessen Randbüsche mit einer hübschen Schicht geschaufelten Schnees bedeckt waren.

Flackernde Fackeln beleuchteten den Weg, ihre Flammen spiegelten sich im weißen Boden. »Der Punkt ist, wir suchen hier nach zwei Dingen. Erstens, wo sich die Whent-Skars befinden und Tipps, wie man sie findet. Zweitens, Vorräte und Wagen für die Reise.«

»Kann man das nicht alles einfach kaufen, meine Königin?«, fragte Torny.

»Nach allem, was ich für euch drei aufgegeben habe, nein, das kann ich nicht.«

Wax lächelte. Die beiden hatten ihren messerscharfen Schlagabtausch perfektioniert. Nun ja, eigentlich schon seit der Achterbahn auf Rana. Die Schärfe darunter hatte sich allerdings abgemildert. Sobald Torny begriffen hatte, dass Eujo nicht immer Adlige gewesen war, dass ihr nicht immer die süßen Seiten des Lebens in den Schoß gefallen waren, wurden die Stiche weniger direkt.

Das Anwesen schimmerte in der frühen Nacht ähnlich wie sein eigener Gehweg. Es erhob sich gegen den Felsen, das gelbe Gebäude erstrahlte im Licht seiner vielen Fackeln, sang mit sanfter Musik, die von innen aufstieg, und sprudelte vor Gesprächsgeräuschen. Auf den verschiedenen Balkonen konnte Wax trotz der Kälte Leute ohne Mäntel ausmachen. Rauch stieg aus Bechern und Mündern gleichermaßen auf, während die Körper in ständiger Bewegung zu sein schienen, als wäre es schlechter Stil, eine Unterhaltung länger als einen Moment oder zwei zu führen.

Eine breite Säulenhalle, die eine Steinplatte trug, markierte den Eingang des Anwesens, und ihre Ankunft verursachte eine Welle unter den dort stehenden Gästen. Begrüßungen ertönten, angeführt von einer besonders überschwänglichen Denia Sedred, ihrer Gastgeberin, die sich als solche mit einem weiten, ausladenden Schritt auf sie zu vorstellte. Edelsteine – keine Skars, aber ähnlich in ihrer Helligkeit – schimmerten an ihr und schienen ihr gesamtes Ensemble auszumachen, kein Mantel nötig. Auf ein Schnalzen von Eujo hin schloss Wax seinen Mund, gerade rechtzeitig, bevor Denia einen Arm zuerst um seine Schultern legte, dann um Eujos.

»Und hier sind unsere Ehrengäste des Abends!«, verkündete Denia, dem Anwesen und der versammelten Menge zugewandt, von denen die meisten bereits von den blau-weißen Getränken in ihren Gläsern erhitzt aussahen. »Erneuerungen, und gleich zwei davon! Kance und Vis, ohnehin schon selten genug, erst recht im Winter, sind hier. Bitte heißt sie willkommen und amüsiert euch!«

Ein halbherziger Jubel erhob sich, wobei viele der Gäste sich wieder ihren Gesprächen zuwandten und nach Häppchen von den herumstehenden Tabletts griffen. Denia gab sowohl Wax als auch Eujo einen letzten Klaps auf den Rücken, bevor sie nach drinnen wirbelte, als ob eine solche Begrüßung ausreichen sollte, um den Weg zum Feiern freizumachen.

»Was war das denn?«, fragte Torny von hinten.

»Ein Anfang«, antwortete Eujo. »Trennt euch. Findet Gesprächspartner, bekommt Unterstützung. Ihr kennt den Auftrag.«

»Klar doch, Hoheit.«

Noch bevor Eujo mit dem Augenrollen fertig war, waren Torny und Bliss im Schlepptau im Anwesen verschwunden.

»Fühlst du dich wohl?«, fragte Eujo Wax, der die Partylandschaft überblickt hatte. »Bereit für noch so eine Veranstaltung?«

»In diesem Aufzug?« Wax blickte an seinem lächerlichen Mantel hinunter. »Eujo, sieh mir zu, wie ich arbeite.«

Bei ihrem skeptischen Blick legte Wax los. Zunächst schnappte er sich einen Drink vom nächsten Stand. Ein

Schluck bestätigte den süßen Eiswein, nicht allzu verschieden von dem Pfirsichzeug auf Vis. Das Glas in der Hand steuerte Wax auf eine Gruppe rechts zu, ein Trio, das sich mit verschiedenen Pfeifen umgab, deren Rauch in Ringen über ihren Köpfen aufstieg.

Ein einfacher Trick, den er zu Hause mit weitaus gefährlicheren Blättern gelernt hatte.

Mit einer Frage und einer Vorführung brach Wax in ihren Kreis ein, lachte und forderte die anderen heraus, seine Rauchringe nachzumachen. Das unvermeidliche Scheitern verwandelte sich in Neugier und dann in Geschichten, sowohl von Wax als auch von den Gästen, während Wax darauf achtete, seine eigenen Atemzüge mit Fragen zu unterbrechen.

Er erfuhr von den feurigen Riesen, die die Stadt niederbrannten, vom Kriegsherrn Jochi und seiner Suche nach der Quelle der Unholde. Von der Akademie und ihren immer geheimnisvolleren Methoden in letzter Zeit, wie mehr Najahn in der Stadt zu sein schienen als zuvor, obwohl der Winter natürlich alles verlangsamte. Ein Tenet im Besonderen hatte gerade erst einen geschätzten Forscher und Kisten voller Erfindungen mitgenommen.

»Alles unter dem Vorwand«, sagte einer der Pfeifenraucher, »dass sie für ein riesiges Projekt gebraucht wurde. Das war vor Wochen, Wochen, und wir haben seitdem nichts mehr gehört.« Der Mann nahm einen langen Schluck, einen Schluck, während Wax weitere drei Ringe in den klaren Himmel blies. »Als ob Noctia das Recht hätte, unsere Besten zu nehmen, wann immer es ihnen verdammt noch mal passt.«

»Haben sie das denn nicht?«, fragte ein anderer, eine Person, die so in Pelze gehüllt war, dass Wax nicht sagen konnte, ob es sich um einen Mann, eine Frau oder ein

Hanoko handelte. »Ohne sie wären wir Futter für die Unholde.«

»Ach ja? Wo waren sie denn beim letzten Mal?«

»Wahrscheinlich haben sie verhindert, dass eine andere Horde an unseren Küsten landet.«

Die beiden fuhren fort zu diskutieren, während Wax sich davonschlich, nach drinnen huschte und sich etwas köstliches Fleisch und Käse schnappte, die er nicht identifizieren konnte. Die Pracht des Anwesens setzte sich hinter der Tür fort, mit knisternden Kaminen zwischen Lounges, Treppen, die sich an den Seiten empor wanden, und einer dreiköpfigen Band, die silberne Flöten und Trommeln in der Mitte spielte. Die Feiernden wogten in formlosen Gruppen umher, alle in ständiger Bewegung, als ob die Musik, leicht und langsam, ununterbrochene Bewegung verlangte. Wax konnte Bliss und Torny nicht entdecken, aber Eujo hielt direkt neben der Musik Hof, ein halbes Dutzend Leute überhäufte die Königin mit Fragen.

Sie entdeckte ihn und Wax hob sein eigenes Glas, ein Toast, den sie erwiderte.

Eine zweite Runde sowohl von Getränken als auch von Gesprächen klärte Wax über die Skars auf, ihre Lage inmitten einer gigantischen Goldader im Norden. Eine, die vom Abbau geschützt wurde, ja, durch die Najahn, sehr zum Ärger eines anderen Whent-Mannes.

»Die Reichtümer, die sie dort drin behalten, könnten unsere Insel retten«, beklagte sich der Mann gegenüber nickenden Gefährten.

Wovor, war Wax nicht klar, aber man sollte jemanden auf einer Party nie zu seinen Standpunkten drängen. Nicht der Mühe wert. Er warf eine Frage in den Raum, erkundigte sich nach Wagen, Transport, notwendigen Vorbereitungen für die Reise, und erhielt nur ein Lachen als Antwort.

»Wenn du nicht deine eigenen mitgebracht hast, erwartet dich eine traurige Lage«, sagte derselbe Mann. »Jochi hat alles mitgenommen, was diese Stadt für sein Abenteuer hatte. Es werden deine Stiefel sein oder eine lange Wartezeit.«

»Und wie lange wird das dauern? Der Fußmarsch?«

»Eine Woche? Mehr oder weniger, abhängig von der Kälte und wie viel du aushalten kannst«, sagte der Mann. »Whent ist kein kleiner Ort. Und man hört, dass jetzt Unholde in den Ebenen sind, da Jochi all unsere Soldaten abgezogen hat. Ihr solltet auf der Reise besser vorsichtig sein.«

Die Stunden vergingen, die Drinks wurden weniger, und die Band schien nie aufzuhören. Wax verwandelte Geschichten in Versprechen und erlangte schließlich Zugeständnisse von mehreren wohlhabenden Whent, mehr Pelze, ein paar zottige Packtiere und sogar zwei Flaschen starken Schnaps zu leihen, von denen der Besitzer behauptete, sie würden sie brauchen, um die Kälte zu überleben. All das, und trotzdem fand er sich allein auf einem Balkon wieder, blickte über die öde Stadt und nippte an einem Drink aus einer neuen Runde, warm und köstlich.

»Du scheinst Spaß zu haben«, sagte Eujo, der Drink verhinderte, dass Wax zusammenzuckte. »Deine Geschichten verbreiten sich da unten. Mehr als meine.«

Die Königin gesellte sich zu ihm am Geländer, ihre Gestalt irgendwie nicht eine Mischung aus Kälte und Schweiß wie Wax' eigene. Sie glitzerte genauso wie in dem Moment, als sie das Schiff verlassen hatten, völlig in ihrem Element in jeder Hinsicht.

»Ich dachte nicht, dass es ein Wettbewerb wäre«, erwiderte Wax. »Es ist nur, weil du dich zurückhältst.«

»Zurückhalte?«

»Klar. Ich habe einiges von dem mitbekommen, was du da unten gesagt hast. Du erzählst ihnen nicht die wahren Geschichten.«

Eujo blickte auf ihr Glas hinunter, dann schweifte ihr Blick über die Stadt. »Du meinst, dass ich von dort unten komme.«

»Schlimmer, wenn ich es mir richtig vorstelle.«

»Kance ist nicht nur Himmeldiamanten und durch die Lüfte schweben, nein.«

»Vis ist auch nicht nur Früchte und Blumen.« Wax streckte die Hand aus und stieß sein Glas gegen Eujos. »Solange wir das nicht vergessen, denke ich, werden wir okay sein.«

»Zumindest versucht deine Heimat nicht, dich umzubringen.« Eujo lächelte, als sie sprach. »Ich wette, sie ist so wütend.«

»Sie wird dich nicht anrühren können, sobald du die Aegis bist. Nur noch ein paar Skars und du bist da.«

Ein Nicken. Stille.

»Jemand anderes könnte allerdings zuerst dort ankommen«, bot Wax der Nacht an. »Uns beide vor diesem Steinthron retten.«

Eujo warf Wax einen Blick zu. »Was würdest du dann tun? Nach Hause zurückkehren?«

»Darüber denke ich nicht nach, bis es passiert. Ist nicht meine Art. Im Moment leben, weißt du?«

Wax zog sein selbstsicheres Grinsen auf, leicht zu finden mit dem Wein.

Eujo erwiderte es, lachte: »Ich nehme an, bei Leben wie unseren wäre es ein Fehler, etwas anderes zu tun.«

Ein Geräusch drang von unten herauf, ein leichtes Klingeln, wie eines der vielen Windspiele in der Stadt. Sowohl Eujo als auch Wax drehten sich um, beugten sich über das

Geländer, um einen Blick zu erhaschen, und Wax' Hand landete auf Eujos. Keiner von ihnen trug Handschuhe aus Angst, Getränke zu verschütten, und die Berührung, genau in diesem Moment, fühlte sich anders an als all die Male, die sie miteinander gerannt, gekämpft, geschwommen oder gesucht hatten. Wax spürte ihre Beschaffenheit, ihr Leben in diesem kurzen Griff, und in dem Blick, der folgte, war Eujo zum ersten Mal unsicher, verletzlich, echt.

Zumindest bis Rufe folgten, wütende, die einen Dieb anklagten.

17

DIE EINZIGE WAHL

So oft Quik auch schon Sand zwischen seinen Zehen gespürt hatte, nie zuvor hatte er die kitzelnden Körner hinter verrosteten grauen Gitterstäben genossen. Die krachenden Wellen zu seiner Linken, jenseits der schwarzen Felsbögen, die Noctias zahlreiche Meereshöhlen säumten, lieferten einen hallenden Hintergrund, ihre Wut im Einklang mit seiner eigenen. Doch Quik bewahrte seinen Zorn für seine Finger auf, während er den Sand ausquetschte und ihn zu kleinen Haufen aufschüttete, so wie er es schon seit Stunden tat.

Nach Sawis letztem, entschuldigendem Blick hatten Amis und Gladdrings Wachen Quik gepackt und hierher in den sandigen Käfig geschleift und abgeladen. Sich zu wehren, wie Ami betonte, wäre zwecklos gewesen. Die Wachen hatten Klingen, genau wie Ami, und Quik war für die Najahn nicht wichtig genug, um aufzufallen, wenn er verschwinden würde. Es sei besser, so schlug Ami vor, abzuwarten und zu sehen.

Chance und Möglichkeit begünstigten die Lebenden.

Bisher hatte das Warten und Beobachten Quik nichts

als Frust eingebracht. Der verschlossene Käfig erwies sich als stabil genug, um seinen Versuchen, ihn aufzubrechen, zu widerstehen, und Quik versuchte es an jedem Gitterstab. Das Graben unter der Barriere – Ami hatte keine Wache zurückgelassen, nur eine vage Bemerkung, dass sie ihn später sehen würde – offenbarte, dass der Sand hier nur eine dünne Schicht war, und wenn Quik sich nicht wie ein Dschungelblatt platt machen konnte, würde er nicht zwischen hartem Fels und den Metallstäben hindurchquetschen. Der Käfig reichte auch bis zur Höhlendecke, was jeden geschickten Kletterer an der Flucht hinderte.

Mit anderen Worten, Quik saß fest, und das nervte gewaltig.

Während er den Sand knetete, machten andere Gedanken waghalsige Vorstöße in seine aufkeimende Wut. Allen voran: Warum, warum hatte Sawi ihn einfach dort auf der Treppe zurückgelassen? Sie hätte sich fast jede beliebige Ausrede einfallen lassen können, für Quiks Unschuld verhandeln können – dass Quik nicht unschuldig war, spielte dabei keine Rolle, Loyalität zählte mehr –, aber sie war einfach weitergegangen. Als wäre Quik ein ehemaliger Freund, jetzt eine Peinlichkeit.

Klar, auf Vis gab es soziale Kreise. Freundschaften änderten sich im Laufe der Zeit. Aber das hatte *Gründe*. Dies schien so plötzlich, so willkürlich, so verheerend.

Zweitens, was war das überhaupt für ein Ort?

Masayo und ihre Dritte Hand hatten Quik nicht viele Hinweise gegeben, als sie ihn auf diese spezielle Mission geschickt hatten, aber wenn das Ergebnis eine wahrscheinliche Reise in ein Gefängnis am Meer war, musste Quik glauben, dass sie ihn gewarnt hätte. Er war schließlich ein neuer Najahn. Ein Rekrut in seinen Trainingsrotationen. Das konnte nicht der übliche Ablauf sein.

Was war also die Antwort? Warum sollte ein Handels-Tenet hier unten im Sand einen Käfig bauen, der offenbar von einer kämpferischen ehemaligen Wächterin patrouilliert wurde?

Und drittens, vielleicht am dringendsten, während der Tag sich dem Ende neigte: Was würde er essen?

Es gab kleine Krabben und Käfer, die im Sand herumkrochen, wenn auch nicht so viele so weit vom Wasser entfernt. Quik hätte versucht, eine der Möwen zu fangen, obwohl die Aussicht, eine ohne Feuer zu essen, seinen Magen umdrehen ließ. Frisches Wasser, zumindest, war in einem Schlauch zurückgelassen worden. Ihre einzige Konzession.

»Genießt du dein neues Zuhause?«, fragte Ami, als sie wie eine Kriegerkönigin aus dem Tunnel schritt. Sie trug eine Fackel, mit der sie zwei weitere Wandleuchter entzündete, die in die Felswände eingelassen waren. Eine Notwendigkeit angesichts des schwindenden Lichts. Quik unterdrückte ein Zusammenzucken, als der hellere Schein Amis Gesicht traf, dessen unteres Viertel mit einer Platte bedeckt war. »Ich gebe zu, es fehlt an Annehmlichkeiten, aber ich sage dir gleich, was wir oben haben, ist auch nicht viel besser.«

Nachdem er seinen Blick von Amis Gesicht abgewandt hatte, musterte er als Nächstes ihre Ausrüstung. Sie hatte ein Schwert – Standard-Najahn-Ausgabe, nach seiner Einschätzung, obwohl der Griff größer schien als die meisten – und auf ihrem Rücken etwas, das wie ein dicker Knüppel aussah. Die Wächterin las seine Augen, ließ ihre Schulter sinken und den Knüppel in den Schmutz fallen. Als sie sich aufrichtete, trug Ami ein Lächeln, das Quiks Blut mehr gefrieren ließ als jeder finstere Blick, den er je gesehen hatte.

»Zumindest ist es weich«, sagte Quik.

»Was ist weich, der Sand?« Ami nahm den Käfigschlüssel von einem Ring an ihrer Taille, steckte ihn in das große Messingschloss und drehte die Walzen. »Hätte gedacht, du wärst daran gewöhnt, auf Vis. Schönerer Sand als auf Noctia, wenn ich mich recht erinnere.«

»Das tust du.«

Die Käfigtür schwang auf. Quik erhob sich auf die Füße, beugte sich vor und stürmte auf die Öffnung zu. Er schaffte zwei Schritte, bevor Ami die Klinge gezogen hatte, genau dorthin gerichtet, wo Quik sich aufspießen würde. Der Jäger versuchte zu stoppen, warf sich nach rechts, um stattdessen gegen die Käfigstäbe zu prallen.

Er hatte noch nie jemanden eine Klinge so schnell ziehen sehen. Andererseits benutzte auf Vis so gut wie niemand Schwerter. Vielleicht musste Quik seine Erwartungen anpassen.

»Nun, ich verstehe, dass du aufgebracht bist«, sagte Ami und ließ das Schwert draußen, obwohl sie die Spitze senkte. Eine potenzielle Öffnung, die Quik nicht mehr auszunutzen gedachte. Der Tod durch ihre Hand würde zu leicht kommen ohne seine eigene Waffe. »Ich wäre auch wütend. Das war ich, vor gar nicht allzu langer Zeit, als ich mich fast in deiner Position wiederfand.« Sie tippte mit der Klinge gegen die Gitterstäbe, das klingende Geräusch ging in den Wellen unter. »Dann beschloss ich, etwas Nützliches zu tun.«

»Wie was?« Quik bewegte sich so, dass er Ami direkt gegenüberstand, und klopfte den Sand von seinen Beinen. Sie hatten ihm wenigstens sein Gewand gelassen, obwohl der Sand sich in den Leinen verfing und sie kratzig machte. »Gladdring geben, was er will?«

»Die Welt retten, Quik. Die Welt retten.«

Amis Weltrettungsplan schien damit zu beginnen, Quik ordentlich den Arsch zu versohlen. Sie gab ihm den Knüppel, eine freundliche Geste, die sich bald als Falle entpuppte. Das Holz hatte Gewicht, konnte zweifellos einigen Schaden anrichten, aber Quik stammte nicht von Mottilan. Er hatte keine Erfahrung darin, mit einem großen Stock zu kämpfen.

Im Vergleich zu seinen Handschuhen fühlte sich die Verwendung der Keule an, als hätte er zu viel Pfirschwein getrunken.

Schlimmer noch, Ami machte klar, dass ihr Duell nicht fair sein sollte. Mit ihrem Schwert drängte sie Quik in die felsige Rückseite des Käfigs zurück. Sie trat ein, schloss die Tür hinter sich – verriegelte sie nicht – und hielt das Schwert nun mit beiden Händen, drehte es so, dass Quik erkennen konnte, warum der Griff so groß geraten war.

»Ich werde Ihnen jetzt etwas sagen, das Ihr Leben kosten wird, wenn es jemals nach außen dringt«, sagte Ami in einem Ton, der andeutete, wie unwahrscheinlich das wäre. »Diese Klinge und dieser Holzstamm haben eingebettete Skars. Diese Skars, gut eingesetzt, können den Unterschied zwischen dem Besiegen der Unholde und dem Tod durch sie ausmachen.« Ami blickte von ihrem Schwert auf und nickte zum Holzstamm. »Können Sie es hören?«

Quik versuchte, Überraschung vorzutäuschen, scheiterte aber. Natürlich hatte er das Flüstern des Skars gehört, sobald seine Hände den Holzstamm berührten. Anders als der Vis-Skar, den er zuvor gehalten hatte, ein dickeres und langsameres Grollen, aber eines, das seinen Geist auf ähnliche Weise berührte. Dieser Skar schien sich, anstatt Quiks Kratzer und Wunden zu finden, auf seine Haltung, seine Bewegung, sein Gewicht und seine Wucht zu konzentrieren. Wenn Quik sich zurücklehnte oder den Stamm hob, wurde der Skar aufgeregt und schien Quik anzuflehen, ihn mit der Bewegung loszulassen.

Bisher hatte Quik den Edelstein ignoriert. Er hatte gehofft, Ami wüsste nicht, was sie getan hatte.

»Oh«, sagte Ami langsam, als Quik keine klare Antwort gab. »Sie sind nicht neu in diesem Spiel.«

»Neu genug«, erwiderte Quik schnell. »Nur-«

»Halt. Sie sind kein geschickter genug Lügner, um es interessant zu machen. Es ist gut, dass Sie wissen, wie sich ein Skar anfühlt.« Ami machte einen Schritt weiter in den Käfig. Fünf lange Schritte trennten sie jetzt. »Wir können die ersten Schritte überspringen. Kommen wir gleich zur Sache.«

»Zur Sache?«

»Verteidigen Sie sich, Vis. Benutzen Sie den Skar.«

Endlich etwas, das Quik verstand. Als Ami zum Angriff überging, ihre Stiefel im Sand rutschten, ließ Quik den Stamm zu einem weiten Schwung fallen. Langsam genug, dass Amis Geschwindigkeit sie direkt in den Weg des Stammes hätte bringen sollen. Ein zerschmetternder Knockout.

Der Skar summte, begeistert, und bat um seine Chance. Quik verweigerte es ihm.

Als Wax dem Foti-Skar mit diesem Rana-Unhold nach-gegeben hatte, war alles in Flammen aufgegangen. Wer wusste, was jetzt passieren könnte? Wenn er den Skar nicht benutzen musste, warum sich die Mühe machen?

Die Wächterin kam nicht rechtzeitig an. Sie kam eigent-lich gar nicht an. Bei ihrem zweiten Schritt, genau als ihr Schwung sie in den sicheren Untergang hätte bringen sollen, trat die Wächterin ab, sprang. In einer Rüstung und Ausrüstung, die viel zu schwer war. Anstatt vorwärts in einen wertlosen Fall zu stürzen, flog Ami nach oben und überwand Quiks Schwung und fast Quik selbst.

Jemand, der noch nie einen Skar gesehen hatte und ihre Möglichkeiten nicht verstand, wäre vielleicht dort und dann getötet worden. Quik erfasste das Unmögliche und reagierte, tauchte in seinen Schwung ein und verwandelte den Kreuzschlag in einen vollständigen Wirbelwind. Der Stamm peitschte an Quiks linker Seite vorbei, als Ami direkt hinter dem Jäger landete, wobei Quik sich vom Gewicht der Keule herumwirbeln ließ.

Wieder flehte der Skar. Wieder verweigerte Quik.

Ami fegte ihr Schwert nach unten und rechts, die Klinge traf den Stamm. Traf und stoppte. Nicht als hätte Quik eine Mauer getroffen, wo die Vibration, die Kraft das Holz hätte zersplittern sollen. Nein, eher als hätte Quik seinen Stamm in einen dicken Honigtopf geschlagen. Seine Waffe klebte an Maenas Klinge, der Halt so vollständig, so total, dass Quik nach rechts in den Sand fiel.

Trotzdem hatte er noch eine Hand am Riemen der Keule, ein braunes Leder, das stark genug war, seinem Zug standzuhalten. Quik riss mit seiner rechten Hand, zog die Keule von der Klinge und zurück in seine Arme.

»Und Sie sind kein schlechter Kämpfer«, sagte Ami. »Gut. Dieser erste Sprung? Kance. Der Block? Derselbe Skar in Ihrer Keule, von unseren Freunden im Norden.«

»Was wollen Sie damit sagen?«, fragte Quik, während er aufstand und der Sand aus seiner Kleidung rieselte. »Sie benutzen die Skars zum Kämpfen?«

»Oh, viel mehr als das.« Ami wedelte mit der Klinge hin und her. Während sie das tat, nahm ihre Kante dasselbe Licht wie die Wandleuchter auf: hell und heiß. »Sie werden alles verändern, Vis. Alles.«

Sie fegte die Klinge tief durch den Sand. Weiß glühende

Funken, brennende Körner flogen durch die Luft, auf Quik zu. Er wich zurück, rutschte aus, sah und spürte, wie diese Funken landeten. Seine Roben qualmten und er ließ den Stamm fallen, rollte sich, um die kleinen Feuer zu löschen. Als er fertig war, hörte er ein einziges Klicken, das Tor schloss sich.

Ami, den Stamm wieder in ihrem Besitz, stand erneut draußen.

»Ich bin froh, dass Sie nicht nur ein Najahn-Rekrut sind«, sagte Ami und verschränkte die Arme. »Sie werden uns auf diese Weise viel mehr helfen.«

»Ich verstehe nicht«, versuchte Quik, versuchte die verzweifelte Verwirrung aus seiner Stimme zu halten. »Warum tun Sie mir das an?«

»Weil Gladdring die einzige Chance ist, die wir haben, um all euch Idioten dazu zu bringen, die Dinge richtig zu sehen. Sie stehen nicht auf seiner Seite.« Ami begann sich abzuwenden. »Sie sollten darüber nachdenken. Auf wessen Seite Sie stehen. Treffen Sie die richtige Entscheidung schnell genug, vielleicht werde ich Sie nicht als Ersten töten.«

18

PRIVATE SEITEN

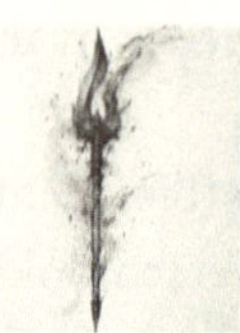

Ein Tagebuch. Yarvick wollte ein Tagebuch und Torny würde es besorgen, zur Hölle mit allem anderen. Nun, als Torny einen Blick zurückwarf und bestätigte, dass Bliss ihr dicht auf den Fersen war, als sie das Anwesen betraten, vielleicht doch nicht mit allem.

Aber Schulden mussten beglichen werden, besonders eine Schuld wie diese.

Das Anwesen zeigte seine vornehme Position gleich hinter dem Eingang mit reichlich Türen und Treppen. Überall wuselten Leute herum, und während Torny den ersten Gruppen auswich und einige neugierige Fragen darüber, wer sie seien, ignorierte, waren die Getränke und Snacks zu verlockend, um sie auszuschlagen, zu wertvoll für die Tarnung.

»Nimm eins«, sagte Torny, schnappte sich einen Kelch von einem Tablett und stieß mit Bliss an, als diese ihr eigenes Glas in der Hand hielt. »Sieh zu, dass du aussiehst, als hättest du Spaß.«

›Hab ich denn keinen?‹

»Hast du?«

Bliss rümpfte die Nase und kniff die Augen zusammen. Sie war hier so weit außerhalb ihres Elements, dass Torny gelacht hätte, wenn es nicht die falsche Aufmerksamkeit auf sie gezogen hätte. Bliss sah zumindest wie eine Partygängerin aus. Eujo hatte diesen Teil gut abgedeckt, wie es sich für eine Königin gehörte. Ein schickes Kleid – Bliss hatte sich für Grün entschieden – und ein dicker Mantel, der bald von ihren Schultern rutschen sollte, bevor der Schweiß ihr Gesicht verunstaltete.

Wenn man's genau nahm, musste Torny ihren eigenen Mantel auch loswerden, nur nicht zu weit weg.

›Es ist interessant?‹ gebärdete Bliss zwischen Bissen von ein paar Krabbenküchlein. ›Noctia war anders.‹

»Dort waren wir keine Ehrengäste.«

Nicht dass sie es hier wären. Wax und Eujo saugten diese Energie auf, die beiden Renewals zogen mehr Blicke auf sich als ihre Wächter. Ein paar Leute machten zaghaft Anstalten, ein Gespräch mit Bliss und Torny zu beginnen, während die beiden an ihren Getränken nippten, und Torny scheuchte sie weg, indem sie ein Gespräch über Dämoneninnereien und deren vielfältige Verwendung vorschlug.

Bliss unterdrückte ein Lachen, als das unschuldige, absurd schicke Pärchen grün anlief und eine Ausrede murmelte, um zu fliehen.

›Warum hast du das gemacht? Lustig, aber warum?‹

»Weil wir Arbeit zu erledigen haben, Bliss.«

Wieder ein schräg gelegter Kopf, eine weitere Frage. Klar, Torny würde die Mission zu gegebener Zeit enthüllen, wenn das Ziel gesichert schien. Jetzt musste sie weiter suchen. Yarvick hatte gesagt, das Tagebuch sei ein persönlicher Schatz, wahrscheinlich leicht zu erkennen. Ein abgenutztes Buch, braun und schlicht, mit Fäden am Rücken zusammengenäht. Entweder in der Bibliothek oder im Schlafzimmer des Gastgebers.

Nicht dass Torny wusste, wo sie eines von beiden finden konnte.

›Mit wem werden wir dann reden?‹

»Hier entlang«, sagte Torny und schlug den Weg Richtung Rückseite des Anwesens ein, wo es auf den Felsen traf und sich weiter erstreckte. »Ich denke, wir finden bessere Infos in Büchern.«

›Bücher?‹ gebärdete Bliss, hielt mit Tornys Tempo mit und fuchtelte mit den Fingern vor ihrem Gesicht. ›Was?‹

»Du weißt schon, Dinge mit Papier. Worte. Schrift.«

›Ich weiß, was ein Buch ist. Ich versuche nur-‹

Torny griff nach Bliss' Arm, mit dem sie gebärdete, und zog sie nach links, gerade noch an einem Kellner vorbei, der das herannahende Duo mit seinen Tabletts voller Getränke nicht sehen konnte.

»Pass auf«, zischte Torny, milderte es aber mit einem Augenzwinkern. »Vertrau mir, du willst nicht mit diesen Leuten reden.«

›Warum?‹

»Langweilig, deshalb.« Torny verlangsamte ihr Tempo, als sie sich der Rückseite des Anwesens näherten, vorbei an der schmucken Trommel-und-Flöten-Band. Geradeaus schien nicht die Bibliothek zu sein, sondern die Küchen, nach der heißen Luft und den köstlichen Gerüchen zu urteilen, die von dort kamen. »Wette, keiner von denen hat je gegen einen Dämon gekämpft.«

›Ist das Voraussetzung, um interessant zu sein?‹

»In meinem Buch schon.«

Nach rechts blickend sah Torny, wie sich das Anwesen um eine breite offene Terrasse wand, mit vielen Türen, die zu einer Außenveranda führten. Liegen, Tische und Stühle teilten sich den Platz mit mehreren Statuen – typisch für Whent, Steinskulpturen drinnen und draußen zu haben – in einem Bereich, der offensichtlich für Partys gedacht war und jetzt seine beste Arbeit leistete, mit fast jedem Sitz besetzt von plaudernden Schickimickis.

›Was steht noch in deinem Buch? Um interessant zu sein?‹

Torny bog als Nächstes nach links ab und sah Treppen, die an der Rückwand hochführten. Davor und in der Nähe der Band lag eine kleine Gartenanlage, als wollte sie den leblosen Statuen entgegenwirken. Ein Springbrunnen plätscherte, etwas, das man auf dem wasserkarg Noctia nie finden würde. Getränke- und Snacktabletts. Menschen, die ihr Gespräch lieber in Bewegung führten.

Dahinter wartete eine Gelegenheit. In der Mitte der linken Seite lag ein Flur, und zurück zum Eingang, wenn auch etwas abseits, ein offener Bogen zu einem dunkleren Raum. Geheimnisse und mehr.

»Sei nicht langweilig«, antwortete Torny auf Bliss' Frage, stellte ihr leeres Glas ab und ersetzte es durch ein neues, während sie sich entlang der linken Hälfte bewegten.

Die Gelegenheit des Flurs starb, als sie sich näherten und ein Diener in der Nähe stand. Als Torny näher kam, erwachte der Mann, gekleidet in grobes braunes Leinen, wie ein Geschöpf, das aus seinem Schlummer erwacht, beginnend mit einem Schnauben und Torny mit halbtotem Blick fixierend. Der Mann murmelte eine Ausrede darüber, dass dort hinten nur für die Familie sei, und drängte nicht weiter, als Torny mit den Schultern zuckte und weiterging.

›Du denkst nicht, dass die Bibliothek in der Richtung sein könnte?‹

Torny kicherte: »Wenn es eine Sache gibt, die ich über

Leute weiß, die an einem Ort wie diesem leben? Sie lieben es, anzugeben. Sie werden die Bibliothek nicht verstecken, wenn sie eine haben.«

›Weißt du viel über reiche Leute?‹

»Bin auf Noctia aufgewachsen«, erwiderte Torny, als sollte das die Frage ausreichend beantworten.

Noctia, die kleine, zentrale Insel, wo jeder, der etwas auf sich hielt, irgendwann hinkam, sobald sie merkten, dass die Najahn alle Macht hatten. Sie tauchten auf, verteilten ihre Geschenke, um ihre felsigen Häuser zu bekommen, und wenn es ihnen dann nicht gelang, die Gunst des Zirkels zu gewinnen, fragten sie sich, wo alles geblieben war, und verschwanden kurz darauf.

Ein Teil ihrer Sachen landete unweigerlich bei Yarvicks Bande.

Der dunkle Raum links vom Eingang gab Torny, was sie wollte: den durchdringenden Geruch muffiger Bücher, Literatur, die lange aufbewahrt und wenig gelesen wurde. Sie konnte ihr Grinsen nicht verbergen, als sie sich näherten, und ließ es erst verschwinden, als ein Mann vor ihnen eintrat, ein Getränk und seinen eigenen Wälzer tragend.

»Scheint, du hattest recht«, gebärdete Bliss, als sie unter einem Bogen hindurchschlüpften, in dessen geschwungenen Überhang Whents harte Linien eingemeißelt waren.

Der Felsengott war der langweiligste, all seine Entwürfe beanspruchten gerade Seiten, gleiche Verhältnisse und einen harten gesunden Menschenverstand. Kein Chaos dort und auch hier kein Chaos: Tornys erste Schritte in die Bibliothek offenbarten gedämpfte Lampen, gepolsterte Stühle und nüchterne Regale, in alphabetischer Ordnung gepackt, die Buchrücken nach außen. Kein einziger Band lag auf den beiden Schreibtischen oder halb gelesen über einem Stuhl. Auch kein Papier für spontane Notizen. Kreativität, die in ihrem Zuhause verdorrte.

Zumindest die Fenster boten etwas Nützliches: hell und groß, direkt in den Hof. Keine Terrasse hier, keine Zuschauer, die Pfeifen rauchten und sich fragten, was drinnen vor sich gehen mochte.

Was den Mann betraf. Er, eine dünne und kleine Seele, schien die beiden Damen, die folgten, zu ignorieren, als er sich setzte, seinen mitgebrachten Wälzer aufschlug und den zufriedenen Seufzer von jemandem ausstieß, der an einem Ort Komfort findet, an dem es kaum eine Chance darauf gibt.

Bliss nahm den Eindringling nicht so sehr zur Kenntnis, ging direkt an Torny vorbei und starrte mit surrealer Bewunderung auf die Bücher. Torny zählte in Gedanken die Drinks, die sie gehabt hatten – eineinhalb – und folgerte, dass Bliss nicht betrunken sein konnte, also was erklärte das offenmündige Entzücken auf ihrem Gesicht?

»Alles in Ordnung?«, fragte Torny und streifte ihren Pelz auf einen Stuhl ab. Sie drehte sich um und zog Bliss' eigenen Mantel aus, während die Frau zurückgebärdete.

»Ich habe noch nie so viele Bücher an einem Ort gesehen.«

Torny war verdutzt. Die Bibliothek war nicht so groß. Sie hatte größere sogar in bescheidenen Noctia-Anwesen gesehen. Aber vielleicht war Vis anders?

»Was, habt ihr keine Bibliotheken zuhause?«

Bliss schüttelte den Kopf. »Nicht wirklich. Einige wenige haben Bücher, aber es ist zu feucht. Sie zerfallen. Also benutzen wir andere Dinge. Lieder, Erinnerungen, Gravuren.«

»Na dann, nimm es in dich auf, denn wir werden nicht lange hier sein.«

»Nein?«

Die kleine Bibliothek bot einen weiteren großen Vorteil: eine einfache Gelegenheit, ihr Ziel zu finden. Ohne Autor war das Tagebuch am äußersten Ende des entferntesten Regals eingepackt worden, eingenistet an der Außenwand mit einer Reihe anderer Journale. Die Bindfadennähte bestätigten die Entdeckung, die kleinen Fäden baumelten am Ende des Buches wie eine überwucherte Rebe.

Torny ging hinüber, vergewisserte sich, dass der Mann in sein Buch vertieft schien, während Bliss einen Band über die Skars und ihren ersten Entdecker auskundschaftete. Demion oder so ähnlich, wenn Torny sich an ihre Geschichte erinnern konnte. Löste den Aegis-Todescountdown aus, tat sie. Was für ein Vermächtnis.

In die Hocke gehend, zog Torny vorsichtig das Tagebuch aus seinen Nachbarn. Dünn genug, um zu bedeuten, dass das Führen eines Tagebuchs keine große Angewohnheit von Yarvicks Ziel war – der Banditenführer hatte nicht spezifiziert, wessen Tagebuch es war, nur dass Torny es finden und ungelesen zurückbringen sollte. Wie allerdings Yarvick beweisen könnte, dass Torny das Tagebuch nicht gelesen hatte, war, nun ja, eine offene Frage.

Sie konnte zumindest den vorderen Einband aufschlagen. Sehen, ob die freundliche Seele auf der ersten Seite Geheimnisse preisgeben würde.

Unter einem angenehmen orangefarbenen Schein, mit den leichten Beats der Band im Hintergrund, konnte Torny ihr Grinsen nicht verbergen. Ah, deshalb wollte Yarvick das Tagebuch so dringend. Ein Andenken, eine Erinnerung und mehr in diesen Seiten, jede geschrieben von einem einzigartigen Namen, der dem einzigen Kind des Banditenführers gehörte, einem lange verlorenen Sohn. Torny begann, mehr umzublättern, durch die Seiten zu eilen, während der Mann las und Bliss ein eigenes Buch fand.

Hätte Torny gedacht, sie könnte das Buch schnappen und von der Party verschwinden, wäre sie längst weg gewesen. Stattdessen bedeutete ihre Doppelrolle, dass sie hier Zeit totschlagen musste, oder sie würde auf dem Weg hinaus auffallen. Eine Wächterin, die ihre Erneuerungen im Stich lässt, würde Augen bedeuten, die sie nicht wollte. Also las sie stattdessen.

Eine Geschichte entfaltete sich dort, eine von Tragödie und Verrat, von verlorener und wiedergefundener Moral, die Flucht eines Geliebten in den Norden mit einem jungen Mann, der durch jeden Eintrag wuchs, einer, der sowohl den Verlust bedauerte als auch verstand, warum er seinen Vater verlieren musste.

»Interessante Wahl.«

Torny blickte auf, sah den Mann, der seinen Wälzer beiseitegelegt hatte und nun stand, sie mit Augen beobachtend, die viel zu misstrauisch für eine beiläufige Bemerkung waren. Zeit, eine Lüge zu erfinden und zu sehen, ob sie funktionierte.

»Es sah anders aus«, bot Torny an. »Dachte, ich schau mal, was es ist.«

»Ach wirklich?«, der Mann trat einen Schritt näher. »Hast du denn gesehen, was es war?«

Torny ließ das Tagebuch in eine Hand gleiten, wedelte damit herum, als könnte sie es jeden Moment zurücklegen. »Sieht aus wie ein Journal. Hast du es gelesen? Ist es interessant?«

Hinter dem Mann hatte Bliss das Gespräch bemerkt, ihr eigenes Buch zurück ins Regal gestellt und stand nun da, in Tornys Augen nach einer Antwort suchend. Eine, die Torny gerade nicht geben konnte.

»Ich hoffe doch nicht, zumindest nicht für dich«, sagte der Mann. »Für mich allerdings ist es alles.«

Torny spürte den Seufzer, bevor er kam. »Du bist doch nicht etwa...?«

»Doch, bin ich, obwohl ich mich über die Bedeutung wundere?«

»Vergangenheiten, Mann. Man kann ihnen nicht entkommen.« Torny hob das Tagebuch. »Kann ich das für eine Weile ausleihen?«

Verengte Augen. »Was? Warum?«

»Besser, wenn du es nicht weißt, Kumpel. Vertrau mir.«

»Ich vertraue dir nicht. Überhaupt nicht.«

Torny hatte ein Messer in den Falten ihres Kleides, mehr in ihrem Mantel drüben auf dem Stuhl. Das zu ziehen würde der Party ein schnelles Ende bereiten. Andererseits würde das auch eine Rauferei mit Yarvicks Kind tun. Sie brauchte eine andere Lösung.

»Dann sieht es so aus, als steckten wir fest«, sagte Torny. »Denn ich gehe nicht ohne das hier.«

»Und ich lasse dich nicht damit gehen«, der Mann drehte seinen Kopf halb zum Ausgang der Bibliothek, holte Luft für ein bestimmtes Wort, das Torny nur zu gut kannte.

Also schlug sie ihn mit ihrer schwachen Hand in den Bauch. Der beabsichtigte Ruf nach den Wachen verwandelte sich stattdessen in einen keuchenden Fluch, als der Mann sich krümmte.

»Zeit zu gehen!«, schnappte Torny zu Bliss, die diese Worte nahm und das Falscheste damit tat.

Mit einem Schritt hob Bliss einen Stuhl auf und schleuderte ihn durch das Fenster, es zerschmetternd. Auf einmal eine beeindruckende Demonstration von sowohl Kraft als auch Dummheit. Bliss machte einfach weiter, warf sich ihren schweren Mantel über und schleuderte Tornys eigenen der Diebin zu, die ihn mit der freien Hand auffing, als Yarvicks Sohn sich erholte.

»Was machst du da?«, sagte Torny, schob den jungen Mann in einen anderen Stuhl und folgte Bliss hinaus in die kühle Nacht.

»Du sagtest gehen, also gehen wir«, gebärdete Bliss, während sie über den Rasen rannten. »Wir wären nie durch die Party zurückgekommen.«

»Aber dein Bruder? Eujo? Das wird ihnen nicht gefallen? Du hättest mich allein laufen lassen sollen.«

Bliss antwortete nicht, als die ersten Rufe in die Nacht hinausdrangen, reagierte nicht, als sie und Torny die kleine Mauer um den Hof erklommen und in die Stadtstraßen eilten, zurück in Richtung Eujos Boot. Erst als sie weit vom Anwesen entfernt waren und jede Verfolgung aussichtslos erschien, hielt Bliss an, drehte sich um und holte Atem.

»Warum?«, keuchte Torny, die selbst aufholte, das Tagebuch sicher in ihrer Jacke verstaut. »Warum hilfst du einer Diebin?«

Im rosigen Licht Sichis zeigte Bliss einen einzigen Grund:

›Weil du mich nie verlassen hast.‹

19
VERRATENER VERRAT

Laut Gladdring war Sawi erfolgreich, weil sie nicht wusste, wie man das Spiel spielt. Nach ihrem ersten Besuch im Zirkel half Gladdring Sawi, die richtigen Zeiten und Orte zu finden, um zufällig auf andere Tenets, Gehilfen und Najahn zu treffen, die Fassle und seinem Adepten-Paar nahestanden. Mit einem neuen Outfit, ihre Roben mit dem inselübergreifenden Siegel des Handels-Tenets und etwas goldener Filigranarbeit verziert, bewegte sich Sawi herum, wenn nicht wie Adel, dann doch wie jemand, der weit über dem üblichen Rang stand. Die nickenden Köpfe und geöffneten Türen brachten sie in Flure, wenn Zielpersonen Besprechungen verließen, und in exklusive Restaurants, wenn Offizielle sich zum Essen niederließen, nun mit einem überraschenden Gast. Bald meisterte Sawi es selbst und fand dieselben Parallelen zu einer Vis-Sekte, von der sie ausgeschlossen worden war: eine Jagd, ein Töten, die Belohnung.

Beim ersten Mal, einer morgendlichen Kaffeeunterbrechung mit einem Sekretär des Najahn-Marine-Tenets, kam es zu Unbeholfenheit und Verwirrung darüber, wie genau

Sawi nach Schwachstellen in Fassles Loyalität suchen sollte. Sie stand hinter dem Gehilfen in der Schlange, die zur Theke führte, und die Sekunden, um einen Zug zu machen, schwanden in dem überfüllten Café dahin.

Bis der Tamas-Skar das Wort ergriff.

Wie bei den anderen Skars kamen seine Ideen eher als Eindrücke unter den Flüstern. Weniger diskrete Befehle und mehr Drängen, auf diese Weise zu sprechen, an jener Sache zu rütteln. Der Gehilfe, so der Skar, schien nervös zu sein und blickte sich um, als ob er den Verdacht hätte, beobachtet zu werden. Vielleicht eine Gelegenheit.

»Geht es Ihnen gut?«, fragte Sawi.

Ein flüchtiges, leichtes Lächeln und ein Nicken. »Alles bestens.«

Die Stimme zitterte. Der Tamas-Skar stürzte sich auf das, was Sawi bereits erkennen konnte.

»Sie zittern ja fast«, sagte Sawi stirnrunzelnd. »Was ist los?«

Ein schneller Blick nach links und rechts, eine halbherzige Geste mit der Hand, als ob er auf die Welt deutete. »Ich verstehe nicht, wie alle so ruhig sein können. Die Unholde sind überall. Greifen jeden Tag an. Wie lange, bis sie hier durchbrechen?«

Und da war es, die Quelle. Keine überraschende, aber etwas, das sie nutzen konnte. Sawi sympathisierte, wie sie Gladdring allzu oft zurück auf Vis, in den Besprechungen, hatte tun sehen. Lasse die Person fühlen, dass ihr zugehört wird, dass man sich um sie sorgt, und wenn man sie auf seiner Seite hat, drehe man es zu einer Bitte. Sie würden nur den Dienst erwidern, den man ihnen bereits erwiesen hatte, indem man ihnen ein offenes Ohr lieh, eine Schulter zum Ausweinen bot.

Sie äußerte diese Bitte Minuten später, an einem

kleinen Tisch draußen, vor Lauschern geschützt durch die morgendliche Wagenkarawane. Noctia dröhnte immer, brüllte immer, ein Ärgernis, wenn man schlafen wollte, ein Segen, wenn man Privatsphäre wünschte.

»Warum tut Fassle nicht mehr?«, erwiderte der Gehilfe verwirrt. »Was könnte er denn noch tun?«

»Eine Menge, aber er tut es nicht.«

Aus Verwirrung wurde Neugier. Der Gehilfe nickte auf ihr Medaillon. »Was weiß Gladdring?«

»Sie werden es bald erfahren. Vorausgesetzt, Sie können aufgeschlossen bleiben.«

»Wenn Gladdring einen Weg hat, die Unholde aufzuhalten, wird er mehr als das haben.« Der Gehilfe wirbelte seine dampfende Kaffeetasse, Dampf stieg in den kalten grauen Morgen auf. »Mehr als meine Unterstützung auch. Wenn er eine Antwort auf das Unholdproblem hat, wird die Hälfte dieser Leute auf seine Seite springen, Fassle zum Teufel.«

Kühne Worte. Gladdring war jedoch entzückt, sie zu hören, als Sawi das Gespräch weitergab. Fassle war verwundbarer als erwartet, was bedeutete, dass sie sich beeilen mussten. Kein Herumsitzen, kein langsames Spiel. Sawi würde jetzt beginnen. An diesem Nachmittag noch. Kein Spielen mehr mit Ami und Annalyse. Sie hatten jemand Neuen zu benutzen.

Sawi musste nicht fragen, um zu wissen, dass es Quik war, musste nicht fragen, um zu wissen, dass er in ihrem Skar-Testverließ sicherer wäre als hier oben, wo Messer geschärft wurden.

»Kann ich mit ihm reden?«, fragte Sawi, als Gladdring fertig war, den Plan und die zu treffenden Leute zu erläutern. »Ich meine Quik? Er sollte es wissen.«

»Er geht dich nichts an.« Gladdring hatte zumindest

die Anmut, entschuldigend auszusehen, seine Gestalt beugte sich herab, um eine Hand auf Sawis sitzende Schulter zu legen. »Mach das gut, und ihm wird kein Leid geschehen. Scheitere, und es wird ohnehin keine Rolle spielen.«

Die Stunden und Tage verbrannten danach, wirbelten davon in gezielten Gesprächen, sammelten geflüsterte Unterstützung von einem zum anderen und zum nächsten, bis Gladdring fast eine Woche später entschied, dass die Zeit gekommen war, das Tempo zu erhöhen. In die letzte Phase einzutreten.

»Bewegen wir uns nicht zu schnell?«, argumentierte Sawi, als sie sich erneut in Gladdring überfülltem Büroturm trafen. »Sie sagen, sie unterstützen uns, aber-«

»Und der Skar stimmt zu?« Gladdring deutete auf das Juwel um Sawis Hals.

»Das tut er. Soweit ich es verstehe, jedenfalls.«

»Dann brauchen wir nicht mehr. Geschwindigkeit ist wichtig, Sawi, denn das Wort wird sich verbreiten, wenn es nicht schon geschehen ist. Fassle wird es herausfinden, und er wird handeln. Wir müssen zuerst zuschlagen, oder alles verlieren.«

Gladdrings großer Plan gipfelte in einer Versammlung, die Sawi durch weitergegebene Notizen und geflüsterte Zeiten arrangierte. Eine Chance, die Skars und ihr Potenzial zu präsentieren. Sawi würde es tun, und danach würden Gladdring und Ami eintreffen, bereit, die aufgebrachte Menge in einer schnellen Rebellion anzuführen. Fassle würde bis zum Abendessen abgesetzt sein, Gladdring zum Dessert eingesetzt, und die Najahn würden ihre Skar-unterstützte Kampagne gegen die Unholde bei Tagesanbruch beginnen.

Einfach, effektiv.

Einen Staatsstreich gegen Fassle anzuzetteln, war nichts, was man offen tat, also postierte Gladdring Sawi für den letzten Vorstoß an einem seltsamen Ort in der Nähe der Najahn-Docks, einem merkwürdigen Haus, das Gladdring überlassen worden war, wie der Tenet sagte, weil die Besitzer verstanden hatten, wie schlimm es werden konnte, wenn man sich ihm in den Weg stellte. Als Sawi allein ankam, war niemand im Gebäude, um sie zu begrüßen, nur eine unverschlossene Tür in einer Gasse und eine Fülle von karmesinroten, gepolsterten Möbeln im Inneren. Weinflaschen, sowohl geöffnete als auch ungeöffnete, lagen überall im Raum verstreut, Kelche und Gläser gleich daneben. Essensreste befanden sich auf Tellern auf verschiedenen Beistelltischen, als ob ein Gelage ohne Vorwarnung aufgelöst worden wäre.

Was, in Anbetracht von Gladdring und Fassles wahrscheinlichem Zorn, vielleicht auch der Fall gewesen war.

So fühlte es sich also an, am Ende einer Schnur zu hängen, tanzend nach Gladdrings Belieben.

Räum auf. Mach es bereit. Du hast eine Stunde.

Die Anweisungen, die Gladdring in einem Brief gegeben hatte, der Sawi während ihres Mittagessens überreicht wurde, zusammen mit der Wegbeschreibung zum Treffpunkt. Der Abstieg an der Klippe hatte den größten Teil dieser Zeit in Anspruch genommen, und jetzt hetzte sie, um die Flaschen und Gläser in die enge Küche am hinteren Ende des Gebäudes zu bringen. Auch Teller, von denen einige zerbrachen, als sie sie in das Spülbecken warf.

Nur einmal hielt sie inne und fragte sich, warum sie hier war und was der Sinn des Ganzen war. Warum Sawi, eine Vis-Sammlerin, an diesem seltsamen Ort festsaß und das Chaos anderer aufräumte.

Die Antwort kam, wie so oft in den letzten Tagen, mit Gladdrings eigener Stimme:

Rette unsere Sieben Inseln.

Wenn Wax endlose Gefahren auf sich nehmen konnte, indem er den Weg der Erneuerung einschlug, dann konnte Sawi auch ein wenig Arbeit bewältigen. Sie konnte die zwielichtigen Tenets, ihre Gehilfen und die Botschafter begrüßen, die einer nach dem anderen in sorgfältig geplanten Abständen erschienen. Jeder klopfte an die Tür, nannte das von Gladdring festgelegte Passwort und trat ein.

Der letzte kam fast dreißig Minuten nach dem ersten. In Schwarz gehüllt, ihr Gesicht grimmig, als Sawi die Tür öffnete. Eine von Fassles Adepten, die einzige, die offen für Überzeugungsarbeit war.

»Mit Ihrer Anwesenheit«, sagte Sawi und folgte den Anweisungen, die Gladdring ihr gegeben hatte, »können wir beginnen.«

»Wo ist Gladdring?«, fragte die Adeptin, ihr Ton ausgetrocknet und ängstlich. »Dies *ist* doch sein Werk?«

»Er ist damit beschäftigt, den Plan umzusetzen«, antwortete Sawi. »Den Plan, den ich Ihnen allen gleich offenbaren werde.«

Fünfzehn insgesamt, die Hunderte, vielleicht Tausende befehligten. Alle versammelt auf muffigen Sofas und Stühlen, hörten zu und murmelten, während Sawi beschrieb, wer wohin gehen, was überbringen und wen bedrohen würde. Sie las von Notizen, die Gladdring ihr gestern Abend gegeben hatte, nachdem sie die wahrscheinliche Teilnehmerzahl gesichert hatten. Fragen kamen auf, und Sawi wies sie alle mit einem einzigen Satz zurück, angetrieben von dem Tamas-Skar, das noch immer um ihren Hals hing.

»Vertrauen Sie dem Plan«, sagte Sawi immer wieder,

und jedes Mal spürte sie, wie das Flüstern des Skars heller wurde. Wer auch immer angesprochen wurde, seufzte, nickte oder hörte einfach auf zu argumentieren und lehnte sich in die Kissen zurück.

Am Ende stand Sawi auf und erklärte die Sitzung für beendet. Sie las die letzte Zeile und versuchte, die angemessene Schwere zu finden: »Gehen Sie und retten Sie gemeinsam unsere Sieben Inseln.«

Es klang perfekt. Niemand stellte es in Frage. Alle schienen entschlossen, das Tamas-Skar hörte wieder auf Sawis Wunsch und projizierte ihn auf die Menschen, genau wie Gladdring es gesagt hatte, genau wie Sawi es gelernt hatte zu tun.

Das Skar tat jedoch nichts, als die Tür des Gebäudes aufgebrochen wurde. Als schwarz gepanzerte Najahn mit kampfbereiten Voulgen in den Raum marschierten. Als Fassle selbst in makellosen purpurnen, schwarzen und goldenen Roben folgte, die so makellos waren, dass sie unwirklich schienen.

»Und hier sind sie«, verkündete Fassle der erstarrten Menge. »Meine Verräter, alle beisammen. Wie nett von Gladdring, sie alle für mich zusammenzutreiben. Nehmt sie fest.«

Sawi trat zurück, als die Najahn an ihr vorbeifegten und die plötzlich blubbernde, protestierende, bleiche Menge packten. Die Adeptin kniete sich auf der Stelle nieder und flehte um Vergebung, nur damit Fassle die Hand ausstreckte, eine kurze Klinge von einem Najahn-Hauptmann entgegennahm und das Leben der Adeptin mit einem einzigen, sauberen Hieb beendete. Das Blut passte zu den Kissen, die Schreie verstummten erst, als Fassle drohte, dass jede weitere Aktion die gleiche Behandlung erfahren würde.

Kein Najahn kam für Sawi. Sie blockierten die Ausgänge, während weitere kamen, um die anderen wegzuführen, einen nach dem anderen in einer endlosen Parade der Verdammten. Durch all das beobachtete Fassle mit einem spinnenhaften Lächeln, zufrieden und selbstgefällig. Doch als der letzte gegangen war, ein armer Gehilfe, der vor Angst ohnmächtig geworden war und getragen werden musste, folgten Fassle und sein Wachhauptmann nicht. Stattdessen musterte Fassle Sawi, während der Wachhauptmann neben ihm finster dreinblickte, die Voulge noch immer gezogen und in Habachtstellung.

»Gladdrings Lehrlinge«, sagte Fassle und musterte Sawi auf ähnliche Weise, wie Gladdring es oft getan hatte: ein Meister, der seine Werkzeuge beurteilt. »Er behauptet, Sie hätten seine Befehle mit Geschick ausgeführt. Stimmen Sie dem zu?«

Tausend Szenarien hatten sich in Sawis Kopf während des Exodus abgespielt, viele endeten in derselben blutigen Pfütze, die sich weiterhin über den Boden ausbreitete, obwohl der Körper der Adeptin entfernt worden war. Keines begann damit, dass Fassle ihr eine Frage stellte, geschweige denn eine wie diese.

»Ich ... habe getan, worum er mich gebeten hat«, antwortete Sawi, den Rücken an die Steinwand gepresst. Zu ihrer Rechten stand ein Sofa, vor ihr, zwischen ihr und Fassle, stand der Stuhl, auf dem sie während der Rede gesessen hatte. Es schien ein zu gewöhnlicher, zu langweiliger Ort zum Sterben. »Er wollte, dass ich Menschen finde, die offen für seine Ideen sind.«

»Und das haben Sie getan.« Fassle nickte, dann runzelte er die Stirn. »Insgesamt zu viele, denke ich.« Er blickte ihr in die Augen, erwiderte ihren Blick. »Warum? Warum haben sie zugehört? War es das Skar?«

Wie viel wusste Fassle?

Ungeachtet dessen fühlte sich Sawi, als stünde sie auf einem schwankenden Baumstamm, ein Fehltritt würde sie ins Verderben stürzen. Jetzt ging es nur noch um ihr Leben. Gladdring war wahrscheinlich tot. Es gab nichts mehr zu gewinnen, indem sie ihn oder seine Taten schützte.

»Das Skar wächst nur. Es erschafft nichts.«

Was das Skar jetzt tat, der Tamas-Stein gab nur leise, vorsichtige Flüstern von sich. Als könne er Fassles Absichten nicht einschätzen. Perfekt.

»Also war Gladdrings Argument überzeugend«, sinnierte Fassle. Er trommelte mit seiner rechten Hand gegen seine sauberen Roben, machte dann einen großen Schritt über die Blutlache, setzte sich auf den Stuhl nahe bei Sawi und winkte sie auf das Sofa. »Geben Sie mir seinen Plan, Vis. Ich möchte wissen, was Unruhe unter meinen Leuten stiftet, damit ich es ausmerzen kann.«

20

DER TOTE KÖNIG

Die Leichen blieben unter sich. Stille Tote. Svarde, Maena und Kivi verharrten regungslos und beobachteten, wie sich die Gestalten um sie herum erhoben. Einige standen aufrecht, andere setzten sich auf, während wieder andere sich mit dem Gesicht im Dreck bewegten. Die Gründe dafür waren so vielfältig wie die Arten, auf die man in diesen Sieben Inseln sterben konnte, obwohl Svarde eine deutliche Tendenz zu körperlichen Todesarten bemerkte: reißende Klauen, fehlende Gliedmaßen, auf grauenhafte und mittlerweile völlig gewöhnliche Weise gebrochene Knochen. Wie verzerrt war Svardes Leben geworden, dass er all dies sah und nichts weiter als Wiedererkennung empfand?

So oft hätte er selbst wie diese schmutzigen Körper aussehen können.

»Was jetzt?«, rief Olgata aus dem Tunnel, als die Leichen aufhörten, sich zu bewegen, und zu seltsamen Obelisken inmitten des rubinübersäten Höhlenbodens wurden. »Ich wage es nicht, ohne Jochi zu warnen weiterzugehen.«

Svarde wollte auch nicht mit dieser schrecklichen Macht im Rücken weitergehen. Alles, was gegen Dämonen kämpfte, konnte nicht ganz schlecht sein, aber Dämonen konnten auch gegeneinander kämpfen. Was, wenn diese Dinger nur Zeit brauchten, um wieder aufzuwachen, und sich bereit machten zuzuschlagen? Oder anzugreifen, nach Svardes Knöcheln zu greifen? Alles schlecht, alles schrecklich.

»Dann geh«, antwortete Svarde, seine raue Stimme ein hohles Echo in der Stille der Kammer. »Stell sicher, dass Jochi Bescheid weiß.«

Olgata wartete nicht auf eine zweite Meinung und ließ nichts als ein Stirnrunzeln für Maena zurück, bevor sie davoneilte. Ihre Schritte machten kein Geräusch und die Toten schienen es nicht zu bemerken.

»Schickst du noch einen Verbündeten weg?«, fragte Maena, deren Hände frei waren und aussahen, als bräuchten sie eine Waffe. »Kein kluger Zug.«

Kivi schnaubte oben. Keine Zustimmung, sondern eine Frage.

»Such dir einen Tunnel aus«, antwortete Svarde. »Wir folgen. Hoffen wir, dass diese Dinger uns nicht belästigen.«

»Und wenn doch?«

»Dann nehmen wir so viele mit wie möglich.«

Maena lachte: »Bin mir nicht sicher, ob das funktionieren wird.«

»Bin mir nicht sicher, ob es uns dann noch interessieren wird.«

Kivi krallte sich über die Decke, Gesteinsstaub rieselte zwischen den Körpern herab, während sie sich bewegte. Die Leichen nahmen den grauen Regen so hin wie alles andere: ohne Reaktion.

»Wer geht also zuerst?«, fragte Maena. »Du?«

Die Frage der Kapitänin hatte einen lachenden Unterton, der ein wenig Gefahr in sich barg. Eine Herausforderung und ein Zweifel zugleich, als wäre sie sich nicht sicher, ob Svarde es tun sollte, aber wusste, dass sie es *nicht* tun sollte. Eine andere Wendung als die Maena, die Svarde gekannt hatte, die dazu neigte, mit sowohl Plänen als auch Können in tödliche Situationen zu springen.

Svarde würde sich mit Kraft behelfen müssen.

Er hob seine Äxte, versuchte, seine Augen überall zu haben, und folgte Kivis Linie mit einem einzelnen Schritt. Seine Stiefel knirschten auf dem Stein, ein einzelner Rubin quetschte sich unter seinen Sohlen hervor und kullerte davon. Svarde hielt den Atem an, hörte, schaute.

Nichts.

Okay. Vielleicht warteten diese Dinger wirklich nur auf Dämonen. Vielleicht war es ihnen egal.

Zwei Schritte, drei, und Svarde näherte sich der Mitte der Kammer. Kivi hatte den linken Tunnel des Trios gewählt, denjenigen, der von Anfang an nach unten führte. In der Mitte der Kammer, mit wenigen Toten direkt um ihn herum, wandte sich Svarde in diese Richtung. Er sah, dass auch Maena losgelaufen war und Svardes Route folgte.

»Kopierst du mich?«, fragte Svarde.

»Wenn es Fallen gibt, hast du sie bisher vermieden. Scheint nur vernünftig.«

Fallen. Noch etwas, worüber man sich Sorgen machen musste, obwohl Svarde zwischen den felsigen Wänden wenig Möglichkeiten für versteckte Gruben oder Pfeile sah. Schwierig, so etwas an einem Ort wie diesem aufzubauen. Trotzdem hielt er, als er sich auf den Weg zum linken Tunnel machte, seine Augen nach oben und unten gerichtet, auf der Suche nach großen und kleinen Bedrohungen. Was, vielleicht natürlicherweise, Svarde immer mehr zu den schwarzen, lidlosen Augen und der grauen Haut führte, zu den Zehen derjenigen, denen Stiefel fehlten, verkrümmt und doch nicht verrottet.

Als ob etwas diese Dinge, diese Menschen, einen Bruchteil nach ihrem Tod in der Zeit eingefroren hielt.

Ein Fluch hinter ihm veranlasste ihn, sich umzudrehen. Svarde sah Maena, die eine stehende Hülle rechts betrachtete. Ein vollständig aufrechter Mann, dem allerdings der größte Teil seines linken Oberkörpers fehlte, zeigte mit einem Arm. Nicht auf die Lebenden, sondern den rechten Tunnel hinunter. Seine leeren Augen fixierten Maena, dann Svarde, eine Drehung so langsam und entschlossen, dass sie mechanisch wirkte.

Svarde hätte vielleicht gezittert, obwohl er es nie zugeben würde.

»Das würde ich nicht gerade ein Rätsel nennen«, sagte Maena. »Denkst du, wir sollten ihm folgen?«

»Will seine Freunde nicht verärgern. Du gehst vor?«

»Damit du mich mit dieser Axt niedermachen kannst? Ich denke nicht.«

»Was?«

Maena ruckte jedoch mit dem Kopf in Richtung der Leiche. »Los, Wächter.«

Kivis Schnauben durchbrach das Gespräch, das Ferrit huschte über Svarde hinweg und bewegte sich genau dorthin, wohin die Leiche zeigte. Als das Ferrit über den Kopf des Körpers hinwegkroch, bewegte sich die Leiche und richtete ihre Schritte auf den Tunnel. Offenbar zufrieden mit Kivis beabsichtigter Richtung. Was eine ganz andere Frage aufwarf.

»Denk nicht einmal daran«, sagte Maena, als Svarde zögerte. »Wir trennen uns nicht. Nicht in diesen Tunneln, es sei denn, du willst, dass die Dämonen schmausen.«

Zumindest in diesem Punkt hatte die Kapitänin recht. Gemeinsam folgten sie der Leiche.

Der gewählte Tunnel trennte sich schnell von den üblichen Höhlenmerkmalen. Was nur wenige Schritte in die andere Richtung noch natürliche Wände gewesen wären, enthielt nun Wandleuchter, wenn auch schlecht gearbeitete, das verwendete Eisen aus minderwertigen Erzen geschmolzen. Svardes Foti-Blut zitterte angesichts des löchrigen Metalls, das nun leuchtende Moosklumpen hielt. Dennoch deuteten aschebefleckte Stellen hinter den Haltern auf eine brennbare Vergangenheit hin.

Der Boden hatte ebenfalls seine schlimmsten Tücken geglättet bekommen. Normalerweise machten verstreute Felsen und seltsame Spitzen jeden Höhlenspaziergang gefährlich. Nicht hier, wo ein Tunnel, mehr als doppelt so breit wie Svardes Spannweite, die gleichen topografischen Herausforderungen bot wie eine durchschnittliche Straße in Noctia. Kivi ließ sich sogar auf den Boden fallen, um davon zu profitieren, da die Decke des Tunnels in ihrem natürlichen Zustand mit Vorsprüngen und Unebenheiten belassen worden war.

»Jemand kümmert sich um all das«, murmelte Maena, während sie hinter der Leiche hergingen. Sie und Svarde hatten bis jetzt geschwiegen und ihre Waffen bereitgehalten, bis sie den Raum ohne weitere Verfolgung verlassen hatten: Offenbar hatten die Leichen ihren Anführer und brauchten nichts weiter. »Wie viele Jahre würde es dauern, einen solchen Tunnel auszuhöhlen?«

»Zu viele«, erwiderte Svarde, und er meinte es ernst.

Bergbauoperationen in Foti, und Svarde musste glauben, dass es in Whent ähnlich war, setzten lange auf Metall und Arbeitskraft, zerschlugen Felsen mit Spitzhacken, wenn Ferriten nicht dazu bewegt werden konnten, tiefer unter die Oberfläche zu beißen. Einen Stollen tatsächlich so schön zu gestalten wie diesen, nun, das würde einfach nicht passieren.

Niemand würde dafür bezahlen, niemand würde sich darum scheren.

Es sei denn.

Die Erkenntnis kam, als sich der Tunnel zu etwas Massivem erweiterte, etwas, das nicht existieren sollte, etwas, das sie durch ein riesiges, höhlenüberspannendes Tor am Weitergehen hinderte. Svarde konnte seinen Mund nicht geschlossen halten und ließ seinen Kiefer langsam herabsinken, als er die grobe, provisorische Masse vor sich betrachtete. Die Basis, wenn Svarde es richtig sehen konnte, schien ein Mischmasch aus Metall und Stein zu sein, eine hastige Konstruktion, um so schnell wie möglich zwei Platten zu schaffen. Eine große Linie verlief in der Mitte, von den gezackten, zahnartigen Spitzen oben bis zum kaum berührenden Boden, wo weitere Eisenspitzen ihnen entgegenragten, wie ein furchterregender Mund. Diese Linie teilte die Höhle, teilte das Tor, und sie weitete sich, als die Leiche mit demselben Arm, der die ganze Zeit über ausgestreckt gewesen war, darauf zusteuerte.

»Sind das?«, fragte Maena, ihre Stimme kaum ein Flüstern.

»Ich glaube schon«, sagte Svarde. »Ich denke, wir sind am falschen Ort gelandet.«

»Oder am perfekten.«

Beide beobachteten, wie sich das Tor öffnete, und verweilten bei den weißen und grauen Formen, die außen über und unter den Metallzähnen angebracht waren. Zunächst hatte Svarde nicht erkennen können, was es war, aber schnell genug wurde es klar: gefleckt, von der Zeit gezeichnet, aber eindeutig Knochen, gestapelt und gegen das Tor geschmettert. Einige mochten menschlich gewesen sein, aber mehr sahen fremdartiger aus, mit geschwungenen Linien oder riesigen Kiefern, Klauen mit vielen Krallen oder nur einer. Zerhackt, zerschnitten, zerschlagen und zerbrochen, mit Stücken von grauem Mörtel dazwischen geschoben.

»Ich habe Friedhöfe gesehen«, sagte Maena, als sich die Tore vollständig öffneten und mit den Zähnen fast an ihnen vorbeistreiften, »aber nichts wie das hier.«

»Es wird nicht das Schlimmste sein, was wir heute sehen werden.«

Es gab Dinge, die man einfach wusste.

Die Leiche begann wieder ihren Vormarsch. Maena, Svarde und Kivi folgten, wobei Maena ihre Schritte wieder knapp hinter dem Barbaren hielt. Ihre Hände waren glücklicherweise frei von Messern, Schwertern oder anderen Werkzeugen für willkürlichen Mord.

Diese dunklen Gedanken waren schwer abzuschütteln, als sie der Leiche in etwas folgten, das einmal eine Stadt gewesen sein mochte, jetzt aber eher einem Mausoleum glich. Die Höhle weitete sich über alles hinaus, was Svarde bisher gesehen hatte, obwohl Gebäude den Raum füllten: strenge, brutale Formen, die die harten Linien des behauenen Steins mit einer lackierten Kante trugen, als ob die Erbauer wollten, dass jede Ecke, jede Seite im silberblauen Licht des allgegenwärtigen Mooses schimmerte. Dunkle Löcher boten Fenster, wenn auch nur in eine Richtung.

Folgten Svarde Augen, als er ging, die Gebäude wuchsen und schrumpften neben ihm in einem Durcheinander, das an eine Stadt erinnerte, die zu schnell für sich selbst wuchs? Waren die aufgestellten Haare in seinem Nacken, die

Trockenheit in seiner Kehle Einbildung oder eine reale Bedrohung?

Die Leiche ihrerseits erklärte nichts. Maena und Kivi blieben für sich, letztere verzichtete sogar auf ihr Schnauben.

Sie passierten offene Plätze, Ladenfronten mit längst zu Staub gewordenen Schildern. Ausgetrocknete Brunnen. Leere Treppen, verlassene Steintische. Doch nirgendwo wuchs Moos außer in kontrollierten Bereichen, nirgendwo liefen Wasser oder Unkraut frei. Als hätte die Stadt ihre eigene Austrocknung entworfen.

Schließlich, obwohl Svarde nicht sicher sein konnte, ob er eine Stunde oder einen Tag gelaufen war, erreichten sie breite, aber flache Stufen. Etwa zwanzig führten hinauf zu einem Gebäude, nein, nicht zu einem Gebäude, zu einem ...

»Was ist das?«, fragte Svarde, als die Leiche weiter die Stufen hinaufging.

Im Gegensatz zur steinernen Stadt fehlten ihrem offensichtlichen Ziel die strengen Linien, die Blockstruktur. Stattdessen kräuselten sich seine Enden zu beiden Seiten und schmiegten sich an den Stein. Zeichen zogen sich über die staubig-graue Länge, schwarze Linien auf einer ansonsten schieferfarbenen Oberfläche. Der Lack fand seine Markierungen um eine scharfe, pfeilspitzenförmige Tür, deren Spitze weit über Svardes Kopf hinausragte. An der Spitze des Gebäudes stiegen ein paar Zylinder, möglicherweise Schornsteine, in einem Winkel zur Höhlendecke auf und verschwanden im Fels.

»Ich weiß es besser, als hier über irgendetwas zu spekulieren«, sagte Maena, ihre Stimme immer noch leise. »Ich habe das Gefühl, wir werden beobachtet und gehört.«

»Du bist nicht die Einzige.«

»Dem Ding folgen?«

Svarde nickte. »Wir sind so weit gekommen.«

Kaum ein mutiger Foti-Schlachtruf, aber Svarde konnte nicht viel mehr aufbringen. Sie erklommen die Stufen schweigend und holten die Leiche an der Pfeiltür ein. Der zerschlagene Körper trat dort zur Seite und deutete hindurch.

»Nicht weiter, hm, Kumpel?«, sagte Maena zu der Leiche, deren Mund, ein fahles Ding, das sich vielleicht seit mehr Jahren nicht geöffnet hatte, als Svarde je gelebt hatte, sich nicht rührte. »Scheint wohl so.«

Svarde, seine Hände immer an den Axtgriffen, ging voran. Sofort bemerkte er zu beiden Seiten: nichts. Keine Bänke, keine Stühle, keine Tische oder Fahnen. Diese Zeichen, tanzende unnatürliche Linien, setzten sich jedoch innen fort und zogen sich über den Boden. Keine Säulen durchbrachen den Raum, keine Wände, nur eine weite Leere, die zu einem einzigen Lichtstrahl führte, der von oben herabfiel.

Dieses Licht, silbern, als hätte Sichi ihre Farbe verloren, fiel auf eine einsame, sitzende Seele. Der Mann saß ruhig da, beide Arme hielten den Griff eines massiven, aber hässlichen Schwertes. Mit ausgefransten Enden, die aus seinem schwarzmetallenen Körper hervorstachen, sah das Schwert weniger nach dem Werk eines Handwerkers aus als nach einer in ... Svarde konnte aus einigen Schritten Entfernung nicht erkennen, aus welchem Metall die Klinge geschmiedet war.

Die Rüstung des Mannes, die ihn von Kopf bis Fuß bedeckte, war leichter zu deuten. Eine alte Machart, jetzt antik. Steif und schwer, für Zeiten, in denen Menschen sich täglich mit Unholden auseinandersetzen mussten. Eine Tatsache, die Svarde kannte, weil es Foti war, das die Rüstung herstellte, Foti, das ihr Wissen um die Große

Schmiede bewahrte, für den Fall, dass solche beweglichen Bastionen wieder benötigt würden.

»Hey du«, sagte Maena, und Svarde warf ihr einen scharfen Blick zu, winkte mit der Hand, damit sie den Mund hielt. Falls der Mann schlief, gab es keinen Grund, ihn zu wecken. Eine Bemühung, die Maena ignorierte. »Netter Ort, den du hier hast. Magst du uns sagen, was das hier ist?«

Der Mann knarrte, sein Kopf, verdeckt von einem Helm, der wie das Tor mit kleinen Säulen aus gestohlenen, gemörtelten Knochen verziert war, hob sich, um sie mit seiner Leere anzustarren.

»Willkommen«, sagte der Mann, seine Stimme ein eisiger Wind, ein raues Flüstern. »Willkommen zum endlosen Albtraum.«

<h1 style="text-align:center">21</h1>

GÖTTERSPIEL

Ein Wächter und ein Dieb. Die zweite Hälfte der Rolle, Teil von Tornys Vergangenheit, die leider nicht dort blieb, trat schnell in den Vordergrund, als Wax und Eujo den Balkon verließen und zu einer Party im Chaos zurückkehrten. Ein junger Mann übertönte das Trommeln der Band mit lauten Rufen über einen Überfall, ein zerbrochenes Fenster und einen Einbruch. Die Feiernden wurden schnell nüchtern, Paare und Gruppen suchten einander, um zu bestätigen, dass Besitztümer und Körper unversehrt waren.

Wax griff sogar nach seinen Skars und fand sie an der Kette, eine unnötige Überprüfung, da ihr Flüstern am Rande seines Bewusstseins schwebte.

»Wir sollten gehen«, flüsterte Eujo, als ihre Gastgeberin begann, die Party zusammenzutrommeln und die ätzenden Schreie mit einem kontrollierten Aufruf, sich in der Mitte des Erdgeschosses zu versammeln, übertönte. »Wenn das Torny war, den wir gesehen haben, werden sie sich gegen uns wenden.«

Wax schnaubte: »Sich gegen uns wenden? Wenn das Torny und Bliss waren, warum sollten sie-«

»Weil deine Wächter genauso sind wie du, Wax. Weißt du das nicht?«

»Auf Vis bist du nicht verantwortlich, wenn dein Bruder etwas Dummes tut.«

Eujo holte tief Luft, so wie sie es oft um Wax herum zu tun schien, die Art von Atemzug, die normalerweise bedeutete, dass eine Predigt folgen würde. Wax konnte sogar erraten, worum es gehen würde: etwas darüber, wie seine Position ihm Verantwortung gab, wie er die Dinge in Ordnung bringen müsste, und so weiter und so fort. Eujo schien es zu lieben, ihm diese Predigten zu halten, als ob Wax ohne sie nicht das Geringste über die zivilisierte Gesellschaft wüsste.

Nicht dass diese Party noch lange zivilisiert bleiben würde.

Eujo machte sich auf den Weg zur gewundenen Treppe nach unten, als der junge Mann, eingeladen von Denia, mit seiner Schilderung begann. Zwei junge Frauen, die in der Bibliothek auf Patrouille waren, suchten nach Büchern zum Stehlen und fanden ein altes Familientagebuch. Eines, das, so mutmaßte der junge Mann, der begann, für das interessierte Publikum zu spielen, irgendein wissenswertes Geheimnis enthalten musste. Als er versuchte, sie aufzuhalten, stießen ihn die üblen Diebinnen beiseite. Anstatt den Kampf zu verlängern, zweifellos erschrocken vor dem Mann, sobald er wieder zu Sinnen käme, zerbrachen das Paar das Fenster und rannte davon.

»Dann müssen wir sie jagen!«, rief ein Zuhörer, nur um einen Moment später zu erkennen, was er gesagt hatte und es zu korrigieren. »Die Wachen sollten das jedenfalls tun. Wo sind sie?«

»Die guten sind mit Jochi weggegangen«, sagte jemand anderes, während der Drink in einer wütenden Welle schwappte. »Der Kriegsherr hat uns verwundbar gemacht, uns den Geiern zum Fraß vorgeworfen!«

Bei diesen Worten brach ein Tumult aus, Geschrei hin und her, als Cocktails und Schlimmeres die Menge im Griff hatten. Wax bemerkte, dass Eujo ihren Abstieg gestoppt hatte und stattdessen wieder zu ihm zurückschlich. Der Lärm, die Spannung, brachte Wax dazu, ihre Bemerkung zu überdenken: Jetzt zu gehen schien tatsächlich der bessere Plan zu sein.

Die Vernunft hatte das Gebäude verlassen.

»Ich glaube nicht, dass ich da reingehen möchte«, sagte Eujo. »Gibt es einen anderen Weg?«

»Der Balkon? Es ist ein Sprung, aber machbar. Oder ist das zu weit für die Königliche Hoheit?«

»Bevor ich je ein Kleid wie dieses trug, konnte ich mich über jede Himmelsinseln bewegen. Lass uns gehen.«

Was eine Himmelsinsel war, wusste Wax nicht, hatte keine Zeit zu fragen. Stattdessen zog Eujo an seinem Arm, und sie zogen sich zurück durch den Balkon und in die kalte Nacht dahinter. Das Geländer lud zum Sprung ein, der schneebedeckte Boden darunter bot einen guten Lande-platz. Wax betrachtete sich selbst, die schönen Kleider, die Eujo angezogen hatte - dass Wax diese Kleider unbequem fand, schien unwichtig - und fragte, ob es ihr etwas ausma-chen würde, wenn sie ruiniert würden.

»Es gibt hundert mehr davon«, antwortete Eujo. »Ich gehe zuerst.«

»Führe den Weg«, sagte Wax, und Eujo wartete nicht. Trotz ihres Kleides nahm die Königin zwei gleichmä-ßige Schritte, hob sich dann hoch, stieß sich vom Geländer ab und schoss in die fackelbeleuchtete Luft. Sie stürzte nicht, duckte sich nicht in eine Rolle oder fiel in hilfloser Aufgabe, wie Wax es erwartet hatte. Stattdessen glitt Eujo in eine sanfte Landung. Der Schnee stob bei ihrer Berührung in einer angenehmen Begrüßung auf, und Wax überwand seinen Schock erst, als er sich erinnerte, was Eujo in ihrem Besitz hatte: der Kance-Skar, der erneut seinen Wert bewies.

»Schummlerin«, murmelte Wax, dann nahm er seinen Anlauf.

Nur um anzuhalten, als eine schwere Hand auf seiner Schulter landete.

»Eine ungewöhnliche Art, eine Party zu verlassen, würden Sie nicht sagen?«, fragte eine raue Stimme, eine ältere.

Wax schüttelte den Arm ab, drehte sich um und sah den Mann in einem dicken, grauen Wachmantel. Jenseits der offenen Hand hatte der Wächter eine zweite am Griff einer fetten Klinge, die an seiner beträchtlichen Taille ruhte. Dunkles Feuer glühte in den Augen des Mannes, eine Röte im Gesicht. Ein verschwundenes Leben, das zurückkehrte.

Zumindest für einen Moment.

»Sah unten ein bisschen aufregend aus«, antwortete Wax und wich zum Geländer zurück. Er spannte seine Beine an, ein kleiner Sprung auf das Geländer und dann hinunter, und er wäre frei. »Dachten, wir gehen lieber früh.«

»Denke nicht, dass du das tun wirst. Alle versammeln sich unten. Es wird Fragen geben.« Der Wächter bewegte sich, zeigte einen zweiten Mann hinter ihm, ebenso alt und ebenso begeistert von der Chance, etwas mehr zu tun, als ihren Arbeitgebern beim Essen, Trinken und Tanzen zuzusehen. »Colby ist ein guter Schütze mit seiner Armbrust. Du wirst den Sprung nicht schaffen.«

»Ihr würdet einen Erneuerung für nichts erschießen?«

»Dies ist Whent im Winter, Junge. Was passiert, ist das, was wir sagen. Schade, wenn du dir bei einem schlimmen Sturz das Genick brechen würdest.« Der Wächter bewegte sich wieder, nun an die Seite des Balkons, aber immer noch in Reichweite von Wax' Arm. Sein Freund, Colby, hatte freie Sicht und hatte tatsächlich eine Armbrust bereit. »Du kannst entweder deinen Wächter und ihren diebischen Freund ausliefern, oder du kannst ihren Preis bezahlen.«

»Was für eine Gerechtigkeit. Wer sagt-«

»Wir«, unterbrach ihn der Wächter. »Tritt jetzt zurück, oder er schießt dir ins Bein. Mal sehen, wie weit du dann laufen kannst.«

Okay. Worte würden hier nicht ausreichen. Wax überlegte, dass er einen Rückwärtssalto machen könnte - obwohl die Landung schmerzhaft wäre - aber die Armbrust könnte den Sprung tödlich enden lassen. Zurück in die Party zu gehen, wäre auch nicht viel besser. Selbst wenn sie ihn nicht sofort umbringen würden, gäbe es kein Entkommen, ohne Torny auszuliefern.

Wax unterdrückte ein finsteres Gesicht und atmete stattdessen einen weiteren rauchigen, kalten Atemzug ein. Diese Diebin würde einiges zu erklären haben, sobald er sie eingeholt hatte.

Der hitzige Gedanke entfachte ein neues Flüstern, scharf und bösartig. Bedeutungsloses Gemurmel, das Wax zum Handeln drängte, seiner Frustration nachzugeben und den Skar die Dinge regeln zu lassen.

»Komm schon. Noch drei Sekunden, und du bist bestenfalls ein verletzter Mann«, sagte der Wächter.

Vielleicht hatte der Skar recht. Ein kleiner Blitz, etwas Überraschung, und Wax könnte über das Geländer springen. Einfach, genau wie zuvor. Colby und seine Armbrust hätten keine Chance.

»Ihr bringt mich nirgendwohin.« Wax gab dem Skar nach, während er sprach, der heiße Stein ruhte an seiner Brust.

Der Körper des Renewals tötete die Kälte, füllte sich mit sengender Hitze. Wie am Foti-Lavastrom zu sein, oder vielleicht sogar darin. Wax' Sicht verschwamm, das Flüstern des Foti-Skars wurde zu einem tosenden Schrei, der unverständliche, hämmernde Silben gegen nichts und alles schleuderte. Die Luft flimmerte, der Wächter begann eine Frage zu stellen, als der Boden, die Wände und die beiden Wächter um Wax herum aufleuchteten.

Einen Moment lang ein angenehmer Balkon, beleuchtet von zwei Fackeln. Im nächsten ein brodelndes Inferno, das sich von Wax weg in das riesige Anwesen ausbreitete. Das Feuer tobte und wand sich wie ein lebendiges Wesen, Flammen sprangen entlang eines unnatürlichen Windes, um Kunstwerke, Möbel und die Menge zu ergreifen, die gekommen war, um zu sehen, wie ein Renewal zur Rechenschaft gezogen wurde. Colby und seine Armbrust verschwanden hinter einer schäumenden blau-orangen Feuersbrunst, jemandes Schrei erreichte Wax durch die verstandesraubende Wut des Skars.

Er sprang. Nein, fiel. Seine Hände griffen in purer Panik das Geländer hinter ihm und zogen Wax in einen steifen Sturz. Der Instinkt rettete ihn am Ende, verwandelte Wax in eine Rolle, bewahrte seine Schulter vor einem tödlichen Aufprall, seinen Kopf vor einem noch schlimmeren. Die Landung zischte, Schnee brach seinen Fall, bevor er zu Dampf wurde. Wax fror sofort in der kalten Nässe und brannte gleichzeitig mit der peitschenden Wut des Skars, seinem Verlangen, noch mehr Feuer auf jeden und alles zu werfen, was Wax jetzt oder jemals bedrohen könnte.

Nein. Nein. Verzweifelt nein.

Wax versuchte sich zu konzentrieren, den Skar wegzuschieben. Er fand einen Halt in seinen Fingern, die in den gefrorenen Boden unter dem geschmolzenen Schnee griffen. Die feste Erde diente als Zentrum, seine feuergeblendeten Augen fanden Trost im dunklen Braun.

»Steh auf«, Eujos inbrünstige Worte. »Wir müssen sofort weg, jetzt.«

Sie zog Wax auf die Füße, eine taumelnde Bewegung, die durch ihre saugenden Flüche über seine heiße Haut und die angesengten Ränder seines Mantels noch schlimmer wurde. Als er sein Gleichgewicht fand, blickte Wax zurück, folgte den Schreien, den Rufen nach Wasser, nach Hilfe jeglicher Art.

Der Grund war unmöglich zu übersehen: Das Anwesen, nicht nur der Balkon, brannte. Die schönen Korridore, ihre gewölbten Öffnungen der Grund für so viele ruhige, wunderbare Nächte, knisterten mit orangefarbenem Tod. Asche traf bereits auf treibenden Schnee. Andere Körper kopierten Wax' Bewegung, sprangen von Balkonen, um mit dumpfen Aufschlägen in Schneewehen zu landen. Noch mehr flohen durch die Haupttüren des Anwesens und zogen ihre Partner, ihre Instrumente oder ihre letzten, notwendigen Getränke mit sich.

»Wax«, sagte Eujo, kalt wie immer, »du hast das getan, und sie werden nach dir suchen. Unsere Zeit ist abgelaufen.«

Noch nicht. Wax kämpfte gegen Terror, Schuld und Verwirrung an und wandte sich dem anderen Flüstern in seinem Geist zu, der blubbernden Neugier des Rana-Skars. Wenn der Foti-Skar Feuer erschaffen konnte, dann sollte

Rana in der Lage sein, Wasser zu machen, das Feuer zu löschen.

Also tu es.

Wax drängte den Befehl auf den Stein. Wünschte, befahl, verlangte vom Rana-Skar, Wasser aus dem Himmel, aus dem Schnee, von überall herzuholen und die Flammen zu löschen. Doch der Stein reagierte nicht, sein Flüstern war das gleiche Gemurmel wie zuvor.

»Es funktioniert nicht«, sagte Wax, als Eujo ihn einen weiteren Schritt zurückzog, die Königin an seinem Arm zerrte. »Der Rana-Skar hört nicht.«

»Sie sind keine Werkzeuge«, erwiderte Eujo. »Sie sind Teile der Götter, Wax. Sie werden tun, was sie wollen.«

»Ich wollte nicht, dass das ganze Gebäude abbrennt!«

»Was *sie* wollen, Wax. Wir öffnen die Tür, wir geben ihnen eine Chance, was dann passiert, liegt an ihnen.«

Die Worte, die Argumentation zerschmetterten Wax' Hoffnung, löschten sie in Eujos kalter Logik. Das Anwesen brannte. Er hatte es in Brand gesetzt, und er konnte es nicht löschen. Länger zu bleiben würde Tod, Gefängnis oder Schlimmeres bedeuten. Ihre einzige Hoffnung, die einzige Hoffnung des Renewals, war zu fliehen.

Und endlich tat er es, folgte Eujo über die verlassenen Tore in die Stadt, während hinter ihnen das Gebäude hell brannte.

22

DER SKAR DES WISSENSCHAFTLERS

Sie frühstückten gemeinsam auf dem kleinen Steg, der vom geheimen Höhlenversteck der Tenets ins Meer ragte. Es war der vierte Tag in Folge, dass Annalyse kurz nach Sonnenaufgang herunterkam, Quiks Käfig aufschloss und ihn zum Meer führte, wo sie ihn mit frischen Haferkuchen und Eiern versorgte. Anfangs hatte sie das mit einem Messer an ihrer Seite getan, eine Waffe, die Annalyse später zugab, kaum benutzen zu können. Sie hatte es danach weggelassen und vertraute auf Quiks Wort, dass er nicht versuchen würde, sie zu überwältigen oder zu fliehen.

Nicht, dass Quik nicht darüber nachdachte, nicht, dass er nicht die meiste Zeit mit diesen Haferkuchen damit verbrachte, die Entfernung vom Steg um eine schwarze Felsmasse herum abzuschätzen, die sich ins Meer krümmte. Dort herumzuschwimmen würde ihn direkt zu den Najahn-Docks bringen, wo Arbeiter seine Rettung bewerkstelligen könnten. Das Timing müsste allerdings perfekt sein.

Andernfalls würde Quik, bei dem, was Ami seinem Körper antat, nach wenigen Zügen ertrinken.

»Sie lässt dich hart arbeiten?«, fragte Annalyse am ersten Tag, eine offensichtliche Frage, um die nervöse Stille zu brechen.

Die Wissenschaftlerin – ihr selbstgewählter Titel – schien Schwierigkeiten mit lockeren Gesprächen zu haben, eine Eigenschaft, die Quik auffiel, wann immer er versuchte, ihre Unterhaltungen auf Annalyses Leben, ihre Vergangenheit, ihre Interessen und Hobbys zu lenken. Anstatt zu antworten, hatte sie die Angewohnheit, wegzuschauen, etwas Unverbindliches zu murmeln und dann zu Quik zurückzukehren, um ihn mit einer direkten Frage nach der anderen zu löchern.

»Sie ist nicht faul«, antwortete Quik.

»Das hoffe ich. Wir machen wichtige Arbeit.«

Arbeit. Annalyse benutzte dieses Wort oft, als ob das Zerschmettern kleiner Unholde mit Skars oder Tanzduelle auf den Dünen die Art von Dingen wären, die den Inseln Frieden und Wohlstand bringen würden. Ami lenkte sich zumindest nicht mit solch lächerlichen Vorstellungen ab, setzte jeden Tag ein Ziel und trieb Quik voran, bis es erreicht war, ein Prozess, der ihn in der Regel blutig, zerschlagen und erschöpft zurückließ.

Zumindest wusste er jetzt, dass er zu etwas Angenehmem aufwachen würde.

»Was ist das Endziel?«, fragte Quik. »Habt ihr genug Skars, damit die Najahn einfach gewinnen? Werdet ihr sie alle ausbilden?«

Eine gute Frage. Quik konnte das erkennen, weil Annalyse jedes Mal zu funkeln begann, wenn er etwas Richtiges traf. Ihre Hände zappelten dann, als wollten sie nach einem unsichtbaren Spielzeug greifen und es vorführen. Ein

Gegensatz: Quik in seinen zerschlissenen Leinenkleidern, der mit der Kontrolle eines Jägers aß, während Annalyse etwas trug, das Quik nur als Taschen und Gürtel beschreiben konnte, alles verbunden mit verschiedenen Beuteln. Manchmal griff Annalyse in einen, zog irgendein seltsames Messing- oder Silbergerät heraus und beschrieb, wie es eines Tages mit einem Skar zusammenarbeiten könnte, um etwas Unglaubliches zu erschaffen.

Viele Möglichkeiten, bisher aber nicht viel Tatsächliches.

»Wenn wir das richtig machen, werden sie das nicht müssen«, sagte Annalyse. »Wir werden Waffen so einfach, so leicht machen, dass jeder sie benutzen kann. Jeder kann sich selbst schützen.«

Sie sprach mit einem so blinden Glauben, dass Quik es fast hasste, zu widersprechen.

»Auf Vis lassen wir nicht jeden die Speere halten«, sagte Quik und tauchte seine mit Frühstück verkrusteten Finger ins Wasser. »Man muss alt genug sein, verantwortungsvoll genug. Es ist eine Ehre.«

»Was passiert, wenn die Gefahr jemanden trifft, der keinen hat?«

»Der Rest von uns beschützt sie.«

»Und wenn ihr nicht da seid?«

Quik schüttelte den Kopf. »Dann haben sie die falsche Entscheidung getroffen.«

Annalyse hob einen einzelnen Finger. »Siehst du, das ist es, was ich meine. Auf diese Weise, mit diesen, müssen sie sich keine Sorgen machen. Sie brauchen deinen Speer nicht.«

»Was ist mit den Rana? Werden sie diese nicht bei ihren Überfällen einsetzen? Könnten sie nicht viel mehr Menschen verletzen?«

»Dafür sind die Najahn da, Quik. Jeder, der diese missbraucht, landet in einer Zelle.«

Quik schnaubte. »Oder auf dem Meeresgrund.«

Annalyse schaute weg und ließ die Meeresbrise ihr zerzaustes Haar zerwehen. Der Gesprächskiller, dieser Blick. Wann immer die Dinge zu real wurden, zu weit über die Erfindung, die Möglichkeiten hinausgingen, tat sie das.

Vermutlich war das die Folge davon, in einem Turm der Tenets eingesperrt zu sein.

Zeit für eine andere Taktik.

»Warum machst du das?«, fragte Quik, und nicht zum ersten Mal. »Fast eine Woche kommst du jetzt jeden Morgen mit Essen herunter.«

»Magst du es nicht?«

»Doch, aber«, Quik nickte zurück in Richtung der Höhlen, »ich wurde schon oft benutzt. Ich möchte wissen, warum.«

Ein ehrliches Lächeln. »Weil es nicht viele Leute zum Reden gibt. Gladdring lässt mich den Turm nicht verlassen, er denkt, ich könnte in Schwierigkeiten geraten. Die anderen Tenets wissen nicht, dass ich hier bin, was wir tun. Es ist alles geheim, also habe ich die Wachen, ich habe Ami«, Annalyse kicherte. »Ami, du weißt schon, die weltbeste Gesprächspartnerin. Sawi war okay, aber sie schien immer woanders sein zu wollen. Und jetzt du.«

Quik hatte den Sawi-Weg schon früher versucht und war immer wieder in eine Sackgasse geraten. Annalyse würde nur sagen, dass Sawi und Gladdring ihre eigenen Dinge zu tun hätten, Dinge, von denen sie nichts wüsste. Was Quik selbst übrig ließ und seine potenzielle Flucht.

»Also bin ich unterhaltsam zum Reden?«, fragte Quik.

Ein verschmitztes Lächeln, »Schau dir deine Konkurrenz an.«

Darüber musste er lachen, ein Lachen, das erstarb, als er ein Schiff am Horizont bemerkte, das von Osten heransegelte. Wahrscheinlich eine Foti-Galeone.

»Wie lange werdet ihr mich noch hier behalten?«, fragte Quik. »Bis ich tot bin?«

»Oder bis wir weit genug sind, um alles zu enthüllen. Dann wird alles vorbei sein.«

»Ein schwacher Trost, Annalyse.«

»Du sagst das, als wäre ich nicht auch eine Gefangene. Das machen Träume mit dir, Quik. Sie nehmen und nehmen und nehmen, bis du nichts anderes mehr hast.«

Ami unterbrach das Essen Minuten später, als sie herunterkam und erklärte, sie hätte einen neuen Dämon, ein paar neue Skars zum Testen. Annalyse nahm die Unterbrechung ohne Begeisterung hin und verzog das Gesicht, während sie Quik lautlos ein »Tut mir leid« zuflüsterte. Diese Geste begleitete Quik den Steg hinunter, über den Sand, unter die Höhlen, zu einem zweiten, kleineren Käfig, der frisch mit einer krabbelnden Kreatur bestückt war.

Der Dämon, der ein bisschen wie ein pelziger Käfer aussah, flatterte von Stange zu Stange, wobei sein kindgroßes Selbst scheinbar unfähig war, irgendwo länger als eine oder zwei Sekunden zu landen.

»Er ist schnell«, sagte Ami und reichte Quik eine verknotete Keule, allerdings eine mit einem vertrauten Metallgriff am unteren Ende. Mit mehreren Skars ausgestattet, summte der Griff, als Quik ihn ergriff, und Flüstern erwachte in seinem Kopf. »Das Ziel ist nicht, es zu töten, sondern es zu verlangsamen. Stoppe es, wenn du kannst.«

Sie waren jetzt über das reine Abschlachten hinaus zu verfeinerten Fähigkeiten übergegangen. Annalyse nannte es Finesse, eine Möglichkeit, den Nutzen der Edelsteine zu erweitern. Die Wissenschaftlerin stand nun hinter Quik und Ami, ihr allgegenwärtiges Papier und der Kohlebleistift bereit, um die Beobachtungen aufzuzeichnen.

Das Flüstern verriet Quik, welche Skars die Keule hatte: Foti, der schon knurrte, um loszulegen, zuzuschlagen. Rana, ein mildes blubberndes Murmeln, das nur an Aufregung gewann, wenn Quik zum Ozean blickte. Und das für den heutigen Test vorgesehene: ein Kance-Skar, das in seinem Kopf herumhuschte, als hätte Quik zu viel Kaffee getrunken.

»Mach es, ohne in den Käfig zu gehen, wenn du kannst«, fuhr Ami fort. Die Wächterin war wie immer kampfbereit gekleidet. Als wäre jeder ihrer Tage ein Krieg, und sie würde nie überrascht werden. »Ich möchte die Reichweite sehen.«

Quik nickte und konzentrierte sich auf das Kance-Skar. So sehr er auch von Flucht besessen war, davon, aus seinem eigenen Gefängnis freizukommen, diese Tests zwangen immer seine Aufmerksamkeit. Ami hatte gleich zu Beginn gezeigt, dass alles andere eine Ohrfeige, einen Schnitt, eine schmerzhafte Bestrafung einbringen würde. Also betrachtete er den flatternden Käferdämon, schickte seinen Eindruck, was er wollte, dass das Monster seinen Flug stoppe und zu Boden stürze, direkt an das flüsternde Kance-Skar.

Die Keule schien sich in seinen Händen zu erwärmen, die Luft um Quik bekam einen elektrischen Beigeschmack, als ob sich ein Gewittersturm näherte. Das Flüstern des Kance-Skars verlor an Definition, wurde zu einem unscharfen, aufgeregten Rauschen. Der Käfer sprang erneut, das gefleckte braune Fell teilte sich und zeigte schillernde Flügel auf einer weiteren fruchtlosen Reise durch seinen Käfig.

Auf halbem Weg, nur ein paar Schläge später, spürte

Quik, wie das Skar zuschnappte. Wie ein schnelles Ausatmen verließ ein Schwall Quiks Körper und traf den Käfer, der das Insekt in eine seitliche Spirale schleuderte. Der Dämon schlug auf dem Sand auf, prallte ab, richtete sich auf, während Quik versuchte, seine Konzentration zu halten, seine Augen verschwammen, als das Kance-Skar die Luft um ihn herum in einem schnellen, gezielten Trichter auf den Dämon wirbelte.

»Mach weiter«, befahl Ami.

Das Skar gehorchte, als Quik es antrieb, die Böen umhüllten den Käfer und drückten ihn in den Schmutz. Pressten den kämpfenden Dämon in den Sand. Quik merkte, dass ihm schwindlig wurde, und erkannte, dass er versuchte zu atmen und dabei versagte, während das Kance-Skar alle Luft um ihn herum auf das Monster schob.

»Hör nicht auf«, fuhr Ami fort. »Zerquetsche es, jetzt.«

Ein weiterer Befehl, ein weiterer Skar-Schlag, selbst als Quik nach vorne fiel, seine Beine konnten ihn nicht mehr aufrecht halten. Ami fing ihn mit einer Hand auf und trieb ihn weiter an.

»Hör auf, Ami«, schrie Annalyse, plötzlich und mit mehr Wut, als Quik in den schwachen Fragmenten seines lufthungrigen Bewusstseins je gehört hatte. »Wir haben, was wir brauchen. Lass ihn los.«

»Wir müssen die Grenze kennen, Annalyse.« Aber Ami ließ Quik los, ließ ihn in den Schmutz fallen. Als der Jäger den Käfer aus den Augen verlor, entspannte sich das Skar, kehrte zu seinem Herumhuschen zurück. Er atmete, schmeckte wieder die süße Salzluft. Spürte Amis angewiderten Speichel, der den Sand neben ihm traf. »Wenn wir nicht wissen, wann ein Skar, ob ein Skar, die Person töten wird, die es benutzt, kennen wir die Grenzen nicht.«

»Vielleicht müssen wir das nicht.« Annalyse legte ihre

Hände auf Quiks Rücken, schlang einen Arm über seine Schulter und half ihm aufzustehen, während der Jäger einen Atemzug nach dem anderen einsog. »Der ganze Sinn der Sache ist es, Leben zu retten, nicht sie zu opfern.«

»Eines für tausend, Annalyse. Eines für eine Million«, erwiderte Ami, seufzte dann. »Ist schon gut. Gladdring will uns sowieso sehen. Etwas ist im Gange. Lass den Vis sich ausruhen.«

Annalyse tat genau das, führte Quik zurück in seinen Käfig und setzte ihn hinein. Quik lag im Sand und ließ seine müden Lungen sich erholen. Er hörte Annalyse zurückkommen, sagen, er hätte einen Teil seines Frühstücks nicht gegessen. Da war es, wartete. Sie schloss die Tür ab, ging mit einem leisen Auf Wiedersehen weg.

Als Quik sich aufsetzte, sah er den Teller, die übrigen Kuchen. Dazwischen eingebettet, in gefaltetes Papier gewickelt, lag ein türkisfarbener Edelstein, ein Vis-Skar. Auf dem Papier stand in schnell gekritzelten Buchstaben eine Notiz:

Bleib gesund, bleib am Leben.

- Annalyse

Doch als Quik das Skar in seine Hand nahm, dessen beruhigendes Flüstern hörte, hatte er eine andere Idee.

23

FLUCHT NACH NORDEN

Erstaunlich, wie anders es war, mit jemandem zu rennen als allein. Durch unbekannte Straßen zu huschen, zufällige Gassen entlangzulaufen, Hindernisse zu überwinden und Verfolger zu verwirren, waren alles Dinge, die Torny so gut beherrschte wie das Atmen – Fähigkeiten, die Yarvick ihr immer und immer wieder eingehämmert hatte, bevor er sie ihre ersten Aufträge übernehmen ließ. Fähigkeiten, die schnell ins Wanken gerieten, wenn sie auf die bestimmte Person in ihrem Rücken achten musste.

Bliss rutschte und glitt über die vereisten Straßen jenseits des Anwesens. Ihre Stiefel hielten so gut wie möglich das Gleichgewicht, aber die Vis hatte keine Erfahrung auf dem Eis, und das zeigte sich. Jedes Mal, wenn Torny um eine Ecke bog, jedes Mal, wenn sie Bliss sagte, sie solle springen oder sich durch eine schmale Öffnung in einem Zaun zwängen, musste die Diebin anhalten, sich umdrehen und die Vis auffangen, bevor sie auf dem Boden landete.

Die ungeschickte Flucht trug auch nicht gerade dazu

bei, sie leise zu halten. Die Stadt war nicht gerade das, was Torny als bevölkert bezeichnen würde – der kürzliche Angriff der Dämonen, bei dem ein guter Teil niedergebrannt wurde, hatte wohl die Stimmung gedrückt –, aber es waren genug Leute unterwegs, um Reparaturen vorzunehmen, nach Essen zu suchen oder einfach nur in die verschneite, bewölkte Dunkelheit zu starren, sodass das Paar nie ohne zugerufene Fragen oder neugierige Blicke davonkam.

Alles in allem eine beschissene Zeit für Diebstahl.

Das Tagebuch behielt jedoch sein Gewicht in ihrer Manteltasche. Erfolg linderte vieles, und Torny dachte in den kurzen stabilen Momenten, in denen sie eine Allee entlang oder hinter einem Gebäude herjagte, an die Anerkennung, die Komplimente, die Freundlichkeit, die Yarvick ihr endlich zeigen würde, wenn sie ihm das Buch zurückbrachte. Eine Süße, die sie viel zu lange entbehrt hatte, in ihrer Unmöglichkeit still, aber nun verlockend in greifbarer Nähe.

Vielleicht ein Problem, über das sie nachdenken sollte, wenn sie nicht gerade um einen Wagen herumsprang, dem schnaubenden Blick eines Ochsen auswich oder eine neue Route auf unbekannten Straßen auswählte.

»Wohin gehen wir?«, gebärdete Bliss, als Torny langsamer wurde und sie einen breiten kreisförmigen Platz erreichten. In seiner Mitte brannte ein Lagerfeuer, ein Leuchtfeuer in der Nacht und Sammelstelle für Dinge, die zu beschädigt waren, um gerettet zu werden. »Oder laufen wir ziellos herum?«

Mehrere aschebeschmutzte Menschen, die ihre Pelzmäntel in der Hitze des Feuers aufgegeben hatten, warfen Überreste in die Flammen, während hier und da Karren einfuhren, um die Haufen zu vergrößern. Niemand schenkte dem Paar Beachtung, und ohne den Chor der Wachen auf den Fersen dachte Torny, sie könnten eine Pause einlegen.

»Ich wollte zur *Storm's Edge*«, sagte Torny. »Stellt sich heraus, es ist schwer, sich in dieser Stadt im Dunkeln zurechtzufinden.«

Nicht ganz die Wahrheit, aber eine einfachere Erklärung, als im Detail zu erläutern, warum es ein Fehler wäre, direkt zum offensichtlichsten Ziel zu gehen. Die Leute auf dem Anwesen würden schnell herausfinden, wenn sie es nicht schon wussten, wer Torny und Bliss waren. Sie würden zuerst zum *Storm's Edge* strömen, in einer hektischen Suche, und sich dann langsam zerstreuen, wenn sie niemanden fänden. Dann würde es Lücken in der Patrouille geben, einen Weg, vorbeizuschlüpfen, zum Schiff zu gelangen und -

»Wax wird es verstehen«, gebärdete Bliss, anscheinend die Sorge in Tornys Gesicht lesend, während sie am Rand des Platzes stehen blieben und zusahen, wie bei jedem Wurf Funken aufstiegen. »Er vertraut dir.«

»Nach dem hier? Das bezweifle ich.«

»Du hast deine Gründe.«

»Das heißt nicht, dass er sie verstehen wird. Heißt auch nicht, dass ich Recht habe. Es ist eine Entscheidung, die ich getroffen habe, Bliss. Ich werde nicht davor weglaufen.«

Bliss packte Tornys Arm, ein Griff zu fest für Zuneigung, eher einer, um einen Gefangenen am Weglaufen zu hindern.

»Du wirst doch nicht all das für ein Buch aufgeben, oder?«

»Was würdest du aufgeben für die Chance, dein Leben zurückzubekommen?«

»Ich verstehe nicht?«

»Dieses Buch ist mein Ticket. Es begleicht eine Schuld.« Torny fühlte erneut nach dem Tagebuch. Genau da, wo es sein sollte. »Wenn ich es zurückbringe, werde ich Vergebung finden.«

»Und was ist mit uns? Meinem Bruder? Deinem Schwur?«

Schulden jonglieren. Nichts Neues dabei.

»Ich werde einen Weg finden, ihn auch zurückzuzahlen. Alles ausgleichen.«

»Du glaubst das.«

Keine Frage. Torny schätzte das. Bliss war kein Trottel, der darauf wartete, übers Ohr gehauen zu werden, auch wenn sie das vielleicht damals auf Foti gewesen war. Nicht mehr. Immerhin etwas, das Torny für die Vis getan hatte. Jetzt konnte sie Bliss noch einen letzten Gefallen tun und sie ohne Schlimmeres entkommen lassen.

»Lass uns gehen«, sagte Torny. »Wir gehen im Kreis runter zum Wasser. Sie werden bald beim Schiff sein.«

Diesmal gingen sie. Bliss behielt ihr Gleichgewicht, Torny hielt ihr Tempo unter Kontrolle, und die Menschen, an denen sie vorbeikamen, verloren ihre Neugier. Nur ein weiteres Paar, verloren in den Ruinen.

Der Strand bot nicht viele Antworten. Kälter als die Stadt, der Sand mit blitzenden Funken gesprenkelt. Ein Rätsel, das gelöst wurde, als sich beide einem Hügel näherten, der heller war als alle anderen, und an dessen Spitze sie einen seltsamen Obsidianstein und darunter einen gläsernen Schimmer fanden. Bliss berührte ihn und erklärte, das Glas sei eine unebene Version dessen, was sie auf der *Storm's Edge* finden könnten.

»Die Dämonen werden immer schlimmer«, sagte Torny. »Jetzt können sie das auch noch?«

»Das ist gar nicht so schlimm. Es ist fast hübsch.«

Torny lachte. »Bliss, wie machst du das? Jede Situation in etwas Besseres und Helleres zu verwandeln, als sie sein sollte?«

Anfangs hätte Torny es Unschuld genannt, mangelndes Wissen darüber, wie grimmig die Inseln waren. Bliss hatte diese Entschuldigung nicht mehr, und trotzdem beharrte sie darauf, entschlossen, sowohl Erfolg zu haben als auch dabei ihre Seele nicht zu verlieren. Bewundernswert und fast irritierend.

»Weil ich eine Vis bin, Torny. Ich bin eine Glückliche. Das werde ich nicht verlieren.«

»Selbst wenn man das hier betrachtet?« Torny zeigte auf das Glas, den Obsidian. »Was wird passieren, wenn diese Dinge überall sind?«

Bliss zuckte mit den Schultern, die pelzigen Schultern bewegten sich kaum unter dem dicken Mantel. »Sie haben dieses hier getötet. Wie schlimm kann es schon sein?«

Torny wandte ihren Kopf zurück zu der zerstörten Stadt. »Ich denke, das ist deine Antwort.«

»Sie werden wieder aufbauen. Genau wie wir es getan haben.«

Ein weiteres Argument begann sich in Tornys Mund zu formen, nur um wieder zu verschwinden. Es würde nichts daran ändern, nicht auf diese Weise. Und war es so schlimm, einmal etwas Hoffnung zu haben?

»Komm«, sagte Torny, »lass uns zurückgehen. Langsam und leise. Wir werden sehen, ob sie schon weg sind.«

Die Wachen waren überhaupt nie angekommen. Auf dem Weg zum Schiff zeigte Bliss auf den orangefarbenen Schein an den Klippenwänden am hinteren Ende der Stadt, genau dort, wo das Anwesen gewesen war. Ein gewaltiger Brand, und einer, dem Torny es zuschrieb, ihre Haut gerettet zu haben. Welches gute Schicksal auch immer dafür verantwortlich war, Torny dankte ihm.

Obwohl dieser Dank schnell verging, als sie ihre Freunde an Bord der *Storm's Edge* fanden, Eujo und Deux packten Taschen, während Wax auf dem Bug des Schiffes stand, mit glasigen Augen und benommen. Bliss ging an seine Seite, begann eine hitzige Serie von Zeichen, während Eujo Torny in die Enge trieb und eine Erklärung verlangte.

Die Königin legte ihre königliche Haltung an den Tag, aber Torny erkannte einen feinen Riss in Eujos strengem Kiefer, Augen, Mund. Eine Verbindung, dort, von einer Diebin zur anderen.

»Du verstehst«, begann Torny, die beiden in Tornys Kabine, während die Diebin ihre wichtigsten Sachen, die Werkzeuge und Messer, die notwendig waren, um zu überleben, wohin auch immer sie gingen, zusammenpackte. »Du weißt, wie es ist, eine Schuld zu haben.«

»Die Schuld, die ich bei Kance habe, ist größer als jede, die du möglicherweise haben könntest«, sagte Eujo und blockierte die schmale Tür nach draußen. Sie hatte die Festtagskleidung gegen dickere Hosen, ein Hemd und Stiefel, die für eine Wanderung gemacht waren, getauscht. Ein Hinweis, dass Torny dasselbe tun sollte. »Ich opfere alles, um diese Schuld zurückzuzahlen. Du hättest diese Bemühungen heute Nacht fast zunichtegemacht.«

Torny schüttelte den Kopf. »Sie hätten zwei Erneuerungen nicht verletzt. Ihr seid sicher.«

»Zwei *konkurrierende* Erneuerungen? Du bist genauso zynisch wie ich, Torny. Auf ihre Freundlichkeit zu setzen, ist eine schlechte Wahl.«

Die Tasche gepackt, stand Torny auf, stellte sich Eujo gegenüber. Setzte ein sardonisches Lächeln auf, verschränkte die Arme. »Die Wette hat sich ausgezahlt.«

Und jetzt der zweite Akt des Schauspiels, das Lächeln in ein ernstes, gerades Gesicht verwandelnd. »Wenn du willst, dass ich verschwinde, werde ich gehen. Aber das war mein einziger Auftrag. Ich werde dich oder Wax nie wieder in Gefahr bringen.«

»Eine feine Sache, das jetzt zu sagen, wo du eine ganze Insel gegen uns aufgebracht hast.«

Torny schnaubte. »Es ist Winter. Bis die Nachricht irgendwohin gelangt, werden wir hier fertig sein.« Torny nickte zu den Stiefeln hinunter. »Ich vermute, das bedeutet, wir gehen zu Fuß?«

»Deux sagt, das Eis wird zu dick sein, um um die Nordseite der Insel zu segeln. Also wandern wir.«

»Lang und kalt.«

Jetzt setzte Eujo das Grinsen auf. »Zu kalt für eine Diebin?«

»Das habe ich nie gesagt.«

»Dann mach dich fertig. Wir brechen heute Nacht auf, bevor die Leute, die du königlich verärgert hast, beschließen, nach uns zu suchen.«

»Also bin ich immer noch dein Wächter?«

Als würde sie Torny kopieren, ließ Eujo das Grinsen in ein Starren fallen. »Bis ich jemand Besseren finde. Vermassle es nicht noch einmal, Diebin, oder ich werde dich selbst an diese Steinfresser ausliefern.«

Laut Deux begann ihr Aufbruch kurz nach Mitternacht und lange bevor die Energie der Flucht vom Anwesen nachließ. Wax blieb still, seine Augen wanderten oft zu dem immer noch brennenden Herrenhaus in der Ferne, aber zumindest ging er. Torny führte den Weg an, marschierte wieder mit dem Quartett, jetzt beladen mit Rucksäcken, über den Strand zum westlichen Ende der Stadt, bevor sie nach Norden abbogen. Die Straßen waren endlich verlassen, niemand behinderte ihre Reise, geschweige denn irgendwelche Wachen, die Diebe jagten.

Was Fluchten anging, zählte Torny diese zu einer ihrer reibungslosesten, obwohl sie es schwer fand, stolz darauf zu sein. Nachdem Eujo Wax' Skar und den daraus resultierenden Brand erwähnt hatte, konnte Torny sich nicht wirklich selbst die Anerkennung geben. Weder verfiel sie jedoch in gedämpftes Unbehagen wie Bliss und ihr Bruder. Eujo schien zumindest zu verstehen, dass sie nicht alles kontrollieren konnte: weitermachen mit der Quest, sich nicht von Katastrophen aufhalten lassen.

Genau wie eine gute Diebin, oder jemand, der jede Gelegenheit maximal nutzen musste, so selten sie auch zu finden waren.

An ihrem nördlichen Ende schrumpfte die Stadt, während sie einen Hang hinauflief, der schließlich in Whents weite Ebene mündete. Die wolkige Dunkelheit bedeutete nichts außer einem windigen, wirbelnden Schnee, der dahinter lag. Die Straße hatte zumindest stabile Steinpfosten, die alle paar Schritte in die Erde gerammt waren, um Reisende im Schneesturm auf Kurs zu halten. Ein Pfad, so sagte der einsame Wachmann an den Toren, ein schläfriger Mann, zu benommen, um Schock über ihre seltsame Abfahrtszeit zu registrieren, der sie quer über die Insel führen würde, wenn sie wollten.

»Und die Skars?«, fragte Eujo. »Wird er uns dorthin führen?«

»Der Goldene Riss?«, antwortete der Mann. »Geht geradeaus, biegt kein einziges Mal ab, und ihr werdet es schaffen. Oder, ich sollte sagen, ihr könntet es schaffen.«

»Könnten?«

»Es gibt sicher Ungeheuer da draußen, aber schlimmer ist es noch, wenn ihr nicht mit einer größeren Gruppe reist.« Der Mann lugte aus seinem Wachhaus heraus, das sich in der Nähe großer Holztore und eines Fackelwaldes befand. »Nicht groß genug, und auch noch zu Fuß? Ihr werdet wahrscheinlich erfrieren oder verhungern, bevor ihr den Najahn erreicht.«

»Wir werden schon zurechtkommen«, entgegnete Eujo. »Öffne das Tor.«

Bevor sie das Tagebuch gestohlen hatte, hätte Torny dort vielleicht widersprochen. Hätte vorgeschlagen, einen Karren zu finden, einen Ochsen oder etwas, das sie ziehen könnte. Jetzt, als der Mann den Kopf schüttelte und die Tore weit öffnete und die stürmische Tundra offenbarte, blieb Torny still.

Jeder Auftrag hatte seinen Preis.

24

DIE BITTE DES ATTENTÄTERS

Was hat dir deine Loyalität eingebracht?

Sawi wiederholte diese Frage immer wieder in ihrem neuen Gefängnis. Steinern, klein, vergittert. Hoch oben in einem Turm, den Sawi von außen nicht gesehen hatte – Fassles Wachen hatten sie durch Tunnel und enge Treppen geführt, Schleichwege, die neugierige Blicke fernhalten sollten. Eine Bank mit einer muffigen Matte, ein schmutziger Topf darunter für ihre körperlichen Bedürfnisse und nicht viel mehr. Das Fenster schien im Vergleich zu ihrem alten geschrumpft zu sein, jetzt kaum größer als ein Teller.

Kein Glas auch, sodass die Winterkälte frei durch ihre plötzlich dünne Kleidung wehen konnte.

Fassle hatte ihr auch die genommen: keine Najahn-Roben für eine Gefangene, auch kein Tamas-Skar. Nur das, was in einem früheren Leben wohl ein Getreidesack gewesen war, und die dünnsten, schäbigsten Sandalen, die je Füße gequält hatten. Nichts mehr, alles weniger. Sie war in die Zelle geworfen und aufgefordert worden zu warten, dann allein gelassen worden.

Stunden zogen sich dahin, mit Sawi, ihren Reuen und wenig sonst. Sie hatte bereits zwei Mahlzeiten bekommen, wenn man altbackenes Brot, schimmelndes Obst und geschmolzenen Schnee als Mahlzeit bezeichnen konnte. Jeder Versuch, Unmut zu äußern, wurde mit Schweigen beantwortet. Nicht einmal ein Achselzucken.

Zumindest, so vermutete Sawi, schienen die Wachen keine Freude daran zu haben. Sie schlugen sie nicht, verspotteten sie nicht, sagten einfach nichts außer den nötigsten Anweisungen und ließen sie in Ruhe.

Eine Zeit lang versuchte Sawi, sich zurück nach Vis zu versetzen, sich einzureden, dass zu Hause zu bleiben ständige Reue bedeutet hätte, sich zu fragen, warum sie die neue Chance nicht ergriffen hatte, als sie sich bot. Sie versetzte sich zurück unter jene Bäume, kletterte hoch und berührte fast den Himmel, die Vögel.

Wax hatte einen Erneuerungsumhang. Kein Weg, dass sie ihn einsperren würden, nicht wenn, wie Fassle es ausdrückte, Noctia und die Najahn die Welt beschützten. Sawi hatte keinen solchen Hebel, hatte kein solches-

»So hat also die Vis ein Durcheinander angerichtet.«

Die Stimme hatte eine fremdartige Vertrautheit, als ob jemand versuchte, einen Vis-Akzent nachzuahmen, wie Sawis Familie klang, es aber nicht ganz hinbekam. Sie gehörte einem schlanken Mann, der nicht in Najahn-Roben, sondern in sauberer Kleidung, grau und blau, gekleidet war. Mehrere silberne Ketten sammelten sich um seinen Hals und schlängelten sich um seine Ohren, eine Aufmachung, die Sawi als Kance erkannte. Nirgendwo Lila und Schwarz. Kein Najahn also?

»Wer sind Sie?«, fragte Sawi.

»Jemand, der Ärger sieht und versucht, daraus Kapital

zu schlagen. Mein Name ist Livier, und ich suche meine Königin.«

»Was?«

Livier nickte, anstatt Sawis Frage zu beantworten, als hätte sie seine beantwortet. Er streckte eine Hand aus, ein Verband fest um die Handfläche gewickelt, und fuhr damit an den Gitterstäben entlang. »Fassle denkt, Sie seien nicht an den Aktionen der Vis-Erneuerung beteiligt. Ich hatte gehofft, es wäre anders, aber leider.«

»Nochmal, was?«

Livier umschloss einen Gitterstab mit seinen Fingern. Ein lockerer Griff, dann fest, als würde er den Hals eines Huhns umklammern. »Die Vis-Erneuerung und unsere Königin reisen zu ihrem großen Unglück zusammen. Ein Fehler, der von mehreren Personen verursacht wurde, die auf äußerst erbärmliche Weise versagt haben.«

»Sie sprechen weiter in Rätseln.«

»Und vielleicht sind die Vis genau so einfältig, wie der Rest der Inseln glaubt.«

Sawi stand auf, schlug schnell genug gegen die Gitterstäbe, um Liviers Hand zu ergreifen und sein Handgelenk gegen das Metall zu drücken.

»Wenn ich jetzt drücke, breche ich es«, knurrte Sawi. »Mein Tag war, wie haben Sie es ausgedrückt, chaotisch, und ich mag Sie nicht. Sagen Sie, was Sie wollen, was ich davon habe, und dann können wir diesen Tanz beenden.«

Livier pfiff. Kein ängstlicher Laut, auch sein Blick schwankte nicht. Er ließ seine Hand in Sawis Griff, entspannt.

»Zumindest sind Sie bereit, die Initiative zu ergreifen«, sagte Livier. »Und ich glaube, Sie haben Zeit zu verschwenden. Jahreszeiten über Jahreszeiten, laut Fassle. Die Najahn mögen keine Verräter, sobald sie gefasst sind.«

»Sie sagen immer noch nichts, was mich interessiert.«

Sawi kämpfte jedoch hart darum, Liviers Worte von ihrem Gesicht fernzuhalten, ihre eisigen Nerven intakt zu halten. Jahreszeiten in dieser Zelle verbringen? Sie würde verkümmern. Den Verstand verlieren. Sich den gelegentlichen wahnsinnigen Schreien aus anderen Teilen des Turms anschließen, Geräusche, die nur verstummten, wenn die Wachen gelangweilt genug waren, sie zum Schweigen zu bringen.

Kein Tod, ein Leben, bestimmt für eine Vis.

»Dann wie wäre es damit«, sagte Livier. »Bestätigen Sie meine Intuition. Sie kennen die Vis-Erneuerung, ja?«

»Warum wollen Sie das wissen?«

»Weil meine Königin annimmt, dass Ihre Erneuerung sie beschützen kann. Das kann er nicht. Nicht vor dem, was kommt.«

Sawi blinzelte. Sie ließ Liviers Hand los und trat einen Schritt zurück in ihre Zelle.

»Was kommt?«

Livier nickte, eine langsame Bewegung, als hätte er sich nun entschieden, Sawi mit einer gewissen formellen Achtung zu begegnen.

»Kance hat zwei Königinnen. Ihre Herrschaft ist absichtlich immer unsicher. Keine Macht wird zu bequem. Eine Königin hat jedoch beschlossen, dass die andere nicht länger leben muss. Attentäter sind im Spiel, gefährlicher als jeder Feind. Wenn der Vis-Erneuerer mit ihrem Ziel reist, könnte sein Leben durchaus verwirkt sein.«

Jedes Kind auf Vis wuchs damit auf, einer einzigen Quelle nicht zu vertrauen. Während diese Lektion meist mit Lügen über frisches Obst, eine gute Weinroute oder die Größe des zum Abendessen gefangenen Fisches einherging, ließ die Vorsicht bei wilden Behauptungen Sawi die Augen verengen und mit einem Finger auf ihrem Oberschenkel tippen, während sie in der Mitte der Zelle stand.

»Also, was, mitten in einer Erneuerung beschließen Ihre Königinnen, sich gegenseitig umzubringen?«

»Chaos bietet oft Gelegenheiten.«

»Dann sind Sie, was, der Kumpel der anderen Königin? Versuchen Sie, sie zu warnen?«

»Zu beschützen.« Livier verfiel bei dem Wort in eine ernste Miene. »Es geht zu weit, das jetzt zu tun, bei so viel Gefahr. Und wenn Kance die Aegis beansprucht, dann ist das Problem meiner Königin ohnehin gelöst. Sie gibt der Aggression nach.«

»Sie wird Wax töten lassen?«

Livier neigte den Kopf, »Wax? Ist das der Name des Erneuerers?«

Verdammt. Sawi biss sich auf die Lippe und wischte den Fehler beiseite. Das Tamas-Skar hatte sie in den letzten Wochen ernährt, hatte ihr Emotionen und Absichten ins Ohr geflüstert. Ohne es fühlte sie sich verloren, ohne jede Möglichkeit, durch Liviers Gesprächsnebel zu navigieren.

Also Rückzug. Sehen, ob sie neu ansetzen konnte.

»Also Sie wollen die Königin finden, Ihre Königin. Sie wollen, dass ich dabei helfe?«, fragte Sawi. »Denn ich weiß nicht, wohin sie gehen. Ich bin kein Wächter.«

»Das kann ich sehen. Wir kennen ihr Ziel. Mit ein bisschen Glück werden die Stürme das Eis genug ausdünnen, damit wir sie einholen können. Nein, wofür ich hier bin, was ich wissen möchte, ist, was Ihrem Erneurer wichtig ist. Seine Vorlieben, seine Ängste. Können Sie mir das sagen?«

Erstaunlich, wie schnell sich Neugier in Abscheu verwandeln konnte. Sawi hätte sofort nach den Wachen gerufen, wenn sie geglaubt hätte, dass sie kommen würden.

»Selbst wenn ich könnte, warum sollte ich?«

»Aus einem sehr einfachen Grund, Sawi. Wenn wir unsere Königin finden, scheint es, als würde Ihr Erneurer versuchen, uns in die Quere zu kommen. Wenn er das tut, werden wir etwas brauchen, um ihn zu überzeugen, uns in Ruhe zu lassen. Uns unsere Arbeit machen zu lassen und sie zu beschützen. Dieses Etwas, dieses Seil, das sein Leben retten wird … Ich denke, Sie können es mir geben.«

Also war Livier nicht nur auf gut Glück hier heraufgekommen. Er hatte Informationen, und Sawi sah es jetzt in Liviers Haltung. Nicht ein Mann, der nach Antworten fischte, sondern einer, der die meisten davon hatte und nur noch ein kleines bisschen mehr brauchte. Schlimmer noch, die entspannten Arme, das leicht gekräuselte Lächeln, deuteten darauf hin, dass er jemand war, der das Notwendige tun würde, um es zu bekommen.

»Sie versuchen nicht, Wax zu verletzen?«, fragte Sawi, zweifelnd, ob sie ihm vertrauen konnte, aber sie musste es trotzdem fragen.

»Warum?«, Livier zeigte zum ersten Mal echte Entrüstung. »Ich lebe in dieser Welt. Kance auch. Wir brauchen eine Ägide, und Wax könnte die nächste sein. Nicht jeder hat jedoch solche Skrupel.«

Eine manipulative Antwort? Ja. Eine, gegen die sie argumentieren konnte? Nein. Was konnte Sawi ohnehin tun? Sich für nichts foltern oder verdrehen lassen? Vielleicht würde der Kerl nehmen, was sie sagte, und wirklich das tun, was er vorschlug, es benutzen, um Wax in Sicherheit zu halten.

So oder so würde Sawi immer noch hier in der Zelle sein. Wenigstens würde sie auf diese Weise nicht verletzt werden.

»Seine Schwester ist eine Wächterin«, sagte Sawi. »Sie

ist stumm und wild. Wenn Sie sie auf Ihre Seite bringen, wird Wax tun, was Sie wollen.«

Livier nickte. »Sonst noch etwas? Zu seiner Sicherheit, verstehen Sie.«

Sawi zögerte. Ein Schimmer. Eine kranke Wärme breitete sich in ihrem Bauch aus bei dem Gedanken, bei dem Wissen, dass der Gedanke gleich zur Tat werden würde, aber sie konnte die Worte nicht aufhalten. Die Zelle war zu klein, der Stein zu kalt. Sie konnte nicht hier bleiben, nicht einen Moment länger als nötig.

»Ich. Sagen Sie ihm, was mit mir geschieht, und er wird Ihre Königin vergessen«, sagte Sawi. »Wir ...«

»Sagen Sie nichts mehr«, Livier nickte erneut, diesmal förmlicher, ein geschlossener Handel. »Ich bin sicher, Fassle wird den Weg zur Gnade finden, sollte der Vis-Erneurer darum bitten. Ich werde dasselbe anbieten, bevor wir in See stechen.« Ein volles Lächeln, so echt wie das Schnauben zuvor. »Danke, Sawi. Sie haben heute vielleicht viele Leben gerettet.«

Doch nach Liviers Abgang kam kein Trost mit der Kälte. Nur das Schreien, nur der Wind, nur ihre Gedanken, die immer dunkler wurden.

25

DER ERSTE WÄCHTER

In einer verwüsteten Welt gab es zwei. Inmitten von Verzweiflung, Zerstörung und Gewalt gab es zwei, die die Asche und das Blut hinter sich ließen in der Hoffnung auf etwas Besseres. Sie stahlen und kämpften, schlugen sich durch und flohen über Die Sieben Inseln, die damals inmitten des Chaos sterbender Götter und wilder Ungeheuer eine wilde Ruine waren. Mit Schwert und Dolch, Seil und Axt überquerten Demion und ihr Wächter die Berge, Ebenen und Flüsse, während vier lange Jahre verstrichen.

Ihr Ziel entstand durch Zufall, eine zufällige Entdeckung in den hohen Kance-Bergen. Ein glitzernder silberner Stein und sein Flüstern, Fragmente dessen, was die Götter einst gesprochen hatten, als sie noch lebten, als alle Menschen nur Mücken vor ihrer Größe waren. Demion, damals nur eine Überlebenskünstlerin, erriet, was diese leisen Bruchstücke bedeuteten.

Die letzten Gedanken toter Göttlichkeit.

Die Skars, wie sie später genannt wurden, besaßen Macht. Zufällig zwar, aber genug, um das Gleichgewicht zwischen den Menschen und einer feindseligen Welt zu verschieben. Demion gewann ihren Freund für sich, einen Mann, der es eher gewohnt war, Felsen für Höhlenunterkünfte auszuhöhlen, als dieselben Werkzeuge gegen Monster einzusetzen.

Wenn Hoffnung sich an wenig festhalten kann, greift sie nach allem, was sie kriegen kann.

Sechs Skars, und der letzte brachte sie nach Noctia, ins Zentrum des Kraters, in den mächtigen Riss der Wunde. Das Paar, kampfgezeichnet und zerschlagen, stieg hinab, nun unterstützt von Anhängern, wie es Legenden oft sind. Demions Hoffnung erwies sich als ansteckend, umso mehr, wenn sie Reden mit Skar-verstärktem Gemetzel folgen ließ, Ungeheuer vertrieb oder sie gänzlich vernichtete.

Lange Seile brachten das Paar hinunter, Leitern in die Tiefe. Am Fels klammernd, banden Demion und ihr Wächter ihre Seile neu und stiegen weiter hinab, tiefer in die Dunkelheit. Ihre Anhänger, von Soldaten bis zu Schmieden, Webern bis zu Waldläufern, setzten ihre Füße auf die Knoten hinter ihnen. Lieder erklangen, hier und da vermischt mit dem Klirren von Klingen auf Fleisch, als aufsteigende Ungeheuer ihr Ende fanden. Durch all das nutzte Demion die Skars, ihr Feuer, Wind und Gestein, um ihren Weg zu ebnen.

»Bis wir hierher kamen«, sagte der Tote König, während Svarde und Maena ruhten und Kivi in der Nähe an herabgefallenem Gestein knabberte. »Damals war es nur eine Höhle, und keine große. Demion und ich folgten den Höhlen bis zum Ende. Dort fanden wir Noctias letztes Licht, ihren Skar, und mit ihm die Quelle der Ungeheuer. Sie nahm den Skar an sich und trug mir auf, das Ende zu halten, eine Festung zu bauen, während sie die Oberfläche sicherte. Dann, mit der gesamten Menschheit hinter ihr, würden wir gemeinsam marschieren und die Monster beenden.«

»Hat nicht geklappt, oder?«, sagte Maena, während sie in einen getrockneten Apfel biss.

»Wie ich schon sagte, es ist leicht, Hoffnung zu finden. Schwieriger ist es, sie zu verwirklichen.« Der Tote König, immer noch auf dem rauen Podest sitzend, das Schwert haltend, mit Helm und Rüstung bekleidet, starrte zurück. »Wir bekamen Vorräte von oben, auch Menschen, die sie herunterbrachten. Die Wunde wurde zu unserem Weg, während wir diesen Ort aushöhlten und ihn, wenn nicht zu einer Stadt, so doch zu einem Zuhause machten.« Die linke Faust des Mannes, nicht durch den Griff der Klinge belastet, klopfte sanft auf seinen Oberschenkel. »Ich erinnere mich noch daran. Der Schock, als die Seile fielen. Eins nach dem anderen klatschten sie in unseren Staub, von oben abgeschnitten.«

»Demion hat euch im Stich gelassen?«, fragte Svarde.

»Hat sie das? Ich weiß es nicht. Ihr seid die Ersten von der Oberfläche, denen ich seit jenem Tag begegnet bin. Wir haben Botschafter geschickt, Gruppen, Gelegenheiten, und alle kehrten nicht zurück.« Der Tote König seufzte, ein hohler Klang. »Hoffnung stirbt schnell hier unten. Das Leben ist nicht dafür gemacht, in der Dunkelheit zu überdauern. Als klar wurde, nach Jahreszeiten und Jahren, dass Demion nicht zurückkehren würde, dass unser Leben dafür geopfert wurde, die Ungeheuer aufzuhalten, versuchten wir es. Diejenigen von uns, die übrig waren, versuchten ein Ende herbeizuführen.«

Der Mann verlagerte seinen Griff um das zackige Schwert und hob dessen gewaltigen Körper einen Bruchteil vom Boden ab.

»Wir fanden dies. Ich fand dies. Ein Splitter von Vis'

Dolch, und darin eine Macht über Tod und Leben zugleich.«

Dieser Satz weckte tausend Fragen, aber Svarde hielt sie zurück. Konzentrierte sich stattdessen auf seinen Wasserschlauch. Etwas im Ton des Mannes sagte, dass er lange keine Gelegenheit gehabt hatte, diese Geschichte zu erzählen, und dass eine Unterbrechung jetzt ein schwerwiegendes Vergehen wäre.

Keine Chance, die man bei jemandem riskieren sollte, der Herrschaft über die Leichen in den Höhlen jenseits beanspruchte.

»Anfangs ein Segen. Dann ein Fluch. Jeder Freund, den ich gewann, ihre Kinder und deren Kinder wurden weniger als Erinnerungen. Ungeheuer, Krankheiten, simple Unfälle verwandelten meine Familie, denn das wurden wir, in Werkzeuge. Körper, die man gegen den unaufhörlichen Strom werfen konnte. Ich führe sie, wie ihr vielleicht eure Finger zucken lasst, ein Befehl, der ohne Widerstand ausgeführt wird, mit blinder Kraft, bis alles, was übrig bleibt, in Stücke gerissen ist.«

»Okay.« Maena hob einen Finger und neigte den Kopf. »Du hast diese Klinge, sie kann die Toten erwecken und sie tun lassen, was du willst. Warum weckst du nicht all diese Ungeheuer, die du tötest, und lässt sie gegen ihre eigenen marschieren?«

Der Tote König wandte sich der Klinge zu. »Wie Finger, sagte ich. Vielleicht könnte jemand anderes einen Weg finden, aber ich kann die Kluft nicht überbrücken. Ein totes Ungeheuer ist für mich so leer wie für euch, aber bringt mich nahe genug an den Körper eines Menschen, und ich spüre, wie er wartet.«

»Also hast du die ganze Zeit hier gesessen und gezögert?«, fragte Maena, ihren Apfel beendet und durch eine zornige Verwirrung ersetzt. »Dein Knochentor aufgebaut, mit den Ungeheuern direkt daneben?«

»Wir haben es versucht. Mehr als einmal haben wir uns den Weg zur Quelle gebahnt, und mehr als einmal haben wir versucht, sie mit dem zu zerstören, was wir hatten. Äxte, Steine, Klingen, wir fanden unsere Methoden unwirksam. Also wandte ich mich wieder Demions letzten Worten zu, diesen Ort zu halten, und tat, worum sie mich gebeten hatte.«

»Nicht sehr gut.«

»Hey«, begann Svarde, nur um von dem klirrenden, klappernden Aufstehen des Mannes unterbrochen zu werden.

»Ein toter Mann macht einen schlechten Kämpfer«, sagte der alte Krieger. »Ein gebrochener Körper noch weniger. Wir haben den Unholden so gut wie möglich die Stirn geboten, aber unsere Zahl schwindet. Sie kommen jetzt oft durch, und bald wird nichts mehr in ihrem Weg stehen.« Svarde bemerkte einen fast fröhlichen Unterton in der Stimme des Mannes. »Ich gehe jetzt selbst, um am Tor zu stehen und auf mein verdientes Ende zu warten.«

»Also gibst du auf?«, spuckte Maena zur Seite aus. »Feigling.«

Der Tote König würdigte sie keiner Antwort und ging mit seinen langsamen Schritten an Maena vorbei. Die schweren Metallstiefel hallten bei jedem Schritt durch die Behausung. Am Ausgang des Raumes, während Svarde seine eigene Mahlzeit zusammenpackte, blieb der Mann stehen, die schwere Klinge nun auf seiner Schulter balancierend.

»Wollt ihr sehen, warum?«, fragte der alte Krieger. »Wollt ihr die Quelle von allem sehen?«

»Wir sind hier, um dem ein Ende zu setzen, also ja, lass uns gehen«, antwortete Maena.

»Sie hat Recht«, fügte Svarde hinzu. »Wir haben Freunde auf dem Weg. Gemeinsam werden wir-«

»Ihr werdet finden, was wir gefunden haben«, unterbrach ihn der Tote König. »Einen letzten Blick auf unseren unerbittlichen Schrecken.«

Er ging weiter durch die gewölbte Tür, die Stufen hinunter und davon.

»Nicht gerade ein aufmunternder Typ, oder?«, fragte Maena und folgte Svardes Beispiel, sich zum Gehen bereit zu machen. »Man sollte meinen, er würde sich freuen, uns zu sehen.«

»Demion war vor Hunderten von Jahren.« Svarde steckte seine Äxte an seine Hüfte. Er schüttelte die Erschöpfung ab, die ständigen Schmerzen, die jeder seiner Bewegungen folgten. »Er ist so lange hier unten. Erinnert er sich überhaupt noch daran, wie es ist, glücklich zu sein? Irgendetwas zu genießen?«

»Dann gibt es nichts zu verlieren. Können es genauso gut versuchen.«

Svarde warf einen Blick in Maenas Richtung, als sie dem Toten König folgten. »Du klingst und verhältst dich nicht wie du selbst, Maena. Was ist los?«

Die Rana-Kapitänin kicherte, ein Geräusch, das Kivi überrascht schnauben ließ. »Du wirst es nicht glauben, Svarde, aber ein paar Dutzend Mal im Laufe einer Saison fast getötet zu werden, verändert einen Menschen. Wenn dir ein Unhold die Seele aussaugt, kann das deine Perspektive, deinen Verstand verschieben. Bringt die Dinge etwas durcheinander.« Sie winkte wild dem König hinterher. »Aber ich bin immer noch da, wo es zählt. Wenn diese Unholder kommen, werde ich mit den Besten mitstechen.«

»Ich verstehe nicht?«

Maena lachte nur und folgte.

Ein uralter Krieger mit einem bruchstückhaften Verstand, auf seinen eigenen letzten Ruhepunkt im Dunkeln aus, eine instabile Rana-Kapitänin, die zu allem fähig war. Das waren seine Verbündeten hier beim letzten Schritt. Svarde fand Kivi und beugte sich hinunter, um dem treuen Ferrit einen Klaps auf den steinernen Kopf zu geben.

»Du und ich müssen zusammenbleiben«, murmelte Svarde der Echse zu. »Mach nichts Dummes, und du kommst vielleicht lebend hier raus.«

Was ihn selbst betraf, während Svarde den beiden anderen durch die tote Stadt folgte, was machte es schon aus. Das Einzige, was ihm ein kleines Lächeln, ein wenig Freude bringen würde, war Jochis Armee und das Wissen, dass sie Catya vielleicht Nachricht von ihrem großartigen Ende bringen würde, und der Erlösung, die Svarde ihr endlich bringen würde.

26

SCHNEE-MARSCH

Seltsam, wie Aufregung, Wut und Lebenswille in wenigen Stunden absterben konnten und in eine bedrohliche Erschöpfung umschlugen, als Wax einen Stiefel nach dem anderen auf den harten Boden setzte und nordwärts in Whents weite Tundra marschierte. Sturmgepeitschter Schnee fegte über eine Straße, die nur von tief in die Erde gerammten Pfählen gesäumt wurde. Einerseits verhinderte der Wind, dass die Verwehungen zu tief zum Durchkommen wurden. Andererseits fühlte sich die Luft an wie Messer, die sich in seine Haut bohrten.

Eujo und Torny schienen weniger betroffen zu sein, ihr wärmeres Blut leistete der Winterkälte besser Widerstand. Wax, dessen Pelzkapuze ihm ins Gesicht wehte, warf den beiden alle paar Schritte einen Blick zu, sowohl aus Neid auf ihre scheinbare Widerstandsfähigkeit als auch um sicherzugehen, dass er sich nicht im Weiß verirrt hatte. Die nächtlichen Abenteuer hatten Wax' Beine schwer werden lassen, eine Last, die der sich festsetzende Eis nicht gerade erleichterte.

Die Skars allerdings zeigten nun ihre Vorteile.

Zuerst kam Vis, dessen türkisfarbene Brillanz als ständige Verjüngung diente und Wax' gefrorene Glieder, ausgetrocknete Haut und wunde Füße heilte. Sowohl er als auch Eujo reichten ihre Vis-Skars an ihre Wächter weiter und verteilten so die Vorteile, um ihre Vierergruppe in Bewegung zu halten. Mit auf der Reise waren auch die Foti-Skars mit ihrer endlosen Wärme, kleine feurige Taschen, die Wax in der Hand hielt, an seine Brust drückte oder sogar in einen Stiefel fallen ließ, nur um etwas Leben in einen schleppenden Fuß zu bringen.

»Wir hätten ein Dutzend von den Dingern mitnehmen sollen«, sagte Torny, als der Morgen sich zum Mittag streckte, nicht dass einer von ihnen das wirklich sagen konnte: Der blendende Schneesturm des Tages machte eine Zeitbestimmung unmöglich. »Niemand hätte uns aufgehalten.«

»Bis die nächste Erneuerung kam und sich ohne eine Chance wiederfand«, erwiderte Eujo. Beide mussten über das Heulen des Windes schreien, eine Aussicht, die Wax' Kehle kratzen ließ. »Das wäre weder fair noch richtig oder gut für die Inseln.«

»Ich hasse es, wie das, was gut für die Inseln ist, nie gut für mich zu sein scheint.«

»Dieses Anwesen brannte für dich«, sagte Wax, »weil es gut für die Inseln war, dass wir überlebten.«

»Bliss und ich waren da schon weg.«

Wax warf der Banditin einen finsteren Blick zu, den Torny mit einem Achselzucken beantwortete. Die bissige Zunge der Banditin schien sich immer gegen andere zu richten, ein Charakterzug, den Wax erst jetzt bemerkte, als Torny das, was letzte Nacht passiert war, als zufälligen Akt, eine schlechte Entscheidung und nicht ihre Schuld darstellte.

Zumindest diente die aufsteigende Wut dazu, die Kälte zu vertreiben und seinen Schritten mehr Kraft zu verleihen.

»Wir wären nicht so hier draußen, wenn du deine Hände sauber gehalten hättest«, sagte Wax.

»Das weißt du nicht«, schoss Torny zurück. »Hab keine Wagen zum Verkauf gesehen. Auch keine Tiere, die sie ziehen könnten. Dieser Kriegsherr hat sie alle unter die Erde gebracht. Wir würden so oder so marschieren.«

»Mit besseren Vorräten und Freunden im Rücken, statt Feinden.«

»Wenn diese Leute deine Freunde sind, Wax, solltest du dir bessere suchen.«

»Wir hätten sie gebrauchen können, Torny«, mischte sich Eujo ein, ihre königliche Stimme fügte eine eiserne Logik hinzu. »Sie hätten uns um ihres eigenen Vorteils willen geholfen. Keine Freunde wie du und Bliss, aber Freunde, die wir gern gehabt hätten.«

»Klar, bis sie euch in den Rücken gestochen hätten.«

»Der einzige Rückenstich dort hinten kam von dir«, murmelte Wax.

»Was war das, Erneuerung? Sagst du was?«

Bliss neigte sich nach links, packte den Arm der Banditin und zwang Torny, sie anzusehen. Finger blitzten auf, der Schnee machte es für Wax zu schwer, es zu verstehen. Nicht dass es eine Rolle spielte, er konnte den Kern erfassen: Beruhige dich, Torny, hör auf, dich wie ein Arsch zu benehmen, und so weiter und so fort.

Dasselbe Gespräch, das sie mit Wax immer wieder geführt hatte, wenn er zu viel Pfirsischwein getrunken oder sich in sein eigenes Ego verliebt hatte.

Eine vernünftige Frau, diese Bliss. Ohne sie wäre dieses ganze Abenteuer schon vor langer Zeit auseinandergefallen. Er hätte aufgegeben, wäre zurück auf Vis gewesen und hätte die schöne Morgensonne genossen. Der süße Trost-preis des Scheiterns.

Der Abend brachte Erleichterung, der Schneesturm ließ genug nach, um einige Felsen zu zeigen, die direkt neben der Straße zusammengedrängt standen. Ein Schild hing dort mit grimmigen Entfernungen auf seiner lackierten Tafel, die behaupteten, sie hätten bei ihrem schrecklichen Tempo weniger als einen halben Tagesmarsch geschafft. Eine Woche zu ihrem Ziel sah jetzt eher nach zweien aus, viel länger als die Rationen, die sie eingepackt hatten.

»Umkehren?« Torny beantwortete Wax' Frage, als sie unter den Steinen kauerten, die hervorstehenden Platten sahen aus wie Granitblütenblätter, die zum Himmel schossen. »Die werden uns umbringen.«

»Besser als hier draußen zu erfrieren«, sagte Wax. »Außerdem, vielleicht wenn du ihnen das Tagebuch zurückgibst, werden sie, nun ja, dich wahrscheinlich trotzdem töten.«

»Genau.«

»Es gibt kein Zurück.« Eujo nickte Bliss zu, die am Fuß der Steine nach Gräsern, Sträuchern und getrockneten Unkräutern gesucht hatte. Sie hatte sie mit Hilfe der anderen aufgestapelt und war nun dabei, ein kleines Feuer in Gang zu bringen. »Bliss hat Recht. Wir sind hier, wir sind Erneuerungen, und diese Reise wird nicht enden, bis einer von uns auf dem Thron der Wunde sitzt.«

»Oder wir alle zu gefrorenen Statuen werden«, sagte Torny. »Schätze, dann könnten sie das Tagebuch nehmen. Es aus meinen eisigen Fingern puhlen.«

»Da ist was dran«, sinnierte Wax.

»Ein besserer Gedanke wäre Schlaf. Essen. Sich so gut wie möglich ausruhen, denn wir werden morgen schneller gehen müssen«, sagte Eujo und wedelte dann mit einer

Hand in der Luft, als würde sie auf der Brise surfen. »Der Wind lässt nach. Es wird eine leichtere Reise werden.«

»Hoffentlich, denn meine Beine fallen gleich ab«, sagte Torny. »Bliss, gib mir einen Stups, wenn etwas gar ist.« Die Banditin begann sich umzudrehen, ihren Beutel auf etwas Schnee als behelfsmäßiges Kissen. »Weckt mich jemand für meine Wache.«

Wax schnaubte: »Du glaubst, dass heute Nacht jemand auf der Suche ist, um etwas zu stehlen?«

»Kein Dieb«, murmelte Torny in ihren Beutel, der Schlaf griff bereits nach ihren Worten.

»Whent hat mehr Bedrohungen als Schnee und Eis«, fügte Eujo hinzu und starrte in die wachsenden Flammen, während Bliss sie zum Leben erweckte. »Torny hat recht. Wir werden eine Wache aufstellen.«

»Dann übernehme ich die erste Schicht«, sagte Wax. »Bin sowieso nicht müde.«

Nach einem leichten Imbiss – die Kälte schien Appetit ebenso zu stehlen wie Wärme – gaben Eujo und Torny ihren Träumen nach. Bliss kam herüber, setzte sich neben Wax, das Feuer glühte gegen ihre Rücken. Die Tundra breitete sich vor ihnen aus, eine endlose Dunkelheit unter einem bewölkten Himmel. Keine Sterne, keine Sicht und kaum ein Geräusch außer dem langsamer werdenden Rascheln des Windes.

›Ich weiß, dass du sauer auf Torny bist‹, gebärdete Bliss und steckte ihre Hand zwischen den Gebärden wieder in ihre Taschen. ›Sie hatte einen Grund, Wax.‹

›Das will ich meinen.‹ Wax übernahm die Handzeichen und schonte seine Stimme davor, noch mehr schneidende Luft einzuatmen. ›Ich wette auch, es ist nichts im Vergleich zur Ägide.‹

›Für sie ist es das.‹

›Dann muss sie ihre Prioritäten neu ordnen.‹

Bliss runzelte die Stirn, ein Ausdruck, der in den Schatten schwer zu erkennen war. Sie drehte sich um und bohrte mit ihren Augen ein mürrisches Loch in den Boden. Wax hielt seinen Blick in die Ferne gerichtet und versuchte, sich dort einen Dschungel vorzustellen, Lianen zum Schwingen. Sawi in der Sommersonne.

›Sie ist nicht nur eine Wächterin‹, gebärdete Bliss nach einigen Minuten.

›Ich weiß. Sie ist eine Diebin.‹

›Das meine ich nicht. Du weißt, dass ich das nicht meine.‹

Tat er das? Wax las im Gesicht seiner Schwester, ihre klaren Augen und ihr heller Blick. Keine ängstliche Person, keine eingeschüchterte Person, keine Person, die sich fragte, wer und was sie war. Nein, Bliss schien genau da zu sein, wo sie sein wollte. Er ließ seinen Blick zur schlafenden Gestalt der Banditin schweifen und wiederholte Bliss' Gebärden in Gedanken.

Sie verbrachten Zeit miteinander, Bliss und Torny. Überall, wo die Gruppe anhielt, neigten die beiden dazu, sich davonzustehlen. Lange nachdem Wax und Eujo das Bier aufgegeben hatten, brachte Torny Bliss dazu, Krüge zu leeren, immer schlampiger und schlampiger zu gebärden. Sie kamen von einer weiteren Noctia-Nacht zurück und erzählten von erklommenen Dächern, Aussichten, die nicht für normale Augen bestimmt waren. Eine bestimmte Art von Abenteuer, die Wax gut kannte.

›Du denkst, du weißt, wovon du redest‹, gebärdete Wax und zog eine finstere Miene. ›Vertrau mir. Ich bin da gewesen. Es fühlt sich echt an, wie das Beste, was du je kennen wirst.‹

›Es ist das Beste, was ich je gekannt habe.‹

›Richtig, aber Bliss, du bist jung. Du hattest noch nie so etwas wie das hier.‹

›Oh, weil du so eine Art Experte bist?‹

›Nun, Sawi-‹

Bliss schüttelte den Kopf, bevor Wax den Namen zu Ende gebärdet hatte. ›Du hast sie verlassen. Das ist nicht das, was Torny und ich haben.‹

›Wir sind erwachsen geworden, Bliss. Genau wie du es wirst. Torny ist in Ordnung, aber sie wird sich mit ihren Tricks verletzen oder umbringen. Ich will nicht, dass du genauso endest.‹

›Sagt der Bruder, der seine Schwester gebeten hat, bei dieser Sache mitzumachen.‹ Bliss stand auf. ›Es tut mir leid, dass du dich nicht für mich freuen kannst, dass du so sauer bist, denn wenn es eine Sache gibt, die ich in den letzten Wochen gelernt habe, dann ist es, dass alles jederzeit enden kann. Ich werde meinen Spaß haben, egal was jemand sagt.‹

Bliss drehte sich um, ging in die Nähe von Torny und ließ sich auf den Boden nieder, zog ihre Kapuze über den Kopf und bot Wax nichts mehr an. Ein kalter Abschied, der nicht im Geringsten durch das Flüstern der Skars in seinem Kopf gelindert wurde. Die Steine, diese Ausgestoßenen der Götter, boten keinen Rat und ließen Wax mit sich selbst diskutieren, mit Visionen gegen die Dunkelheit streiten.

Er hatte seine Entscheidungen getroffen, Bliss konnte ihre treffen. Zurück auf Vis hatte Wax Bliss, Quik oder sonst jemanden nie für ihre Romanzen oder Affären verurteilt. Warum jetzt damit anfangen?

Weil sein Leben, ihre Leben von nüchternen Köpfen und standhaften Herzen abhingen?

Die Tundra gab keine Antworten.

27
VERRÄTERS WENDUNG

Seine Hände bluteten, die Fingernägel abgerissen. Seine Arme waren zerkratzt, einige Wunden bluteten, andere bildeten bereits Krusten. Sein Rücken trug Schrammen, wo die Gitterstäbe ihre Spuren hinterlassen hatten, sein Loch war nicht ganz tief genug für eine nahtlose Flucht gewesen.

Dennoch stand Quik jenseits der Gitterstäbe als freier Mann, wenn auch in Feindesland. Er war nicht allein: Der Vis-Skar flüsterte weiterhin tröstend, ein Geräusch, das Quik gut kannte und dem er in den hektischen Stunden nach dem Entfalten von Annalyses Nachricht vertraut hatte. Die Heilkraft des Skars hielt Quik bei Kräften, während der Nachmittag verging, und ließ ihn noch lange graben, nachdem Ami oder Annalyse hätten zurückkehren sollen. Dass sie es nicht getan hatten, war eine Frage für sich, eine, die Quik zu beantworten beschloss, nachdem er das Wichtigste erledigt und den schrecklichen Turm des Tenets verlassen hatte.

Das Höhlennetzwerk nahe dem Meer war nicht groß, mit seinen mehreren Kammern, die sich von einer einzigen meerseitigen Öffnung zurückzogen. All diese Kammern endeten in Käfigen wie Quiks, wobei die anderen beiden Unholde beherbergten, die auf ihre Chance warteten, mit den Skars zu tanzen. Im Zentrum des Netzwerks befand sich eine steinerne Treppe, die Quik zurück in den Turm und ins Najahn-Leben führen würde. Die einzige andere Option wäre ein Sprung gewesen, in der Hoffnung, dass die Wellen ihn nicht gegen die Klippenfelsen schmettern würden – ein törichter Zug für einen Mann, der wusste, dass er nicht der stärkste Schwimmer der Inseln war.

Auf Vis musste man nicht im Wasser leben.

Also die Treppe. Ein kniffliger Weg, um leise hinaufzuklettern, mit wenig Deckung. Trotzdem näherte sich der Jäger so leise wie möglich, klammerte sich an die Schatten unter dem dunklen Fels, während das Meer sein übliches Grollen von sich gab. Quiks Haar und Haut trugen die Trockenheit des Salzwassers, ein stärkehaltiges Unbehagen, das endlich beiseitegeschoben wurde, mit Zielstrebigkeit. Diese Stufen riefen, und da weder Gestalten noch Geräusche von oben zu hören waren, wagte Quik den ersten Schritt.

Zum ersten Mal seit Tagen auf etwas anderem als Sand zu stehen, ließ Quik ins Wanken geraten. Er griff nach dem schmalen Geländer und umklammerte es mit seiner linken Hand, während seine rechte vom Skar besetzt war. Der Stein kühlte seine nackten Füße, hielt aber stand – ein wunderbares Gefühl nach so langer Zeit der Unsicherheit auf dem sich verschiebenden Sand. Noch ein Schritt, hinauf und um die enge Spirale herum, die Bohrung hinauf in das Fundament des Turms.

Die unterste Ebene kennzeichnete Annalyses Labor. Oder war es Gladdrings? Quik schüttelte die Frage ab und tauchte durch den Eingang in den kreisrunden, von Fackeln erleuchteten Raum ein. Die Spirale lockerte sich zu einer trägen Kurve, die mit einer flachen Plattform endete. Dort, überall verstreut, warteten die Truhen, die Artefakte, die Wunder. Quik ertappte sich dabei, wie er starrte, da er den Raum noch nie zuvor gesehen hatte, abgesehen von einem flüchtigen Blick, als sie ihn an jenem ersten Tag als Gefangenen hinuntergezerrt hatten.

Damals war er mit drängenderen Problemen beschäftigt gewesen.

Quik ließ seinen Blick über die Skars und Geräte schweifen und prägte sich ein, wo sie sich befanden und wie viele es waren. Vor ein paar Tagen wären so viele dieser Metallkonstrukte, die Waffen und Werkzeuge mit geschnitzten Einsätzen, noch Rätsel gewesen. Jetzt katalogisierte er ihre Standorte, ihre Funktionen und die Skars, die daneben für ihren Gebrauch bereitlagen. Mehr Vis- und Foti-Skars als die meisten anderen. Rana und Kance schienen am seltensten zu sein. Das passte zu dem, was Quik vermutete: Die Windinsel hielt die Najahn so weit wie möglich fern, während Rana ein von Unholden zerrüttetes Desaster war.

Er lauschte und hörte keine Stimmen, spürte keine Erschütterungen von leisen Schritten auf dem Stein-und-Holz-Boden. Quik blieb in der Hocke und tastete sich am Raumrand entlang, wobei seine Augen stets nach oben gerichtet waren, um etwaige überraschende Ankömmlinge zu erspähen.

Diese Aufmerksamkeit verschaffte ihm die Gelegenheit, hinter einem Skar-Regal in Deckung zu gehen, als die Tür oben, verbunden durch eine weitere ansteigende Treppe, aufschlug und zwei vertraute Stimmen in den Raum strömten.

»Wir nehmen so viele mit, wie wir können, und

verschwinden«, sagte Ami, ihre Stimme von unterdrückter Panik gedehnt. »Gladdring kann sie lange genug aufhalten.«

Schritte, laut. Mehr als eine Person.

»Womit soll er sie aufhalten?«, fragte Annalyse, die zweite Stimme. »Er ist ein Redner, kein Kämpfer.«

»Dann wird er ihnen eben die Ohren volllabern.«

Das Paar landete hart auf dem Boden in der Mitte, Annalyse mit zwei Taschen über den Schultern. Ami in Leder, eine Klinge über der Schulter. Die Wissenschaftlerin, mit zitternden Händen und blassem Gesicht, erstarrte für einen langen Moment, bis Ami nach vorne griff, Annalyse eine Tasche von der Schulter zog und begann, sie wahllos vollzustopfen.

»Nein, wir können nicht einfach alles mitnehmen«, sagte Annalyse und schlug Ami das erste Gerät, das wie ein Hammer mit einem Skar-Einsatz im Griff aussah, aus der Hand. »Nur die Steine selbst. Die werden den größten Unterschied machen.«

»Dann leg los.«

Die Tür oben klapperte. Jemand schrie. Ami fluchte.

»So viel zu Gladdrings Zunge«, murmelte Annalyse und belud die Taschen mit mehr Skars als anderen Dingen, wobei die kleinen Edelsteine leicht zu transportieren waren. »Nimm die da. Die Foti-Skars sind am weitesten fortgeschritten.«

Ami nahm die andere Tasche, machte einen Schritt in Richtung der Foti-Skars und hielt inne, als Quik sich erhob. Sich zeigte. Die Entscheidung fiel leicht, eine Analyse des Jägers ergab, dass er ohnehin bald entdeckt werden würde, und es war besser, nicht Amis Schwert in den Bauch zu bekommen. Trotzdem, selbst mit weit ausgestreckten und leeren Händen – abgesehen von dem

Vis-Skar, den er immer noch in seiner Rechten hielt – hatte Ami ihr körniges Eisenkurzschwert gezogen und auf ihn gerichtet, bevor Quik auch nur ein Wort herausbringen konnte.

Stattdessen schluckte er.

»Wie bist du entkommen?«, fragte Ami, während Annalyse Quik einen ähnlich scharfen Blick zuwarf, ohne jedoch mit dem Packen aufzuhören.

Bei der ging es immer nur um Prioritäten.

»Gegraben«, antwortete Quik. »Was geht hier vor?«

Ami runzelte die Stirn angesichts der unerfreulichen Aussicht auf Fragen, von denen sie wusste, dass sie sie unbeantwortet lassen würde. Quik war selbst schon ein- oder zweimal in dieser Situation gewesen, obwohl sein Mitgefühl im Moment eher gering war.

»Fassle hat herausgefunden, was Gladdring tut, und er räumt auf«, sagte Ami. »Entscheide dich, Vis. Mit uns oder gegen uns?«

Quik warf einen Blick auf Annalyse. Ami bemerkte es. Die Tür bebte erneut. Etwas Hartes schlug dagegen.

»Wenn sie uns erwischen, töten sie uns«, sagte Ami und fand dann ein spöttisches Lächeln, eine Idee. »Sie werden dich wahrscheinlich auch töten, nur weil du weißt, was hier unten vor sich ging.«

»Masayo hat mich geschickt, um genau das zu tun«, entgegnete Quik.

»Natürlich hat sie das«, Ami drückte das Schwert gegen Quiks Bauch, die Spitze bohrte sich in seine Haut. »Sie ist jetzt nicht hier. Entscheide dich.«

Jetzt hielt Annalyse inne, ihr glasiger Blick traf den des Jägers. Er fand, wie immer, keine Berechnung in diesem Blick, keine Hinterhältigkeit, keinen Hass, keine Angst. Nur den verzweifelten Wunsch, eine wertvolle Arbeit zu retten. Eine Arbeit, von der Quik *wusste*, dass sie den Unterschied im Kampf gegen die Unholde ausmachen konnte.

Er hatte genug gesehen, um sich dessen sicher zu sein.

»Gib mir die Tasche«, sagte Quik.

Ami ersetzte das Schwert so schnell durch die Tasche, wie sie es gezogen hatte, und Quik füllte die Tasche mit schwungvollen Bewegungen mit Skars. Zuerst die Foti, dann die Rana, und schnappte sich Geräte, während Annalyse sie aufrief. Ami eilte unterdessen die Treppe zur Tür hinauf, die nun splitterte, als Äxte das Holz zerhackten. Die Wächterin zielte einen Schlag, stieß das Schwert durch ein neues Loch und zog es zurück.

Der Schrei drang deutlich durch. Annalyse sog scharf die Luft ein. Quik schaufelte weiter Skars.

»Seid ihr bald fertig?«, rief Ami nach unten. »Diese Tür wird gleich zusammenbrechen.«

»Wir haben genug«, sagte Annalyse, traf Quik nahe der Treppe nach unten und verlangte einen Blick in seine Tasche. »Aber, Ami, wie kommen wir hier weg?«

»Du bist das Genie, denk dir was aus!«

Annalyse blickte zu Quik.

»Nach unten«, sagte der Jäger. »Das verschafft uns mehr Zeit.«

Ami stimmte zu und sprang von der Treppe, als die Tür zersplitterte. Najahn-Soldaten brüllten nach Kapitulation, erhielten aber nur zurückweichende Schritte als Antwort, während das Trio die Wendeltreppe hinunterrannte. Ohne Türen, ohne Verteidigungen, verschaffte ihnen der Lauf die Stufen hinunter nicht so viel Zeit, wie Quik gehofft hatte, aber der Sand bot Möglichkeiten.

»Teilen wir uns auf«, sagte Quik, als sie unten ankamen, während sich eine zweite Idee formte, während er sprach. »Sie werden sich entscheiden müssen, welchen Spuren sie folgen.«

»Nur um uns in die Enge zu treiben«, erwiderte Ami. »Wir können sie besser als Gruppe aufhalten, du und ich in einer Linie, Annalyse dahinter.«

»Wir werden keins von beidem tun«, sprach Annalyse, bevor Quik wieder den Mund aufmachen konnte. »Folgt mir. Wir werden die Skars benutzen.«

Die Wissenschaftlerin drehte sich auf dem Absatz um und rannte durch den Sand, in Richtung Meer. Quik wandte sich um, ihr zu folgen, spürte Amis Klinge wieder über seiner Brust.

»Halte sie und diese Skars in Sicherheit«, sagte Ami, Quik neigte den Kopf. »Sie ist die beste Chance, die diese Inseln haben, und das weißt du.«

»Was hast du-«

Ami zog das Schwert zurück, schlug Quik mit der flachen Seite der Klinge. »Ich bin verdammt nochmal keine Schwimmerin. Geh. Ich werde sie hier aufhalten.«

Quik nickte, seine Beine setzten sich bereits in Bewegung. Ein mutiges Opfer oder ein dummes, Ami konnte tun, was sie wollte.

Annalyse rannte direkt den Strand hinunter zum Pier, eine Hand wühlte in der Tasche. Als Quik sie einholte, zog Annalyse drei Saphire aus ihrer Tasche, warf einen dem Jäger zu, der ihn mit der Linken auffing und das wässrige Flüstern zu dem anhaltenden Gemurmel des Vis-Skars hinzufügte.

Der Pier knarrte, als Annalyse ihren Plan erklärte, Wellen schwappten um sie herum. Grau über ihnen, ein kühler Wind verhieß eisiges Wasser. Keine Schiffe in der Ferne, keine Rettung, wenn die Strömung sie aufs offene Meer hinaustreiben würde.

»Wo ist Ami?«, fragte Annalyse und unterbrach ihre Erklärung, um über Quiks breite Schultern zu schauen. »Ist sie nicht gefolgt?«

»Sie-«, begann Quik, verstummte dann aber, als das Klirren von Stahl vom Felsen herüberhallte.

»Nein.« Annalyse versuchte, um Quik herumzugehen, nur um von dem Jäger an der Schulter gepackt zu werden. »Lass mich los, Quik. Ich lasse sie nicht für uns sterben.«

»Das tust du nicht. Sie entscheidet sich dafür.« Quik durchdachte das Szenario, fand den Grund. »Denk nach, Annalyse. Wenn diese Soldaten sehen, wie wir ins Meer springen, wissen sie, wohin wir gehen. Wir hätten keine Chance. Sie gibt uns eine.«

Annalyse entspannte sich, trat einen Schritt zurück. Mit einer schnellen Bewegung riss sie ihre Brille ab und stopfte sie in ihre Tasche. »Dann lass uns gehen. Folge mir.«

Wie schnell sie sich umstellen konnte. Quik hatte sich noch nicht ganz mit Amis Entscheidung abgefunden, die Wächterin, die wieder einmal ihre Rolle erfüllte, und hier war Annalyse, akzeptierte die neue Situation und sprang vom Pier in die Wellen. Die Wissenschaftlerin fluchte, als sie sprang, ein leiser Aufschrei, der vom eisigen Meer verschluckt wurde.

Für eine zu lange Sekunde beobachtete Quik die plätschernden Wellen nach einem Zeichen und fragte sich, ob die Strömung, das Gewicht der Tasche oder Annalyses eigene Kleidung sie nach unten gezogen hatte. Eine Hand durchbrach zuerst die Oberfläche, gefolgt von ihrem Kopf, die Haare breiteten sich wie ein Oktopus im dunklen Wasser aus. Füße strampelten ihre Stiefel ab und begannen einen schnellen Schwimmzug nach Süden und Westen.

Zurück zur Treppe hörte Quik mehr klingendes Metall,

hörte Amis Stimme, die Herausforderung um Herausforderung rief. Sie würde es den Najahn nicht leicht machen.

Er könnte jetzt umkehren. Diese Tasche tragen und in den Schatten warten, bis Ami fällt, oder sie von hinten angreifen. Von Fassle als Held gefeiert werden, die Unterstützung der Najahn für seinen Bruder sichern.

»Komm schon!«, rief Annalyse, die bereits so weit entfernt in den Wellen schaukelte. Eine starke Schwimmerin oder ein starker Skar. »Quik?«

Ami hatte Recht. Annalyses Erfindungen wirkten Wunder, konnten die Macht von den Unholden zu den Menschen verschieben. Sie sollte überleben, sollte gedeihen, und sie hätte kaum eine Chance auf beides, wenn sie gesucht und allein wäre.

Aber wenn jemand Quik fragen würde, warum er in diesem Moment ins Meer sprang, warum er die plötzliche Begeisterung des Rana-Skars annahm, um jeden seiner Schwimmzüge voranzutreiben und ihn über das Wasser zu schießen, wäre die Antwort eine einfache:

Ein Freund in Not.

28

MITTERNÄCHTLICHE LICHTER

Kurz gesagt, Wache zu halten war beschissen. Jede Sekunde, die Torny dasaß, den Rücken zum kleinen Feuer gewandt, die Augen in die schwarze Ferne gerichtet, brachte das Gepäck der Möglichkeiten mit sich: Dinge, die Torny stattdessen hätte tun können, wie das Tagebuch zu lesen und herauszufinden, ob Yarvick ein genauso mieser Vater wie Banditenführer war. Ihre Waffen zu schärfen oder mit ihrem Diebeswerkzeug herumzuspielen, würde zu viel Lärm machen und zu viel Konzentration erfordern, um eine gute Wache zu sein.

Zumindest hatte Sledge das Torny auf ihren Reisen durch Fotis grauenhafte Ödnis mehrmals gesagt.

Immerhin bot Whent eine bessere Temperatur. Torny würde einen kalten Wind und einen dicken Mantel Fotis sengenden Tagen und erstickenden Nächten vorziehen. Vereiste Tundra und Schneeverwehungen, obwohl lästig, boten weichere Schritte als harter Lavafels, ganz zu schweigen von der Lava selbst und ihrer Tendenz, jeden zu schmelzen, der nicht vorsichtig war.

Ansonsten war die tiefe Nacht in Whent genauso

beschissen wie in Foti, mit wenig außer Tornys Zappeln, um sie wach zu halten.

Das und das Wissen, dass Wax und sogar Bliss sie aus der Gruppe ausschließen könnten, sollte sie einschlafen. Gepaart mit dem Diebstahl und der damit verbundenen Katastrophe zurück in der Stadt, war Tornys Wächterskala zu weit in die falsche Richtung gekippt.

Als also ein seltsames, grün getöntes Licht am Horizont aufstieg, wie ein Stern, der seinen Platz am wolkigen Himmel verloren hatte, sah Torny es und dankte Noctia für etwas Interessantes. Das Licht wuchs langsam, wie eine Kerze, die ihren Docht findet und zu voller Helligkeit erblüht. Das Wachstum bedeutete, dass das Licht näher kommen könnte, und Torny sah nun seine Reflexion auf dem verschneiten Boden in einiger Entfernung. Außerhalb der Bogenschussweite, zu weit, um irgendetwas zu erkennen, aber nah genug, um eine Reaktion zu rechtfertigen.

Die Banditin stand auf und das Licht hielt inne. Es flackerte dort, ein Irrlicht in der Nacht, aber es kam nicht näher. Torny durchforstete ihr Gedächtnis nach allem über Whent, nach dem, was in seinen kalten Weiten lauern könnte, fand aber nichts. Nicht, dass sie irgendwelche Offenbarungen erwartet hätte: Whent war kein Zwischenstopp auf ihren Reisen gewesen, kein Grund, sich mit seiner Tierwelt vertraut zu machen.

Denn das war es doch, was sie jetzt anstarrte, oder? Tierwelt? Torny ließ ihre Hand zu einem der Dolchpaare an ihrer Hüfte gleiten, versteckt unter dem knöchellangen Pelz ihres Mantels. Das Licht könnte zu einem Unhold gehören, aber Torny vermutete, dass ein Monster einfach ins Lager gestürmt wäre. Das Zögern des grünen Lichtpunkts deutete auf Vorsicht hin, auf den vermittelnden Instinkt der Natur.

Torny legte den Kopf schief, hob die freie Hand und winkte dem Licht leicht zu.

Wax und Eujo hatten die Regeln der Wache nicht besprochen, keine Parameter oder Besonderheiten darüber, was es wert wäre, die fest schlafende Crew zu wecken. Sie waren den ganzen Tag hart gewandert, mit wenig Ruhe in der Nacht zuvor, also war Torny nicht überrascht, dass die anderen drei so tief schliefen. Sie war genauso gewesen, bevor ein fast delirischer Wax sie für ihre Schicht wachgerüttelt hatte. Mit einem weiteren harten Tag vor ihnen schien es eine schlechte Wahl, die Ruhe für ein harmloses Leuchten zu brechen.

Bei ihrem Winken wackelte das Licht. Es schwankte eigentlich nur hin und her, bevor es sich wieder an seinem Standort niederließ.

»Okay, jetzt veräppelst du mich«, murmelte Torny.

Sie würde nicht in der Lage sein, sich hinzusetzen, zu entspannen oder an etwas anderes zu denken, während das Licht dort schwebte, was die Entscheidung zu einer einfachen machte: näher herangehen, das Rätsel lösen und entweder die anderen zur Verstärkung wecken oder beruhigt und bereit, ihre Schicht abzuwarten, zurückkehren.

Trotzdem zog Torny die Dolche.

Das Feuerlicht erlosch schnell, als Torny sich vom Lager entfernte, Sichis Rosa tat wenig, um die Wolken zu durchdringen. Jemand, der weniger daran gewöhnt war, in schwachem Licht zu arbeiten, hätte vielleicht gestolpert, die Nacht als bedrückend empfunden, aber Torny akzeptierte die graue Schiefertafel, die Schatten über Schatten, während sie vorsichtig und zielstrebig ging.

Ein Dieb, so sagte Yarvick, müsse sich mit der Nacht anfreunden, da sie sich oft sehen würden.

Das Licht hüpfte, als Torny sich näherte, das grüne Leuchten wippte auf und ab, hin und her, als würde es von einem kleinen Kind gehalten, das nicht still sitzen konnte. Kein Geräusch außer der langsamen Brise – eine ruhige Veränderung zum Sturm des Vortages – und kein Geruch in der Nase. Eine so stille Nacht, wie Torny sie je erlebt hatte. So still, dass das grüne Licht ihre ganze Aufmerksamkeit fesselte.

Es schrumpfte, als Torny näher kam, die verschwommene Aura um den grünen Kern wurde kleiner, bis es nur noch eine Handbreit groß schien, als Torny sich auf ein paar Schritte genähert hatte. Darunter lag die Tundra ungestört unter einer Schneedecke. Keine Spuren, obwohl alle gemachten schnell genug in den fallenden Flocken verschwunden wären.

»Was bist du?«, fragte Torny das smaragdgrüne Licht. »Irgendein Trick? Träume ich gerade?«

Das Licht antwortete. Es wippte auf sie zu. Torny hob den Daumen vom Griff des Dolches, streckte die Hand nach dem Leuchten aus. Eine Berührung würde ihr zumindest sagen, woraus das Licht bestand. Feuer, ein magisches Glühen, etwas anderes-

Der Lichtpunkt blitzte auf. Hell, grell, genug, um Torny zum Blinzeln und einen Schritt zurückstolpern zu bringen. Ihre Augen erfassten eine Silhouette hinter dem Leuchten, schwarz und groß, geformt und breit. Sie blinzelte, nur damit das Leuchten erneut aufblitzte.

Diesmal hörte sie den Schnee rascheln. Etwas stürmte auf sie zu.

Torny fluchte, bewegte sich, um einen Dolch zu schleudern, und überlegte es sich anders: hier draußen eine Waffe ohne sicheren Ersatz aufzugeben, schien keine gute Idee.

Stattdessen drehte sie sich, die Drehung kam leicht im Schnee, zurück zum Lager, zu Verstärkungen.

Und sah, dass das schwindende orange Feuer zwei Freunde hatte, einen rosa und einen blauen Punkt auf jeder Seite, die sich dem schlummernden Trio schnell näherten.

»Steht auf, ihr Idioten!«, schrie Torny, während sie rannte, das grüne Leuchten blitzte erneut hinter ihr auf.

Ihr erster Ruf löste ein paar Bewegungen aus. Ihr zweiter ließ Bliss aufsetzen.

Zu einem dritten kam Torny nicht.

Etwas schlängelte sich hervor und packte ihren rechten Knöchel, wodurch Torny nach vorne stürzte. Ihr Gesicht traf auf weichen Schnee, rutschte, während die Banditin sich drehte und sich mit ihren dolchhaltenden Handgelenken in eine Rolle drückte. Mit gefrorenen Wangen blickte Torny zum grünen Leuchten über ihrem Gesicht auf. Es schwang in einer Kurve herab, wurde wieder heller und zeigte ein sich näherndes Maul, Reihen von Reißzähnen hinter aufgesprungenen, schwarzen Lippen. Gefleckte Haut erhob sich vom Mund weg, ein pockennarbenübersätes, grubiges Durcheinander, das im Schatten zur Schau gestellt wurde.

Zumindest reif für einen Stich.

Torny stieß beide Dolche nach oben, um den Zähnen zu begegnen, ihre Spitzen gruben sich in die Lippe, bevor das Monster zubeißen konnte. Die Kreatur schlürfte beim Aufprall, ein feuchter Husten kam mit heißem Blut, als Tornys Dolche auf Knorpel trafen. Als es zurückwich, hatte Torny endlich ihre Antwort: Ein abfallender Tentakel verband das grüne Leuchten mit seinem Wirt.

»Hübsches Licht für eine hässliche Bestie«, sagte Torny und stieß ihre Fersen in den Schnee, stützte sich mit der linken Hand ab, um wieder auf die Füße zu kommen.

Nur um einen flachen Schlag an ihrer linken Seite einzustecken. Torny rollte und stürzte, Schnee verstopfte ihre Nase, ihren Mund, ihre Ohren. Instinkt und ein Killergriff hielten die Dolche in ihren Händen, Torny drückte sich bereits wieder gegen den Boden, um eine Chance zu haben, aufzustehen.

Tornys Flüche fanden nun Partner aus dem Lager, Wax und Eujo fügten ihre eigenen Schimpfwörter zu dem hinzu, was zu einer absolut beschissenen Nacht geworden war. Dass Torny es vielleicht geschafft hatte, das Tagebuch zu stehlen, nur um von irgendeiner albtraumhaften Tundraechse verschlungen zu werden, schien so unfair, dass zwei Erneuerungen nach allem, was sie durchgemacht hatten, dasselbe Schicksal erleiden könnten, nun, Torny hatte keine Zeit, das auf ihrer kosmischen Gerechtigkeitswaage abzuwägen.

Das Monster war wieder über ihr, sein grünes Licht gab Torny Hinweise auf seine Hiebe und Schnapper. Sie wich zurück, eine langsame, rutschige Ausweichbewegung, begleitet von weiten Dolchschlägen. Das Biest scheute zurück, wann immer ein Messer in die Nähe kam, eine Vorsicht, die Torny glaubte, nutzen zu können.

Ihre Füße trafen auf eine flachere Schneewehe, die Stiefel fanden tatsächlichen Halt zwischen gefrorenem Gras und Steinen. Das Monster verfolgte sie, das tanzende Grün und die Zähne dahinter waren auf Tornys Höhe und kamen schnell für einen Ausfall heran. Die Banditin war zuvor zurückgetanzt, zweifellos würde sie es wieder tun.

Ach, simple Feinde. Wie nett sie doch waren.

Torny verlagerte ihr Gewicht vom Rückzug zum Widerstand, beugte ihre Knie. Sie stieß nach vorn und rechts, als das Biest das grüne Leuchten vorantrieb. Mit ihrer linken Hand fegte Torny einen Dolch nach unten und weg. Das

Monster zuckte zurück, das grüne Leuchten glitt zu Tornys Linken, die Zähne weg von der Gefahr. Torny hatte sich diesmal jedoch nicht aus dem Spiel genommen, sondern streifte stattdessen direkt an der linken Seite des Biests entlang. In den smaragdgrünen Schatten nahm Torny die drei Beine wahr, die jeweils in einem breiten, seerosenblattartigen Fuß endeten. Sicher, mehrmals ihre Größe, aber unbeholfen und für das Gleiten über den Schnee gemacht.

Das Monster zuckte mit seinem vordersten linken Bein in ihre Richtung.

Ein Angriff, der vielleicht funktioniert hätte, wenn Torny etwas Abstand gehabt hätte, aber sie streifte Schulter an glitschiger, nasser Haut entlang, und das linke Bein schoss über sein Ziel hinaus, was Torny einen weiten, offenen doppelten Dolchzug ermöglichte. Die Messer richteten ihren Schaden an, glitten in das, was Torny hoffte, der Bauch des Monsters zu sein. Wieder ein feuchter Husten, ein gibberndes Weggleiten, der Schnee trug nun dunklere Flecken, als die Natur vorgesehen hatte.

Jeder gute Bandit würde einen solchen Angriff mit einem tödlichen Schlag fortsetzen, und Torny versuchte es. Der Schnee vereitelte ihre Bewegung, Aggression traf auf eine rutschige Oberfläche und warf Tornys Schwung aus der Bahn, als das Monster sich wegkrallte. Hätte das Ding einen schnellen Gegenangriff versucht, hätten seine Zähne Tornys Kopf vielleicht als leichten Snack gefunden. Stattdessen fand sich die Banditin, als sie sich wieder gefangen hatte, das grüne Leuchten schnell fliehend vor.

»Genau, lauf nur«, sagte die Diebin, bevor sie zum Lager zurücklief.

Die Zeit auf Foti und Rana musste dem Trio gut getan haben, denn alle drei waren auf den Beinen mit Waffen in der Hand. Bliss und Eujo hatten ihren Gegner umzingelt, tauschten Schläge aus und wichen schlampigen Gegenangriffen aus. Die Monster hatten offenbar ihre Hoffnungen in Überraschungsangriffe gesetzt, da selbst Wax in seinem Eins-gegen-Eins-Duell recht stabil wirkte, die Schrottklinge des Vis-Mannes hielt das flackernde blaue Licht in Schach.

Nach ein paar Sekunden sprang Torny auf den Rücken von Wax' Bestie, der Schatten war leichter zu finden mit dem Feuer im Vordergrund. Wieder benutzte sie ihre Messer wie Krallen, trieb sie hinein und heraus in einem krabbelnden, schneidenden Lauf über die hilflose Kreatur. Ähnlich wie ihr eigener Feind hustete das neue Biest, drehte sich und rannte davon, wobei Torny vor Wax abrollte.

Diesmal schaffte sie es, auf den Füßen zu landen und ging in eine Verbeugung über.

»Sehr schön«, sagte Wax und blickte hinüber, wo Bliss und Eujo gerade ihre eigene Kreatur erledigten. »Nächstes Mal, wie wär's, wenn du uns etwas mehr Vorwarnung gibst?«

»Betrachte es stattdessen so, dass ich euch den meisten Schlaf gegönnt habe, den ihr bekommen konntet.«

Tornys Scherz wäre vielleicht gut angekommen, wenn Eujo nicht mit ihrem Rapier in die Dunkelheit gezeigt hätte. Das Schwert lenkte ihre Blicke dorthin, wo eigentlich solide Nacht hätte sein sollen, wo aber stattdessen mehrere Dutzend Lichter in allen Farben schaukelten.

»Sie reisen in Rudeln«, sagte Eujo, ernst wie immer, und hob ihre Tasche auf. »Wir müssen uns bewegen.«

»Ach wirklich?«, fragte Torny und warf sich ihre eigene über die Schulter. »Du willst nicht gegen sie alle kämpfen?«

»Nicht das Aufwachen, das ich im Sinn hatte.«

»Dann laufen wir«, sagte Wax. »Schreit, wenn ihr einen Skar braucht. Wir gehen, bis wir nicht mehr können.«

Torny reihte sich mit den anderen ein, sprintete durch

dunklen Schnee und ließ das Feuer und die Felsen hinter sich. Unverletzt, kalt und bereits mit brennenden Muskeln fand Torny dennoch Atem, um die Nacht, die Wache und die ganze verdammte Insel zu verfluchen.

29
AUSBRUCHSGEPLÄNKEL

Blutig, fluchend und bis auf die goldene Gesichtsplatte von allem entblößt, was Sawi je bei Ami gesehen hatte. So tauchte die Wächterin auf Sawis Etage auf, als sie an der Zelle der Vis vorbei in eine benachbarte Zelle gestoßen wurde. Sawi, die gerade ihren Mittagsbrei mit einem dünnen Holzlöffel schöpfte, starrte, als Ami vorbeikam, und hörte zu, wie die Wächterin ihre Entführer mit einer bissigen Bemerkung nach der anderen niedermachte – Feiglinge, blinde Speichellecker, Hundesöhne und mehr –, bis das Najahn-Trio, das sie mitschleifte, die Gitterstäbe verriegelte und grinsend davonschritt.

Ami verstummte schnell. Sawi beendete ihre Mahlzeit, spülte den fettigen Reis mit abgestandenem Wasser hinunter, bevor sie sich an die vorderen Gitterstäbe schmiegte, die Schulter nahe der Ecke. Sie hörte Ami murmeln. Leise Flüche, sicher, aber auch mehr: Gerede von Strategie, Plänen und Wahrscheinlichkeiten.

Die Najahn, selbstsicher in ihren eigenen Zellen und der scheinbaren Unverwundbarkeit des Turms, machten gelegentlich ihre Runden, verbrachten aber die meiste Zeit in der Nähe des Treppenhauses. Mit Tischen, Stühlen und Spielkarten konnten die Wachen ihre Schichten in relativer Bequemlichkeit verbringen. Ihr Lachen und ihre Sticheleien hallten hier und da wider, ein gutes Blatt zog einen Schrei, ein Hämmern auf dem Tisch nach sich.

Niemand belauschte ein paar zum Tode verurteilte Gefangene.

»Was ist passiert?«, fragte Sawi zuerst, laut genug, um um die Zelle herum zu dringen.

Amis Gemurmel erstarb bei diesem Klang. Eine zögernde Stille.

»Sawi? Bist du das?«

»Hast du mich auf dem Weg rein nicht bemerkt?«

»War ein bisschen beschäftigt. Und sie haben mir das rechte Auge zugeschwollen.«

Sawi zuckte mitfühlend zusammen. Zumindest war ihre Gefangennahme ohne Gewalt vonstatten gegangen. Das Zusammenzucken verwandelte sich in eine harte Grimasse. Zweimal gefangen nun. Zuerst von den Mottilan-Schlägern auf Vis und jetzt hier. Eine gefährliche Ange-wohnheit, die sie korrigieren musste.

Ami fragte und Sawi erzählte ihre Geschichte, Gladd-rings vereinbartes Treffen und Fassles Hinterhalt. Es gab nichts zu verbergen: Fassle hatte bereits alle Informationen, die er brauchte, es war ein Loyalitätstest, eine Chance zu sehen, ob Sawi sich bei einem verlockenden Angebot umdrehen würde. Sie hatte sich für Gladdrings Ideale ausgesprochen, zumindest für die, von denen sie dachte, dass er dafür stand – Skars, die die Inseln retten – und war einem Messer ausgewichen, das auf ihren Hals wartete.

Zumindest vorerst. Fassle hatte ihr Leben verschont, um Sawi in eine Zelle zu stecken, wo sie auf einen Prozess wartete.

»Eine Show, nichts weiter.«

»Show?«, fragte Sawi.

»Fassle will jeden Nutzen aus dir herauspressen. Sie werden uns vor die Najahn zerren, uns zu Verrätern erklären und uns langsam töten«, sagte Ami. »Die Najahn behaupten gerne, sie seien zivilisiert, aber wenn es hart auf hart kommt, sind sie so brutal wie wir alle.«

»Auf Vis würden wir so etwas nie tun.«

»Oh nein. Ihr verbannt eure Verbrecher einfach in den Dschungel, wo sie auf Krankheiten oder Katzenkrallen treffen. So viel besser.«

Sawi wollte sagen, dass Vis einer Person wenigstens eine Chance gab, aber das stimmte nicht wirklich. Die Verbannung war dauerhaft, und allein im Dschungel zu überleben, ohne Werkzeuge, ohne Unterschlupf ... Svarde schaffte es an einer Klippe mit einem Ferrit, aber der Foti-Barbar stand unter wenigen anderen.

»Du klingst nicht deprimiert«, sagte Sawi und klammerte sich an einen Funken Hoffnung, den Amis lässiger Tonfall in ihr entzündet hatte. »Denkst du, es gibt einen anderen Weg?«

»Es gibt immer einen anderen Weg.«

»Und der wäre?«

»Wart's ab.«

Sawi hörte es dann, als Ami ihre Worte beendete. Anstrengung. Schweres Atmen.

»Was machst du da?«

Ami antwortete nicht. Sawi hörte auf zu reden und lauschte genauer. Ein sägendes Geräusch, leise und scharf. Metall auf Metall. Minuten verstrichen, während Ami arbeitete und die Wachen spielten. Verirrte Schneeflocken trieben durch das Fenster, Noctia fiel einem weiteren Wintersturm zum Opfer. Sawi kauerte sich zusammen, zog die dünne Decke von ihrer Pritsche und rollte sich in der Ecke zusammen, auf eine Chance wartend.

»Steh auf«, flüsterte Ami, ihre Stimme nah, zu nah.

Sawi schreckte auf, ihre Augen trafen auf Amis, ein Schatten mit einer glimmenden Laterne hinter ihr. Der Anblick hätte Sawi fast zum Schreien gebracht, eine Katastrophe, die verhindert wurde, als Ami eine Hand auf Sawis Mund presste. Die Wächterin trug ein hinterhältiges Grinsen, als wüsste sie genau, worauf Sawi starrte, denn was sonst könnte es sein?

Amis Gesicht sah aus, als wäre es in zwei Hälften geteilt, der Teil zu ihrer Rechten, wo normalerweise ihre Gesichtsplatte saß, entblößte ein weißes und rotes, knurrendes, pulsierendes Nest aus Narben, Adern und wulstigen Gewebe. Gerahmt von dem zerzausten feuerroten Haar der Wächterin und ihren glühenden Augen, reichte der Anblick aus, um Sawis Schlaf zu vertreiben und sie auf die Beine zu bringen.

Erst da verstand Sawi, dass Ami außerhalb ihrer Zelle stand, direkt dort im Flur.

»Durchgesägt«, flüsterte Ami und beantwortete die offensichtliche Frage. »Die Gesichtsplatte sieht nur wie Gold aus, aber sie hält einem Speerstoß stand.«

Sawi sah die glitzernde Maske in Amis rechter Hand. Ihr Rand war mit Graten versehen, zackigen Haaren, die zweifellos jeden unvorsichtigen Finger zerkratzen würden. Amis linke Hand war zu einer festen Faust geballt, lockerte sich, als sie Sawi in das Geheimnis einweihte.

»Sie ließen mich das behalten, als ich sagte, ich würde ohne es sterben«, sagte Ami. »Idioten.«

»Du wirst aber sterben, oder? Ohne es?«

Ami setzte die Gesichtsplatte an ihre Haut. Drückte mit einer Grimasse, die Augen geschlossen. Schmerz. Rote

Rinnsale öffneten sich, liefen ihre Wange hinunter, als die Grate Halt fanden. So auch das Metall, das in Punkte glitt, die Sawi weder sah noch darüber nachdenken wollte.

Die Dämonen machten Monster aus ihnen allen.

»Was haben wir denn hier?«, ertönte eine Stimme, dieselbe, die Sawi ihr Mittagessen gebracht hatte. Der Najahn hielt keine Voulge – zu eng hier –, aber ein kurzes Schwert in einer Hand und eine Laterne in der anderen. »Ich denke, du solltest in deiner Zelle sein, Wächterin.«

Ami, die Faust fest um den Skar geschlossen, erhob sich mit einem Schaudern. Mit dem Rücken zum Wächter sah nur Sawi, wie die Frau ihre Schultern straffte, ihre Beine. In nichts weiter als einer zerlumpten Tunika und einer Hose sah Ami sehr nach einer Person aus, die bereit war, Hunderte abzuschlachten, wie ein Hanoko, das seine Beute gefunden hatte.

»Ich würde an deiner Stelle wegrennen«, bot Sawi dem Wächter an, der nur grinste.

»Meine Freunde kommen auf der anderen Seite«, sagte der Wächter zu Amis Rücken. »Du hast keinen Ausweg, und alles, was du dir jetzt einhandelst, ist eine ordentliche Tracht Prügel. Der Zirkel wird sich nicht darum scheren, ob du für die Hinrichtung gut aussiehst, also erspar dir den Schmerz.«

»Ich glaube nicht, dass ich das tun werde«, murmelte Ami, die Worte fast ein Knurren.

»Deine Entscheidung.«

Der Wächter passte seinen Griff an und holte zu einem Schlag mit dem Schwertgriff gegen Amis Kopf aus. Die Laterne des Mannes schwang tief und zurück, ein Ziel, als Ami in einer einzigen Bewegung duckte und sich drehte. Sie griff mit ihrer rechten Hand nach dem Griff der brennenden Laterne, als der Schlag des Wächters über ihrem Kopf vorbeizischte, und zwang sie zusammen mit der linken Hand des Wächters nach oben. Die Laterne drehte sich in ihrem einfachen Scharnier und zerschellte am Arm des Wächters in heißes, brennendes Glas.

Ein Fluch erstickte den ankommenden Gegenschlag des Wächters, einer, der abgeschnitten wurde, als Ami, dicht am Mann, mit ihrem linken Knie einen Stoß in den Magen des Mannes versetzte. Das Schwert klapperte auf die Steine, ein Geräusch, das von einem dumpfen Aufprall begleitet wurde, als Ami den zusammengekrümmten Wächter packte und seinen Kopf auf die Steine schlug. Der Mann brach zusammen, und Ami trat die brennenden Fragmente der Laterne weg, als sie sich bückte, die Zellenschlüssel vom Gürtel des Mannes nahm und sie durch die Gitter zu Sawi warf.

Jemand, der nicht wochenlang mit Ami trainiert hatte, wäre vielleicht von der Geschwindigkeit verblüfft gewesen, hätte vielleicht ungläubig auf die Schlüssel gestarrt, als sie in der Nähe von Sawis Fuß landeten. Die Vis pfiff nur, hob den Ring auf und ging zu den Gittern. Mehrere Schlüssel, von denen nur einer lang genug war, um in das Schloss der Zelle zu passen, machten es zu einer einfachen Wahl.

Weniger klar war Amis Reaktion, als die Kumpel des Wächters von links herangestürmt kamen, mit gezogenen Klingen und herausgebrüllten Herausforderungen. Inzwischen hatten auch einige andere Gefangene auf der Ebene ihre Stimmen gefunden und riefen, man solle sie befreien, oder verspotteten ihre bestürzten Wärter.

Ami schob eine zerlumpte Sandale unter die gefallene Klinge des ersten Wächters und warf sie hoch, fing sie mit ihrer rechten Hand auf. Gleichzeitig drückte sie ihre Linke gegen ihre Gesichtsplatte und zog sie zurück, um die Vis-Narbe wieder an ihrem angestammten Platz zu enthüllen.

Die beiden Wächter, Seite an Seite im engen Flur, beobachteten beide Bewegungen mit gezogenen, schluckenden Blicken.

»Bereit?«, fragte Ami das Paar und nahm eine Haltung mit vorgestreckter Klinge ein, über dem bewusstlosen Wächter stehend.

Die beiden Wächter sahen einander an. Einer machte einen Schritt zurück. Der andere stellte seine Laterne auf den Boden und umklammerte das Kurzschwert mit beiden Händen.

»Geh zurück in deine Zelle«, sagte er, das Zittern in seinem Ton untergrub jede Botschaft, »und wir werden Fassle nichts davon erzählen.«

»Wie wäre es, wenn ihr in meine Zelle geht, und ihr müsst heute Nacht nicht eure Gedärme sehen?«

Das Schloss sprang auf, Sawi schwang die Zellentür auf. Beide Wächter ließen ihre Blicke zu ihr gleiten, und in diesem Moment nutzte Ami die Gelegenheit. Sie stürmte auf den vorderen Wächter zu, setzte ihren linken Fuß auf und stieß vor. Der Wächter nutzte seinen beidhändigen Griff, um den Schlag hektisch abzuwehren, ein Zug, den Sawi zu schätzen wusste, bis sie Amis Folgebewegung sah: Die Wächterin ließ den abgelenkten Schlag über die linke Schulter des Wächters gleiten, direkt auf den zweiten Soldaten zu. Ami selbst folgte dem Stoß mit einem Schulterschlag, der das Kinn des ersten Wächters nach hinten warf, während ihre Klinge in die Brust des zweiten Soldaten eindrang.

Ami ließ das Stoßschwert fallen und gab die Waffe frei, als der erste Wächter versuchte, sich zu erholen. Noch während er die Klinge zurückbrachte, schlug Ami dem Mann in den Hals, genau zwischen sein Leder und das zurückgeworfene Kinn. Er hustete, die Augen weiteten sich, die Klinge fiel, als die Hände versuchten, wieder zu Atem zu kommen. Ami beendete den Takedown mit einem Tritt gegen den linken Knöchel des Mannes und ließ ihn keuchend auf den Steinboden fallen.

»Okay«, sagte Sawi und blickte über die Verwüstung. Der erstochene Soldat hatte eine Hand am Schwert in seiner Brust und zerrte am Griff. »Scheint, als hättest du dich bei mir nicht sonderlich angestrengt.«

»Ich wollte dich nicht tot sehen«, erwiderte Ami, bückte sich und hob ein weiteres gefallenes Schwert auf. »Lass uns gehen.«

»Was ist mit den anderen Gefangenen?« Sawi klimperte mit den Schlüsseln und nickte zu den Rufen nach Rettung. »Wir könnten-«

»Manche Leute gehören hierher.« Ami kauerte sich hin und begann, Stiefel und Leder von den Körpern zu ziehen. »Wir kennen nur uns selbst.«

»Sollten wir dann nicht gehen?«

»Nimm etwas Ausrüstung mit, Sawi. So viel du kannst. Es gibt noch keinen Alarm, aber bald wird es einen geben. Bis dahin müssen wir weg sein.«

Die Worte durchdrangen einen hektischen Schleier, und Sawi wurde in diesem Moment klar, dass ein echter Gefängnisausbruch im Gange war. Dies war kein lustiger Kampf, sondern eine Flucht. Eine Sache, von der Sawi nichts wusste, außer dass sie gejagt, gesucht und verfolgt werden würden.

»Wo sollen wir hingehen?«, fragte Sawi und unterdrückte die plötzliche Verwirrung, indem sie tat, worum Ami sie gebeten hatte, gab die zu großen Stiefel auf, schnappte sich aber ein Messer und das Leder des bewusstlosen Soldaten.

»Die Ringed City bedeckt nicht ganz Noctia«, sagte Ami

und hielt ihr gestohlenes Schwert sichtbar, falls einer der Wächter Anstalten machen wollte. Keiner tat es, beide stöhnten, fluchten und weinten am Boden. »Es gibt Orte, die die Najahn ignorieren.«

Es konnte nicht viele davon auf der Heimatinsel geben. Keine, die die Najahn übersehen würden, wenn sie zwei Gefangene wie sie und Ami jagten.

»Sie werden uns finden.«

»Wir werden etwas Zeit zum Nachdenken haben«, erwiderte Ami und fluchte dann. »Sawi, wenn du hier bleiben willst, tu das. Ich gehe.«

Als Ami in einem zusammengewürfelten Najahn-Wächter-Outfit an ihr vorbeifuhr, zögerte Sawi nicht. Es gab Fragen, es gab Probleme, aber wohin Ami ging, würde es keine Gitter und Steine geben. Frische Luft und eine Chance würden genügen.

30
DIE TORE

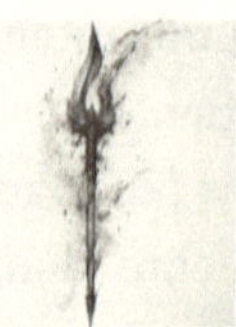

Sieben Wirbel, wie Sterne, die herabgezogen und mit Blut verwoben wurden. Sie drehten sich in der Tiefe, weit unter ihnen und doch so viel näher, als Svarde es hätte hoffen können. Der Tote König hatte sie von der verlassenen Stadt aus geführt, vorbei an seinen aufgestellten Reihen, durch den mittleren Tunnel, dessen scharfe Seiten mit Dämonenknochen verziert waren, bis zu einem vorspringenden Felsvorsprung, der einen riesigen, dunklen See überblickte. So groß wie ein Meer, dessen ferne Enden unter einer zackigen Decke im Unsichtbaren verschwanden. Leuchtende Moose sprenkelten die Ränder, eine schwache Umrisslinie, hell genug, um die verstreuten Formen zu zeigen, die frei schwammen oder sich, den Kräuselungen an der Oberfläche nach zu urteilen, darunter bewegten.

»Dämonen«, sagte der Tote König und rammte seine Klinge in den Felsen zu ihren Füßen.

An den Seiten des Vorsprungs erzählte ein steiler Hang, der mit Schädeln und zerfetzter, verrotteter Haut ebener gemacht worden war, die Geschichte einer Belagerung, einer lange gehaltenen Verteidigung, die nun aufgegeben war. Svarde musste nicht fragen, warum: Zu viele dieser Knochen gehörten Menschen.

»Warte mal«, sagte Maena und trat neben den König, während sie mit dem Finger zeigte. »Die Dämonen kommen aus diesen?«

»Entstehen, brüten, reisen. Such dir was aus, aber ja. Das sind ihre Geburtsstätten, und sie sind alle unterschiedlich.«

»Sehen für mich gleich aus«, sagte Svarde, der mit dem König und Maena eine Reihe bildete.

»Dann sieh genauer hin.«

Der Foti-Wächter tat wie geheißen, ging in die Hocke und versuchte, den Schleier des Wassers zu durchdringen. Als er diese Tiefen studierte und ... Oh. Was wie sieben rote Kreise ausgesehen hatte, war jetzt anders, die Farben nicht dieselben, wenn auch ähnlich. Dieser hier hatte einen lila Schimmer an den Rändern, während ein anderer einen dunkleren, schwärzeren Streifen aufwies, der durch weiße Sternenlicht-Sprenkel lief.

»Ihre Farben sind nicht gleich«, sprach Svarde die Schlussfolgerung aus und hörte Kivi zustimmend schnauben.

»Warum, können wir nur raten«, sagte der Tote König. »Demion und ich haben keinen Grund gefunden, und kein Dämon hat sich bemüht, es zu erklären. Dennoch gibt es sieben. Dass wir sieben Inseln, sieben Götter haben, scheint zu perfekt, um Zufall zu sein.« Mit einer gepanzerten Hand zeigte der König auf einen entfernten Hang rechts, wo mehrere langgliedrige Dämonen den Felsen erklommen. »Sie tauchen auf, und diejenigen, die nicht ertrinken, finden schließlich ihren Weg hierher. Wir vernichten sie, oder sie kommen an Demions Netz vorbei.«

»Die Kleinen jedenfalls«, sagte Maena. »In den Wellen gibt es viel Schlimmeres.«

Der König nickte langsam klirrend. »Es gibt große Löcher darunter. Durchgekratzt zum Ozean, wie ich glaube, von Dämonen, die verzweifelt frei sein wollten.«

»Oh ja, seid Ihr selbst da runter gegangen? Habt 'ne kleine Schwimmrunde gedreht?«

Svarde warf Maena einen finsteren Blick zu, aber die Kapitänin achtete nicht auf ihn. Sie war weiterhin so unbekümmert, so sorglos, so unberechenbar.

»Ich habe jemanden, der schon lange tot ist, hinuntergeschickt, um meine Augen zu sein«, antwortete der König ungerührt.

»Schätze, das funktioniert.« Maena ging neben Svarde in die Hocke. »Also, was ist der Plan? Sieht nicht so aus, als könnten wir einen Pfeil auf den Wirbel schießen, oder doch?«

»Wir haben Pfeile versucht. Steine. Körper. Nichts hält. Die Tore bleiben unberührt.«

»Tore? Also habt Ihr ihnen Namen gegeben?«, fragte Svarde.

Die drei langgliedrigen Dämonen hatten die gleiche Höhe wie der Vorsprung erreicht und machten sich nun auf den Weg zu Svarde, Kivi und den anderen. Er griff nach hinten und fand seine Äxte. Bereit, sie zu ziehen, wenn die Monster näher kamen.

»Tore, Portale, Türen«, sagte der König. Er hatte sich kein einziges Mal bewegt, während die Dämonen näher kamen. »Was spielt das für eine Rolle? Sie können nicht geschlossen werden, und die Dämonen kommen weiter. Immer schneller. Deine Quest ist eine unmögliche, Wächter. Es ist besser, sich zu verschanzen und zu verteidigen. Hoffe, dass deine Freunde da oben genug Waffen entwickeln, genug Skars halten können, um die Dämonen in Schach zu halten.«

»Das ist düster«, murmelte Maena.

»Aber zutreffend«, sagte Svarde, stand auf und zog seine Äxte. »Jochi hat die Ingenieure, die Expertise. Wir können die Stadt wieder aufbauen, sie halten. Dann einen Weg finden, die Tunnel zu verstopfen. Wenn wir keinen Sieg erringen können, können wir zumindest eine Niederlage verhindern.«

»Ihr redet alle wie Verlierer.« Maena hob einen Stein auf, ging zum Rand des Vorsprungs, holte aus und schleuderte den faustgroßen Felsbrocken. Das Geschoss flog und traf den führenden Dämon an seinem klumpigen Kopf. Die sechsgliedrige Kreatur stolperte, rutschte auf einem alten Brustkorb aus und rollte mit einem befriedigenden Platschen hinunter. »Wir sind den ganzen Weg hierher gekommen. Lasst es uns zählen.«

Svarde war im Begriff, der Rana-Kapitänin zu antworten, wollte gerade sagen, dass sie sich etablieren und neue Dinge versuchen könnten, versuchen, Jochis Armee und ihre Expertise zu nutzen, um diese Tore mit etwas anderem anzugreifen. Er hatte die knurrende Rede bereit, ließ sie jedoch ins Stocken geraten, als der See unter ihnen zu blubbern, zu zischen und sich zu trüben begann.

»Sie kommen wieder«, grollte der Tote König. »Jedes Mal sind es mehr. Sie nutzen das Wasser und das Land.« Er machte einen großen Schritt zurück und zog seine Klinge frei. »Sie haben sich schon einmal an uns vorbei gekämpft, bis zur Wunde.«

»Wer sind 'sie'?«, fragte Maena, die dem Rückzug des Toten Königs nicht folgte und weiter über den Rand schaute.

Svarde jedoch glaubte zu wissen, dass sie es auch

wusste. Die beiden verbliebenen Dämonen am Hang stoppten ihren Vormarsch bei dem Geräusch und blickten auf das Meer hinab. Kivi ließ ihre Klappen los, ein besorgtes Zischen. Metall sprang hervor, schwarz, verbrannt und trotzig. Das Konstrukt, ein kantiges, rädriges Ding, so breit wie der Tunnel, durch den Svarde gerade gegangen war, brach aus dem Meer frei und auf die Knochen, zermahlte sie bei seinem mahlenden Vorwärtskommen. Abgerundete Tanks an seinen Seiten ließen heiße Geysire hervorschießen, die sengende Luft freisetzten, die Svardes Haut den ganzen Weg hinauf verbrannte.

Die beiden Dämonen heulten auf. Svarde wich einen Schritt zurück.

»Oh, es sind wieder diese Typen«, sagte Maena und verzog das Gesicht, als sie sich dem Rückzug anschloss. »Die sind nicht toll.«

Die beiden Unholde reagierten ähnlich wie die Menschen und rannten schnell auf den Abgrund zu. Ihr rasanter Vormarsch dauerte nur drei kurze Sekunden, bis das metallene Konstrukt ein klirrendes Geräusch von sich gab, als würde ein Schmiedehammer auf geschmiedetes Eisen treffen. Ein riesiger schwarzer Bolzen schoss hervor und durchbohrte den ersten Unhold, als würde Svarde eine Ameise mit einer Messerspitze aufspießen. Ein zweiter folgte, der die schlaksigen Unholde erledigte und ihren Fall am Felsabhang mit diesen metallenen Säulen markierte.

»Nicht gut«, sagte Svarde, verlangsamte aber seinen Rückzug, als sie das Ende des Abgrunds erreichten. »Aber wenn wir sie aufhalten wollen, verschafft uns dieser Hang einen Vorteil. Den sollten wir nicht aufgeben.«

Der Tote König hob sein großes Schwert, hielt es mit beiden Händen, ging aber weiter zurück, nach oben und weg. »Sie werden uns nur von unten aus zerstören. Die Windungen des Tunnels werden uns besser dienen.«

»Ich bin bei Metallkopf«, sagte Maena. »Enge Räume müssen für dieses Ding schwierig sein. Lass uns gehen.«

Der Tote König drehte sich um, als er den Eingang des Tunnels erreichte, beschleunigte seinen Schritt und verschwand in Richtung seiner untoten Armee. Maena folgte. Svarde zögerte. Das metallische Knirschen hatte sich verlangsamt. Vielleicht konnte das Fahrzeug den Hang nicht erklimmen. Vielleicht konnten sie hier doch stand-halten und Jochis Armee Zeit geben, anzukommen und weiter hinten im Tunnel Verteidigungsanlagen zu errichten.

Dies war jetzt ein militärischer Feldzug, keine Expedi-tion mehr.

Der Foti-Wächter ließ sich auf die Knie fallen und kroch auf den Ellbogen über den Felsen vorwärts. Kivi schnaubte hinter ihm und stellte eine Frage.

»Aufklärung«, antwortete Svarde. »Wir müssen wissen, was auf uns zukommt, ob sie uns erreichen können.«

Die Metallmaschine war nicht mehr allein. Als Svarde über den Rand blickte, hörte und zählte er zwei weitere dieser Dinger, die sich aus der Tiefe erhoben und auf den Schädeln und Knochen strandeten. Das Wasser blubberte immer noch, und der Grund wurde klar, als kleinere Kapseln zwischen den massiven Maschinen auftauchten, Kapseln wie jene, die in der Nähe der Whent-Stadt am Strand gelandet waren.

Die eisernen Oberteile blubberten und platzten, klap-perten und drehten sich. Sie öffneten sich eines nach dem anderen, und als sie es taten, kamen Dinge zum Vorschein, die Svarde nie wieder sehen musste oder wollte. Obsidian-köpfe, blau brennende Körper. Nur diese schwangen nicht die langen Peitschen, die Svarde zuvor gesehen hatte, sondern hielten stattdessen Hämmer und trugen versengte schwarze Taschen an ihren Körpern, deren feste Seiten bei jeder Berührung mit der brennenden Haut Funken sprühten.

»Wofür sind die denn?«, murmelte Svarde, nur seine Augen und sein struppiges Haar lugten hervor.

Die Antwort kam, als sich eine weitere Tür öffnete, eine Luke in der Mitte, auf der Oberseite der ersten Maschine. Daraus erhob sich der größte dieser brennenden Riesen, den Svarde je gesehen hatte, sein Obsidian mit einer silbernen Umrandung verziert. Sein Kopf wirbelte und blitzte, Funken und Glut zeichneten Linien, denen sich alle anderen, jetzt fast ein Dutzend, zuwandten, um zuzusehen. Als es fertig war, blitzten seine Zuschauer der Reihe nach zurück, eine Show, die bezaubernd gewesen wäre, wenn sie Svarde nicht mit düsterem Grauen erfüllt hätte.

Die Kreaturen drehten sich um, öffneten diese Taschen und begannen, dünne Stangen herauszuziehen. Harte Balken, von der Art, wie Svarde sie in einer Foti-Schmiede sehen könnte. Ihr Zweck wurde schnell klar, als die Monster sie in die Knochen hämmerten und die gealterten Überreste zerbrachen, um die Stangen in den darunterliegenden Fels zu treiben. Bei jeder Platzierung machten die Unholde einen weiteren Schritt nach oben und wiederholten dann das Schwingen.

»Stufen«, sagte Svarde zu Kivi, dem Ferriten, der niedrig zu ihm hochkroch. »Sie bauen eine Leiter für ihre verdammten Maschinen.«

Er blickte zurück zum Tunnel. Ein harter Angriff jetzt, während die Unholde abgelenkt waren, könnte sie brechen. Könnte ihnen eine Chance geben. Aber die Feiglinge waren weggelaufen.

»Wir tun, was wir können, richtig?«, fragte er den Ferriten.

Kivi schnaubte.

Svarde erhob sich, stand aufrecht am Abgrund. Als er das tat, wandte der führende Unhold, der immer noch von seiner Maschine aus zusah, dieses große Obsidiangesicht in seine Richtung. Die anderen Unholde folgten dem Blick und hielten mit ihren Hämmern inne. Dahinter blubberte und schäumte das Meer.

»Geht zurück, ihr verdammten Dinger«, rief Svarde. »Diese Welt gehört nicht euch.«

Der führende Unhold blitzte etwas zurück, ein unverständliches Funkensprühen.

»Ihr habt mich gehört«, schrie Svarde erneut. »Ihr seid weit weg von zu Hause, und der Weg, der vor euch liegt, wird mit euren Körpern gepflastert sein.«

Der Schrei ließ sein Gesicht erröten und brachte den Zorn, die Energie, die Svarde immer nährte, in den Vordergrund. Das war die Art von Situation, für die er gemacht war, nicht durch Tunnel zu schleichen oder an einer Klippe zu verkümmern. Den Feind zu bekämpfen, um seine Freunde, seine Inseln zu retten.

Kivis stumpfer Schwanz traf Svardes Knöchel, stieß ihn zurück, als der Barbar sich auf eine dritte Drohung vorbereitete. Über den Abgrund, genau dort, wo Svarde gestanden hatte, kam ein weiterer dunkler Eisenbolzen. Er bohrte sich in den Stein über ihnen und verteilte Gestein um sie herum. Svarde setzte sich auf und schüttelte den Staub aus seinen Haaren.

Der Ferrit schnaubte und blickte zurück zum Tunnel.

»Ja, vielleicht hast du recht. Dann eben die Tunnel.«

Und Svarde, Foti-Wächter, Champion der Whent-Gruben, drehte sich um und rannte.

31

EINE ZUFLUCHT UND EIN GRUND

Die Eisfrösche, wie Torny sie getauft hatte, folgten durch den Schnee, ihre tanzenden Lichtkugeln und die allgegenwärtige Linie in der Dunkelheit hinter dem Quartett. Wax und Eujo führten, wenn man das so nennen konnte, durch die dunklen Schneewehen, jeder Schritt von Panik getrieben. Die Skars wechselten erneut die Hände, wenn der Atem flach wurde, wenn das Tempo zu verlangsamen begann, aber selbst mit den Foti- und Vis-Steinen, die ihr Bestes taten, um die Erschöpfung abzuwehren, stolperte Wax alle paar Schritte.

Eujo und Torny allerdings waren noch schlimmer dran. Keiner von beiden, mit Leben, die in Städten verbrannt waren, hatte viel Erfahrung darin, sich in tückischem natürlichen Gelände zurechtzufinden. Sie hatten keine Fackeln, nur das spärliche rosa Licht von Sochi, das die Wolken durchdrang – und dieser Mangel machte es schwer, Unebenheiten, Steine oder tiefere Schneelöcher einzuschätzen.

Ohne die Metallstangen entlang der Straße, dachte

Wax, wären sie längst verloren, dazu verdammt, in Whents trostlosen Feldern zu erfrieren oder zu verhungern.

»Was soll das bringen?«, keuchte Torny zu einem unbekannten Zeitpunkt während ihrer Flucht. »Wir können nicht ewig weiterlaufen. Sie warten jetzt einfach darauf, dass wir aufgeben.«

»Und was dann?«, konterte Eujo. »Gegen sie kämpfen?«

»Ich dachte, wir könnten uns ganz nett hinlegen, ihnen eine Mahlzeit für all die harte Arbeit gönnen, die sie geleistet haben.«

Wax lachte und stürzte durch eine weitere kniehohe Schneewehe.

»Findest du das etwa lustig, Wax?«, fragte Eujo.

»Heute Abend nehme ich das so hin.«

Wax konnte Eujos Gesicht nicht wirklich erkennen, konnte kaum die Schneewolken sehen, als sie neben ihm stapfte, aber er spürte den Blick, die Enttäuschung deutlich genug. Sie verlangte nach irgendeiner Führung oder so, einer starken Rede darüber, angesichts von Gefahr und Niederlage weiterzumachen.

Nun, Eujo konnte das genauso gut wie Wax. Wahrscheinlich sogar besser.

Außerdem waren seine Stiefel durchnässt, seine Füße mit Blasen übersät, und eine Niederlage schien verdammt wahrscheinlich.

Bliss von allen hatte noch Energie zu verbrennen. Wax' Schwester lief voraus und übernahm unaufgefordert die Rolle des Kundschafters. Sie wartete ab und zu auf sie, berichtete, dass weiter vorn nur noch mehr konturloser Schnee lag. Nichts zum Festhalten, zum Verteidigen, zum Helfen gegen die verfolgenden Frösche.

Diese Dinge schienen zumindest zufrieden damit zu sein, ihre Beute sich hinlegen und sterben zu lassen.

»Es geht nicht darum, lustig zu sein«, sagte Torny. »Es geht nicht darum, dass ich mag, wo wir sind, was passiert. Es geht darum, abzulenken und zu erfreuen.«

»Erfreuen?«, konterte Eujo. »Du verschwendest deinen Atem für schlaue Sprüche, wenn du ihn benutzen solltest, um schneller zu gehen.«

»Es ist mein Atem, ich werde ihn benutzen, wie ich will.«

Noch ein Stirnrunzeln, das Wax spüren, aber nicht sehen konnte. Zeit, so schien es, für den Vermittler.

»Ihr könnt beide tun, was ihr wollt, solange ihr euch weiter vorwärts bewegt«, sagte Wax. »Wächter, Erneuerung, Bandit, Königin, es ist mir egal, was ihr seid, und diesen Dingen, die uns verfolgen, auch nicht. Also spart eure Speere für das, was wirklich zählt.«

»Speere?«, fragte Torny. »Wer hat denn einen Speer?«

»Eine Frage, die ich auch habe«, fügte Eujo hinzu.

»Es ist eine Redewendung.«

»Eine seltsame«, murmelte Torny zu Wax' Linken.

»Sinnlos«, stimmte Eujo zu.

Wax seufzte, lächelte, auch wenn seine Beine brannten und der Schweiß auf seinem Rücken gefror. Sie mochten hier draußen an tausend Dingen sterben, aber zumindest würden sie nicht wütend aufeinander sterben.

Wie ein vereistes Phantom tauchte Bliss auf, stand mit einem Arm, der nach vorne und nach Westen zeigte. Als das Trio aufholte, versuchte Bliss, Zeichen zu machen, eine schwierige Serie, die bei so wenig Licht schwer zu verstehen war. Dennoch erfasste Wax den Kern und sprach für die anderen, damit sie es wussten: »Bliss sagt, es gibt nicht weit von hier ein Gasthaus am Straßenrand. Verlassen, aber es ist ein Unterschlupf.«

»Worauf warten wir dann noch?«, fragte Eujo. »Los

geht's. Wenn wir schnell genug sind, können wir es für diese Frösche vorbereiten.«

Wax war bereit zu fragen, warum ein zufälliges Gasthaus hier mitten im Nirgendwo stehen sollte, aber dann erinnerte er sich an den Jarls Zahn zurück auf Foti. Ein winziger Fleck, der genau dort auftauchte, wo eine Tagesreise von der Stadt entfernt enden würde. Reisende würden Ruhe brauchen, jemand hätte nichts dagegen, davon zu profitieren.

Aber warum war es verlassen?

»Weil niemand im Winter durch Whent reist, klar«, sagte Torny, als Wax die Frage aufwarf, während die Gruppe Bliss hart durch den Schnee folgte. »Den Laden verrammeln, Spaß haben, wenn der Schnee fällt, zurückkommen und deine Sommerparty feiern.«

»Sommerparty?«, fragte Wax.

»Klar, die Zeit, in der du all die Leckereien von allen anderen bekommst.«

»Du bist schon eine Seltsame, Torny.«

»Sieh an, wer da spricht.«

Bliss' Anweisungen erwiesen sich als richtig, das Gasthaus tauchte genau dort auf, wo sie hingezeigt hatte. Ein tieferer Schatten als die umgebenden, Wax machte das mehrstöckige Gebäude aus, eine kleine schneebedeckte Mauer und ein paar nahe gelegene Strukturen, als sie in sie hinein stolperten. Die verfolgenden Frösche verlangsamten ihr Tempo, obwohl die Lichter begannen, nach Osten und Westen zu kreisen.

»Sie kreisen uns ein«, sagte Eujo, als sie durch ein Tor stapften, das Bliss öffnete, indem sie über die Mauer kletterte und einen Querbalken anhob. »Sie lassen uns nicht gehen.«

»Besser als im Freien zu kämpfen.« Wax umklammerte

den Vis-Skar fest, als sie einen gefleckten Hof überquerten, der von einem Brunnen, Tiergehegen und Stellplätzen für die Karren und Kutschen, die er in der Stadt gesehen hatte, unterbrochen wurde. »Ich möchte mal sehen, wie einer von denen durch die Tür des Gasthauses passt.«

Bliss führte den Weg zu diesem besonderen Gebäude und stemmte sich mit der Schulter gegen die vereiste Holzplatte. Ein Stoß bewies, dass sie verschlossen war, eine wenig überraschende Wendung angesichts des verlassenen Aussehens. Torny machte sich nicht einmal die Mühe, ihre Werkzeuge herauszuholen, sondern marschierte stattdessen zur rechten Seite des Gasthauses. Im schwachen Nachtlicht reflektierten breite Glasfenster den frostigen Schleier des Winters und, als sie sich bewegte, den Schatten der Diebin. Wax fragte, was sie vorhabe, und Torny sagte, sie sollten ihr folgen.

»Diese Tür ist verriegelt«, sagte Torny. »Der einzige Weg rein wird durchs Fenster oder das Geheimnis sein.«

»Das Geheimnis?«, fragte Eujo und warf Wax und Bliss einen Blick zu, als ob sie die Gedanken der Diebin lesen könnten.

Bliss zuckte mit den Schultern und lächelte breit. Ein kühner Ausdruck für die halb erfrorene und gejagte Gruppe, aber Wax bewunderte ihr Vertrauen in die Banditin. Die beiden waren sich so nahe gekommen, dass Wax fast an Vis, an Sawi und … zurückdachte.

»Seht ihr?«, sagte Torny, als sie um die Stein- und Mörtelbasis des Gasthauses zur Westseite gingen. »Das ist es, wovon ich spreche.«

Eine schneebedeckte Erhebung lag schräg am Boden und reichte etwa bis zu Wax' Knie. Sie starrten auf den makellosen Schnee, während Torny sich bückte und mit der Hand über die Oberfläche strich. Das Wegschaufeln brachte nur mehr Schnee und einen spöttischen Kommentar der Königin zum Vorschein, aber Torny ignorierte die Worte und wischte erneut darüber.

»Eine Tür«, sagte Wax. »Wie? Warum?«

»Habt ihr keine Keller auf Vis?«, fragte Torny.

»Was?«, gebärdete Bliss, und Wax wiederholte es.

»Räume unter der Erde. Damit kann man Sachen lagern, wenn es draußen kalt und miserabel ist«, fuhr Torny fort, während sie weiter fegte und die anderen sich nun auch bückten und mithalfen. Sie alle schauten zwischen den Wischbewegungen immer wieder zurück, um sicherzugehen, dass diese tödlichen Lichter nicht näher kamen. »Auch ein großartiger Weg, um leise rauszukommen, wenn man das will.«

»Warum sollte sich jemand so weit draußen darum kümmern?«, fragte Wax.

»Entweder finden wir es drinnen heraus, oder wir müssen einfach raten.«

Die Kellertür hatte auch ein Schloss, aber dieses kam mit einem herkömmlichen Metallriegel um zwei kleine Griffe. Torny, die um einen Foti skar bat, um ihre Finger aufzuwärmen, bearbeitete mit ihren Werkzeugen das Schlüsselloch und drückte im richtigen Winkel, um die Bolzen herausspringen zu lassen. Sie schnaubte, als das Schloss von der Tür in den Schnee glitt.

»Auch ein billiges Schloss«, sagte Torny und verstaute ihre Werkzeuge. »Wahrscheinlich dachten sie, dass jeder, der diese Tür findet und hinein will, es irgendwie schafft.«

Wax öffnete die Türen, deren knarrendes Aufschwingen einem muffigen, aber sauberen Geruch wich. Eine Stehleiter wartete auf der anderen Seite, obwohl ihre unteren Sprossen in der Dunkelheit verschwanden.

»Lass mich«, sagte Torny und wartete nicht auf Zustimmung, bevor sie in die Düsternis hinabglitt.

Sekunden verstrichen, Whents Wind frischte wieder auf, während die Nacht sich dem Morgen zuneigte. Diese Lichter hatten die Gruppe umzingelt, und Wax dachte, sie kämen näher. Sprung für eisigen Sprung.

»Das bilde ich mir nicht nur ein, oder?«, fragte der Vis. »Diese Dinger kommen näher?«

»Ich würde lieber die Dunkelheit riskieren als-« Eujos Worte verklangen, als hinter ihnen Licht ausbrach.

Bliss klatschte einmal in die Hände und schwang sich dann in den Keller. Wax und Eujo folgten, blinzelnd im goldenen Schein der Laterne, während Schnee hinter ihnen hineindriftete. Torny hielt die Lampe in der Mitte des Kellers hoch und pfiff angesichts der Säcke, Fässer und dicken Holztruhen.

»Sieht aus, als wäre dieser Ort gut bestückt«, sagte Torny und schwenkte dann die Lampe zurück zur Kellertür. »Würdet ihr die schließen, es sei denn, ihr wollt, dass unsere Freunde reinkommen?«

Das Gasthaus hatte Vorräte und Sicherheit. Wax und die anderen erkundeten seine Räume von oben bis unten und bestätigten, dass der Ort für einen aktiven Winter bereit zu sein schien. Einer, der wahrscheinlich durch den Ruf des Kriegsherrn zunichte gemacht wurde, eine Armee von der Oberfläche abzuziehen und in den Untergrund zu schicken. Keine Seele wartete hier, obwohl die Betten, die Becher und das Holz alle bereit zum Gebrauch waren. Bliss und Eujo wären für Wachen bereit gewesen, aber Wax ließ sie entkommen, indem er behauptete, er hätte nach dem Ansturm zu viel Energie, um jetzt zusammenzubrechen.

Eine Lüge, aber eine sanfte.

Stattdessen entzündete er ein Feuer im Gemeinschaftsraum des Gasthauses, eine Aufgabe, die mit Tornys Laterne und ihrem bereiten Docht leicht gemacht war. Das Holz brannte fröhlich in den Grenzen seines steinernen Kamins und schmolz die Anspannung, die Angst, wenn auch nicht die Frustration, die Wax' Stimmung verfolgte.

»Hier«, sagte Torny, als sie mit etwas getrocknetem Fleisch, Nüssen und zwei kleinen Gläsern von hinter der Bar zurückkam. »Es ist nicht ganz ein Foti skar, aber es wird dich trotzdem aufwärmen.«

Wax stieß sein Glas gegen Tornys, eine weitere Sitte, die er sich seit dem Verlassen von Vis angeeignet hatte, und die beiden nahmen einen Schluck. Wax verzog die Lippen, blinzelte und fand sich zustimmend zu Tornys Einschätzung keuchend wieder. Die Banditin jedoch lachte nicht, tat nicht viel, außer in die knisternden Flammen zu starren.

»Es gibt einen Grund, warum du nicht schlafen gehst, oder?«, fragte Torny.

Wax nickte.

»Hat etwas mit mir zu tun, nicht wahr?«

Ein weiteres Nicken.

»Wenn du mich jetzt rauswirfst, Wax, dann-«

»Ich will nicht, dass du gehst, Torny. Glaub mir, das will ich nicht. Aber«, Wax verlangsamte, warf einen Blick nach oben, oder vielmehr zu den Holzdielen, die die Decke markierten, »das ist schon schwer genug. Eujo, Bliss und ich haben alles dafür aufgegeben. Absolut alles.«

»Es ist eine beschissene Welt.«

»Das ist es ja, Torny. Das ist es nicht. Nicht alles davon. Ich habe das wirklich erst gesehen, als ich Vis verlassen musste, aber es ist nicht so. Es ist es wert, gerettet zu werden, selbst wenn es bedeutet, dass ich mich auf diesen Steinstuhl werfe.« Wax senkte seine Stimme zu einem Flüstern und setzte ein verschmitztes Grinsen auf.

»Obwohl ich nicht böse sein werde, wenn Eujo diesen Preis bekommt.«

»Du Bastard.« Tornys Augen funkelten jedoch.

»Hab ich nie bestritten. Aber ich kann nicht, Torny, kann nicht verlieren, weil du dich nicht so verpflichtest wie wir. Also möchte ich, dass du wählst. Gib alles auf, stelle alles auf Eis, oder was auch immer du dir selbst sagen musst, denn dieses Tagebuch hätte uns fast umgebracht. Wir können das nicht noch einmal riskieren.«

Torny nickte Wax zumindest zu. Sie stand von ihrem Stuhl vor dem Feuer auf und wanderte an Wax vorbei zu den Fenstern.

»Sie haben dieses Glas dick gemacht«, sagte Torny und tippte auf das Fenster vor ihr. »Hält es warm. Hält die gefährlichen Dinge draußen.« Sie warf Wax einen Blick zu, so hart, wie Wax ihn je von ihr gesehen hatte. »Du hast mich gebeten, mit dir zu kommen, Wax. Du hast mich bekommen, und alles, was dazugehört. Wenn das nicht wert ist, dann bin ich aus dieser Tür raus, bevor es hell wird.«

32
BLEIBEN ODER GEHEN

Wenn Quik jedes Mal, wenn er ins Wasser ging, einen Rana-Skar in der Hand hätte, könnte er gut als Fisch leben. Der kleine Stein verwandelte die Wellen in helfende Hände, die schäumenden Wellenkämme umhüllten den Vis-Jäger und leiteten ihn zu Annalyse. Gemeinsam glitten die beiden durch die rauen Gewässer wie spielende Delfine, jeder Schwimmzug eine mühelose Freude. Selbst die knochenlähmende Kälte des Ozeans blieb auf Abstand, so wie Bliss den Schleim des Ungeheuers beschrieben hatte, der sie nach dem Kampf vor der Küste bedeckt hatte.

Trotz dem, was hinter ihnen geschah, Amis wahrscheinliche Gefangennahme und Tod, konnte Quik ein wildes Grinsen nicht unterdrücken. Er war ohnehin nie ein großer Fan des Wächters gewesen, da Ami eher dazu neigte, ihm einen Schlag auf den Kopf oder einen Tritt gegen das Schienbein zu verpassen, als ein Kompliment zu machen, egal wie gut Quik die Kraft des Skars einsetzte. Annalyse teilte diese Begeisterung nicht, als er sich der schwimmenden Wissenschaftlerin näherte, aber er hätte schwören können, dass er aufwärts gezogene Lippen sah, als sie durch die Brandung glitten.

Ihr Ziel war offensichtlich: die Najahn-Docks, die durch eine einschüchternde Seemauer von den Handelshäfen der Ringstadt getrennt waren. Die privaten Najahn-Piers waren nie wirklich geschäftig, obwohl Schiffe dazu neigten, zu seltsamen Zeiten zu kommen und zu gehen, und das meist kleine. Jetzt, als der Nachmittag schon weit fortgeschritten war und der Winter die Meere fest im Griff hatte, lagen die vier Piers leer da, nichts außer einem fauligen Grau über ihnen. Die üblichen Fässer und Kisten fehlten, ein Zeichen dafür, dass die Najahn ihre Docks in Ordnung hielten. Keine Bars boten Musik, keine Matrosen fluchten in den Wind.

Die Abwesenheit wäre unheimlich gewesen, wären die Umstände anders gewesen.

»Komm schon«, sagte Quik, als sie sich dem ersten Pier näherten, einem steinernen Dock, das wie ein stumpfes Brett ins Meer ragte, »lass uns das benutzen.«

»Wo sind alle?«

»Beschäftigt mit etwas anderem. Nicht mit uns.«

Quik war kein Experte für Informationen und deren Weitergabe, aber wenn Fassle Gladdring zerstören wollte, schien es eine schlechte Wahl, vorher damit zu prahlen. Besonders wenn er all diese Skars wollte. Ein geheimer Überfall, eine subtile Säuberung ergab mehr Sinn.

Zumindest das erzählte Quik der Wissenschaftlerin, während er sich auf die mit Seepocken besetzte Steinkante hochzog. Er griff nach unten, packte Annalyses Hand und half ihr hoch. Fast sofort, als die Anstrengung des Schwimmens nachließ, ergriff der eisige Griff des Tages schrecklichen Besitz von ihnen. Quiks Zähne begannen aufeinander zu schlagen, während sich Annalyses Lippen in einen ungesunden Blauton verwandelten.

»Wir brauchen ein Feuer und neue Kleidung«, zitterte sie und ließ ihren Blick gemeinsam mit Quik den Dock auf und ab schweifen.

Mehrere Lagerhäuser begrüßten sie, alle dunkel und verlassen aussehend. Hinter diesen großen Blöcken warteten Gassen mit ungewissem Ende. Jede konnte sie zu Najahn-Wachen und unangenehmen Fragen führen. Einen Moment lang erwog Quik, zurück ins Wasser zu springen, um den Hafen zu umschwimmen und dort aufzutauchen, eine Idee, die von Annalyse aufgebracht und wieder verworfen wurde.

»Im Haupthafen gibt es immer Augen. Najahn-Sammler, Wachen. Sie werden uns sehen und sich wundern. Lass uns das da versuchen.«

Annalyse zeigte auf ein gedrungenes Haus links von den Lagerhäusern, das wie ein Quartier für Wachen und Beamte aussah, die den Hafen bewachten. Dunkle Fenster und ein rauchloser Schornstein deuteten auf eine ebenso ruhige Existenz hin wie überall sonst hier, eine Bestätigung, die sich ergab, als Annalyse kräftig an die salzige Holztür klopfte. Quik stand hinter ihr, die Arme in einem gedankenlosen Zittern um sich geschlungen.

»Keine Antwort«, Annalyse blickte zu Quik zurück. »Wir gehen rein, okay?«

»W-w-wie?«

»Auf die gleiche Weise, wie wir alles andere gemacht haben.«

Quik wusste nicht, was das bedeutete, bis Annalyse zurück in den triefenden Beutel griff, der um ihre Taille gebunden war. Die Wissenschaftlerin zog einen kleinen Rubin heraus, umklammerte ihn mit ihrer linken Hand und drückte ihre rechte gegen den verschlossenen Türgriff. Die Eisenschlaufe begann zu zischen, brannte den Meeresgischt ab, bevor sie wegschmolz. Der verformte Griff traf mit einem dumpfen Aufschlag auf den Boden, ein dünner Metallfluss floss aus seiner Fassung die Tür hinunter und zeichnete die Holzmuster in Schwarz nach.

»Das Schloss selbst geschmolzen«, sinnierte Annalyse. »Man kann diese Dinge wirklich präzise einsetzen.«

»Du hast versucht, das zu tun?« Quik zwang seine Zähne für einen Moment, aufzuhören zu klappern, aber nur gerade so.

»Es wollte den ganzen Ort in die Luft jagen.« Annalyse drückte mit ihrer freien Hand, die Tür schwang sauber auf. »Ich habe ihm gesagt, es soll sich beherrschen.«

Drinnen bot ihnen das Wachhaus Möglichkeiten. Mehrere schmale Pritschen, ein kohlebefeuerter Ofen, Tisch und Truhen gefüllt mit gepökeltem Fleisch, Käse, frischem Wasser und, am besten von allem, Kleidung. Frische lila und schwarze Roben. Jegliche Bescheidenheit verflog schnell, als sowohl Quik als auch Annalyse ihre ruinierten, durchnässsten Outfits abrissen und frische und trockene Optionen anzogen. Keine passte perfekt, aber Roben waren Roben: der Stoff verdrehte und schlackerte selbst zu den besten Zeiten.

Mit etwas namenlosem, salzigem Trockenfleisch im Mund bewegte sich Quik zum Fenster des Wachhauses und beobachtete draußen, während Annalyse ihr eigenes Umziehen beendete. Immer noch ruhig da draußen, und es wurde spät am Tag für ein einlaufendes Schiff.

»Wir könnten es geschafft haben«, sagte Quik. »Irgendwie.«

»Nicht irgendwie«, erwiderte Annalyse. »Wir haben gehandelt, wir haben es richtig gemacht. Und wir hatten Glück, dass Fassle einen Tag ohne Anlegemanöver für seinen Überfall gewählt hat.«

»Also gibst du zu, dass Glück eine Rolle gespielt hat.«

Quik blickte in Annalyses Richtung, bereit mit einem selbstgefälligen Lächeln, nur um zu sehen, wie sie gerade die neue Robe über ihren Rücken zog. Auf Vis war bei heißem Wetter nackte Haut ein gewöhnlicher Anblick. Seit er in das kältere, modebewusstere Noctia gekommen war, hatte Quik diese Vertrautheit verloren. Obwohl der Anblick von jemandem, der so mit Malen übersät war wie Annalyses Rücken, ihn sowieso innehalten lassen hätte.

»Was ist mit dir passiert?« fragte Quik und stand auf, bevor er sich stoppen konnte. »Dein Rücken?«

Annalyse drehte ihren Kopf nicht um, zuckte mit den Schultern in die Robe und zog sie um ihren Hals hoch. »Du hast deine Narben, Vis.«

Stirnrunzelnd streckte Quik die Hand nach Annalyses Robe aus und erinnerte sich erst, als seine Finger den Stoff berührten. Er zog seine Hand zurück und ließ sich stattdessen auf einer Pritsche nieder, wartend, bis Annalyse sich ihm zuwandte. Sie tat es, verschränkte dabei die Arme, den Skar-Beutel bereits wieder um ihre Taille gebunden, Entschlossenheit deutlich auf ihrem Gesicht, das für einmal frei von Schutzbrillen, Tintenflecken und dem allgemeinen Schmutz war, den sie alle bei den Skar-Experimenten ansammelten.

»Meine Narben sind ganz anders«, entgegnete Quik. »Sie stammen vom Erlernen von Waffen, vom Testen meiner selbst gegen Hanoko. Deine schienen nicht so zufällig.«

»Fortschritt ist schmerzhaft. Wie glaubst du, habe ich gelernt, mit den Skars zu arbeiten? All die Dinge zu bauen, die wir benutzt haben? Für jeden Erfolg musste ich mich durch hundert, tausend Misserfolge kämpfen.«

»Allein?«

Ein leises Schnauben, ein kurzes Kopfschütteln. »Ich habe mit den klügsten Köpfen auf Whent gearbeitet. Einige trugen schlimmere Wunden davon als ich. Ein paar haben nicht überlebt. Ihr Opfer brachte mich hierher.«

»Wie?«

»Gladdring sagte, die richtigen Gerüchte hätten seine Ohren erreicht. Er ist der Handels-Tenet, er erfährt, wenn eine Insel etwas Neues anbietet. Also kam er, fand mich und kaufte mich.«

»Kaufte dich?«

»Meine Zeit und meine Talente.« Annalyse nickte zur Tür. »Irgendwelche Ideen, wohin wir als nächstes gehen sollten?«

»Trinke etwas Wasser. Iss zuerst etwas. Wir wissen nicht, wann wir wieder dazu kommen.«

Die Wissenschaftlerin wurde weicher. »Das ist ein Vorschlag, den ich annehmen kann.« Sie ging an Quik vorbei, holte sich ihre eigene Portion aus den Truhen und ließ sich auf der Pritsche neben ihm nieder. »Nicht gerade meine Lieblingsmahlzeit, aber wenn es schon meine letzte sein muss ...«

Quik saß schweigend da, aß sein eigenes Dörrfleisch, schmeckte es aber kaum. Bis jetzt hatte er Annalyse als eine Sache gesehen, seine Entführerin und eine seltsame dazu, besessen von den Skars und ihrem Potenzial, wie sie es ausdrückte, die Inseln zu retten. Jetzt breitete sich ein Leben aus, eines, das sich gar nicht so sehr von seinem eigenen unterschied, mit Träumen und Enttäuschungen, plötzlichen Höhen und Tiefen. Der Tod oft nahe, auch wenn er für Annalyse vielleicht durch einen explodierenden Skar kommen würde und nicht durch die Kiefer eines Raubtiers. Wax oder Bliss hätten die Verbindung vielleicht früher hergestellt, aber Quik ... Vis war nicht so kompliziert. Man hatte seine Rolle, man erfüllte sie, man trank den Fruchtwein unter den Sternen mit einem Lächeln.

»Denkst du da drüben so angestrengt nach?«, fragte Annalyse. »Denn ich warte auf Ideen. Wir sind jetzt eindeutig in deinem Gebiet, Vis.«

»Ich bin noch nie zuvor aus etwas ausgebrochen.«

Annalyse lachte, ein helles Geräusch, das für einmal nicht mit einem Experiment verbunden war. Irgendwie reiner. »Nicht wahr, Quik. Du bist erst heute Morgen aus unserem Käfig ausgebrochen.«

»Schon, aber ...« Quik hielt inne, grinste. »Du hast recht. Ich schätze, das habe ich.«

»Also, was ist der Plan? Du bist jetzt kein Neuling mehr.«

Ob Annalyse damit recht hatte, war Auslegungssache, aber Quik fand, dass sie in einem Punkt Recht hatte. Nachdem er aus ihrem Käfig ausgebrochen war, hatte Quik zwar eine heimliche Haltung eingenommen, aber der wichtige Teil war das klare Ziel: zu wissen, wohin er musste, wohin er wollte, gab jeder seiner Handlungen eine Richtung, und er gab diesen Plan jetzt an Annalyse weiter.

»Wir müssen entscheiden, wohin wir gehen«, sagte Quik. »Was willst du tun?«

»Ich habe ein paar Beutel voller Skars und ein paar Kleinigkeiten zum Tauschen. Der Winter hat die Schiffsrouten nach Hause geschlossen«, Annalyse zuckte zusammen, »nicht dass ich sowieso nach Whent zurück wollte. Wenn Fassle versucht, mich zu kriegen, wird er dort zuerst suchen.«

Die Ringstadt verlassen, Noctia verlassen. Natürlich müsste Annalyse das tun. Immer eine neue Liane zum Schwingen.

»Vis«, sagte Quik. »Dorthin solltest du gehen. Niemand

wird dort nach dir suchen, und sie werden dich akzeptieren.«

»Vis? Nichts für ungut, Quik, aber ich bin nicht sicher, ob deine Insel der richtige Ort für jemanden wie mich ist.«

Ein Dutzend mögliche Antworten auf die unhöfliche Bemerkung, aber Quik schüttelte sie ab. Panik macht uns alle zu Narren.

»Warst du schon mal dort?«

Annalyse blickte auf ihre Hände hinab, schien zu verstehen, dass sie etwas Dummes gesagt hatte. »Nein, war ich nicht.«

»Es sei denn, du willst zu den stinkenden Foti-Schmieden gehen oder an Kances mörderischen Spielen teilnehmen«, begann Quik, wobei der letztere Vorschlag einen neugierigen Blick der Wissenschaftlerin auf sich zog, »würde ich sagen, unsere Insel ist die schönste. Du wirst dort auch ein Zuhause haben. Wir werden meine Eltern finden, sie werden uns helfen.«

»Das würdest du für die Person tun, die dich in einen Käfig gesteckt hat?«

»Mein Bruder riskiert sein Leben für die Inseln. Was du tust, kann ihm helfen. Kann uns allen helfen. Ich bin nicht so dumm, dass ich das nicht sehen kann.«

Wieder ein Lachen. Leicht. Quik lächelte mit.

»Du bist nicht dumm, Quik«, sagte Annalyse, stand auf und streckte ihre Hand aus. Als er sie ergriff, zog sie ihn auf die Füße. »Vielleicht ein bisschen rau, aber du bist freundlich, wo es zählt.«

»Danke?«

Mit ihrem festgelegten Ziel erwies sich der Weg zum Haupthafen ohne Verdacht als einfacher als erwartet. Die Najahn-Docks und der ansteigende Pfad hinauf blieben fast verlassen, eine Erklärung kam von ein paar gehetzten

Gelehrten, an denen Quik und Annalyse auf dem Weg nach oben vorbeikamen: Die Tenets hatten die meiste Arbeit für den Tag abgesagt, da Fassle für den Abend eine große Ankündigung auf dem Hauptplatz plante, und keine erfreuliche.

»Jeder ist mit sich selbst beschäftigt«, sagte Annalyse, nachdem der Mann in der Robe davongeeilt war und behauptete, er hätte noch Arbeit zu erledigen. »Sie stellen sicher, dass sie nicht die Ziele sind, dass ihre Initiativen sicher sind.«

»Sicher? Ich glaube nicht-«

»Wenn der Zirkel entscheidet, dass deine Arbeit nicht wert ist, fortgeführt zu werden, entziehen sie die Unterstützung. Weisen dich etwas anderem zu«, sagte Annalyse, als sie sich dem letzten Najahn-Tor näherten, wobei abgelenkte Wachen die wenigen Leute durchwinken. »Gladdring hat uns vor all diesem Unsinn beschützt.«

»Macht und Politik.«

»Immer.«

Die Wachen erblickten ihre lila und schwarzen Roben, machten ihnen keine Schwierigkeiten, was Annalyses Idee über Fassles geheimen Überfall bestätigte. Als sie die Najahn-Grenzen hinter sich gelassen hatten, fühlte sich Quik seltsam frei. Keine Augen mehr, die seine Bewegungen beobachteten, kein Schwert bereit, aus den Schatten hervorzustoßen, keine Ränge oder Rituale. Auch Annalyse hielt seine Aufmerksamkeit, indem sie ihn mit Fragen über Vis überhäufte, die er mit Begeisterung beantwortete.

Über die Heimat zu sprechen, fühlte sich ein bisschen an, als würde er dorthin zurückkehren, warm und tröstlich. Ein Gefühl, das anhielt, bis sie die Docks erreichten, bis sie eine Schaluppe eines Foti-Händlers fanden, die noch in dieser Nacht ablegen wollte. Mit dem Ziel, einem aufziehenden Sturm zuvorzukommen und Kitayes Einlass zu erreichen, bevor Eisschollen oder raue Gewässer ihre Noctia-Luxusfracht stören konnten.

»Wieder Glück«, sagte Annalyse, als sie auf dem Pier standen, die Rampe des Bootes nur wenige Schritte entfernt. »Schwer zu sagen, wie das hätte besser laufen können. Bereit?«

Quik wollte gerade ja sagen, hielt aber inne. Das ganze Gerede über Vis hatte eine falsche Sache bewirkt, hatte den Jäger daran erinnert, warum er die Insel überhaupt verlassen hatte, warum er auf Noctia geblieben war, während sein Bruder weitergesegelt war.

»Ich, ich bin vielleicht nicht bereit«, sagte Quik.

Auf Annalyses fragenden Blick hin erklärte der Jäger die Schuld, den Grund, die Notwendigkeit, die Najahn dazu zu bringen, seinem Bruder im Kampf gegen die Unholde zu helfen. Weggehen würde ihn an die Wissenschaftlerin binden, würde Wax in den Augen der Najahn verfluchen. Ein Verrat, den Wax sich nicht leisten konnte, und einer, der Quik erst jetzt bewusst wurde, als er ihn durchsprach, genau hier unter der untergehenden Sonne, den Rufen zum Einsteigen und den schreienden Möwen.

»Du verlässt mich also?«, fragte Annalyse.

»Ich habe einen Eid geschworen. Ich kann ihn nicht brechen. Nicht jetzt.«

Quik war sich nicht sicher, was er erwarten sollte, aber eine Hand, die auf sein Herz gedrückt wurde, war es nicht. Annalyses Handfläche brachte jedoch eine harte Wärme mit sich, die Quik als mehr als nur ihre Haut empfand, als er ihre Hand ergriff. Zwei Skars lagen darin, ein Vis- und ein Foti-Stein.

»Behalte diese, benutze sie, wenn du sie brauchst«, flüsterte Annalyse und brachte ihren Kopf nah an seinen.

»Bleib am Leben, Quik, und wenn du diese Macht gefunden hast, nach der du suchst, bring mich zurück.«

»Das werde ich.«

»Gut.« Annalyse machte einen langen Schritt zurück. Sie wackelte langsam mit einem Finger. »Denn wenn du es nicht tust, werde ich all deinen Jägern meine neuen Spielzeuge geben. Dann wird Vis nie mehr dasselbe sein.«

33
EINGESPERRTE MÖGLICHKEITEN

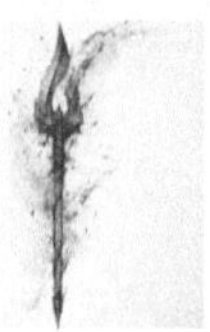

Wie weit brachte sie ihre Prahlerei?

In einem Leben am Rande von Noctia hatte Torny gelernt, dass eine Beleidigung so scharf wie jedes Messer sein konnte, einen Kampf abwenden oder eine Tür öffnen konnte, die für die Sanftmütigen und Milden sonst verschlossen blieb. Auch das Anpassen von Interessen an ihre eigenen funktionierte, besonders bei den leichtgläubigen Gemütern, die es allzu gewohnt waren, zu bekommen, was sie wollten. Wie zum Beispiel die meisten der Najahn.

Wax und Bliss waren nicht so. Torny stand dieser Tatsache gegenüber und fuhr mit dem Finger an den dicken Innenfenstern des Gasthauses entlang, während sie ihr Bier in der anderen Hand hielt. Keiner von beiden schien bereit zu sein, mitzuspielen oder sie zu ignorieren und sich auf ihre eigenen Wünsche zu konzentrieren. Mit anderen Worten, die Diebin wurde immer wieder darauf hingewiesen, was und wer sie war.

Und jetzt hatte Wax es wieder getan, hier in dieser verschneiten Einöde, wo Raubtiere direkt vor der Tür lauerten. Kaum eine faire Situation: Schließ dich uns an oder lass dich von irgendeinem schrecklichen Eisfrosch fressen. Wäre es nicht einfach, deine Vergangenheit aufzugeben und dich auf eine neue Gegenwart einzulassen?

Rette die Welt, Torny!

Sie schnaubte. Blickte zurück zum Feuer. Wax starrte in die heißen Flammen, sein eigenes Bier kaum angerührt. Der Erneuerung schien es ebenso wahrscheinlich, ohnmächtig zu werden wie die ganze Nacht in tiefen Gedanken versunken dazusitzen. War es das, was es bedeutete, wenn das Schicksal auf einem lastete?

Von wegen. Über ihnen beiden lag die wahre Gewinnerin, diejenige, von der alle erwarteten, dass sie Noctias verfluchten Thron besteigen würde. Eujo hatte auch die passende Haltung dazu, hochmütig und kalt. Als hätte sie die Gosse, in der sie aufgewachsen war, völlig vergessen. Perfekt, um allein in einem hässlichen Krater stecken zu bleiben und ein paar Jahrzehnte zu früh zu sterben.

Wax hatte sich um nichts zu sorgen. Er war, wie Torny, nur Beiwerk.

Sie ging zur vergitterten Tür des Gasthauses, ein stabiler Eisenriegel, der quer über das dicke Holz verlief. Eine Axt und viel Anstrengung könnten sich vielleicht durchhacken, aber ansonsten würde niemand das ohne Hilfe von innen öffnen können. Auch das dicke Glas bedeutete, dass die Frösche es schwer haben würden, ihren Vorteil zu nutzen. Obwohl sie vielleicht einfach warten würden, sich draußen einrichten und sich fragen würden, wann ihre Beute sich bewegen würde.

Das zumindest konnte passieren, wann immer Wax und Eujo es wollten. Das Gasthaus hatte reichlich Essen. Feuerholz und Decken. Sie könnten hier den Winter überstehen, wenn sie beschließen würden, das Erneuerungsspiel ganz aufzugeben.

Obwohl Torny sich vielleicht dabei ertappen würde, wie sie Eujo einen Dolch zwischen die Rippen schob, wenn sie so lange so eng zusammen wären.

Das Gasthaus bot auch sonst nicht viel Ablenkung. Die einzigen Kunstwerke, wenn man sie so nennen konnte, waren Tierknochen, die hier und da an den Wänden hingen. Keine Bücher, keine Lauten, die herumlagen und darum bettelten, gezupft zu werden. Nur das Nötigste.

Da Wax wie weggetreten war, setzte Torny ihre Tour fort, wanderte an der Treppe nach oben vorbei und verzichtete auf diese kalten Stufen. Nun ja, vielleicht doch nicht. Bliss lag dort oben. Sie zumindest verstand Torny, aber die Vis war schnell verschwunden, erschöpft nach ihren Erkundungsanstrengungen. Besser, sie ruhen zu lassen.

Das Erdgeschoss hatte eine Küche, eine Bar, die Tische im großen Hauptraum und ein einzelnes, einsames Strohbett ganz hinten, ein Raum, der besser als Abstellkammer genutzt würde. Wo der Besitzer in den seltenen Momenten schlafen mochte, in denen ein Gasthaus ruhig sein könnte. Bis zu ihrem kurzen Aufenthalt in Rana hatte Torny nie einen echten Job gehabt, stundenlang über Geschirr und verschütteter Suppe geschuftet.

Sie würde es nie wieder tun, verdammt. Das war eine Qual, die widerstandsfähigeren Menschen als ihr vorbehalten war.

Tornys Abstieg in den Keller war eine lautlose Angelegenheit, ihre Füße streiften die Stufen ohne ein Geräusch. Eine zweite Natur mittlerweile, eine Fähigkeit, die Yarvick ihr vor Jahren beigebracht hatte. Er würde hinter ihr stehen, den Stock zum Schlagen bereit, wenn Torny auch nur das leiseste Knarren verursachte. Sie würden ruhige

Häuser finden, sie ausrauben, dann Diebe ausbilden, bis jemand sie vertrieb, und jedes neue Ziel brachte neue Prüfungen mit sich.

Die solide Konstruktion des Gasthauses machte den lautlosen Gang leicht, feste Bretter in den Keller trugen ihr Gewicht ohne ein Knacken oder Quieken. Über ihr spannen ein paar mutige Spinnen Netze, um Milben und Tausendfüßler zu fangen, die durch den Boden krochen. Der Kellerboden war kaum mehr als festgestampfte Erde, in Schach gehalten durch diese Fässer, Säcke und Kisten. In Stein geschlagene Regale glänzten, als Torny ihre Laterne – die sie bei ihrem Rundgang im Hauptgeschoss mitgenommen hatte – darüber schwenkte, Gläser versprachen eingelegte Köstlichkeiten für jeden, der sie öffnete.

Das waren alles gewöhnliche Dinge. Weniger gewöhnlich war das flache, quadratische Holzstück, das auf dem Boden nahe der schrägen Doppeltüren lag, durch die sie hereingekommen waren. Mit verblasenem Schnee bedeckt, war es Torny bis jetzt nicht aufgefallen, ein verzeihliches Versäumnis angesichts der Eile, in der sie alle gewesen waren.

Torny lächelte in sich hinein. Yarvick würde ihr den Fehler nicht verzeihen: Verpasse nie eine Gelegenheit, egal in welchem Moment.

Die Banditin bückte sich, stellte die Laterne auf den Boden und fuhr mit der Hand über das Holzquadrat. Ein dunkler Eisenring ragte an einem Ende bis zu ihrem Handgelenk auf und bettelte darum, gezogen zu werden. Ein kurioses Ding, eine Falltür innerhalb eines Kellers. Was wäre es wert, so tief zu graben?

Torny sah sich noch einmal gründlich im Keller um, zählte das Essen und die Gläser doppelt und kam auf eine Idee. Während das Bier und einige härtere Sachen oben hinter der Bar warteten, hatte es keinen Wein gegeben. Tamas war nah genug an Whent, und Torny dachte, die Steinbeißer stellten einige ihrer eigenen her, sodass es an einem Ort wie diesem ein paar Flaschen hätte geben sollen.

Vielleicht bewahrten sie die guten Sachen ganz unten auf.

Doch als Torny nach der Schlaufe griff, wurde ihr Kopf benebelt, ihr Arm zitterte. Erschöpfung. Der nächtliche Spaziergang, der wenige Schlaf machten sich nun bemerkbar, da sie vom Riskieren ihres Lebens wieder zum normalen Leben übergegangen waren.

Wieder nach oben gehen, ein Nickerchen machen, Wax' Ultimatum in ihren Träumen abspielen lassen?

Noch nicht.

Torny kniff sich selbst. Ein weiterer Trick, diesen hatte sie schon vor Yarvick gelernt, um wach zu bleiben und das Essen genau dann zu schnappen, wenn die Noctia-Restaurants es endlich wegwarfen. Wenn sie heimlich einschlief, gäbe es nicht einmal Reste, wenn sie aufwachte.

Ein Zug an der Schlaufe öffnete die Tür ohne Widerstand. Die Tür schwang nach oben und traf mit einem staubigen Knall auf die Kellerwand. Eine kleine Leiter lag drinnen, lehnte an der baufälligen Erde, aus der alte Wurzeln und knorrige Überreste ragten. Der Geruch, der damit kam, erinnerte Torny an das Schiff des Noctia-Händlers, die alten Schätze, die in seinem Laderaum auf den Verkauf warteten.

»Welche Geheimnisse hast du?«, murmelte Torny, beugte sich vor und hielt die Laterne in die Grube.

Das Glitzern gab den ersten Hinweis. Scharf und unregelmäßig, wie die Ringed City bei Sonnenaufgang. Nichts, was die Natur geschaffen hatte, und nichts, was Torny zuvor gesehen hatte. Etwas, das einen genaueren Blick verlangte.

Die Diebin schwang ihre Beine auf die Leiter und testete die Sprossen. Das schmale Holz bestand die Prüfung wie alles andere in diesem gut gebauten Gasthaus, und schon bald erreichte Torny den Boden der unteren Ebene, der nicht so eben war. Zwischen den Erdwänden stützten Holzbalken den Raum und gaben Torny genügend Höhe und Breite zum Arbeiten. Zum Glück, denn was dort unten wartete, ergab keinen Sinn.

Käfige. Vier, verteilt entlang der Raumgrenzen mit einem schmalen Gang dazwischen. Groß genug, um eine Person zu halten - Torny, die erst kürzlich in einer Zelle gewesen war, wusste das - aber klein genug, um sicherzustellen, dass sie nie bequem wären. Jeder hatte eine Bank und sonst nichts. Eine einzelne tote Laterne hing von der Decke. Links von der Leiter, in die Wand geschlagen, wartete ein kleines Brett mit vier Schlüsseln, die an Stiften hingen.

Die Diebin schluckte.

Ein Gasthaus, sicher, aber wer gehörte hier runter? Leute, die nicht bezahlen konnten?

Torny drehte sich um, um wieder die Leiter zu nehmen und von hier zu verschwinden. Ein gewisses Maß an Unheimlichkeit lag durchaus im Bereich einer Diebin. Dies? Nee.

Ein Geräusch stoppte ihren ersten Schritt. Ein Rascheln, ein Seufzen, tiefer, jenseits der Reichweite ihrer Laterne. Torny schnellte herum, die Laterne schwingend. Sie hatte ihren Bierkrug eine Etage höher im Keller gelassen und ersetzte ihn jetzt durch ein gezogenes Messer. Nur Schatten warteten, still. Torny zwang sich, langsam zu atmen, sagte sich, dass ihre Laterne genug beleuchtete, sodass alles dort hinten klein sein musste.

Trotzdem.

»Hallo?«, fragte Torny in die Luft.

Mit der hochgehaltenen Laterne konnte sie sich nicht gerade verstecken. Sie konnte genauso gut sehen, ob sich etwas zeigen würde.

Ein weiteres Seufzen, ein weiteres Rascheln. Etwas Staub stieg auf, vom Licht der Laterne erfasst. Torny hielt den Griff des Messers fest umklammert. Sie sagte sich, dass dies Käfige waren. Sie würden alles darin festhalten. Nichts würde sie holen kommen.

Sie machte einen einzelnen Schritt vorwärts. Wiederholte ihren Ruf.

Diesmal begrüßte sie ein Schnauben. Die Luft bewegte sich. Etwas verlagerte seine Position in dem hinteren linken Käfig.

Sei kein Feigling, Torny. Sieh nach, was es ist.

Oder geh zurück. Hol Wax, und-

Wax. Der Typ, der dachte, Torny wäre nicht engagiert genug? Keine Chance.

Die Diebin schüttelte den Kopf, verengte die Augen und machte einen weiteren Schritt vorwärts. Hob die Laterne, löschte alle Schatten aus und fluchte.

34
SPRUNG

Das Problem mit Türmen war, dass sie mehr als ein Stockwerk hatten. Ein Kitaye-Baumhaus würde dich ein Seil oder eine Leiter hinunterlassen und du wärst frei, auf dem Boden und im Nu im Freien. Stattdessen fanden sich Ami und Sawi, als sie am Pausenraum vorbeibrachen, auf derselben gewundenen Treppe wieder, die sie beide hinaufgestiegen waren. Steinstufen und Fackeln. Stimmen über und unter ihnen in müßigem Geplauder.

Wenigstens blieb ihre Flucht noch ein Geheimnis.

»Welchen Weg?«, fragte Sawi, als Ami zögerte.

»Nach unten ist offensichtlicher, aber sie werden mehr Wachen haben«, murmelte Ami, mehr zu sich selbst als zu ihrer Vis-Begleiterin. »Keine Garantie, dass es oben einen Ausweg gibt ...«

»Eine kleine Chance ist besser als keine?«

Ami blinzelte, schüttelte den Kopf. »So funktioniert das nicht, Sawi. Wir gehen nach oben.«

»Aber?«

Ami ging an der Vis vorbei und hielt das gestohlene

Schwert ruhig, während sie mit entschlossenen Schritten aufstieg. Sawi folgte ihr, ihre Najahn-Roben streiften sich gegenseitig, als der aufziehende Sturm seine Böen durch den Turm wirbeln ließ. Ein weiteres Zeichen seines Status: wenige Fenster, versiegelt mit Glas. Gladdrings Turm wirkte gemütlich. In diesem hier konnten die Gefangenen leiden.

Der Gedanke ließ Sawi fast mitten im Schritt innehalten, brachte sie tatsächlich zum Stolpern und zog einen bösen Blick von Ami auf sich.

Bevor sie eine Gefangene geworden war, hatte Sawi nie darüber nachgedacht, was mit Menschen geschah, die an solche Orte verschleppt wurden. Ein Teil davon konnte entschuldigt werden, da sie die Dinge auf Vis anders handhabten, aber sie war jetzt lange genug auf Noctia gewesen, um zu bemerken, wie die Wachen alle möglichen Leute wegschleppten, von Straßendieben über potenzielle Deserteure bis hin zu Händlern mit lockerer Moral. Sie würden aus dem Blickfeld verschwinden und das war's dann.

Außer dass sie jetzt wusste, dass sie auf einfachen Pritschen ausgestreckt frieren würden, bis die Najahn ihnen ein sauberes Exil oder einen noch saubereren Schnitt gaben.

»Konzentrier dich«, flüsterte Ami, als sie die nächste Ebene erreichten, ein weiterer Zellentrakt. Die Tür zum Wachbereich war geschlossen, gedämpftes Lachen drang hindurch. »Wenn sie sie öffnen, musst du zuerst zuschlagen.«

Sawi murmelte ein Gebet an Vis, dass im Interesse aller Leben die Tür geschlossen bleiben möge, und tatsächlich tat sie es, der Gott tat seinen Teil, um die Wachen bei ihren Karten oder ihrem Abendessen zu halten.

Die nächste Ebene gewährte ihnen nicht dasselbe

Glück, obwohl Worte und knarrende Scharniere dem schleichenden Paar eine Warnung gaben.

Ami schoss nach oben, als der Treppenabsatz in Sicht kam, ein Wachmann mit einem Essenskorb trat heraus. Die Augen des Mannes gingen in die falsche Richtung, zurück zu seinen Kumpels, und mit beiden Händen beschäftigt, hatte der Mann nie eine Chance. Sawi dachte, Ami würde zu einem brutalen Stich ansetzen, ihn ausweiden, aber die Wächterin drehte ihren Griff um und schmetterte stattdessen den Schwertknauf in das Gesicht des Wachmanns und ließ ihn in den Türrahmen krachen.

»Lauf!«, rief Ami zurück, ihre Attacke blieb von den zwei anderen Wachen drinnen nicht unbemerkt.

Sawi warf ihnen einen kurzen Blick zu, als sie vorbeirannte, weit aufgerissene Augen und stolpernde Füße waren ihre Hauptmerkmale. Amis Opfer lag stöhnend und nutzlos am Boden, der Korb und sein schmutziges Spülwasser über den ganzen Boden verteilt.

Besser als Blut.

Der nächste Treppenabsatz stellte ihre Strategie auf die Probe, die Treppe endete mit dem Steinboden und mehreren Türen. Alle drei sahen gleich aus: massives karamellfarbenes Holz, die schwarzen Eisengriffe, die die Najahn bevorzugten. Ami drehte sich fast auf der Stelle, unschlüssig, nur um Sawi an ihr vorbeistreichen zu sehen, die die rechte Tür wählte.

Eine einfache Wahl, da die anderen wahrscheinlich zur See führten. Vielleicht konnte Ami in der Drehung ihre Richtungen nicht klar halten, aber sich inmitten dichter Vegetation zurechtzufinden, war etwas, das jeder Vis lernen musste, sonst würden dich die schwingenden Lianen verloren zurücklassen.

Hinter der Tür wartete ein verlassener Raum, vollgestopft mit Truhen, schwere, mit Nummern beschriftete. Das einzige Licht des Raums - eine Laterne neben der Tür hing erloschen - kam von einem breiten, bogenförmigen Fenster an der Rückseite. Im Gegensatz zu den schmalen Schlitzen im Treppenhaus des Turms hatte dieses Glas, sein Glitzern passte zum fallenden Schnee in der dämmernden Tageszeit draußen.

»Kein Ausgang«, sagte Ami und sah an Sawi vorbei in den Raum. »Wir müssen-«

Ein Armbrustbolzen schlug über Amis Kopf in das Holz ein und zitterte im gesplitterten Brett. Ami fluchte, zog sich hinein, während Sawi tiefer zwischen die Truhen ging. Ami schlug die Tür zu, drehte sich um und begann, eine Truhe herüberzuziehen.

»Hilf mir«, knurrte die Wächterin, und Sawi tat es, die beiden arbeiteten schnell, um eine Truhe vor die Tür zu bewegen und eine weitere darauf zu stapeln.

»Was ist das?«, fragte Sawi, während sie arbeiteten, die einfache Frage tat ihren Teil, um die Tatsache zu verdrängen, dass ein Najahn gerade versucht hatte, sie zu erschießen.

Zu erschießen. Das heißt, sie versuchten nicht, das Paar lebend zu fangen.

Wenn Sawi Gladdring je wieder fände, würde der Mann sich wünschen, sie hätte ihn in Mottilan verrotten lassen.

»Keine Ahnung«, sagte Ami und trat von ihrer behelfsmäßigen Barrikade zurück, das Schwert bereit, als ob das etwas gegen eine Armbrust nützen würde. »Versuch eine. Vielleicht ist etwas drin, das wir gebrauchen können, denn wir könnten verdammt sicher etwas gebrauchen.«

Sawi wählte wahllos eine aus, öffnete sie und sah verschiedene Kleidungsstücke. Anständige Klamotten, keine Najahn, aber nichts, was ihnen helfen würde. Der Inhalt jedoch passte zu den Nummern außen.

»Es ist Zeug von Gefangenen. Was sie bei sich hatten«, sagte Sawi und schloss die Truhe. »Nicht, äh, toll.«

»Es sei denn, einer von ihnen hatte ein großes Schwert«, fluchte Ami. »Denk nach, Vis. Du sollst doch schlau sein, oder?«

War sie das?

Sawi blickte sich im Raum um, aber die Truhen waren die einzigen Dinge dort. Ein Poltern hallte gegen die Tür. Jemand rüttelte an der Klinke. Ami fluchte – sie fluchte immer, aber ihre Barriere hielt. Vorerst.

Als nächstes kam das Fenster dran, und als Sawi ihren Kopf gegen das Glas drückte, hätte sie fast geschrien. Der Turm hatte zwar Höhe, aber er war in die Noctia-Klippen gebaut worden. Draußen, nur einen Sprung entfernt, lagen zerklüftete Felsen und ein offener Hang. Zwar gab es eine Lücke zwischen dem Fenster und dieser Freiheit, aber nichts, was eine gute Vis nicht schaffen könnte.

Sawi zögerte nicht, nahm ihr eigenes gestohlenes Schwert und zerschmetterte mit dem Griff das Glas. Der Schlag schlug einen Riss, einen zweiten – Sawi hatte noch nie zuvor Glas zerbrochen, aber sie hatte gesehen, wie sich eine betrunkene Ami an einer zerbrochenen Weinflasche geschnitten hatte, also behandelte sie diese Scherben mit Vorsicht – und zersplitterte den Rest des Fensters.

»Was machst du da?«, rief Ami, als die Tür erneut krachte. Die Wächterin hatte ihren Rücken gegen die gestapelten Truhen gepresst und stemmte sich mit den Beinen dagegen. Schweiß lief über Amis Gesicht, trotz der Kälte, die nun in den Raum strömte. »Ich bin nicht den ganzen Weg gekommen, um zu springen.«

»Na dann, hoffe ich, du magst es, erschossen zu werden.«

Das Tückische an dem Fenster war, dass es nicht bis zum Boden reichte, und seine Höhe bedeutete, dass der Sprung eine kopfüber, tauchende Angelegenheit sein würde. Einen guten Schwung nehmen, den Körper in einem Bogen spannen und beim Aufprall auf den Boden eine Rolle planen. Härter als ein Farnwedel, aber die gleiche Idee. Sawi nahm einen tiefen Atemzug, der frische, eisige Wind strömte ein und erfüllte sie mit ekstatischem Leben.

Etwas krachte gegen die Tür. Sawi blickte hin und erhaschte die silberne Kante einer großen Axt, als die Waffe zurückgezogen wurde.

»Komm schon«, sagte Sawi. »Uns läuft die Zeit davon!«

»Wenn du denkst, ich springe aus irgendeinem Fenster, bist du wahnsinnig.«

Sawi war gerade dabei, einen üblichen Vis-Feigling-Spruch zu machen, als sie Amis Tonfall bemerkte, die vernünftige Angst, die in den Worten lag. Eine Foti-Wächterin, das war Ami. Sie war nie durch den Dschungel geschwungen, sah wahrscheinlich jeden Sprung als Risiko für ihre Knöchel, nicht als Chance, frei zu fliegen. Aus einem Fenster zu springen, geschweige denn in den freien Raum, wäre keine erste, zweite oder fünfzigste Wahl.

»Du musst, Ami«, sagte Sawi, als die Axt erneut zuschlug und sich schnell zurückzog, um das blinzelnde Auge eines Wachmanns durch das Loch spähen zu lassen. »Entweder das, oder sie werden dich töten, Skar hin oder her.«

»Ja, hab mir schon gedacht, dass das eine Möglichkeit wäre.« Ami grinste und packte ihr Schwert mit beiden Händen, als sie von den Kisten aufstand. »Besser das, als Fassle seine fancy Hinrichtung zu überlassen.«

Sawi blieb der Mund offen stehen, als Ami eine Kämpferhaltung einnahm, einen Schritt von den Truhen entfernt. Sie würde nicht springen? Würde einfach mit dieser Klinge um sich schlagen, bis die Wachen sie in Stücke rissen?

»Wirf dein Leben nicht weg«, sagte Sawi.

»Wir beweisen einen Punkt, Sawi«, erwiderte Ami und lockerte sich. Die Axt schlug erneut zu und riss ein ganzes Brett heraus. Jemand steckte eine Armbrust durch die Öffnung, also klappte Ami den Deckel der obersten Truhe hoch und fing den abgefeuerten Bolzen ab.

»Welchen Punkt? Dass du ein Vollidiot bist?«

Ami warf ihr Kurzschwert in die andere Hand und griff etwas aus der Truhe. Ein Wachmann im Raum stieß dagegen und ließ den Truhendeckel nach vorne fallen. Die Wächterin warf den Gegenstand, irgendein Erbstück, durch das zerbrochene Brett und lachte, als jemand im anderen Raum fluchte.

Die Axt schlug erneut zu und zog an einem zweiten Brett.

»Ich bin eine Wächterin«, antwortete Ami und klappte die Truhe wieder hoch. »Ich sterbe für meine Aegis, Sawi. Das habe ich geschworen.« Sie lachte wieder und zog einen weiteren Gegenstand heraus. »Die Schuhe dieses Typen sind das Steifste überhaupt.«

Der Truhendeckel knallte zu, Ami warf den zweiten Schuh.

Und Sawi sprang.

Der Wind strömte durch ihre Roben, die Kanten des Fensters streiften ihre eigenen, aber Sawi flog in die dämmrige Luft. Für einen langen Moment spürte Sawi, wie sich ihr Magen hob, wie der Griff des Gottes sich lockerte. Als der Schlag nachließ, krümmte Sawi ihre Arme über ihren Kopf, schwang ihr Gesicht zu ihrem Bauch und traf die eisige Klippenwand in einer Rolle. Schmerz und Panik spielten zunächst ein Muster, Sawis Schwung trug sie schnell über die eisigen Felsen, während Schrammen und Prellungen durch die Najahn-Roben brachen. Ihre Finger, Beine und Füße streckten sich weit aus, suchten nach Halt und fanden ihn stückweise, jeder Griff, jeder Tritt verlangsamte ihre Geschwindigkeit, bis Sawi ausgestreckt zum Stillstand kam. Auf dem Rücken liegend, blutend, mit einer Schulter, die ihr sagte, dass sie vielleicht nicht mehr an der richtigen Stelle saß, starrte Sawi über eine sich windende, weite Kraterwand, die vom Najahn-Ende der Ringed City wegführte.

Frei. Sawi lächelte und ignorierte eine aufgeplatzte Lippe und deren austretendes Blut.

»Wo bist du hin?«, kam Amis Ruf durch das Fenster, gestresst und verwirrt. »Sag mir nicht, du hast dich entschieden, es ohne Kampf zu beenden?«

Sawi drehte sich um und krabbelte die Felsen hoch. »Ich bin hier draußen. Du kannst den Sprung schaffen!«

Konnte Ami das?

Besser, sie versuchte es zumindest.

»Du bist verrückt«, war Amis Antwort, die Wächterin unsichtbar durch das Fenster, aber näher.

Ein lautes Krachen deutete darauf hin, dass die letzten Momente der Tür schnell näher rückten.

»Willst du sagen, eine Vis kann etwas, was du nicht kannst?«, fragte Sawi. »Bin ich etwa besser als du, Wächterin?«

Ami antwortete nicht. Das scharfe Klirren von Metall auf Metall ertönte, gefolgt von einem Schrei. Sawi stand auf und war gerade dabei, sich umzudrehen und einen Überlebenslauf zu starten, als die Gestalt der Wächterin im Fenster erschien, nicht nur die Entfernung abschätzend, sondern in voller Geschwindigkeit fliegend. Ami hatte Kraft, hatte aber keine Genauigkeit, und ihr Sprung durch das Fenster streifte die Seite des Steins und warf ihren Sprung in einen verzogenen Drall.

Sawi fluchte, stieß sich zur Kante und streckte die Hand aus, zielte auf Amis Hand und erwischte stattdessen den Stiefel der Wächterin, als die sich drehende, fallende Foti gegen die steilere Klippe prallte, die Sawi selbst übersprungen hatte. Der Aufprall klang, als würde er Knochen zerbrechen, und Sawis Arme brannten, als sie ihren Griff um Amis Stiefel verdoppelte und versuchte, auf den Knien zurückzurutschen.

»Komm schon, Ami«, sagte Sawi, ihre gefrorenen Zähne klapperten. »Sei nicht tot. Sei nicht tot.«

Amis Knöchel kam über den Hang, als Sawi zog, dann der Oberschenkel der Wächterin, die Najahn-Roben fielen überall herunter. Der Fortschritt gab Sawi jedoch Hoffnung: Sie würde Ami über die Kante ziehen, und mit dem Vis-Skar würde sie-

Ein Klicken. Sawi blickte auf und sah den Armbrustschützen, der durch das Fenster zielte. Direkt auf sie.

»Tut mir leid, Ami«, sagte Sawi und tat das Einzige, was sie tun konnte.

Sie ließ los und rollte die gefrorenen Felsen hinunter in die Dunkelheit.

35
ENDLOSE MÜHE

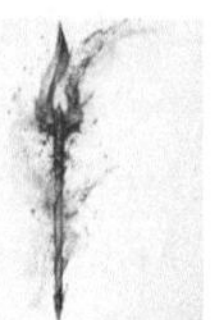

Die Leichen konnten sich bewegen.

Svarde und Kivi stolperten in die Höhle, wo die Gruppe des Toten Königs verstreut herumstand und in unheimlicher Stille verharrte. Die beiden hielten inne, während Svarde ein Foti-Gebet murmelte, als er die sich schleppenden Gestalten beobachtete. Einige bewegten sich so gut wie jeder Mensch, während andere, denen ein Fuß, ein Bein oder beides fehlte, sich über den Stein- und Erdboden zogen. Wie ein aufgestörter Ameisenhaufen schienen sich die Körper zufällig zu bewegen. Doch als Svarde genauer hinsah, erkannte er Muster und Sinn.

Einige verschwanden durch den Seitentunnel in Richtung der verlassenen Stadt. Andere türmten Steine um Svardes Eingang auf, die Anfänge einer Barrikade. Wieder andere machten sich daran, die verbliebenen Waffen zu schärfen oder Steine zu zerbrechen, um neue, grobe Versionen herzustellen. Wäre dies eine normale Truppe gewesen, hätte Svarde erklärt, dass keine Zeit für solche Dinge sei, dass sie stattdessen zurück in die Stadt eilen, die

Tore schließen und beten müssten, dass die Unholde an ihnen vorüberziehen würden.

Stattdessen sah er, wie diese Körper ohne Ermüdung, ohne Bedürfnisse, ohne Zögern oder Ablenkung arbeiteten. Sieht man von ihren körperlichen Unvollkommenheiten ab, waren die Toten die effizienteste Truppe, die Svarde je gesehen hatte.

Das warf eine Frage auf, die Svarde an Kivi richtete.

»Wenn er all diese schon so lange um sich hat, wieso ist dann nicht dieser ganze Ort abgeriegelt?«

Die Tunnel zum Einsturz bringen, alles, was man nicht blockieren konnte, mit Stacheln, Fallen und Unhold-zerreißendem Material füllen. Einfach genug, wenn man Jahre um Jahre zur Verfügung hatte, warum war es also nicht getan worden?

Svarde erblickte den Toten König in der Mitte der Kammer. Er stand da, sein Schwert wie eine geschnitzte Statue in den Stein gerammt. Maena kreiste an seiner Seite und murmelte vor sich hin, wie sie es in diesen Tagen oft tat.

»Komm, Kivi«, sagte Svarde. »Lass uns sehen, wie wir helfen können.«

Das Ferrit schnaubte. Eine Frage, während sie sich um die entstehende Barrikade herumschlängelten.

»Weil Jochis Armee zu uns kommt«, antwortete Svarde. »Sie werden uns hier treffen, und gemeinsam werden wir die Unholde vernichten. Ganz einfach.«

Noch ein Schnauben. So hart, dass es dem Foti einen fragenden Blick entlockte.

»Ja, ich weiß, es ist dumm, hier zu bleiben, aber irgendjemand muss es tun. Wie der Typ mit dem Schwert sagte, die Unholde können überall hin, sobald sie an diesem Raum vorbei sind. Du hast gesehen, welchen Schaden drei dieser Monster in einer großen, gut verteidigten Stadt anrichten konnten. Setz einen oder zwei auf eine normale Stadt an, und ...«

Svarde verstummte, als sie den Toten König erreichten, sein Herantreten unterbrochen, als Maena sich vor ihm aufbaute, eine schelmische Frage in ihren Augen.

»Siehst du etwas Interessantes?«, fragte Maena.

Svarde musterte die Rana-Kapitänin, ihr tänzelnder Blick war weit entfernt von der Soldatin, die sie damals in der *Rattenfänge* gewesen war. Vielleicht ein verzweifelter Wahnsinn, der sie nach so langer Zeit in diesen endlosen Tunneln überkam. Sie hatte nicht Svardes Bollwerk, die verkümmerte Liebe zu einer sterbenden Frau, die so weit außerhalb seiner Reichweite lag, und deren läuterndes Feuer.

Obwohl ein Wahnsinn wie dieser ...

»Wirst du meine Frage beantworten, oder die da benutzen?«, fragte Maena und nickte zu Svardes Händen. Ihm war nicht bewusst gewesen, dass sie zu seinen Axtgriffen geglitten waren. »Denkst du darüber nach, dir das Schwert meines Freundes unter den Nagel zu reißen?«

Die Anspielung lenkte Svarde zum Toten König und seinem feierlichen Stand, der Mann schwieg unter seiner Rüstung, während er die Körper zur Verteidigung dirigierte. Ob er Maenas Stichelei gehört hatte, zeigte der Mann nicht. Ob er es bemerken würde, wenn Svarde *tatsächlich* versuchte, die Klinge wegzureißen oder eine Axt durch seine Rüstung zu rammen, wer wusste das schon.

Svarde würde es nicht versuchen herauszufinden.

»Du bist es«, sagte Svarde. Die brennenden Unholde hatten noch keine Vorstöße unternommen. Ein Moment, um herauszufinden, ob man seiner Freundin noch trauen konnte, schien wertvoll. »Du hast dich verändert.«

»Seit wir zum ersten Mal in See gestochen sind, ist viel passiert, Svarde. Bist du noch derselbe wie damals?«

»Dasselbe Ziel.«

»Ich auch. Diese Unholde zu Hackfleisch verarbeiten und dann sehen, ob wir nicht ihre Knochen benutzen können, um die Portale zu verstopfen. Das ist mein Plan. Was ist deiner?«

Kivi schnaubte leise an Svardes Fuß. Ziemlich grimmig in der Tat.

»Wenn es so einfach wäre-«

»Ist es das nicht?« Maena trat einen Schritt zurück, bückte sich und hob einen Stein vom Boden auf, den abgesplitterten Fels leicht von einer Hand in die andere werfend. »Dieser Stein, deine Äxte, sein Schwert und diese räudigen Leichen sind alles, was wir haben, Svarde. Wir werden sie alle auf diese Bastarde werfen, die du da unten aus dem Wasser kommen sahst, und versuchen, versuchen und versuchen, bis wir entweder verbrannt oder unter ihren metallenen Hüllen zerquetscht werden. Ganz einfach.«

»Ist es so, wie du deine Überfälle für Rana geplant hast? Ein blinder Angriff auf ein Whent-Schiff, komme, was wolle?«

»Das war damals. Dies ist jetzt.« Maena, immer noch den Stein hin und her werfend, trat beiseite und öffnete Svarde den Weg zum Toten König. »Wenn du Strategien entwickeln willst, nur zu. Du wirst feststellen, dass unser Freund nicht gerade der gesprächigste Typ ist.«

»Du nennst das hier ein Gespräch? Du gibst mir überhaupt keine Antworten.«

Maena schnüffelte, spuckte zur Seite aus. »Du verdienst

keine, Wächter. Wer ich bin, geht nur mich etwas an. Kümmere dich um deine eigenen Probleme.«

Svarde wollte gerade einwenden, dass Freunde so nicht miteinander umgehen, besonders solche, die kurz davor stehen, in die Schlacht zu ziehen. Doch etwas in Maenas starrem Blick verscheuchte den Riss und beendete das Gespräch. Die Rana-Kapitänin war während ihrer Unterhaltung verschwunden, von schlagfertig und verspielt zu spröde und stachelig geworden.

Immerhin musste Svarde sie, da sie keine echte Waffe hatte, nicht als Bedrohung betrachten.

Der Tote König führte ein anderes Gespräch, nämlich eines, das mit Svardes Begrüßung begann und endete. Der gepanzerte Mann antwortete nicht, abgesehen von seinem leisen Ein- und Ausatmen. Als Svarde es erneut versuchte, hielt die Stille an, obwohl die Arbeit um sie herum weiterging. Der Tote König schien wie ein Fels, bis seine Arbeit getan war, also machte sich Svarde daran, sich so gut wie möglich vorzubereiten.

Stunden vergingen, während die Leichen an ihren steinernen Bollwerken arbeiteten. Karren rollten aus dem Tunnel der alten Stadt herein, ihre zerbrochenen Räder kratzten über den Boden, geschoben von ihren unermüdlichen, verwesten Piloten. Darin lag genau das, was Svarde nicht in Maenas Händen sehen wollte: Waffen.

Grobe Schwerter, Speere, Schilde und Messer. Mit erbärmlichem Geschick gehämmert und geschärft, hatten ihre Klingen mehr Scharten als Svardes narbige Haut. Die Speerschäfte waren nicht aus stabilem Holz, sondern aus alten Knochen, zusammengefügt mit Teer und Spucke. Viele hatten überhaupt keine Griffe, sondern wurden einfach in das weiche, kaum vorhandene Fleisch der Soldaten des Toten Königs gerammt.

Svarde murmelte einen Fluch nach dem anderen, als er das Schauspiel beobachtete. Die ganze Kammer füllte sich mit ihren stinkenden Reihen, und diejenigen, die nicht an der Verstärkung der behelfsmäßigen Mauer arbeiteten, stellten sich in Kampfformationen auf.

»Du hast mich etwas gefragt«, sagte der Tote König, seine Stimme leiser als zuvor, erschöpft und doch unerschütterlich. Unsterblich wie seine Untertanen.

»Ich wollte deine Strategie wissen. Ob du in Betracht ziehst, den Kampf zu ihnen zu tragen, solange wir die Oberhand haben. Sie zurück ins Meer zu drängen.«

»Für die Truppe deiner Freundin wäre das machbar. Für meine gilt: Die Toten schwimmen nicht, und das Wasser zerfrisst ihr Fleisch zu nichts, bis sie nur noch ein Knochenhaufen sind. Besser wir kämpfen hier drinnen, wo jeder von uns, der niedergestreckt wird, die Chance hat, wieder aufzustehen.« Der Tote König entfaltete sich, während er sprach, erhob sich aus seiner knienden Position zu seiner Svarde überragenden Größe. Inmitten der Moose der Kammer schimmerte der Tote König in Blau- und Grüntönen, ein blühender Schatten. »Sie können anstürmen, wie sie wollen, aber sie werden feststellen, dass jeder erkämpfte Schritt ihre Rücken, ihre Beine, ihre Füße durchbohren wird, bis sie so tot sind wie ihre Feinde.«

Svarde zuckte zusammen.

»Kannst du sie besiegen? Wo sind die anderen?« Svarde fuhr mit dem Arm durch die Kammer, und zum ersten Mal schien Maena auf seiner Seite zu sein, als sie die Frage wiederholte. »Solltest du nicht überall hier Dämonen haben, bereit uns zu verteidigen?«

»Es ist nicht so einfach.« Der Tote König nickte in Richtung der Barrikade. »Seid ihr bereit?«

»Warte. Noch eins. Du sagst, du bist schon so lange hier

unten. Warum sind die Dämonen nicht abgeschottet? Warum habt ihr keine dickeren Mauern, stärkere Schwerter?«

»Demion hat mir die Aufgabe erteilt, die Inseln zu schützen. Einen Weg abzuschotten würde die Schrecken einfach in eine andere Richtung lenken, durch tiefere Tunnel, die ich nicht schützen kann. Wenigstens hier, in diesem Schmelztiegel, können wir einige von ihnen aufhalten.« Wenn der Tote König noch mehr zu sagen hatte, so raubte ihm etwas die Worte. Der schwarze Eisenhelm und der Kopf darin wandten sich dem verbarrikadierten Tunnel zu. »Die Dämonen nähern sich.«

Der Tote König brauchte keinen geschickten Kundschafter, um das festzustellen: Ein tiefes Grollen hatte vor einigen Minuten begonnen, die Vibrationen prickelten unter Svardes Füßen. Jetzt schimmerte am fernen Ende des Tunnels ein entferntes goldenes Leuchten, wie eine kriechende, chaotische Morgendämmerung.

Maena, die zwei unförmige Krummsäbel trug, jene geschwungenen Waffen, die von den Tamas-Soldaten bevorzugt wurden – so wenige es von diesen phantasievollen Leuten auch gab – testete ihre Reichweite mit einem Tanz. Kivi, mit Svardes Segen, gab den Boden auf für einen Platz an der Decke, ein Hinterhalt, der auf seinen Moment wartete. Die Toten schoben sich zurecht, Speerträger erhoben sich in der ersten Reihe, während die wenigen mit Gliedmaßen, die fähig waren, Steinschleudern zu benutzen, sich Platz verschafften.

Der Foti-Barbar nahm einen letzten Schluck aus seinem Wasserschlauch, zog seine Äxte und wählte sein Kampfgebrüll.

»Wenn sie ankommen, wartet«, sagte der Tote König, sein mächtiges Schwert noch immer mit der Spitze nach unten in die Erde gerammt. »Lasst sie sich erst an meinen alten Freunden abmühen.«

»Willst du unsere Körper nicht deiner Sammlung hinzufügen?«, fragte Maena.

»Das werdet ihr«, erwiderte der Tote König. »Besser, ihr macht das Beste aus eurem Leben, bevor ihr es aufgebt.«

»Du bist nicht gerade inspirierend, oder?«

Der Tote König wandte sich ihr zu, sein Helm knirschte auf der Rüstung. »Dies ist unser Zweck, Tänzerin. Wir kämpfen hier, um die Welt zu retten. Welche größere Inspiration brauchst du noch?«

»Na, wenn du es so ausdrückst ...«

Svarde pfiff. Lenkte ihre Aufmerksamkeit zurück zur Barrikade, wo Gold zu Gelb und dann zu Orange geworden war. Hitze strömte in die Kammer und ließ Svarde zum ersten Mal seit Tagen im kühlen Untergrund schwitzen. Die behelfsmäßige Steinmauer blockierte ihre Sicht, aber nicht den Ton: nicht nur der vibrierende Boden, jetzt, sondern auch das stetige Knirschen von Maschinen, jene Fahrzeuge, die gegen die losen Steine drückten. Damit kam das Rasseln, das Klirren, als Ketten über den Boden schleiften oder gegen die drängenden Höhlenwände knirschten.

Auf ein stummes Kommando hin begannen die toten Schleuderer eine Salve, Steine flogen in einem Bogen über die Barrikade mit mehr Gewalt, als Svarde erwartet hatte. Unermüdliche Kraft, voller Einsatz bei jedem Schwung und Wurf. Schläge und Brüche breiteten sich aus. Funken flogen auf, stiegen in ihrem heißen Glitzern über die dunkle Mauer. Eine weitere Salve und eine dritte, ein ununterbrochener Angriff, während andere Tote sich sammelten und weitere Munition fallen ließen.

Eine vage Hoffnung keimte auf.

Denn als die vierte Salve in die Luft flog, umhüllte ein

donnerndes Krachen, ein heller Schwall die Mauer, und ihre einfachen Steine schmolzen dahin. Das brüllende Glühen verblasste nicht, beruhigte sich nicht, als die Barrikade fiel. Es rückte vor, die einzige Unterbrechung in dem Inferno kam von jenen obsidianfarbenen Dreiecken, die in brennender Stille vorwärts marschierten.

36
EIN KLEINER AUFSCHWUNG

Ein gebrochenes Bein und ein ramponiertes Biest. Tornys Entdeckung vertrieb Wax' Erschöpfung und ersetzte sie durch Möglichkeiten: Er hatte diese großen Kreaturen auf Foti gesehen und wusste, wozu ein gutes Zugtier fähig war. Warum es im Käfig gelassen wurde, mit großen Strohhaufen in Reichweite verstreut, wurde klar, als die hinkende, schnaufende Gestalt des großen Ochsen die beiden jenseits der Gitterstäbe musterte.

»Aber warte mal«, sagte Wax, während sich langsam Vernunft durch seinen benebelten Verstand filtrierte. »Wie ist es überhaupt hier runtergekommen? Wir haben doch eine Leiter benutzt?«

»Einbahnstraße«, murmelte Torny und warf einen Blick zurück auf die breite Tür. »Ich wette, sie haben den armen Kerl betäubt und hier runtergeschoben.«

»Einbahnstraße?«

»Nicht jeder Ort hat so viel Nahrung wie Vis, Wax. So ein großer Bursche wie der hier könnte eine Familie den größten Teil des Winters ernähren. Ich wette, sie haben ihn nur ungern zurückgelassen und versucht, mit dem Stroh Zeit zu gewinnen.«

Warum sie ihn zurückgelassen hatten, schien offensichtlich genug: Bevor Wax die Party gesprengt hatte, drehten sich alle Gespräche um den verrückten Kriegsherrn und seinen Einberufungswahn. Wenn Wax es wagte, ein anderes Thema vorzuschlagen, wandten sich die schwatzenden Gäste dem Angriff der Unholde auf die Stadt zu, der vorgezogenen Verteidigungsaufstellung. Jeder, der in der Gegend geblieben war, wäre mitgeschleift, mit einer Armbrust oder einem Schwert ausgestattet und angewiesen worden, Heim und Vaterland zu verteidigen.

Mehr Inseln brauchten eine Truppe wie die Lira, die bereit war einzugreifen.

»Wir werden ihn aber nicht als Nahrung verwenden«, sagte Wax und tippte mit einem Finger gegen den leeren Käfig zu seiner Linken.

»Nein? Wax, denk mal nach. Mit diesem Ochsen und den Getränken oben könnten wir diese Frösche aussitzen und im Frühling gemütlich zum Gash spazieren.«

»Torny, wenn ich monatelang hier mit dir, meiner Schwester und Eujo eingesperrt sein muss, drehe ich durch.«

Die Banditin runzelte die Stirn. »Nicht sehr nett, das über deine Wächter zu sagen, Kumpel.«

»Ich bin Realist.« Wax nickte zum Ochsen. »Nein, wir werden unseren Freund wieder nach oben bringen, denn ich habe einen Plan.«

»Warum macht mich das noch nervöser?«

»Keine Ahnung, Torny. Wirklich keine Ahnung.«

Wax' Hoffnungen auf eine Ochsen-Bergung starben einen schnellen Tod, als sie mit der Realität konfrontiert wurden, wie sie beide das massive Tier aus seinem Käfig und eine Leiter hinauf bekommen sollten. Obwohl der Keller des Gasthauses voller Seile und zufälliger Werkzeuge war, schien keines eine brauchbare Option zu sein, um ein Tier den ganzen Weg nach oben zu bringen, geschweige denn mit nur zwei Personen, die damit arbeiten konnten.

Aber wenn man Schritt eins nicht machen konnte, ging man zu Schritt zwei über. Wax nahm einen Lappen, wickelte seinen Vis-Skar darin ein und kehrte dann zum Ochsen zurück. Die Kreatur, entweder so zahm oder verzweifelt, bewegte kaum mehr als ihre Augen, als Wax hereinkam, den Skar um das verletzte Bein des Ochsen wickelte. Er gab dem Tier einen sanften Klaps, flüsterte ein Gebet an seinen Gott, eines, das um Gesundheit, Glück und Hoffnung bat, und ging dann, um Pläne mit der Diebin zu schmieden.

Wax' brillante Idee, dort in der frühmorgendlichen Dunkelheit, stieß weiterhin auf Tornys Skepsis, aber die Banditin spielte mit, als Wax den Plan beschrieb, der im Ernst beginnen sollte ... nach einem Nickerchen. Sogar der Ochse schien zuzustimmen, legte seinen Kopf auf das Stroh und schloss seine großen braunen Augen.

Das Gasthaus hatte einen anderen, würzigen Geruch, als Wax aufwachte, nachdem er mit Eujo die Betten getauscht hatte. Die Königin und später Bliss hatten ihre früheren Wachphasen genutzt, um die Vorräte des Gasthauses zu plündern und ein Frühstück aus Haferkuchen zuzubereiten. Geschmolzener Schnee über dem Feuer lieferte frisches Wasser, während gehackte Kartoffeln und Karotten Wax' Eingewöhnung an Lebensmittel fortsetzten, die auf den anderen Inseln üblich waren, aber im heißeren, sumpfigeren Dschungel von Vis nirgends zu finden waren.

Die Vierergruppe versammelte sich am späten Vormittag, während die Frösche ihre träge Distanz beibehielten und draußen Schneeflocken wirbelten. Die vielen Tische und Stühle des Gasthauses fühlten sich ein wenig leer an, aber auf ihre Art gemütlich, und Wax empfand eine Mahlzeit ohne das Schaukeln eines Bootes als angenehme Abwechslung. Das fröhliche Knistern des Feuers, eine Sache, die auf der *Storm's Edge* ebenfalls vermieden wurde, trug zur Atmosphäre bei und ließ ihn entspannt in den Tag starten.

»Und wartet, bis ihr das probiert«, sagte Torny, trug einen kochenden Topf zum Tisch und stellte ihn ab. Ein erdiger, bitterer Geruch stieg auf, den Wax erkannte. »Kaffee. Könnt ihr das glauben? Sie haben hier tatsächlich echten Kaffee. Wisst ihr, was das ist?«

Wax und Bliss tauschten einen Blick aus, wobei der Renewal seiner Schwester zunickte, um der Banditin die schreckliche Wahrheit zu offenbaren.

›Wir bauen ihn ständig an‹, signalisierte Bliss, während Torny begann, das dampfende Getränk in mehrere dicke graue Becher zu gießen. ›Kitaye handelt damit überall hin.‹

Torny blinzelte bei den Signalen, während Eujo kicherte. »Okay, nun, niemand spricht darüber, woher er kommt. Und ich habe euch beide nie welchen trinken sehen.«

›Weil wir ihn nicht brauchen.‹

Jetzt tauschten Torny und Eujo einen Blick aus, begleitet von den ersten, vorsichtigen Schlucken. Bliss hielt ein wachsendes Lächeln angesichts des Unglaubens der beiden anderen, ein Scherz, den Wax zu verderben beschloss, damit sie das Gespräch auf das lenken konnten, was wirklich wichtig war; die Kreatur im Keller.

»Wir kauen die Bohnen«, sagte Wax. »Es ist viel weniger Arbeit und bei weitem nicht so heiß wie gekochter

Kaffee. Aber wir haben keine mitgebracht, als wir aufbrachen. Vielleicht ein Fehler.«

»Ihr könnt die Bohnen einfach so essen?«, fragte Torny.

»Probier's aus.«

Die Banditin tat genau das ein paar Minuten später, nachdem sie die Kuchen und Karotten aufgegessen hatten. Ihr Gesicht verzog sich und Wax meinte, eine Träne in einem Auge zu sehen angesichts der Bitterkeit, aber die Banditin behielt es unten und griff sogar nach einer zweiten. Ob sie diese auch aß oder sie einfach in der Hand behielt, um vor dem zuschauenden Trio anzugeben, war sich Wax nicht sicher.

»Willst du es auch mal versuchen, Eujo?«, fragte Wax, während sie mehr geschmolzenen Schnee benutzten, um ihr eigenes Geschirr zu reinigen. Sogar Torny war mit der Idee einverstanden gewesen, da sie das Gasthaus kostenlos genutzt hatten und im Begriff waren, nun ja, seinen alten Ochsen zu stehlen. »Kaffeebohne?«

»Ich bleibe lieber bei der Art, die ich kenne, danke.«

Mit dem eroberten Frühstück enthüllte Wax den Plan: die Skars mit dem Ochsen zu benutzen, das Ding, angetrieben von Vis und Foti, sollte sie vom Gasthaus weg bis zum Gash befördern.

»Auf was?«, fragte Eujo. »Oder denkst du, wir reiten einfach den ganzen Weg auf dem Biest?«

»Dazu sage ich, wer hat Lust auf einen Spaziergang?«

Bliss meldete sich freiwillig, während Torny und Eujo weiter aufräumten und mehr Vorräte für die Reise packten. Dass niemand Wax' Idee mit beißendem Sarkasmus oder Zweifel abgeschmettert hatte, verlieh den Schritten des Vis Schwung. Mit seinem dicken Mantel schüttelte Wax die beißende Kälte ab und wanderte grinsend in den Schnee hinein. Bliss folgte ihm und setzte ihre Stiefel in seine

Fußstapfen, als sie nach Westen gingen, weg vom Gasthaus und in Richtung der Scheune dort drüben.

Die Frösche, tagsüber unsichtbar, machten keine Vorstöße. Vielleicht, so wagte Wax zu hoffen, hatten sie sich entschieden, leichterer Beute nachzuhüpfen.

Die Ahnung, die Wax in den Schnee trieb, unterstützt durch Tornys beiläufiges Wissen über die Inseln, besagte, dass diese Scheune während der Ernte Vieh beherbergen würde, aber möglicherweise auch Ausrüstung aufbewahrte, für die im Gasthaus kein Platz war. Wie zum Beispiel eine Art Schlitten. Die großen Doppeltüren am nahen Ende der Scheune ragten mehr als doppelt so hoch wie Wax auf, das ganze Gebäude war so hoch wie das Gasthaus, das es versorgte, aber kein Schloss lag an den Griffen. Der Vis zuckte mit den Schultern zu seiner Schwester und packte die eiserne Schlaufe und zog.

Die Türen bewegten sich kein Stück. Sie zitterten bei seiner Anstrengung, rührten sich aber überhaupt nicht, ein verwirrender Stillstand, bis Bliss auf das offensichtliche Problem hinwies: der Schnee, all der Schnee, der sich an der Türbasis angehäuft hatte.

»Schau mich nicht an, als wäre ich ein Idiot«, sagte Wax, als sie sich hinunterbückten und den Schnee mit ihren Handschuhen wegschaufelten. »Ich habe noch nie so viel Schnee gesehen, geschweige denn versucht, eine damit bedeckte Tür zu öffnen.«

Bliss antwortete, indem sie ihm die Flocken ins Gesicht warf, eine volle Schaufel, die Wax' Haut kalt und in der Sonne glitzernd zurückließ.

Ein Angriff, der nicht unbeantwortet bleiben konnte.

Die Geschwister räumten die Scheunentür auf die beste Art frei: indem sie sich gegenseitig mit Handvoll Schnee bewarfen, wobei Wax jedes Mal schrie und fluchte, wenn

Bliss ihm eine kühle Ladung in den Nacken oder in seine Mantelärmel stopfte. Bliss' Haare gingen in den Flocken unter, ihr Kopf war bald mit Schnee bedeckt, bevor beiden klar wurde, dass sie für ihre Munition bereits über die Türkanten hinausgriffen. Gemeinsam, fast wie eins, wandten sie sich einander mit leeren Händen zu, rot im Gesicht und grinsend.

»Man kann fast verstehen, warum Leute in all dem hier leben würden«, murmelte Wax, als Bliss zur Tür nickte.

Diesmal gab das gezogene Holz ein Ächzen von sich und schabte über den dünnen weißen Rest am Boden. Ein erdiger Geruch begrüßte das Paar, als sie eintraten und einen Unterboden sahen, der in Boxen unterteilt war, unter einem oberen Deck, das mit Heuballen bedeckt war. Letzteres war ein Begriff, den Wax erst seit seiner Ankunft auf Whent gelernt hatte, als er sie hier und da in der Stadt gestapelt sah.

Ohne den Wind wärmten sich die beiden durch ihren Schneeballkampf schnell auf, als sie durch die Scheune gingen und überall leere Boxen vorfanden. Am hinteren Ende schienen vier große Abteile mit verschließbaren Toren zu offen für Tiere zu sein, ein Verdacht, der sich bestätigte, als sie das letzte erreichten, nahe der hinteren Scheunentore.

Wax konnte nicht anders, der Jubelschrei kam wie von selbst. Bliss ging noch einen Schritt weiter, sprang auf den kleinen, klapprigen Schlitten und hob triumphierend beide Fäuste. Der Schlitten hatte zwei lange, dicke Kufen, Platz für ihre Rucksäcke, und obwohl nur eine einzelne Bank vorne stand - vielleicht der Grund, warum er einer evakuierenden Familie nicht dienen würde - konnte Wax sich vorstellen, dass sie sich hineinquetschen könnten, da sie leicht reisten.

Der Fund brachte den Plan in die nächste Phase: die Rettung des Ochsen aus dem Keller. Wax hatte auch dafür eine Idee, auf die Eujo mit der vorsichtigen Zurückhaltung jemandes einging, der von den Umständen gedrängt wird. Nämlich, dass ein weiterer Marsch in Richtung des Goldenen Risses mit ihrem gefrorenen, von Fröschen verschlungenen Tod enden würde.

Der eingewickelte Vis-Skar hatte den Ochsen nicht wie durch Zauberhand vollständig geheilt, aber das Tier schaffte es, wackelig aufzustehen. Eujo fügte ihren eigenen Vis-Stein zu Wax' eingewickeltem hinzu, wobei der Ochse sein sanftmütiges Selbst blieb, obwohl verwirrte Schnauber ausbrachen, als Eujo den weißen Kance-Skar enthüllte. Während Torny den Ochsen aus dem Käfig führte, packte die Kance-Königin das Fell des Tieres und zog sich in eine umarmende Reitposition.

»Vorsichtig jetzt«, sagte Wax und rief vom Keller aus. »Erschreck sie nicht.«

»Bist du schon mal auf einem Ochsen geritten?«, erwiderte Eujo, ihre Stimme ein geflüsterter Schrei. »Nein? Dann will ich kein Wort hören.«

Nicht, dass Wax noch etwas sagen musste: Torny führte den Ochsen zur Basis der Falltür, wobei das Tier sie ansah, als wolle es erklären, dass es auf keinen Fall die Leiter hinaufklettern würde.

»Okay, Eujo, jetzt bist du dran«, sagte Torny.

»Ich versuche es.«

Von oben sah es aus, als versuchte die Königin, den Ochsen so fest wie möglich zu umarmen, umklammerte das Tier um seine Schultern, ihre linke Hand drückte den Skar zwischen sie. Ihre Augen waren geschlossen. Wax glaubte, ein Zittern zu bemerken.

Eujos dicker Mantel blähte sich auf, seine Ränder hoben

sich, als ein Wind, scheinbar aus dem Nichts, aus dem Keller in den Kellerraum strömte. Die Regale klapperten. Ein Glas mit eingelegtem Irgendwas fiel zu Boden und zerbrach. Wax begann zurückzuweichen; jeder Wind, der stark genug war, einen Ochsen durch diese Tür zu heben, würde diesen ganzen Ort auseinanderreißen.

Doch die Luft erstarb. Der Wind verschwand so plötzlich, wie er begonnen hatte, nur um durch ein panisches Schnauben ersetzt zu werden. Wax kehrte zum Rand der Tür zurück, nur um wieder zurückzufallen, als der große Kopf des Tieres hindurchstieg, die Augen des Ochsen wirbelten wild. Eujo, mit offenen Augen und dem Ochsen zurufend, ruhig zu bleiben, folgte mit dem Körper des Ochsen, das ganze Geschöpf, seine Hufe trafen die Leiter, den Boden, zog sich in den Keller, als ob es von einer sanften Hand gehoben würde.

»Na sieh mal einer an«, bemerkte Torny von unten. »Dachte, ich hätte schon alles gesehen, aber anscheinend lag ich falsch.«

37
TENETS AUFGABE

Ein aufgestörtes Hornissennest, durch das Quik
waten musste. Die Najahn liefen umher, schrien,
verbargen ihre Gesichter und murmelten miteinander, als der Abend hereinbrach und die Messer gezückt
wurden. Quik selbst erregte kaum Aufmerksamkeit, seine
schmucklosen Roben gaben niemandem einen Grund,
genauer hinzusehen, nicht wenn ihr eigenes Leben in
Gefahr sein könnte.

Eine unschuldige Frage an einen nervösen Wächter gab
Quik die Informationen, die er brauchte: Gladdring und der
gesamte Turm des Handelstenets wurden zusammenge-
trieben und verhört, ihre Loyalität stand in Frage. Fassle
würde jede falsche Antwort, jeden scheuen Blick als Grund
nehmen, dich in einen Gefängnisturm zu werfen. Einige
wenige, flüsterte der Wächter, waren in dieser Nacht
getötet worden.

Die Straßen der Najahn schienen vor Spannung zu
vibrieren, die Fackeln brannten heller, die Steine zitterten
unter den Schritten, ein aufziehender Sturm wirbelte
Schnee zwischen den Türmen. Sichi bot ein blasses

violettes Licht, das auf die Klippen fiel, wo die Wolken sie nicht verdeckten, Narben auf den Felsen.

Quik beobachtete diese immer mehr, als er sich seinem Ziel näherte, seinem vermeintlichen Zuhause bei der Dritten Hand. Ein Ort, an dem er nach Masayos Befehl und der anschließenden Gefangenschaft in Annalyses Strandkäfig nur wenig Zeit verbracht hatte. Trotzdem erinnerte er sich an die Worte, um hineinzukommen, und die Wächter, die draußen standen, betrachteten das Chaos kaum mehr als eine Kuriosität.

Masayo würde niemals zulassen, dass so etwas die Dritte Hand störte, oder zumindest nahm Quik das an.

Sein Zimmer sah aus, wie er es verlassen hatte, mit den Überresten seiner Vis-Sachen, die Ausrüstung von der *Storm's Edge* unberührt in seiner Truhe verstaut. Niemand hatte angenommen, dass er gestorben war, trotz tagelanger Abwesenheit. Sein Bett war gemacht, das Kissen wartete auf einen erschöpften Kopf, den Quik am liebsten sofort in den weichen Stoff gedrückt hätte.

Wollte es, würde es aber nicht tun.

Denn jemand stand in seiner Tür, verhüllt und wartend.

»Du bist zurück«, sagte Masayo, ihre Stimme stark und vom Alter gezeichnet.

Die zwei Worte forderten eine Erklärung, und Quik gab sie. Es machte keinen Sinn, sich zu fragen, wie Masayo wusste, dass er zurückgekehrt war, ob sie wusste, dass er Annalyse bei der Flucht von der Insel geholfen hatte. Beides würde die Situation nicht ändern, die im Moment darin bestand, dass Quik lebte und Masayo ihn anscheinend nicht töten wollte.

»Die Skars als Antwort?« Masayo schnaubte. »Dass sie Macht haben, ist schon lange bekannt, dass sie zu schwer zu kontrollieren sind, ebenso. Bei jeder Erneuerung wird jemand aufgeregt und sprengt sich selbst in die Luft, fliegt zu hoch und landet auf dem Kopf.« Der Tenet der Dritten Hand hatte sich nicht von Quiks Türrahmen wegbewegt, obwohl sie eine kleine Pfeife hervorholte und einen Funken in den Kopf schlug. Die Züge zwischen den Sätzen hatten etwas Träges, einen erdigen Geruch, anders als alles, woran sich Quik aus Vis erinnerte. »Gladdring denkt, er sei auf etwas Neues gestoßen, aber das liegt nur daran, dass er nicht genau genug in die Vergangenheit geschaut hat.«

»Glaubst du, Fassle weiß es?«

Masayo nickte. »Mein kleiner Najahn, Fassle und der Zirkel wissen mehr als jeder einzelne Tenet. Er beendet Gladdrings Arbeit, bevor sie die Insel gefährdet, bevor sie uns gefährdet.«

»Uns?«

»Gib den Menschen eine unvernünftige Hoffnung, und sie werden sich abschlachten, um sie zu ergreifen. Die Najahn kontrollieren die Skars aus genau diesem Grund, auch wenn unsere Soldaten es nicht wissen. Kannst du dir vorstellen, wie eine Horde verängstigter Menschen Foti-Skars ergreift und ganze Dörfer niederbrennt?«

Quik runzelte die Stirn. »Das würden sie nicht tun.«

Masayo zeigte mit einem knochigen Finger auf ihn. »Das ist deine Naivität, die da spricht. Eine Katastrophe ist es, wenn jeder eine Waffe hat, anstatt nur die wenigen, die wissen, wie man sie benutzt. Wir beschützen die Inseln, Quik, sowohl vor den Feinden als auch vor sich selbst. Wenn die Najahn fallen, versinken die Inseln im Chaos.«

So weit entfernt von Annalyse, ihren Worten und Ideen, die auf Stärke abzielten, auf Sicherheit für alle. Die Entfernung zwischen ihnen, die Erschöpfung des Tages, brachten Quik ins Schwanken, und er setzte sich auf sein eigenes Bett.

»Du bist müde?«, fragte Masayo, und beantwortete sich die Frage selbst, als Quik seufzte. »Natürlich wärst du das. Amis Fängen zu entkommen, muss eine extreme Anstrengung gewesen sein.« Die Pfeife paffte. »Du hast zwei Stunden. Dann stehst du auf, und wir brechen auf.«

»Warum?«

»Weil deine alte Vis-Freundin entkommen ist, und Ami mit ihr, obwohl die dümmlichen Gefängniswärter darauf bestehen, dass sie beide verwundet zurückgelassen haben.«

Erstaunlich, wie die Gefahr eines Freundes jede Erschöpfung vertreiben konnte. Quik versuchte, Masayo nach Details auszuquetschen und erhielt sie, obwohl jeder Satz in Herablassung für die Najahn getränkt war, die das Paar hatten entkommen lassen. Masayo war der Meinung, der ganze Haufen sollte zusammen mit Gladdrings Crew abgeschlachtet werden, da Inkompetenz für jede Organisation genauso tödlich sei wie Verrat.

»Aber wohin werden sie gehen?«, fragte Quik und brachte Masayo zurück zum Punkt, zu Sawis Leben.

»Der Kraterrand ist nicht unbewohnt. Es gibt kleine Orte, wo kleine Leute leben. Sie züchten ihre Moose und ihre Pilze, fangen ihre Fische und warten darauf, dass ein Feind, ein Sturm oder die Mühlen der Zeit sie zu Staub mahlen«, sagte Masayo und endete mit einem heiseren Lachen. »Sawi und Ami werden, wenn sie am Leben sind, einen solchen Ort finden. Sie werden dort bleiben, gerade lange genug, bis wir sie einholen.«

»Warum?«

»Weil Winter ist. Es wird keine Schiffe geben. Ihre einzige Option werden die Höhlen sein, und es wird Tage dauern, bis sie erkennen, dass sie keine andere Wahl haben.«

Wieder ein Lachen. Schrill. Quik sah darüber hinweg, jenseits der Pfeife und ihres Rauchs, Masayos verhüllter Gestalt. Warum war sie noch hier und erzählte Quik all das? Was war der Zweck? Es musste einen Grund geben ...

»Du willst, dass ich mit dir gehe«, sagte Quik, seine Jägerinstinkte witterten die Wahrheit. »Du willst, dass ich sie aufspüre.«

»Ich dachte immer, Vis seien klüger, als die Gerüchte vermuten ließen«, erwiderte Masayo. »Ja. Sie haben einen gewissen Vorsprung, aber es gibt hier keine anderen Vis. Ich vertraue darauf, dass Sie wissen, wie Ihre Freundin denkt. Sie werden mir helfen, sie zu finden.«

»Sie wollen, dass ich meine Freundin töte?«

»Finden Sie sie, Quik. Das ist alles. Die Messerarbeit kommt später.«

Quik blickte auf das Kissen, das Bett, die lila und schwarzen Roben, die er trug. Der unausgesprochene Einsatz war offensichtlich. Tu, was Masayo sagt, oder er würde ein Messer in seinem eigenen Rücken finden, ein Verräter der Najahn-Sache. Keine Hilfe für Wax, keine Rettung an der Spitze einer gepanzerten Truppe zum Guten. Aber Sawi töten? Oder nah genug herankommen, dass es keinen Unterschied macht?

»Sie ist mein ganzes Leben lang eine Freundin gewesen«, sagte Quik. »Ich kann das nicht.«

»Sie können und Sie werden, oder glauben Sie, wir hätten Ihre kleine Flucht nicht bemerkt? Die Wissenschaftlerin wird natürlich verfolgt werden. Ob sie jetzt lebt, liegt an Ihnen. Ein Leben für ein Leben.«

Quik stand auf den Füßen, bevor er wusste, was er tat, ein roter Schleier über seinen Gedanken. Er machte einen Schritt auf Masayo zu, nur um einen langen, scharfen Dolch zu sehen, der auf seinen Bauch gerichtet war.

»Ihr seid Monster«, knurrte Quik.

»Haben Sie überhaupt zugehört, was ich gesagt habe? Ihre Freunde werden, ob sie es wissen oder nicht, alles zerstören, wenn man sie gewähren lässt. Wir sind die Einzigen, die sie aufhalten können. Ihr Bruder befindet sich auf demselben Weg wie Sie, steht vor denselben Entscheidungen, und er stellt die Inseln weiterhin über seine eigenen Gefühle. Können Sie das auch?«

Wie Masayo wissen konnte, was Wax dachte, was er wählte und warum ... Das war ein Spiel, aber es brachte Quik trotzdem ins Wanken. Er hatte die Skars gesehen, ihre Macht, und konnte sich eine Stadt vorstellen, die brannte, während Menschen das taten, was Wax immer wieder mit diesem Foti-Skar getan hatte. Gib ihnen Schwerter, Speere oder Annalyses fremdartigere Geräte, und welcher Schaden könnte noch angerichtet werden?

»Ich bin zu müde dafür«, sagte Quik und wankte zurück. »Ich weiß es nicht.«

»Sie müssen es auch nicht. Noch nicht. Wir finden die Vis, den Wächter. Gehen von dort weiter.« Masayo zog den Dolch zurück, bereit, die Drohungen beiseite zu legen und Quik einen Ausweg zu geben. »Machen Sie Ihr Nickerchen. Ich werde Taschen packen und vorbereiten lassen.«

Als sich der Dritte Hand Tenet abwandte, fand Quik seine Stimme, eine Frage, die er stellen wollte:

»Warum?«

»Nach Vernunft zu suchen ist ein Narrenwerk, mein junger Freund«, erwiderte Masayo und ging weiter. »Am besten macht man es wie die Vögel und fliegt, wohin der Wind weht.«

Was auch immer das bedeuten mochte.

Quik setzte sich wieder auf die Pritsche, legte den Kopf auf das Kissen, sicher, dass er nicht länger als einen

Moment schlafen würde. Stattdessen kamen die Träume schnell und beunruhigend. Als Masayos raue Hand Quik wachrüttelte, fühlte er sich nicht ausgeruhter als zuvor und sagte das auch.

»Trotzdem«, sagte Masayo, die Pfeife glühte wieder, als sie zwischen ihren ausgetrockneten Lippen hing, »gehen wir. Ziehen Sie sich an, Vis. Die Jagd beginnt heute Nacht.«

38

SCHLITTENSCHLÜRFEN

Eingekuschelt zwischen Taschen und Vorräten, die aus den überfüllten Lagerräumen der Herberge geklaut worden waren, gewann Torny eine neue Perspektive auf Winterreisen: Wenn man nichts anderes zu tun hatte, als einen steifen, brennenden Kartoffelschnaps zu trinken, während das gefrorene Land vorbeihüpfte, war es gar nicht so übel.

Das Einzige, was sie ändern würde, wäre die Gesellschaft: Wax und Bliss saßen vorne, da sie die beiden mit Erfahrung in Sachen Wildtiere waren. Das Nächste, was Torny je mit einem Tier zu tun gehabt hatte, war der gelegentliche Foti-Ferrit gewesen, und Eujo, die unter ihrem Mantel gegenüber der Banditin kauerte, hatte in den Straßen von Kance oder während ihrer Zeit im Palast der Winde keine Zeit gefunden, irgendwelche Tiere zu zähmen.

»Das ist also wirklich der Name?«, fragte Torny und reichte die Flasche weiter, eine von vielen, die sie unter Wax' zunehmend hochgezogenen Augenbrauen in den Schlitten geschoben hatte. »Palast der Winde? Ziemlich anmaßend, oder?«

»Anmaßung und Königtum passen gut zusammen.«
Eujo nahm einen Schluck und hustete kein einziges Mal bei
dem, was sicher eine schmackhafte, harte Fahrt ihre Kehle
hinunter gewesen sein musste.

Die Königin verdiente sich damit ein Jota von Tornys
Respekt.

»Aber das bist du doch eigentlich nicht, oder? Königlich?« Torny streckte die Hand aus, um die Flasche zurückzubekommen, und zitterte, als der Schlitten in die Luft ging
und ihr Magen für einen Moment schwebte.

Der Ochse, dessen Ausdauer durch die beiden Vis-Skar
verstärkt und dessen Hufe durch Eujos Kance-Edelstein
erleichtert wurden, sauste mit einer frenetischen, begeis-
terten Inbrunst nach Norden, die zusammen mit der Langeweile dafür sorgte, dass Torny und, wie sie vermutete, auch
Eujo zur Flasche griffen, obwohl der Tag kaum in den Nachmittag übergegangen war. Von hinten konnten die beiden
nicht sehen, wohin der Schlitten fuhr, und es war besser,
den Schock des Unbekannten mit einem soliden Alkohol-
puffer abzufangen.

»Kommt auf den Tag an.« Eujos Geplänkel, wie ein sich
entwirrender Knoten, hatte so steif wie immer begonnen,
aber der Schnaps tat seine Wirkung. »Manchmal wachte
ich unter Laken auf, die wertvoller waren als die ganze
Straße, auf der ich früher geschnorrt hatte, und wollte den
Flur hinunterlaufen, aus den Fenstern springen und sehen,
ob ich einen Keks zum Frühstück klauen konnte. An
anderen Tagen hatte ich irgendeine Zeremonie, irgendeinen
Grund, vor Leuten zu stehen, die einfach durch Zufall Hoffnung in mich setzen mussten. Dann, dann versuche ich das
zu sein, was sie brauchen.«

»Schrecklich nett von dir.«

Eujo hatte einen entrückten Blick, von der Sorte, bei der

Torny vermutete, dass die Königin sich an einem viel wärmeren und freundlicheren Ort als diesem hier verloren hatte.

»Die Leute sind auf mich angewiesen«, sagte Eujo. »Sie konnten mich nicht wählen, aber ich bin alles, was sie haben. Ich will sie nicht enttäuschen.«

»Was geht dich das an? Ist doch nicht deine Schuld, dass du in dieser Situation bist.«

»Ich hätte ablehnen können, Torny. Oder einen der anderen Attentäter der Königin mich umbringen lassen, mich von der Insel verbannen lassen.«

Torny schnaubte. Trank noch mehr. In diesem Tempo würden sowohl die Banditin als auch die Königin gut angeheitert sein, wenn sie den Goldenen Spalt erreichten. Ein guter erster Eindruck auf die Idioten, die dort ebenfalls festsaßen. Torny klopfte, nachdem sie die Flasche an Eujo zurückgegeben hatte, auf die Tasche unter den Pelzen und fühlte das Tagebuch noch dort. Solange sie das hatte, wen kümmerte es schon, was irgendwelche Trottel in einem Außenposten dachten?

»Willst du die Aegis überhaupt?«, fragte Torny. »Ist das dein Ziel, das, was deine Leute wollen? Schuldest du ihnen genug, um ein kurzes Leben auf diesem steinernen Stuhl zu verbrennen?«

»Ich schulde ihnen eine Atempause von den Unholden, so schnell ich sie ihnen geben kann.« Eujo nahm einen größeren Schluck, als Torny es geschafft hatte. Ging gleich noch einmal ran. »Ich hatte meine Zeit, in der ich das Beste bekam, was wir hatten. Jetzt ist es Zeit, dass ich etwas zurückgebe.«

»Verdammt, du bist wirklich edel.«

Eujo schüttelte den Kopf. »Nur fair.«

»Was waren dann deine Wachen? Die, die dich tot

sehen wollten? Sie schienen dich nicht besonders zu mögen.«

Eujo runzelte die Stirn, ihre Hände umklammerten den Mantel, als wollten sie etwas erwürgen.

»Sie waren Verräter.«

»Sie dachten, sie täten das Richtige.«

Das war nicht das, was Torny gesagt hätte, wäre sie stocknüchtern gewesen, aber es war besser, die Wahrheit rauszulassen, als länger unter Eujos heiligen Verkündungen zu leiden.

»Du hast die Briefe gelesen«, sagte Eujo und stellte es als Tatsache fest, nicht mehr.

»Absolut. Es gibt 'ne Menge Regeln, wenn man 'ne Diebin ist, aber eine der wichtigsten ist, keine kostenlosen Informationen zu verschenken.«

»Das ändert nichts daran, dass sie Verräter waren, auch wenn sie ihre Gründe hatten.«

»Was willst du also tun? Es ignorieren?«

»Ich bin mir nicht sicher.« Ein Blick zu den grauen Wolken über ihnen, dem ewig fallenden Schnee. »Entweder ich verheimliche es. Behaupte, sie seien durch irgendeinen Unhold umgekommen. Oder ich prangere es an, schiebe die Schuld auf die andere Königin. Spalte meine Insel in zwei Teile.«

»Chaos ist profitabel.«

»Für manche.«

Torny lachte: »Für deine alten Freunde, wette ich. Für meine auch.«

Ein verschmitztes Lächeln vertrieb das Stirnrunzeln der Königin. Trotz der Eile des Schlittens sammelte sich der Schnee weiter um sie herum, auf ihren verhüllten Köpfen wie ein silberner Kranz.

»Die Flinken Finger«, sagte Eujo und reichte die Flasche

zurück. »Wir haben euch gehasst.«

»Weil wir die Besten waren. Sind die Besten.«

»Ich ...« Eujo lachte. »Du hast recht. Ich kann nicht mal widersprechen. Eure Diebe schlichen sich auf unsere Inseln und schnappten uns unsere Ziele vor der Nase weg, bevor wir überhaupt eine Chance hatten.«

»Weil eure Herzen nicht dabei waren«, sagte Torny. »Ganz einfach. Ihr Kance habt alle diese höheren Ideale, sogar die Gossenhunde denken, sie wären auf irgendeiner edlen Quest. Wir haben versucht, einige eurer Besseren aufzunehmen, aber es war jedes Mal ein Kampf, sie dazu zu bringen, auch nur 'ne Tomate zu klauen. Sie murmelten den ganzen Weg darüber, ob dieses Gemüse den Weg für eine glücklichere Welt ebnen würde oder so 'nen Scheiß.«

»Als ob das was Schlechtes wäre.«

»Wenn du 'ne Banditin sein willst, schon.« Torny spülte einen weiteren Schluck hinunter und lümmelte sich in der Wärme. Der Schlitten traf auf eine weitere Unebenheit, hob ab. Wax stieß seinen Vis-Ruf aus.

»Das bist du also nicht. Keine Knochen für das größere Wohl in deinem Körper?«

»Nur der nächste Schritt, das ist alles.«

Ein neugieriger, eiserner Blick. »Warum bist du dann noch hier? Du hast dein Ziel erreicht, dieses Tagebuch. Sicherlich hättest du dich davonschleichen können.« Eujo zögerte und warf einen Blick nach vorne. »Oder ist dir Bliss zu dicht auf den Fersen geblieben?«

»Ich hätte sie abschütteln können, wenn ich gewollt hätte.«

»Aber?«

Torny hob die Flasche hoch. Sie entschied sich gegen einen weiteren Schluck und griff stattdessen nach ihrem Wasserschlauch. Ein bisschen beschwipst zu sein war eine

Sache, bei der Ankunft bewusstlos zu sein etwas ganz anderes. Außerdem hatte sie jetzt genug Mut, um diese bestimmte Tür zu öffnen.

»Es gibt Regeln, wenn man mit einer Gruppe arbeitet«, sagte Torny, und Eujo nickte. »Manche sind locker, wie zum Beispiel wer den Ruhm für einen geglückten Job einheimsen darf. Andere nicht, wie zum Beispiel was man tut, wenn man erwischt wird.«

Eujo blieb still. Schlau, die Königin.

»Das war ich. Hab einen Auftrag angenommen, der schiefging. Pech gehabt. Der Kerl kam mit seinen Kumpels Stunden früher zurück, als er sollte, nur weil er seine Najahn-Glefe vergessen hatte. Ich versuchte, durch das Küchenfenster zu entkommen, einer packte mein Bein, zog mich rein und setzte mir eine Klinge an den Hals.« Jetzt nahm Torny doch einen Schluck. Die Geschichte, die Erinnerung verlangte danach. »Sie schleppten mich noch in derselben Nacht zu Masayo, und sie machte mir ein Angebot. Drei Diebe für einen.«

»Das hast du nicht getan.«

»Ich bin hier, oder?«, schnaubte Torny zurück. »Vielleicht bist du aus Stahl gemacht, Eujo, aber ich behalte meinen Hals lieber ungebrochen. Ich gab ihnen einen anderen Job, und sie schnappten ihre Übeltäter. Die Nachricht verbreitete sich, und Yarvick warf mich von der Insel.«

»Er hätte dich töten sollen.«

»Hätte er wahrscheinlich auch, wenn ich nicht auf das nächste Boot gesprungen wäre. Selbstexil.«

»Klingt eher nach Selbsterhaltung.«

Torny warf die Flasche zu Eujo, leicht genug zum Fangen, hart genug für einen ordentlichen Klaps, aber die Königin fing sie geschickt auf.

»Urteile über mich, wie du willst, es ist mir egal«, sagte

Torny. »Aber jetzt weißt du warum. Das Tagebuch zahlt eine Schuld ab, die ich nie begleichen werde. Die Guardian-Sache, das ist es auch. Menschen sind meinetwegen gestorben, und damit muss ich leben.«

»Das wirst du immer. Das ist eine Last, die nie verschwindet.«

Jetzt wurde Torny neugierig. »Du hast da eine Geschichte?«

Noch ein Schluck. Eujo sah aus, als wollte sie mehr sagen, aber Wax stieß einen weiteren Jubelschrei aus und sagte, die Schlucht sei in Sicht, sie bewegten sich so schnell. Die Königin verstaute die Flasche, warf Torny einen einzigen, traurigen Blick zu und kletterte dann aus ihrem provisorischen Nest, um einen Blick zu werfen. Torny folgte ihr und spähte über die gestapelten Taschen.

Die Goldene Schlucht erstreckte sich nicht wie die zackigen Foti-Berge, sondern erhob sich stattdessen in einer sanften Welle aus der Erde, stieg weich über den Horizont an, bevor sie in die Ferne abfiel. Trotz des grauen Tages verdiente die Schlucht ihren Namen mit einem riesigen Streifen, der sich entlang ihrer oberen Kante zog, als hätte jemand Glitzer entlang der Kurve gemalt. Sie fingen das Licht wie eine Million Sterne ein, fast blendend in ihrem goldenen Funkeln.

An ihrem Fuße, sichtbar als ein Fleck mit wispigem Rauch, lag ihr Ziel, ein weiterer Najahn-Außenposten. Damit würden Anweisungen kommen, eine Prüfung und eine weitere Narbe. Eine weitere Zeile auf einer Schuld, die Torny nie zurückzahlen würde.

39
AUF DEN KLIPPEN

Noctia war nicht angenehm. Ein Sturz von einer Klippe auf Vis und Sawi hätte sich vielleicht im Sand einer ruhigen Bucht wiedergefunden, bereit, für Stunden in einen seligen Schlaf zu gleiten, während die Tage die Traumata heilten. Das hätte ihr gefallen, sie hätte es ohne Weiteres angenommen, aber Träume waren keine Realität, schon lange nicht mehr.

Ihre Augen öffneten sich schlagartig, der raue Fels drückte gegen ihre Seite und ihre Wange. Sie war auf einem schmalen Vorsprung gelandet, ein Abhang führte hinunter und immer weiter hinunter, bis ein mit Kieseln übersäter Strand in schäumende, eisige Wellen überging. Weit draußen am Horizont, Richtung Norden, konnte Sawi perlmuttfarbene Flecken erkennen, Eisschollen in Bewegung. Sie passten farblich zu den Flocken, die vom Himmel herabschwebten. Es war später Abend. Kälte und Dunkelheit würden bald kommen, und Sawi trug kaum mehr als Gefangenenkleidung.

Auf Vis war noch nie jemand erfroren, aber das bedeutete nicht, dass Sawi keine Geschichten von Beinahe-

Unglücken in den Bergen gehört hatte, von Jägern, die sich zu weit hinausgewagt hatten, sich einen Knöchel brachen und sich zurückschleppen mussten. Hier hatte sie nirgendwo hinzustolpern: Überall würde die gleiche Kälte, der gleiche beißende Tod herrschen.

Ami hingegen könnte eine Lösung haben. Sie könnte wissen, wohin die beiden Flüchtlinge gehen könnten.

Dieser Gedanke ließ Sawi sich von ihrem unfreiwilligen Sturz aufrichten, einem verzweifelten Ausweichmanöver vor Armbrustbolzen, während sie sich an Amis Bein festgehalten hatte. Sie hatte diesen Halt irgendwo während des Sturzes verloren, eine oder zwei Sekunden bevor sie auf den Steinen aufschlug und dort liegen blieb, die Augen geschlossen, während sich Prellungen ausbreiteten, und auf den tödlichen Schuss wartete, der nie kam.

Nicht, dass er nicht irgendwann kommen würde.

Sawi schüttelte den Kopf, eine Geste leichten Trotzes, die dennoch einen verzweifelten Lebenswillen entfachte. Sie hatte bis hierher gekämpft. Sie würde jetzt nicht aufhören. Nicht jetzt.

Ein vorsichtiges Aufstehen – die Najahn-Stiefel boten genug Halt auf den Steinen – ermöglichte Sawi einen Blick hinter sich, hinauf zu den glücklicherweise verlassenen Klippen. Jenseits der abschüssigen Steine konnte sie die äußerste Spitze des Gefängnisturms erkennen. Kein Fenster, keine Sichtlinie, die die Verfolger wissen ließ, wo das Paar gelandet war. Ein paar Minuten Freiheit also.

Um zu fliehen, um zu retten.

Amis Körper lag weiter unten und links zusammengekrümmt, ein steilerer Absturz zu einem aufgewühlten Becken, das sich mit Eiszapfen füllte, während verlassene Tropfen gefroren. Amis Gestalt zeichnete sich auf schwarzem und grauem Fels ab, kalt schlammgrüne

Korallen klumpten sich in den Spalten. Sawi bahnte sich ihren Weg nach unten, Hände und Füße wechselten sich bei unebenen Griffen ab.

Die Aufgabe half, die Vis zu wecken, ihre einfache, entschlossene Natur brachte Sawi ins Gleichgewicht. Die Schritte, um in Amis Nähe zu gelangen, spielten sich in einer Linie ab, die Sawi verlängerte, als sie an Amis Seite kniete, auf dem schmalen Streifen über den krachenden Wellen.

Die Wächterin aufwecken, weg von der Ringed City laufen. Plündern, sammeln, überleben. Eine kleine Unterkunft aus Steinen bauen. Die Skars nutzen, um am Leben zu bleiben.

Ami hatte den letzten Punkt schon im Griff. Als Sawi den Körper der Wächterin drehte, eine leichte Hand auf der Schulter und eine Drehung, kam Amis goldenes Halbgesicht zum Vorschein. Die Kratzer, die ihren Körper hätten überziehen sollen, sahen bereits wie weiche rosa Flecken aus, die zurückgingen, während die zwei grünen Skars in ihrer Gesichtsplatte ihre Arbeit verrichteten. Als sie ihre eigenen Schmerzen spürte, griff Sawi nach einem, hielt dann aber inne.

Was man bei einem solchen Sturz nicht sehen konnte, konnte weitaus schlimmer sein als das, was man sah.

»Gladdring würde dich zurücklassen«, murmelte Sawi, während sie einen Weg über die Felsen plante. »Er würde irgendetwas Bitteres von sich geben, wie schade es sei, und keinen Finger rühren.«

Andererseits war Gladdring wahrscheinlich schon tot. Das, oder er wurde gerade für eine öffentliche Hinrichtung hergerichtet. Zu ihrer eigenen Überraschung ertappte sich Sawi dabei, wie sie ein Gebet an Vis für die Seele des Mannes murmelte. Er war zwar schrecklich gewesen, ja, aber er hatte auch ihr Leben gerettet, Sawi etwas mehr gegeben als nur Früchte zu sammeln, um ihre Tage zu füllen.

Erweitert, wenn man es so nennen konnte, ihren Horizont.

Die stürmischen Auswirkungen des Tenets auf Sawis Leben spielten sich in flüchtigen Erinnerungen ab, während die Vis Ami auf ihre Schultern hob und dann einen stockenden Marsch weg von diesen Wellen und hinaus auf die eigentliche Klippe antrat. Weit entfernt von den schroffen Abgründen auf Vis schien Noctias natürliche Welt, so weit unten, aus Kieseln gebaut zu sein. Als hätte ein verspielter Trickser so viele Steine aufeinander gestapelt, dass sie die Insel formten. Die Wahrheit, wie Sawi sie kannte, war etwas grimmiger: Diese Steine waren alle Teil von Noctia selbst, der Göttin, abgespalten von ihr durch denselben Schlag, der die Wunde, den Krater, geformt hatte.

Ein Krieg zwischen Göttern, aus unbekannten Gründen. Menschen, Kreaturen, Sawi war sich nicht sicher, wie sie sie nennen sollte, aber bei all ihrer Macht hatten sie genug Fehler, um sich alle umbringen zu lassen. Menschen, Dämonen, Tiere, alles übrig geblieben nach dem göttlichen Streit, um eine zerbrochene Welt zu bevölkern.

Große Gedanken für eine Sammlerin. Sawi grinste über sich selbst und zuckte zusammen, als die Kälte an ihren eigenen Lippen zerrte. Die Ältesten in Kitaye würden ihr misstrauische Blicke zuwerfen, wenn sie wüssten, worüber sie nachdachte, was sie sich fragte. Wozu, würden sie sagen, versuchen die Götter zu verstehen? Besser ein Gebet murmeln und weitermachen.

Warum dann zu toten Göttern beten, könnte Sawi fragen.

»Weil man nie weiß.«

Amis Stimme kam als Flüstern, aber eines mit Rückgrat. Sawi hätte es nicht gehört, wäre Amis Kopf nicht nahe an ihrem gewesen, als sie sich, jeden Schritt ein gewichtiger Ruck, über die Steine schleppten. Der unebene Untergrund ließ sie bei jeder Bewegung hüpfen, langsamer Fortschritt erzwungen durch die Gischt der Brandung, die glatten runden Oberflächen. Sawi musste so konzentriert gewesen sein, dass sie laut gesprochen hatte.

»Du lebst«, sagte Sawi. »Ich dachte–«

»Kein verdammter Najahn wird mich umbringen. Wie weit sind wir gekommen?«

»Ein paar Schritte.«

»Zu langsam.«

Sawi rollte mit der Schulter und kippte Ami gegen die Felsen ab. Die Wächterin breitete sich mit einem Grunzen aus, aber sie schenkte Sawi ein Lächeln voller Bedrohlichkeit. Diese Augen fokussierten sich. Ihr Haar, wie Sawis eigenes, blieb ein verfilztes Durcheinander, und beide trugen Kleidung, die jetzt besser für ein Feuer als für ihre Haut geeignet war, doch sie lebten, und der Moment trieb Sawi in ein halb wahnsinniges Kichern.

»Sie werden folgen«, sagte Ami, nachdem sie sich Sawi für einen fröhlichen Moment angeschlossen hatte. »Und nicht diese hirnlosen Wachen. Es werden echte Soldaten sein, oder Schlimmeres.«

»Schlimmeres?«

»Ich erzähle es dir später, wenn es dir richtige Albträume bereiten wird«, sagte Ami und rappelte sich auf. Ihre wacklige Haltung stabilisierte sich erst, als Sawi ihr ihre Schulter anbot.

Zum Anlehnen, nicht zum Tragen. Nicht noch einmal.

»Du wirst es mir jetzt erzählen, weil ich dir nicht traue, dass du bleibst.«

»Wo soll ich denn sonst hingehen?«

Das Paar begann wieder zu schlurfen und folgte der Wasserlinie nach Osten. Das schwindende Tageslicht versprach einen tückischen Pfad, den die Wolken auch nach Sichis Aufgang verborgen halten würden. Eine Sorge, die Sawi für sich selbst abtat: Nächtliche Dschungelstreifzüge bargen genauso viel Risiko. Der bei weitem tödlichere Feind hier würde die Kälte sein.

»Wenn Gladdrings Handelskarten stimmen«, sagte Ami, »gibt es nicht weit von hier ein kleines Dorf. Höchstens eine halbe Tageswanderung.«

»Es ist fast Nacht.«

»Dann laufen wir eben im Dunkeln.«

»Könnten im Dunkeln auch sterben.«

Ami hörte nicht auf zu gehen, aber Sawi spürte, wie sie den Kopf drehte. »Du machst dir keine Sorgen, trotz allem, was du sagst.«

Es gab Leute, die man bluffen musste, Situationen, die man verbergen musste, aber dies war keine davon.

»Wir sind hier, Ami. Sich Sorgen zu machen, wird daran nichts ändern.«

»Das erste Kluge, was du gesagt hast.«

Noch eine Beleidigung, aber Sawi ließ es durchgehen. Ami, ganz Dornen. Gladdring hatte angedeutet, dass es nicht immer so gewesen war, dass die Lieblingsfreundin der Aegis früher eine wärmende Präsenz auf allen Inseln gewesen war. Die Jahre jedoch hatten die Witze und das Lächeln abgeschliffen, eine Lebendigkeit, die schließlich von dem brennenden Unhold und ihrem vernarbten Gesicht ermordet wurde.

Bei allem, was Sawi durchgemacht hatte, hatte Ami Schlimmeres gesehen.

Auf Sawis Rat hin wanderten die beiden fast bis zur Brandung hinunter, wo die Kiesel zu feinem Kies wurden und ihnen eine Oberfläche boten, die nur von Krabbenlöchern durchsetzt war. Zumindest reichten die Stolperer dort nur bis zu ihren Knien, in flaches, wenn auch eiskaltes Wasser. Ein verstauchter Knöchel war besser als ein zertrümmerter Schädel, besonders wenn die Vis-Skars in der Nähe waren.

Als die Dunkelheit den Abend für sich beanspruchte und die Welt auf ein schwaches Rosa reduzierte, wo Sichi sich durchschleichen konnte, warf Ami einen Skar zu Sawi hinüber. Die Wärme des Steins, sein Flüstern, das ihre schmerzenden Muskeln zusammennähte, massierte ihre Prellungen wieder gesund. Während Sawis Magen immer noch knurrte und ihr Hals kratzte, hielt der Sammler Noctias kalten Griff in Schach.

»Was werden wir tun, wenn wir die Stadt erreichen?«, fragte Sawi. »Ein Boot bauen?«

»Einen Weg finden, sie zu verlassen.« Ami lehnte sich immer noch an Sawi, obwohl die Vis spürte, dass es mehr darum ging, im Dunkeln das Gleichgewicht zu halten. »Die Najahn werden wissen, wohin wir gehen, aber wir haben keine andere Wahl.«

»Wie verlassen?«

Ami lachte, eines ihrer bissigen, düsteren Kichern, das sowohl als Beleidigung als auch als Erleichterung diente. »Kein Boot fährt im Winter zu diesen Städten. Nein, wir fragen, und von den Optionen, die sie uns geben, wählen wir die schlechteste.«

»Damit die Najahn in die andere Richtung gehen.«

»Sawi, wir werden jetzt gejagt. Jede Sekunde, jede

Minute, jede Stunde, die wir den Najahn voraus sind, ist eine, die wir leben dürfen. Also lügen wir, lenken ab und verwirren so viel wir können.«

Die Worte prallten zusammen mit den Wellen, dem Wind. Sawi ließ sie wirbeln. Wunderte sich über die Kraft dahinter, woher Ami ihre Stärke nahm.

»Bis wohin, Ami? Was ist das Ziel?«

Die Wächterin ließ sich Zeit mit der Antwort, die weichen Steine mahlten unter ihren Stiefeln.

»Ich dachte, ich hätte mal eins. Hatte auch einen Freund mit einem. Ein Ende, ein Ziel, ein Traum.«

Amis Stimme war, wie Sawis, rau geworden vom Wassermangel. In der kühlen Düsternis schien die Wächterin weniger eine Person, mehr ein Geist, ein ätherisches Wesen. Wie Wax sagen würde, ließ Sawi ihre Fantasie mit sich durchgehen, aber hier draußen, was machte das schon?

»Und jetzt?«

»Ich suche mir ein neues«, antwortete Ami, die Rauheit in ihrer Stimme veränderte sich, nahm eine vertraute Schärfe an. »Wir werden einen Weg finden, es Fassle heimzuzahlen, diesen Najahn-Monstern, und nebenbei meinen Freund retten.«

»Und wie werden wir das anstellen?«

Ami verstärkte ihren Griff auf Sawis rechter Schulter, brachte die Vis dazu, sich ihr zuzuwenden. Die goldene Platte der Frau nahm das wenige Licht auf, das sie konnte, schimmerte fast wie blutiges Glas, während der Rest im Schatten verschwand.

Aber Sawi konnte deutlich genug sehen, als Ami auf den Stein nahe ihrem linken Auge tippte, den Vis-Skar.

»Mit diesen, Sawi. Mit diesen werden wir ihre Welt zerbrechen.«

40

FLAMMENDES ERWACHEN

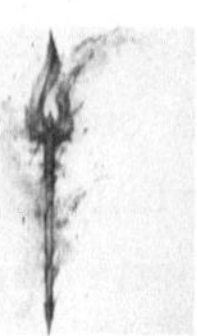

Gegen die brennenden Unholde hatten die Soldaten des Toten Königs keine Chance. Die Barrikade zerbrach, und mit ihr kam eine schwüle Hitzewelle, das orange-gelbe Leuchten ergoss sich über die versammelten verrotteten Reihen. In Sekundenschnelle bedeckte Schweiß Svardes Haut, die normale Kühle der Höhle verschwand, als sein Blick verschwamm, sein Atem austrocknete und seine Augen juckten. Eine anbrechende Morgendämmerung unter der Erde, die Welt in glorreichen Flammen versengt.

Die zusammengewürfelte Armee des Toten Königs, nur Schatten gegen die Aura, stürmte vor und starb erneut dafür. Die wenigen verbliebenen Lumpen fingen Feuer, als sich Unhold und Freund näherten. Die glücklichen Krieger mit Speeren und Schleudern trafen den Feind aus geringer Entfernung und verunstalteten die brennenden Götzen mit weißen und schwarzen Flecken.

Der Rest verschwand, ihre Aschereste wehten zu Svarde, Maena und dem Toten König zurück wie Fotis eigener Schneesturm.

Hinter und neben den Unholden selbst, diesen mit Dreschflegeln bewaffneten, obsidiangekrönten Monstern, kamen ihre Konstrukte. Lärm und Feuer gleichermaßen ausstoßend, donnerten die Gebilde über die Überreste der Barrikade und zermalmt die Trümmer des Toten Königs, verwandelten Zahlen in Futter für ihre Kettenräder.

»Das ist nicht einmal eine Schlacht«, schrie Maena, als der Tote König sein schweres Schwert hob und auf die Unholde richtete. »Wir müssen fliehen und auf Jochi warten, solange wir noch können!«

Svarde musste zustimmen und sagte das auch, aber der Tote König schien nicht zuzuhören. Stattdessen schritt die gepanzerte Seele, sein schwarzes Siegel nun mit den treibenden Überresten seiner Seite bedeckt, mit unbezwingbarem Ziel voran, ein klirrendes Gegenstück zu den Unholden, das Svarde respektiert hätte, wäre es nicht so dumm gewesen.

Mut angesichts unmöglicher Chancen war keine Tapferkeit, sondern nur Selbstmord unter anderem Namen.

»Er wird sich umbringen lassen«, sagte Maena und trat neben Svarde. »Ich sage, wir hauen ab. Warten auf Jochi. Dieser Typ ist erledigt.«

»Was ist mit dem Schwert? Wenn sie es benutzen können, dann-«

»Es wird wahrscheinlich schmelzen.«

Svarde wollte gerade argumentieren, inmitten der wachsenden Hitze der Höhle, dass diese Unholde wahrscheinlich nicht mit dem Feuer einer Schmiede mithalten konnten, aber seine Worte stockten, als der Tote König mit seinen Soldaten verschmolz und in das Chaos eintrat.

Der Mann hatte gesagt, er sei Demions Wächter gewesen, als die Inseln dunkel waren, nachdem die Götter gestorben waren und nichts außer Chaos die Welt im Griff hatte. Svarde hatte bis zu diesem Moment nicht darüber nachgedacht, aber die Reise über die Inseln musste damals gefährlich gewesen sein, voller verzweifelter Seelen und Kreaturen, die durch die Wunde entfesselt worden waren. All das zu überleben, so viele Jahre hier unten zu überleben, mit nichts als dem Tod als Gesellschaft …

Der Tote König wich dem ersten Dreschflegel aus, der auf ihn zukam, indem er seinen Schritt zur Seite neigte, sodass der klauenbesetzte Kopf der Waffe vorbeistreifte. Er ließ seine linke Hand das schwere Schwert halten und schnappte mit seiner gepanzerten Rechten nach der schweren Kette des Dreschflegels. Mit einer Kraft, die Maena fluchen ließ, riss der Tote König das Kettenglied und den Unhold, der es hielt, nach vorne. Dabei stieß der Tote König mit der Klinge in seiner linken Hand zu und versetzte dem stolpernden Unhold einen Schlag direkt in die Brust.

Funken stoben in alle Richtungen, als das Schwert eindrang, Schwarz und Weiß breiteten sich über den Unhold aus, während sein Obsidiandreieck wilde Muster aufblitzen ließ. Der Griff des Dreschflegels traf auf den Steinboden, gefolgt vom sich verdunkelnden Körper des Unholds. Immer noch die Kette des Dreschflegels in seiner rechten Hand haltend, zog der Tote König den Schlag zurück, hob die Klinge und ließ seinen Griff gleiten, wobei er die Spitze nach unten richtete, während er weiter vorwärts schritt.

Ein einziger Stoß nach unten beendete das Monster, das Glühen der Höhle flackerte, als ein Feuer erlosch.

Der Tote König hätte nicht mehr Aufmerksamkeit auf sich ziehen können, wenn er auf und ab gesprungen wäre und seinen eigenen Namen gerufen hätte. Svarde sah, wie fast jeder Unhold diese schwarzen Blicke auf den gepanzerten Mann richtete, sah sie zurückweichen, wobei sie ihre

Dreschflegel auf leichtere Ziele richteten. Stattdessen drehte sich eine der drei mahlenden Maschinen, jede mehrmals größer als die großen Monster, zum Toten König und drängte vorwärts. Die schnauzenartige Düse an der Vorderseite der Maschine dampfte, fand ihre Energie und goss eine brennende Flüssigkeit aus.

Seine linke Schulter nach vorne schwingend, fing der Tote König den Schwall auf seiner Rüstung auf. Der Tote König schwang seinen erbeuteten Dreschflegel, seine rechte Hand bewegte sich die Kette hinauf, um den Griff nahe dem Körper seines Besitzers zu greifen. Der Schwung brachte den klauenbesetzten Kopf entlang und über den Boden, wobei er mehr als ein paar tote Soldaten wegfegte. Der Dreschflegel räumte den gefallenen Unhold weg, und als der feurige Schuss nachließ - die linke Schulter des Toten Königs glühte vor Hitze, aber der Mann schien ansonsten unbeeindruckt - sang der Kopf des Dreschflegels durch den Raum, um in die Düse der Maschine zu krachen und das Teil sauber abzureißen. Wie ein unvollendetes Rohr ergoss sich der nächste Schwall des Konstrukts über sich selbst und schwelte in seinen eigenen Untergang.

»Er kauft uns Zeit«, sagte Maena nach einem weiteren beeindruckten Fluch. »Wir müssen rennen, Svarde.«

»Dann geh.« Svarde hob seine Äxte und fing Kivis Blick auf, als der Ferrit seine Position an der Decke hielt. »Hol Jochi und bring ihn her. Wir werden die Stellung halten.«

»Du wirst sterben.«

Svarde lachte, als der Tote König einen weiteren Unhold fand, ein weiteres Opfer für seine riesige Klinge fand.

»Wir sterben alle, Maena. Besser, es für etwas zu tun als für nichts.«

So gut sich die Worte auch anfühlten, der vertraute Foti-Rausch, den Svarde erwartete, als er seine ersten

Schritte machte, die Äxte hoch erhoben, erstarb so schnell wie sein Kampfschrei in der Schwüle der Höhle. Die Hitze zehrte seinen Antrieb auf, stellte aber seine Sinne wieder her und führte Svarde dazu, nach links zu gehen, um das Leichenbataillon des Toten Königs herum zum Rand der Höhle. Oben verfolgte Kivi den Barbaren.

Hinter ihm verschwand Maena.

Die brennenden Unholde schienen zu erkennen, dass die wahre Bedrohung vom Toten König ausging und nicht von seiner schwindenden Armee der Toten. Svarde musste die Unholde nicht selbst sehen, um die veränderte Taktik zu bemerken, da sich das orange-goldene Licht ihren Bewegungen anpasste und die Auren sich auf den Toten König konzentrierten. Der alte Wächter wurde nun von allen Seiten getroffen, wehrte einige Schläge mit seiner Rüstung ab und blockte andere mit seinen Händen und der Klinge. Verteidigung für einen so kräftigen Mann, mit Schlägen, die aus Flegel-Reichweite kamen, führte nicht zum Angriff.

Nur zu einer Gelegenheit. Zumindest für Svarde.

Zwei Unholde hielten die linke Flanke, herrschten über eine Schneise schwelender Leichen. Einer flackerte in Svardes Richtung, während der andere seine Energie darauf verwendete, nach dem Toten König zu schlagen. Ein Dutzend speertragender Körper blieb aufrecht, ihre Zahl sank schnell, als Flegelschwünge Beine abrissen und verwelkte Oberkörper zerfetzten. Als er sich näherte, die Augen vor Hitze fast geschlossen, warf Svarde seine Äxte. Die Waffen brauchten ihn zu nah, um zu überleben, und ihre zerschlagenen Kanten verrichteten aus der Ferne bessere Arbeit.

Beide wirbelnden, gegengewichtigen Waffen trafen ihr Ziel und bohrten sich in den blau-orangen Körper des Unholds, wobei sie Funken versprühten. Schwarze und weiße Flecken wuchsen, wo sie einschlugen. Das Obsidian des Unholds schimmerte, sein Flegel erhoben. Ein Schlag, der für Svarde bestimmt war und dem er mit einem aufgehobenen Speer zu begegnen plante.

Der massive Mittelarm des Unholds, einer von vieren, ging zurück, der Flegel rasselte hinterher. Seine anderen Gliedmaßen fegten die lästigen Speere und Schwerter der geringeren Körper beiseite, als wären sie nichts als Insekten. Svarde beugte die Knie, bereitete seinen Ausweichsprung vor. Ausweichen und zuschlagen, dann-

Kivi fiel herab, der Ferrit landete mit seinem steinernen Selbst auf dem Flegelarm des Unholds und drückte ihn zu Boden. Die Klauen des Ferrits gruben sich ein, sein Kiefer biss zu, und der Obsidianschädel blitzte heller als zuvor, ein blendendes blau-goldenes Funkeln.

Und gab Svarde sein Signal.

Der Foti stürmte zwei lange Schritte vor, hob seinen Speer und schleuderte ihn, als sein linker Fuß den Boden berührte. Das Geschoss flog, ungesehen und ungeblockt, zu einem geraden Schlag auf die Brust des Unholds und bohrte sich über Svardes geschmolzenen Äxten ein. Ein wahrer Schuss, ein verheerender Schuss, und einer, dessen Erfolg Svarde nicht feiern konnte, da die Freunde des Unholds es bemerkt hatten.

Der linke Verbündete des Unholds drehte sich, angezogen von einer Kommunikation, die Svarde nicht verstehen konnte - änderte sich die Hitze, die die Unholde abgaben? Konnten die anderen das flackernde Obsidianfunkeln ihres Freundes sehen? - und packte Kivi vom Arm seines Freundes. Der schnappende Unhold warf den Ferrit und schleuderte Kivi tief hinter die Linien der Unholde gegen die Höhlenwand, wo das Glühen nur noch heller schien.

»Dafür wirst du bezahlen«, murmelte Svarde und hob einen zweiten Speer von einem Besitzer auf, der ihn - oder irgendetwas - nie wieder brauchen würde.

Der Unhold, den Svarde getroffen hatte, brach zusammen, sein brennender Körper kühlte zu hartem schwarzen Gestein ab. Die Äxte und der Speerschaft fielen frei, als Svarde zusammen mit einem Trio von Leichen dem zweiten Unhold gegenüberstand. Hinter dem Monster setzte der Tote König seine zum Scheitern verurteilte Anstrengung fort, obwohl das Freimachen einer Seite dem Wächter etwas Leben zu geben schien: Während seine Rüstung Dellen aufwies, während sie von heißen Schlägen glänzte, drängte der Tote König nun gegen eine weitere der Konstruktionen vor, die Klinge führend in einem knirschenden Kreuzschnitt, um die vordere Panzerung der Maschine zu zersplittern.

Zu überleben, das verstand Svarde, hing davon ab, den Toten König aufrecht zu halten. Zu sterben wäre allzu einfach.

Sein eigener Unhold schwang seinen Flegel tief, ein beinfegende Schlag, dem Svarde auswich, indem er die Leiche neben sich erklomm. Die Beine des Körpers zersplitterten, aber die Klaue und ihre Kette waren vorbei, als Svarde zu Boden rollte. Aus seiner Hocke heraus hob Svarde den Speer und warf ihn. Genau auf das Ziel und genau rechtzeitig, um vom kleineren, schulterhohen Arm des Unholds geschnappt zu werden. Der Unhold begann, den Flegel zurückzuschwingen und verschob dabei den Speer, mit der Absicht, Svarde aufzuspießen, sollte der Barbar einen weiteren Zug machen.

Zurückzuspringen bedeutete, vom Flegel getroffen zu werden. Nach oben zu gehen bedeutete einen Speer in die Brust. Nach vorne zu gehen, nun, das war es, was ein Foti

tun sollte. Svarde stürzte vorwärts, ging in einen Hechtsprung über, als die schwere Kette des Flegels zurückschwang, die Klaue hinter ihm über den Boden schabend.
Svarde streckte seine Hände aus, spürte Schmerz in seinem
Rücken aufflackern, als der geworfene Speer zu nahe kam,
und seine Finger schlossen sich um die Kettenglieder. Jeder
Triumph über den Griff starb schnell, als der Flegel weiter
nach rechts schwang und Svarde über den rauen Boden
schleifte, an seinem Leder zerrend.

Doch trotz all des Schmerzes gab die Bewegung Svarde
Schwung. Als der Unhold den Schwung verlangsamte, ließ
Svarde los, rollte von der Kette ab und sprang inmitten
zerstörter Körper nahe dem Rücken des Toten Königs auf.

Nicht gerade ein sicherer Ort. Svarde drückte seine
Handflächen auf den Boden, stand auf, als das vertraute
Klirren des Toten Königs andeutete, dass der Mann eine
Verteidigungsstellung einnahm. Der Grund zeigte sich um
sie herum: Mehrere weitere Unholde und die zweite
Konstruktion lagen tot und abgekühlt da. Hinter ihnen
warteten weitere, ihre Flegel bereit, ihre Arme in Bewegung, um die wenigen Steine abzuwehren, die von den
wenigen noch schleudernden Körpern geworfen wurden.

Svarde hustete, schob die sandigen Schmerzen beiseite
und stellte sich neben ihre einzige Chance. Er suchte nach
einem Zeichen, dass Kivi überlebt hatte, und sah nichts
außer Feuer in Richtung des Tunnels.

»Du lebst?«, dröhnte der Tote König in die backende
Stille.

»Vorerst«, erwiderte Svarde. »Ich hole meinen Ferrit.«

»Ein törichter Zug.«

»Diese ganze Sache ist ein törichter Zug.« Svarde
bückte sich, hob irgendein Metallsplitter auf. »Besser, wir
machen es lohnenswert.«

»Wir können nicht gewinnen.«

»Nee, aber wir können die Bastarde bluten lassen. Das reicht mir.«

Der Tote König gab in der brennenden Höhle ein langsames Nicken. Als Antwort darauf kam tief aus dem Tunnel, wo die Portale warteten, ein rollendes Knistern, ein Inferno, das seinen Donner fand und auf sie zukam.

41
KNOCHENSUPPE

Wenn die Skars nur ein kleiner Teil der Götter waren, so rückte ihre Macht die der Götter selbst in Perspektive. Wax und Bliss verbrachten die Stunden hinter dem Ochsen, der über die Whent-Landschaft raste - keine Spur von den Fröschen -, und unterhielten sich über Vis, über ihre Reise und über die beiden Passagiere, die hinter ihnen stetig betrunken wurden, aber Wax kehrte immer wieder zu den Steinen und den Gottheiten zurück, die sie erschufen.

In gewisser Weise bestätigten die Skars, dass Menschen wie er nur kosmische Spielbälle waren, winzige Staubkörner in einem großen und gefährlichen Universum. Wax' eigene Verletzungen, die anhaltenden Albträume, die seinen Schlaf heimsuchten, das häufige Abschweifen und ins Leere Starren fanden alle einen Platz in dieser Beziehung: Wax war nichts, seine Traumata waren nichts, er war nur ein zufälliges Staubkorn in einem zufälligen Wirbel.

»Und deshalb mache ich weiter«, sagte Wax, als der Ochse sich der Goldenen Schlucht und dem Außenposten an ihrem Fuße näherte, während die Nacht hereinbrach.

»Was?«, signalisierte Bliss mit einer Hand, während die andere die Zügel hielt, als der Schlitten durch einen Schneehaufen nach dem anderen brach.

»Ich sage, wir sind nichts, Bliss, also gibt es keinen Druck.«

»Druck wozu?«

»Diese Skars zu bekommen, die Aegis zu werden. Die Inseln zu retten. Den Göttern war es offensichtlich egal, sonst hätten sie das alles verhindert.« Wax hielt die Halskette hoch und rieb mit dem Daumen über den rubinroten Foti-Skar, dessen Murmeln ein allgegenwärtiger Begleiter in seinem Geist war. »Wir kämpfen so hart, nur weil die Leute, die diese gemacht haben, nicht die Kontrolle behalten konnten. Sie haben einen Fehler gemacht, und sie hatten die ganze Verantwortung.«

»Ich habe nicht genug Ale getrunken, um dir zu folgen.«

»Ich sage, Bliss, wenn wir es schaffen, großartig. Wenn nicht, ist es nicht unsere Schuld.« Wax lehnte sich gegen die Kopfstütze des Schlittensitzes, eine raue, gefrorene Oberfläche, deren Kälte den dicken Mantel des Vis nicht durchdrang. »Was auch immer passiert, lass uns einfach Spaß haben.«

Bliss antwortete nicht, außer dass sie ihrem Bruder einen zusammengekniffenen Blick zuwarf. Was auch immer, sie konnte ihre Meinung haben. Bliss und Quik neigten immer zu der ernsteren Variante und versuchten, dies oder jenes in eine größere Bedeutung, eine breitere Lektion zu verwandeln. Nun, Wax tat das jetzt, und wenn ihr seine Schlussfolgerungen nicht gefielen, war das ihr Problem.

Er genoss es regelrecht, sich unbedeutend zu fühlen.

Der Najahn-Außenposten teilte Wax' Meinung jedoch nicht. Im Gegensatz zu den Vis- und Foti-Pendants, die in relativer Ruhe operierten, hatte die Whent-Festung hohe Palisaden mit spitzen Enden, von denen mehr als eine den verblassten roten Fleck von Blut trug. Violett-schwarze Fahnen peitschten, ihre wellenden Schatten glitzerten über den Dutzend Wachen, die außerhalb des Haupttores standen, um sie zu begrüßen. Voulgen und Chakrams standen bereit, und ein Wachturm, der das Geschehen überblickte, beherbergte zwei weitere Armbrustschützen mit angelegten und gezielten Bolzen.

Als sie sich näherten, zog Bliss an den Zügeln, und der Ochse begann langsamer zu werden. Was ein ruhiger Ansatz hätte sein sollen, geriet ins Stocken, als der Ochse seinen Halt im Schnee verlor. Der Kance-Skar, stets begierig zu schweben und zu fliegen, nahm die Reaktion des Ochsen nicht gut auf, und das große Geschöpf verlor den Halt, fiel und rutschte, während der Schlitten herumwirbelte. Torny, Eujo und Wax stießen Flüche aus und suchten nach Haltegriffen. Bliss versuchte, die Zügel fester zu ziehen, eine panische Bewegung, die nur dazu führte, dass sie vom Sitz des Schlittens gehoben wurde, als das ganze Gefährt seitwärts in den Schnee geriet und umkippte.

Wie schnell sich das Schicksal wenden konnte.

Wax fing Luft, sprang vom Schlitten frei und traf mit Geschwindigkeit auf den Schnee, wobei er eine kalte Gischt aufwirbelte, als er durch die Verwehungen taumelte. Taschen und Vorräte regneten überall herab, begleitet von knackendem, splitterndem Holz, als der Schlitten auseinanderfiel. Irgendwo dazwischen schnaubte der Ochse, stöhnte vor Verwirrung und rollte sich, bis er mit einem dumpfen Aufprall an der Palisade zum Stehen kam. Wax selbst landete sitzend, wischte sich den Schnee aus dem Gesicht, nur um eine gesenkte Spitze einer Voulge auf sich gerichtet zu sehen.

»Hallo«, bot Wax dem behelmten Blick an, der ihn hinter der untergehenden Sonne anstarrte. Sein Herz pochte, seine Schultern fühlten sich ein wenig wund an, aber keine ernsthafte Verletzung machte sich bemerkbar. »Wir sind zwei Erneuerungen, und wir würden gerne ein heißes Abendessen haben.«

Knochenmehlsuppe kam tatsächlich heiß, nachdem das Quartett seine Vorräte gesammelt, ihre müden Körper zum Gasthaus des Außenpostens eskortiert und die Skars von dem sehr verwirrten, sehr erschöpften Ochsen geborgen hatte. Serviert mit, wie immer auf Whent, weichen Kartoffeln und Karotten, trug die Mahlzeit dennoch eine andere Stimmung: nämlich die Geräusche anderer Stimmen, die sie ignorierten.

Seit Noctia war Wax nicht mehr so ohne Aufmerksamkeit gewesen, und selbst dort brachte Eujos Anwesenheit ihnen genug forschende Blicke ein, um den Vis auf seinem Sitz herumrutschen zu lassen. Hier hatten sie jedoch härtere Konkurrenz: Erstens war die Foti-Erneuerung dem Paar zum Ort zuvorgekommen, hatte sich aber auf der Reise am Bein verletzt. Wax bot dem Mann, einem stämmigen Spaßvogel mit scheinbar für immer in seiner Haut festsitzendem Schmiedestaub, einen Vis-Skar an, um die Heilung zu beschleunigen, nur damit dieser ablehnte. Ein Zwinkern, ein Scherz darüber, dass hier festzusitzen eine Garantie bedeutete, nicht im Stuhl der Aegis festzusitzen, und Wax' Angebot wurde weggewunken. Das Gefolge des Mannes zeigte ohnehin mehr Begeisterung für das nördliche Ale als für alles, was mit der Erneuerung zu tun hatte, und ihr

Gelächter hallte zwischen den gewaltigen Holzbalken wider.

Zweitens, und schwerwiegender, zeigte sich dies durch die zur Schau gestellten Waffen. Die lauten Strategiediskussionen, die Aushänge mit Schichtplänen und Aufklärungsberichten. Whent, am nördlichen Ende, war offenbar eine gefährliche Insel. Dämonenübergriffe nahmen zu, was die blutigen Palisaden erklärte, und Kämpfe fanden alle paar Tage statt. Die Najahn reagierten entsprechend und verstärkten die Truppe hier auf mehrere hundert Mann, weit mehr als Wax je am Außenposten von Vis gesehen oder davon gehört hatte.

Die militärische Wirkung verlieh eine andere Stimmung, wobei diejenigen, die sich der Foti-Crew beim Feiern anschlossen, dies weniger aus Langeweile oder Spaß taten, sondern mehr für ihr eigenes Überleben, ihre Hoffnung auf einen ruhigen Morgen. Die Knochenmehlsuppe spiegelte die knappen Rationen wider, die jetzt weniger aufgestockt wurden, da der Kriegsherr von Whent so viele der Händler der Insel in seinen selbstmörderischen Feldzug unter der Erde zog.

Die Anführerin des Außenpostens, eine stämmige Frau in violett-schwarzem Leder, gesellte sich an ihrem langen Tisch zu ihnen. Utna trug ihre Pflicht mit Standhaftigkeit, als würden die Lasten des Kommandos über ihren Schultern schweben. »Zumindest nimmt Jochi die Dämonen mit sich. Wir konnten weiter vordringen und einige der verdammten Monster aus der Spalte vertreiben.«

Torny und Eujo hatten sich schnell verabschiedet, nachdem sie ihre Suppe hinuntergeschlungen hatten, der Absturz und der Alkohol davor zehrten an ihrem ohnehin kurzen Schlaf. Bliss sah aus, als würde sie sich ihnen gleich anschließen, ihre Augen waren schwer. Wax hingegen genoss die gemeinschaftliche Gemütlichkeit um ihn herum, die lodernden Feuer, das Lachen und die Gerüche der Zivilisation. Ganz wie Cassignols Foti-Kasino vibrierte das Najahn-Gasthaus auf Wax' Frequenz.

»Du sagst, es gibt Dämonen in der Spalte?«, fragte Wax, und Utna nickte, als hätte sie die Frage erwartet.

»Es ist ein Schnitt direkt aus dem Boden«, sagte Utna. »Entstanden, als Whent versuchte, Vis davon abzuhalten, Noctia zu töten. Hätte eine weitere Wunde sein können, aber wir bekommen stattdessen Gold.«

»Warum?«

Utna schüttelte den Kopf und trank den heißen Tee, der jemandem mit zu viel Verantwortung für härtere Sachen gegeben wurde. »Das ist eine Frage für die Gelehrten. Alles, was ich weiß, ist, dass es dort Höhlen gibt, durch die Dämonen hochklettern können.«

»Glaubst du, wir werden welche finden?«

»Wollt ihr morgen hochgehen?«, fragte Utna.

»Ich glaube nicht, dass die Inseln wollen, dass wir herumwarten.« Wax blickte zur Foti-Crew hinüber und Utna seufzte.

»Ein Schandfleck auf den Erneuerungen, dieser«, murmelte die Najahn-Kommandantin. »Wir werden eine Abteilung mit euch schicken. Sie werden euch bis zum Skar-Abschnitt begleiten. Diesen Teil müsst ihr alleine machen.«

»Warum? Warum müssen wir das tun? Könntet ihr nicht alle Skars einfach in einem Raum in Noctia bereithalten, damit wir sie mitnehmen können?«

Utna blinzelte. Ihre Hand wanderte unter den Tisch, und für einen Moment fragte sich Wax, ob sie nach einem Messer greifen würde. Neben ihm wurde Bliss hellwach.

Obwohl ihre eigene Waffe im Zimmer wartete, schien Wax' Schwester bereit, auf den Tisch zu springen und einen Tritt zu verteilen. Der Foti-Skar, zurück in Wax' Halskette, vibrierte mit dem Verlangen, die Kapitänin und alle um sie herum zu verbrennen.

»Tradition«, antwortete Utna nach einer zu langen Pause. »Tradition und Verständnis. Die Aegis ist eine Ehre, sie ist auch ein Opfer. Nur derjenige, der sie verdient hat, bekommt sie.«

›Klingt wie eine Floskel‹, zeigte Bliss mit ihren Fingern, ein Tanz, den Utna bemerkte.

»Das glaubst du nicht«, sagte Wax. Er musste Utna nicht drängen, aber es war ein langer Tag gewesen, ihre Reise war so gefährlich gewesen, dass ihre Notwendigkeit plötzlich sinnlos erschien. »Warum so viel riskieren?«

Utna presste ihren Mund irgendwie noch fester zusammen. Sie schob ihren Stuhl vom Tisch zurück und stand auf.

»Wenn du eine Antwort auf diese Frage willst, stellst du sie, wenn du in die Ringstadt zurückkehrst. Vielleicht wird der Zirkel sie dir geben, wenn sie dich auf den Stuhl der Wunde setzen, wenn es zu spät sein wird, um eine Rolle zu spielen.«

»Was soll das heißen?«, fragte Wax, aber die Worte verklangen gegen den Rücken der Najahn-Anführerin, als sie zu einem anderen Tisch stapfte.

›Heißt, dass mir das alles immer weniger gefällt‹, signalisierte Bliss und runzelte die Stirn in Utnas Richtung.

»Dem stimme ich zu.« Wax schluckte sein Ale hinunter, ein karamelliger, harter Geschmack, der gut zur Kälte draußen passte. »Scheint wohl, dass wir den ganzen Weg zurück müssen, um es herauszufinden.«

›Vielleicht.‹

Bliss führte das auf dem Weg zu ihren Zimmern jedoch

nicht weiter aus und sagte stattdessen, sie müsse etwas nachdenken.

Immer gefährlich, wenn seine Schwester sich in etwas verbiss.

Utna hielt zumindest ihr Wort: Zwanzig Najahn warteten am nächsten Morgen auf Wax, Torny, Eujo und Bliss. Ihre Taschen waren vollgestopft, ihre Mägen mit einem Frühstück aus Kartoffelkuchen gefüllt, und ihre Stiefel durch Stachelversionen ersetzt worden, die besser auf dem eisigen Gelände an der ansteigenden Seite der Großen Ader greifen konnten. Der Morgen begrüßte sie mit klarem Sonnenlicht, keine Wolken trübten den blauen Himmel. Das hintere Tor des Außenpostens öffnete sich, ihr dampfender Atem führte die ganze Gruppe hinaus, und Wax schob das rätselhafte Gespräch von gestern Abend beiseite.

Der Blick auf die Große Ader aus dieser Nähe brachte den vertrauten Abenteuerrausch zurück. Die Skars sprangen mit ein, ihr Murmeln stieg zu schnellem Zwitschern an, als Wax seine ersten Schritte machte. Die Najahn stimmten ein Marschlied an, eines, das Wax nicht kannte, aber schnell genug aufgriff. Füße stampften, Schnee teilte sich, und ihre Truppe stieg auf.

Zu seiner Rechten betrachtete Eujo beim Gehen ein Werkzeug, das Utna selbst jedem von ihnen am Morgen gegeben hatte. Ein Diamantmeißel, dessen Kanten heller als der Schnee glänzten. Notwendig, so sagte die Najahn-Kapitänin, um tief genug vorzudringen, um die Skars zu finden. Notwendig auch, fügte sie hinzu, um wieder herauszukommen.

»Die Goldene Spalte birgt Whents Macht und seine Rache«, erklärte Utna, als sich die Tore öffneten.

Diesmal, als Eujo die Kommandantin um mehr bat,

zeigte Utna ein Lächeln. Sie traf nicht die Augen der Königin, sondern die von Wax.

»Das müsst ihr Erneuerungen selbst herausfinden, nicht ich es euch sagen. Viel Glück, und gebt diesem verdammten Gott keine weitere Seele zum Behalten.«

42
IMMER EIN VIS

Durch den Vis-Dschungel zu schwingen, Lianen und Baumstämme zu greifen und den Boden unter den Füßen vorbeiziehen zu sehen, machte die langsame Reise über Noctias felsige Nordklippen zu einer Übung in Langeweile. Quik ertrug das Ausrutschen, die Kratzer auf hartem Stein und die zunehmende Taubheit in seinen Fingerspitzen schweigend, während er Masayo folgte. Die Tenet bewegte sich mit geübter Leichtigkeit durch die Nacht, ohne ein einziges Mal zu stolpern, soweit Quik es sah. Ihre vielfältigen Umhüllungen, Stoffe, die in einem für Quik nicht nachvollziehbaren Gewandmedley umeinander flossen, fingen Sichis verstreutes Licht auf, wenn der Wind auffrischte, ein silbrig-rosa Schimmer in der Dunkelheit.

Quik selbst verzichtete auf die Roben zugunsten traditionellerer Jagdkleidung. Er hatte sich in Najahn-Leder gekleidet – er hatte weder die schwere Rüstung verdient noch wollte er sie für diesen Marsch – und ein dicker Pelzmantel hielt Quik warm genug. Seine Handschuhe, die er bei seiner ersten Spionageexpedition in seinem Zimmer zurückgelassen hatte, ruhten an Quiks Oberschenkeln, eine tröstliche Präsenz inmitten der eisigen Felsen. Wie alte Freunde, diese Holzkrallen, die er nicht so bald wieder zurücklassen würde.

Ihr Ziel, so sagte Masayo, war ein Weiler, einen halben Tagesmarsch entfernt entlang der Küste. Sie hatten etwas Zeit damit verloren zu bestätigen, dass weder Sawis noch Amis Leichen in den Steinen jenseits des Gefängnisturms lagen, und fanden nichts außer etwas verspritzetem Blut und zerrissenen Stoffstücken. Masayo behauptete, die Beweise deuteten darauf hin, dass das Paar lebte und in die Freiheit ging. Quik, der die grauen Wellen brechen sah, wollte sagen, sie seien ins Wasser gerollt und ertrunken.

Sein eigener Jägerinstinkt sagte ihm, dass das falsch war, aber eine Lüge war besser, als zusehen zu müssen, als seinen alten Freund zerfetzen zu müssen.

Dieser Gedanke war mehr als alles andere verantwortlich für Quiks umherirrende Füße, sein langsameres als erwartetes Gehen in der Dunkelheit. Masayo hatte es nicht angesprochen, aber Quik vermutete, dass sie die Frage und möglicherweise die Antwort im Kopf hatte: Warum hatte ein erfahrener Vis-Jäger wie er so viele Schwierigkeiten, sich durch die Nacht zu pirschen?

Weil jeder Schritt Quik nicht näher an seine Beute brachte, an etwas, das er begehrte.

Sie hielten in den frühen Morgenstunden vor der Dämmerung für eine Mahlzeit an. Masayo und Quik hatten jeweils ihre eigene Tasche, die von Najahn-Köchen verproviantiert worden war. Brötchen und getrocknete Früchte, längst kalt geworden. Wasserschläuche voll und kühl. Sie aßen schweigend, Masayo paffte an ihrer Pfeife und brach die Stimmung erst, als sie beide ihr Gepäck wieder verstaut hatten.

»Wir kommen in die Nähe«, sagte Masayo. »Kurz nach der Dämmerung, schätze ich, werden wir die Stadt sehen. Dann sehen wir, wer du bist.«

»Was?«

»Du bist nicht dumm, Quik, also spiel jetzt nicht so. Die Dritte Hand, mein Tenet, das schon lange vor mir existierte und lange nach mir bestehen wird, duldet keine anderen Loyalitäten, keine anderen Gefühle.«

»Nicht einmal gegenüber dem Kreis?«

Masayo lächelte, ein schattiertes Orange hinter dem Rauch ihrer Pfeife. »Wir sind keine Tamas-Puppenspieler, wir ziehen nicht die Fäden, falls du das andeutest. Aber wir nehmen die Dinge in unsere eigenen Messer, wenn die Inseln es brauchen, wenn unser Überleben davon abhängt.«

»Das habe ich verstanden.«

Die Lira, zurück auf Vis, operierte im Schatten, genau wie Masayos Kult es hier tat. Eine Gesellschaft, die bereit war zu handeln, um die Inseln zu retten, eine Kraft, die Menschen, die sich lieber nicht um solche Dinge sorgten, ein gewisses Maß an Trost bot. Für Menschen, die nicht etwas tiefer gruben, sich fragten, wer unter den Lira entschied, dass die Inseln in Gefahr waren. Ein Gedanke, den Quik selbst nicht hatte, bis er genau hier saß und Masayo beim Kalkulieren zusah.

Wenn sie die Entscheidung treffen konnte, wer unter den Najahn lebte und wer starb, warum dann nicht über alle Inseln hinweg? Ein Dolch zwischen den Rippen auf Kance könnte ein vergifteter Pfeil in Kitaye sein, ein fallender Felsen auf Foti. Alles, was zählte, war, dass Masayo dachte, jemand oder etwas sei eine Bedrohung.

»Du stimmst nicht zu«, sagte Masayo und nickte, obwohl Quik versucht hatte, seinen Gesichtsausdruck so neutral wie möglich zu halten. »Nicht dass du es verstehen würdest. Es ist zu früh. Deine Fähigkeiten sind wertvoll, dein Potenzial groß. Dein Herz und dein Verstand sind jetzt die einzigen Probleme.«

»Oder meine einzige Hoffnung.«

»Oh bitte. Ich bin so anfällig für dramatische Reden wie jeder andere, Quik, aber wir sind auf einer kalten Klippe und verfolgen zwei Verräter. Lassen wir die hochtrabenden Worte beiseite und kommen wir gleich zur Sache.« Masayo stieß mit ihrer Pfeife in seine Richtung. »Ich habe dich mitgenommen in der Hoffnung, du könntest mir helfen, diese beiden aufzuspüren, eine Versicherung, die ich nicht brauchte, weil ihr Vis eine so offensichtliche Spur hinterlasst wie jeder andere. Jetzt bist du ein Risiko, das ich nicht tolerieren werde.«

Mit ihrer linken Hand griff Masayo unter ihre Roben und zog aus irgendeiner Tasche oder einem versteckten Beutel ein eingewickeltes Drahtknäuel hervor.

»Dies ist eine Kance-Fessel. Du wirst damit deine Füße fesseln, dann deine Hände. Tu es, jetzt.« Masayo warf Quik das Bündel zu. Er fing es und fühlte glatte Fasern ohne die Schwäche eines Seils. »Wenn du fertig bist, werde ich es überprüfen. Wenn es richtig ist, wenn es dich gut festhalten wird, werde ich dich jetzt nicht töten.«

Das erste Mal, dass Quik eine gegen ihn gerichtete Drohung hörte, war auf Foti gewesen, nach mehr als zwanzig Jahren auf den Inseln. Sein Leben bis zu diesem markanten Punkt, als Sledge, mit einem Bogen in der Hand, Quik herausforderte, sich zu bewegen und zu sterben, war auf Zusammenarbeit aufgebaut gewesen, auf leichte Rangeleien und schwere Jagden. Seine Größe hielt alles Ernstere ab. Kitayes eigene Gesellschaft, in der jeder, der sich als Ärgernis erwies, an den Rand gedrängt wurde, hielt die Dinge sicher genug.

Damals auf Foti musste Quik sofort entscheiden, was er riskieren wollte. Weiterhin gegen die Banditen anzutreten bedeutete, dass sein Bruder, die Erneuerung, einen Pfeil durchs Herz bekommen könnte. Eine einfache Gleichung, selbst für jemanden, der wenig von Mathematik verstand – trotz dessen, was Annalyse versucht hatte, Quik während ihrer wenigen gemeinsamen Tage beizubringen.

Hier saß er allein. Niemand zu beschützen, zumindest niemand, den Masayo dort und dann töten konnte. Auch keine Zeugen. Wenn der Dritte Hand Tenet zwischen den Felsen verschwände, könnte Quik Ami die Schuld geben, dem schlechten Wetter und einem Fehltritt im Dunkeln.

»Worauf wartest du?«, sagte Masayo, obwohl das kleine Lächeln, während sie weiter paffte, zu sagen schien, dass sie verstand, dass sie ihn herausforderte.

Nun, vielleicht hatte sie den falschen Mann herausgefordert.

Quik schnippte den Draht auf Masayo, als sie einen weiteren Zug nahm. Er stieß sich nach hinten ab, als er das Knäuel warf, drückte sich mit den Händen von den kalten Steinen ab, um auf die Füße zu kommen. Als Quiks Beine sich streckten, schob er seine Hände in die Panzerhandschuhe, ließ seine Handflächen an den straffen Riemen entlanggleiten, während seine Finger in den glatten Klauen ihren Platz fanden.

Masayo ließ den Draht an ihren Roben abprallen und auf die Felsen fallen. Sie nahm noch einen Zug und beobachtete, wie Quik sich bereit machte.

»Das ist also deine Entscheidung?«, fragte Masayo. »Deine Loyalität zu diesen Verrätern ist größer als zu den

Najahn und allem, was sie deinem Bruder bringen können?«

»Ich verletze meine Freunde nicht.«

»Schade, dass sie nicht dasselbe empfanden«, sagte Masayo und erhob sich endlich. Sie ließ die noch glimmende, orangefarbene Pfeife auf den Steinen liegen. »Sie haben dich verletzt, Quik. Haben dich in einen Käfig gesperrt und dich fast zu Tode geprügelt. Warum beschützt du sie?«

»Sawi hat mir nichts getan.«

Es gab Lücken, wenn Quik graben wollte, aber nicht hier. Nicht jetzt. Selbstbetrachtung und Verhör konnten danach kommen, wenn er weiterginge und Sawi und Ami in der Stadt fände. Dann könnten sie es ausdiskutieren, einen Weg nach vorne finden.

Masayo würde seinen Verstand nicht mehr verdrehen.

»Wenn du das so siehst.« Masayo seufzte. »Na komm schon. Zeig mir, was du drauf hast, Vis.«

Wieder spielte Foti um Quik herum, als er die Knie beugte und die kurze Distanz zwischen ihm und Masayo abschätzte. Diese felsige, von Lava geplagte Insel war sein erster echter Kampf gegen einen anderen Menschen gewesen, und er hatte eine verdammte Sache gelernt: Menschen kämpften nach keinen Regeln.

Masayos Hände verschwanden unter ihren Roben. Wartend, um irgendein Messer, irgendeinen Stein, irgendeine mit Gift getränkte Nadel zu ziehen. Quik traf zwei Annahmen: erstens, dass Masayo ihn nicht tot sehen wollte. Und zweitens, dass er eher wegrennen als gewinnen musste. Ein Zusammenschluss mit Sawi und Ami würde die Chancen mehr als ausgleichen.

Also bückte er sich mit seinem rechten Panzerhandschuh tief, ließ die Klauen über den Boden kratzen und hob mehrere Steine auf. Mit einem kräftigen Wurf von unten schleuderte Quik die Steine, ein paar Kiesel und einen mit echtem Gewicht, auf Masayo. Die Tenet drehte ihre Schulter, nahm die Geschosse hin, als würde Quik sich gegen eine Brise stemmen. Ein leichtes Abschütteln, aber genau das war der Punkt.

Masayos Drehung brachte ihre Arme aus der Position, was Quik ausnutzte, indem er mit seinem linken Fuß abstieß, als er die Steine warf. Er sprang nach rechts, landete auf seinem gebeugten rechten Bein und stürzte sich in einen Schwinger von oben auf die gedrehte Schulter der Tenet. Die schattenhaften Roben bewegten sich in der Dunkelheit, und Quik spürte, wie seine Klauen in den Stoff bissen, sah, wie Masayo sich weiter drehte und Quiks Schlag in einer harmlosen Verstrickung mit ihren Roben vorbeiziehen ließ.

Alles nach Plan. Sie hatte einen Panzerhandschuh vereitelt, aber Quiks linker kam hoch und schnell, schlug direkt über seinen rechten und zielte auf Masayos verhüllten Kopf. Schnell, tödlich.

Doch die Tenet duckte sich bei ihrer Drehung, Quiks Schlag erfasste mehr Stoff, während Masayos Körper in die Tiefe ging und ihre linke Hand ihren Wirbel vollendete, um einen ungeschützten Stoß in Quiks Magen zu versetzen. Der Treffer kam mit einem eisigen Stechen, kein stumpfer Schlag oder schneidender Hieb.

Quik versuchte zurückzuweichen, fand seine Panzerhandschuhe in den Roben verfangen. Masayo blieb nah, arbeitete sich in die Nähte, während Quik versuchte und scheiterte, sich zu befreien. Überall schien der fließende Stoff zu sein, als wäre er in einem Kampf mit einer Decke. Diese scharfen Stöße gingen weiter, kleine Stiche wanderten seinen Bauch, seine Beine, seine Brust auf und ab.

Genug.

Quik riss seine Arme weit auseinander, zerriss die Roben mit seinen Panzerhandschuhen, der Schwung zwang Masayo einen Schritt zurück. Die Roben fielen auf die Felsen und enthüllten Masayo in engem Leder, übersät mit Armschienen, Gürteln und dort, eine Kette säumend, die Quik noch nie gesehen hatte, mehrere vertraute Steine.

Masayos Schatten flackerte und Quik spürte ein weiteres Stechen, nahe seiner Schulter. Er warf einen Blick hinunter, bemerkte einen vertrauten Pfeil. Schlankes Holz, winzige Federn in sein hinteres Ende eingearbeitet. Mottilan-gemacht.

»Feigling«, sagte Quik, seine Zunge wurde steif in seinem Mund, Beine und Arme zitterten. »Du hast Skars.«

»Zu kämpfen, ohne deinen Gegner zu kennen, ist ein schrecklicher Fehler«, sagte Masayo und näherte sich, obwohl ihre Hände bereit blieben.

Nicht dass Quik einen Schlag hätte führen können, nicht mehr. Seine Knie schlugen hart auf die Steine, und sein Kopf wäre gefolgt, hätte Masayo nicht zugegriffen und Quik sanft zu Boden gelegt.

»Es gibt mehr auf den Inseln als Erneuerungen und Unholde«, murmelte Masayo. »Spiele werden gespielt, Macht wechselt die Hände. Einige wollen kontrollieren, andere wollen überleben. Einige wenige, Quik, einige wenige können beides.«

Die Tenet fand das Drahtbündel, und während Quik darum kämpfte, wach zu bleiben, die Dunkelheit abzuwehren, die durch seinen Verstand tanzte, spürte er, wie die straffen Linien sich um seine Handgelenke, seine Knöchel wickelten.

»Ich kann deinem Bruder helfen zu leben, ich kann dir helfen zu gedeihen, solange du mir hilfst«, fuhr Masayo fort. »Aber keine Spielchen mehr. Wenn das vorbei ist, komme ich zurück und gebe dir eine letzte Chance, deine Wahl zu treffen. Denk gut darüber nach, Vis.«

Das orangefarbene Glühen der Pfeife, aufgenommen und gepafft, verschwand in der Nacht. Die Wellen weit unten schlugen gegen die Klippen, ein stetiger Rhythmus, der Quik in einen Schlaf trug, den er nicht wollte, nicht verdiente und nicht vermeiden konnte.

43
DIE GOLDENE KLUFT

Erstaunlich, was guter Sonnenschein und ein schneidender Wind gegen einen Kater ausrichten konnten. Tornys Kopfschmerzen, die trotz der langen Nachtruhe hartnäckig geblieben waren, gaben schließlich der eisigen Umarmung der Natur nach, als die Gruppe den Pfad zur Goldenen Kluft hinaufwanderte. Eigentlich hätte Torny nervös sein müssen, von bewaffneter Autorität umgeben zu sein, aber nach den Jagdfröschen fühlte sich all die Rüstung und das Metall ein bisschen wie eine starke Decke an.

Sie und die anderen drei trugen den ganzen Weg hinauf diesen Najahn-Umhang und verbrachten die paar Stunden mit ihren üblichen Witzen, leisen Unterhaltungen und stillem, dampfendem Atem. Die Kluft füllte die Stille von selbst mit Grollen, Knacken und Flüstern, während sich Schnee und Eis bildeten, fielen und neue Heimstätten fanden.

»Ich mag es«, signalisierte Bliss, die neben Torny ging und auf die Frage der Banditin antwortete, ob die Vis all den Lärm unheimlich fand. »Der Dschungel zu Hause singt auch. Ein anderes Lied, aber es fühlt sich gleich an.«

»Solange es mich nicht zerquetscht«, erwiderte Torny.

Bliss grinste. »Nervös?«

»Nach der Lava, dem Fluss und dem Ozean, ja, bin ich nervös. Hab so langsam genug von der Natur.«

Nicht dass Noctias Ringstadt nicht ihre eigene Musik hätte, sei es frei fließender Gesang von einem Konzert, einer Straßenecke, einer Bar oder das Zischen und Rufen von Schiffen und Matrosen. Es war nur so, dass Torny all das kannte, verstand, wie es sich in ihrer Welt einfügte, aber hier draußen konnte jedes Knacken etwas Tödliches sein. So wie es auf Rana und Foti gewesen war.

»Dann wird dir Tamas gefallen«, mischte sich Eujo ein und ließ Wax einen Schritt voraus in der Nähe der Najahn-Spitze. »Die Insel ist überlaufen von Menschen und ihrem Spielzeug.«

»Und guten Spirituosen, wie ich gehört habe.«

»Die besten. Du wirst es schwer haben, zum Noctia-Gesöff zurückzukehren.«

»Du überschätzt meinen Geschmack.«

»Zweifellos.«

Die Goldene Kluft wuchs, als sie sich dem Eingang näherten und ihre Sicht von Felsbrocken und schneebedeckten Klippen eingenommen wurde. Ein paar zerzauste Kiefern trotzten der Höhe, ihre Wipfel zitterten, als der Wind durch die Steinrücken pfiff. Der gähnende Schlund einer Höhle, gestützt von behauenen Steinsäulen, bot Schutz und den wahren Beginn des Abenteuers. Die Najahn hatten den Moment vorausgesehen und ein Miniatur-Lager um die Öffnung herum aufgebaut: Baumstümpfe und glatte Steine dienten als Stühle, zwei Feuerstellen und Kisten mit Vorräten.

All das war gefroren, aber als die Najahn mit mitgebrachtem Feuerstein Feuer entfachten, wurde die Auftaumethode offensichtlich. Andere Soldaten ließen Rucksäcke mit Holzscheiten, Schlafmatten und Werkzeug zum Aufpolieren und Schärfen der Ausrüstung fallen.

»Wir bleiben den Tag hier«, sagte der Najahn-Wachkapitän zu Wax, Eujo und ihren Wächtern, während sich das Lager aufbaute. »Wenn die Dämmerung naht, marschieren wir zum Außenposten zurück und kehren morgen kurz vor Sonnenaufgang wieder. Versucht keinen Abstieg im Dunkeln. Hier gibt es Nahrung und Unterschlupf.«

»Glaubst du, es wird so lange dauern?«, fragte Wax, während Torny die knittrigen Matten musterte. Nichts im Vergleich zu den Betten im Gasthaus. »Ist es so weit?«

Der Wachkapitän blickte zum Eingang, verzog die Lippe. »Weit, nein. Die Entfernung ist nicht das, worüber ihr euch Sorgen machen müsst. Behaltet einen klaren Kopf, geratet nicht in Panik, und ihr werdet in Ordnung sein. Das Gleiche gilt für jeden Skar.«

»Nie groß auf hilfreiche Ratschläge aus, was?«, fragte Torny, als Wax nickte. »Ihr Najahn, überall wo wir hingehen, redet ihr in diesen vagen Phrasen. Wollt ihr, dass wir sterben? Ist es das? Den Stuhl leer halten, damit die Dämonen mehr Spielzeit bekommen?«

»Ich befolge Befehle.« Das Gesicht des Mannes wurde hart, die Stirnfalten ein schneidender Blick auf Torny. »Die Aegis darf nicht schwach sein. Ihr müsst euch das Recht verdienen.«

»Klar, Kumpel. Erzähl das den Städten, die gerade niedergebrannt werden. Wette, die sind echt besorgt über 'Schwäche'.«

»Torny«, sagte Eujo, »lass es. Lass uns gehen.«

Wax stimmte zu, die beiden Erneuerungen machten sich auf den Weg in die Höhle. Torny dachte, sie hätte Zeit, noch ein oder zwei Sticheleien gegen die Najahn loszulassen, und hätte sie auch losgelassen, wenn Bliss nicht ihren Arm gepackt und die Banditin hinter ihren angeblichen Schützlingen hergezogen hätte.

»Sie sind nicht der Feind«, signalisierte Bliss, als Torny sich befreite. »Sie beschützen uns.«

»Komm schon. Du glaubst das nicht wirklich, oder?«, fragte Torny. »Der Zirkel hat wahrscheinlich tausend Skars in der Ringstadt, sie wollen einfach keine davon aufgeben.«

»Glaubst du das wirklich?«

Torny war kurz davor zu antworten, dass sie es nicht glaubte, sie *wusste* es. Die Flinken Finger und jeder, der wirklich aufpasste, verstand, dass die Najahn die Skar-Schätze auf den Inseln weniger für die Erneuerung und mehr zu ihrem eigenen Vorteil 'beschützten'. Was dieser Vorteil war, war für Torny ein Rätsel gewesen, bis zu dieser Reise, bis sie gesehen hatte, was die Skars tun konnten.

Jetzt änderte sich die Frage: Wenn die Najahn all diese Macht in der Ringstadt sitzen hatten, warum nutzten sie sie nicht?

Die glitzernde Höhle, eine Abwechslung zu Fotis schwarzem Gestein und Asche, gab Torny keine Antwort, lenkte sie aber mit ihren prismatischen Schimmern ab. Eis und Schnee bedeckten alles auf der ersten Etappe, eine steife Brise folgte dem Quartett nach innen und knackte durch hängende Eiszapfen, harte Schneewehen und einen abgeschürften Pfad mit gefrorenen Fußabdrücken. Das Sonnenlicht starb schnell genug, sodass Bliss und Wax Fackeln entzündeten, deren Flammen mit tausend Reflexionen ihrer selbst tanzten.

»Wenigstens ist es schön«, sagte Eujo. »Der Strudel war dunkel und nass. Foti, schwül. Vis hatte all diese Käfer in den Netzen.«

»Aber die Aussicht«, fügte Wax hinzu, als sie unter

einer Reihe zahnartiger Eiszapfen hindurchtauchten. »Auf dem Gipfel, das musstest du doch genießen, oder?«

»Mit Silvrin und ihrem Schwert, das mir jede Sekunde im Nacken saß.«

Torny ließ das Gespräch weiterlaufen und zog stattdessen ihren Meißel heraus, den sie zwischen ihren Fingern wirbelte. Das diamantene Instrument war etwa so lang wie die Messer, mit denen Torny arbeitete, und hatte eine gute Schneide. Wenn es wirklich Eis so leicht durchschneiden konnte, wäre es vielleicht ein gutes Werkzeug, um eine Truhe oder eine widerspenstige Tür zu knacken.

Utna würde es doch nicht merken, wenn einer fehlte, oder?

»Findet ihr nicht auch, dass es hier enger wird?«, fragte Wax und riss Torny aus ihren Gedanken an Meißel-Diebstahl. »Das Eis schließt sich um uns.«

»Und es wird golden.«

Bliss' Zeichen warfen Schatten im Fackelschein, und als ihre Hände sanken, sah Torny, was Bliss meinte: Der Schnee und das Eis waren nicht mehr nur blau und weiß, sondern von honigartigen Tropfen durchsetzt. Sie verdichteten sich, während die Gruppe weiterging, und die Umgebung wurde tatsächlich enger, bis Wax abrupt stehenblieb und vor einer Eiswand stand, die ebenso golden wie silberweiß schimmerte.

»Scheint, als kämen jetzt die Meißel zum Einsatz«, sagte Torny. »Leg los, Wax.«

»Warum ich?«

»Weil du vorne stehst.«

Wax lachte, nahm den Meißel heraus und starrte ihn einen langen Moment an. Dann setzte er das Werkzeug an das Eis. Ein leichter Schlag. Noch einer, bei dem winzige Eissplitter zu Boden fielen. Zu einem dritten kam er nicht.

»Lass mich mal«, erklärte Eujo, schnappte Wax den Meißel aus der Hand und fügte ihren eigenen hinzu, wobei sie den Griff zum schwereren, stumpfen Ende drehte. »Benutzt ihr die nicht auf Vis?«

»Nie.«

»Dann schau zu.«

Eujo drückte die scharfe Seite gegen die Eiswand und hämmerte mit der stumpfen Rückseite des anderen entlang der Oberkante. Torny, die Bliss' Meißel nahm, um die Bewegung nachzuahmen, begann an der rechten Seite zu arbeiten. Sie hatte zwar nicht viel gemeißelt, aber der Umgang mit kleinen Werkzeugen fiel der Banditin naturgemäß leicht, und gemeinsam lösten das Paar und diese Diamantkanten die Hälfte der Wand. Ein kräftiger Schulterschubs – Wax und Bliss halfen – ließ die Barriere zerbrechen und vor ihnen zerbröckeln.

Dahinter fiel der Höhlenboden ab und verschwand in einem Abgrund, der von goldenen Adern bedeckt war, die nicht dicker als ein Seil waren. Die geraden, spinnenwebartigen Linien durchzogen die Kammer und bildeten ein seltsames Labyrinth, in dem ein Fehltritt einen wer weiß wie tief fallen lassen würde. Als wolle er diesen Punkt unterstreichen, kickte Wax ein Eisstück über die Kante, und die Gruppe sah zu und lauschte viel zu lange, bis dessen krachendes Ende zu ihren Ohren heraufdrang.

»Na, das ist ja entzückend«, sagte Torny. »Jemand Lust?«

Das Ziel war zumindest nicht schwer zu erkennen: Auf der anderen Seite des Abgrunds, sichtbar am Rande des Fackelscheins, deutete sich eine Fortsetzung der Höhle an.

»Ich gehe«, sagte Wax grinsend. »Endlich eine Herausforderung, die mir gefällt.«

Der Vis wartete nicht und gab auch seine Fackel nicht

ab. Mit einem einzigen Tipp testete er ein goldenes Eisseil. Als er es stabil fand, trat Wax über die Dunkelheit hinaus, wobei seine freie Hand andere Seile zum Balancieren fand, während der Vis Ferse an Zehe entlang der Linie schritt und mit tadelloser Haltung zu anderen wechselte.

Yarvick hätte es geliebt, Wax in seiner Crew zu haben.

»Es geht definitiv hier rüber«, rief Wax, als er ohne Schwierigkeiten die andere Seite erreichte. »Kommt schon, Wächter. Lasst uns weitergehen.«

Bliss folgte der Einladung ihres Bruders und überquerte die Strecke ohne Fackel schneller als Wax. Torny gesellte sich zu Eujo am Rand des Abgrunds und blickte in die Dunkelheit hinab. Ihr Magen zog sich zusammen. Das Vis-Paar und Eujo mit Kances hohen Gipfeln hatten wahrscheinlich genug Höhen gesehen, um nicht von der Tiefe erschüttert zu werden, aber ...

»Kannst du als Letzte gehen?«, fragte Eujo. »Das ... ist nicht mein Tempo.«

Torny zog skeptisch eine Augenbraue hoch und sah die Königin an. »Ich dachte, in Kance dreht sich alles um flinke Fußarbeit.«

»Mit beiden Händen in der freien Luft. Nicht auf Eis mit sperrigen Mänteln.« Die Königin hielt Torny die Fackel hin. »Bitte.«

Die Banditin wollte gerade widersprechen und sagen, dass sie auch nicht besonders scharf auf diese Überquerung war, aber der besorgte Ausdruck in Eujos sonst so stählernem Gesicht brachte sie zum Schweigen. Stattdessen kam ein weicherer, neuerer Glanz zum Vorschein: Die Aufgabe eines Wächters, wie Bliss und alle anderen immer wieder betonten, war es, die Erneuerung zu den Skars zu bringen. Eujo brauchte Torny, damit sie die Fackel nahm, und Torny war verdammt nochmal ihr Wächter.

Sie mochte zwar das Tagebuch gestohlen haben, aber wie Wax es ihr gesagt hatte, Torny war immer noch hier. Sie hatte eine Verantwortung.

»Ich hab dich«, sagte Torny und nahm die warme Fackel mit ihrem ölgetränkten Wickel. »Einen Schritt nach dem anderen, richtig?«

»Richtig.«

Die Königin folgte dem von Wax und Bliss gewählten Weg und setzte vorsichtig einen Fuß auf das Eisseil. Es rutschte bei ihrer Berührung, und Eujo zog den Fuß zurück. Ein tiefer Atemzug. Ein Schlucken. Zuversicht am Rande. Eujo rieb ihre Handgelenke, eines trug ein bestimmtes Armband mit besonderen Steinen.

Eine Chance, die Torny nicht entging.

»Hey«, sagte Torny, »du schaffst das schon. Du hast doch diesen Kance-Skar, erinnerst du dich? Er wird dich retten, falls du fällst.«

Als hätte die Banditin Eujo eine Last von den Schultern genommen, richtete sich die Königin auf und grinste. »Weißt du was, ich glaube, du hast recht.«

Diesmal trat Eujo mit Kraft und Überzeugung. Ihr Fuß rutschte nicht weg, ihre Hände fanden dieselbe Hilfe wie Wax und Bliss zuvor. Einer nach dem anderen, starke Schritte brachten Eujo über den Abgrund und in Wax' ausgestreckte Hand. Ein Hochziehen, und da waren sie, ein Trio bereit weiterzugehen.

»Komm schon, Torny«, rief Wax. »Ganz einfach.«

Wenn es nur so wäre. Torny hatte keine magischen Skars, die bereit waren, ihr Leben zu retten. Dieser Gedanke hallte in ihrem Herzschlag wider, dem nahen Knistern der Fackel, als sie den ersten Schritt machte. Das Seil hielt, ebenso wie das, nach dem Torny mit der linken Hand griff und sich in den leeren Raum hinausbewegte. Alte Instinkte übernahmen die Führung und leiteten ihre leisen Schritte einen nach dem anderen, genau wie sie es unzählige Male auf den schmalen Dachgeländern Noctias getan hatte. Ihr Geist lief lautlos, ihre Muskeln arbeiteten geschmeidig, der Abgrund rollte unter ihr dahin, eine schwarze Grube, die es nicht wert war, beachtet zu werden.

Bliss wartete mit ausgestrecktem Arm und bereiter Hand, um zuzugreifen, als Torny sich dem Ende näherte, einem letzten Seilgewirr.

»Siehst du?«, sagte Torny, als sie sich auf den letzten Abschnitt zubewegte, die Fackel fröhlich nah an ihrem Kopf. »Genauso gut wie ihr Lianen-Kletterer.«

Noch zwei Schritte. Torny streckte sich, griff nach einem kreuzenden goldenen Seil, duckte sich darunter, um den nächsten Zug mit ihrem rechten Bein zu machen. Sie spürte etwas auf ihre Schulter tropfen. Sie blickte hin, sah den nassen Fleck, sah einen weiteren Tropfen darauf fallen.

Ein Blick nach oben. Die Fackel. Ihre Flamme schmolz durch ein Seil, das durch Wax' früheren Durchgang bereits verdünnt war. Tornys Herz gefror, als die Flamme ein Loch brannte, als die Linie riss, herunterschwang und wie ein Todespendel mit demselben Seil kollidierte, auf dem die Banditin stand.

Ihr Seil knackte, Tornys Fuß rutschte weg, und ohne auch nur einen angemessenen Fluch auszustoßen, fiel die Banditin.

44
REIZE AM MEER

Stolpere in ein Vis-Dorf und du findest bereitwillig Hilfe. Die Insel hatte so wenige Hintergedanken, so wenige Intrigen, dass ein Fremder in Not kein Spielball, kein Verdächtiger, kein zukünftiges Opfer sein würde.

Zumindest nicht am Anfang.

Als Sawi und Ami, eingehüllt in die düstere Morgendämmerung, in die Ansammlung von Steinhütten stolperten, die die Nordseite des Kraters hinaufkletterten, erwartete Sawi nicht dasselbe. Genug Zeit auf Noctia hatte sie glauben lassen, dass die ersten Augen, die sie sehen würden, misstrauische sein würden, die Hände, die sich ihnen entgegenstreckten, Messer statt Brot halten würden.

Die Erwartungen wurden nicht erfüllt.

Ein Fischer, den Körper beladen mit Ausrüstung, sah sie zuerst. Er hatte die verzogene Holztür seiner Hütte geöffnet, schlurfte in einem dicken Mantel auf die glatten, mit Steinen übersäten Pfade, die die Straßen der Stadt markierten, und hielt beim Anblick des Paares abrupt inne, beide lehnten sich aneinander, während sie vorwärts stolperten. Er beobachtete einen langen Moment, vielleicht überlegend, ob er ein Phantom sah, bis Ami mit einem müden, trockenen Krächzen um Hilfe bat.

Dann brach eine Aktivität aus, wie Sawi sie noch nie gesehen hatte.

Der Fischer steckte zwei Finger in den Mund und pfiff, ein schriller Pfiff, der über die unten krachenden Wellen schnitt. Er legte seine Angel, seinen Rucksack ab und kam, mit einer so sicheren Kenntnis der Felsen, wie Sawi sie von den Waldlianen gehabt hätte, eilig an ihre Seite. Er stellte wenige Fragen, eine stillschweigende Akzeptanz, die von den anderen Dorfbewohnern, die schnell zur Hilfe kamen, wiederholt wurde. Ein Feuer, weniger mit Holz und mehr mit Moosen, Sträuchern und Ölen genährt, wurde in der zentralen Struktur der Stadt entfacht, immer noch eine Hütte, aber eine, deren gestapelte Steinmauern doppelt so groß waren wie die anderen.

Sawi und Ami fanden sich auf einer gedrungenen Steinbank wieder, eine dünne, warme Suppe wurde ihnen in die Hände gedrückt. Menschen bewegten sich umher, versuchten, Wunden zu versorgen, nur um festzustellen, dass das Paar trotz ihrer Erschöpfung weitgehend unversehrt schien. Sawi wollte fast sagen, warum - Amis Gesichtsplatte trug jetzt sowieso die Narben -, aber blieb still bei dem Kopfschütteln der Wächterin, nickte stattdessen, als Ami sagte, sie seien Schiffbrüchige, fast verhungert und verloren.

Zunächst schien die Stadt der Lüge zu glauben. Das Frühstück, der Morgen verging in Frieden, während die Stadt zur normalen Tagesordnung zurückkehrte. In eine Decke gewickelt, das dünne Feuer knisternd, erlaubte Sawi sich fast zu entspannen. Zu denken, dass sie es vielleicht geschafft hatten, der eisernen Axt der Najahn entkommen waren.

»Nicht für eine Sekunde«, sagte Ami, ihre Stimme leise

haltend, als Sawi die Augen schloss. »Sie sind jetzt freundlich zu uns, aber das wird sich ändern, wenn die Najahn auftauchen.«

»Glaubst du, sie werden kommen?«

»Ich bin eine ehemalige Wächterin. Du bist Gladdrings Vis-Auserwählte. Der Zirkel wird uns nicht so einfach gehen lassen, besonders wenn sie wissen, dass wir noch auf der Insel sind.«

Ami hatte jetzt ihre zweite Suppenschüssel, griff sie an wie die erste, Rinnsale liefen ihr Kinn hinunter und tropften auf den verkrusteten Steinboden. Diese dünnen Flecken fügten sich zu einem salzigen Morast, der das meiste hier bedeckte, einer feuchten Meerhaut, die über dem kargen Stein im Inneren lag. Wie eine Foti-Schmiede schien hier alles aus Stein gemacht, wenn auch ohne die Geschicklichkeit jener Insel. Schüsseln und Becher trugen Macken, wurden mit rauen Seiten gehandhabt. Vermoderndes Reet bedeckte, was nicht durch das Zerschlagen von Steinen bewältigt werden konnte, wie eine schmale Lücke im Dach, durch die der Rauch des Feuers entweichen konnte. Eine Stadt, die von wenig lebte, aber Sawi fand nur wenige Unglückliche.

Ein gewähltes Leben, genau wie in den äußeren Dörfern von Vis. Stiller Kampf, ja, aber in dieser Stille eine Würde, eine Unabhängigkeit.

Sie lächelte. Wax wäre an einem Ort wie diesem durchgedreht. Zu wenig Action, zu wenig Drama.

Würde sie es?

»Wenn wir Glück haben, haben wir heute«, fuhr Ami nach ihrem letzten Mundvoll fort. »Wir müssen mitnehmen, was wir hier kriegen können, und weiterziehen.«

»Wohin?«

Amis Augen verzogen sich, flackerten zur Tür und ihrer Aussicht auf das schieferfarbene Meer dahinter. »Das ist die eigentliche Frage. Wir können versuchen, die Insel zu umrunden, sehen, wie weit wir kommen, bevor sie uns erwischen.«

»Das ist ein Plan.«

»Ein schlechter, da stimme ich zu. Es gibt einen anderen Weg, aber der gefällt mir noch weniger.«

»Erzähl schon.«

»Uns den Kraterrand hinauf und auf der anderen Seite wieder hinunter arbeiten. Der Entdeckung so lange wie möglich entgehen. Zur Aegis gelangen und um ihren Schutz flehen.«

Ami kehrte zu ihrer Suppe zurück, fischte einen weiteren Löffel heraus. Sawi hatte auf Besteck verzichtet und trank direkt aus der Schüssel, wie alle auf Vis. Diese freien Hände fanden nun mehr Wärme unter den Falten der Decke, wo niemand sehen konnte, wie ihre Finger kneteten.

»Die Aegis weiß nicht, wer ich bin«, sagte Sawi. »Es wird nicht-«

»Ich weiß, dass es nicht funktionieren wird. Sie würden uns töten. Die Aegis hat keine Macht mehr. Jedenfalls keine, die wirklich zählt.«

»Also was, haben wir das alles getan, nur um einen zusätzlichen Tag an unser Leben anzuhängen?«

»Wäre das nicht wert?«

Sawi zuckte mit den Schultern. »Schätze, ich hatte auf mehr gehofft.«

Ihren eigenen Tod zu betrachten, blieb ein Konzept, das Sawi sich weigerte in Betracht zu ziehen. Sie war ihm in diesem Najahn-Turm zu nahe gekommen, und jetzt, da sie einen Hauch von Hoffnung gefunden hatte, war die Rückkehr in diesen erschreckenden Abgrund eine Reise, die sie nie, nie wieder unternehmen würde. Besser, ihr endgültiges Schicksal zu finden im Glauben, sie würde am Leben bleiben. Besser das.

»Es gibt noch eine andere Möglichkeit«, sagte Ami. »Eine, die uns genauso wahrscheinlich töten wird wie alles andere, wenn auch vielleicht nicht durch eine Najahn-Klinge.«

»Du deutest diese Dinge immer nur an, Ami. Spuck's schon aus.«

»Das liegt daran, dass ich die Idee nicht mag und versuche, eine andere zu finden.« Ami stellte die Suppe beiseite, blieb in der Nähe des Feuers zusammengekauert. »Die Moose und Vorräte, von denen diese Städte überleben, kommen nicht nur aus dem Ozean. Ich weiß das, weil ich zu lange auf dieser Insel gelebt habe. Ich bin oft genug darüber gelaufen.«

»Schon wieder redest du um den heißen Brei herum.«

Ami warf Sawi einen finsteren Blick zu. »Ist jeder auf Vis so unhöflich?«

»Wir haben Dinge zu erledigen.«

»Es gibt also Höhlen. Eine ist gleich hier den Hang hinauf. Sie werden Barrikaden aufgestellt haben, um Unholde aufzuhalten, aber wir können daran vorbeigehen. In die Tunnel fliehen.«

Sawi lachte. Ein düsteres Kichern. »Du musst die schlechtesten Ideen haben von allen Menschen, die ich je gekannt habe, Ami. Jede einzelne wird uns umbringen.«

»Nicht mit Sicherheit.« Ami schüttelte den Kopf. »Je mehr ich darüber nachdenke, desto mehr Sinn ergeben die Höhlen. Wir wissen, dass sie sich unter den Inseln erstrecken, die Tunnel verbinden sie alle. So kommen die Unholde herum. Wir könnten nach Tamas, Kance oder sogar Vis gelangen. Nach ein paar Stunden da unten würden die Najahn uns nie finden.«

Das Dunkle Unten. Ein Flüstern, das höheren Mächten vorbehalten war, wann immer Sawi davon zu Hause gehört hatte. Unholde lebten dort, seltsame Dinge, ungesehen und ungehört. Das Reich der Najahn, der Aegis und der Tollkühnen. Das einzige Mal, dass Sawi der totalen Dunkelheit nahe gekommen war, war in diesem Teich gewesen, in jenem letzten unschuldigen Moment mit Wax vor dem Monster, vor Svarde, vor all dem.

Könnte sie sich dem wieder stellen?

»Gibt es keine Schiffe?«, fragte Sawi. »Was ist mit dem Laufen über das Meereis? Ich habe gehört-«

»Du hast von Spielen und Mutproben gehört, bei denen Leute sterben. Außerdem ist es noch früher Winter. Wenn sich genug Eis zwischen Noctia und Tamas bildet, um es zu versuchen, müssten wir noch einen Monat warten. Das wird nicht passieren.« Ami stand auf, klopfte ihre zerlumpten Kleider und die Decke ab. Sie winkte der einzigen Dorfbewohnerin zu, einer älteren Frau, die Wache hielt. »Je mehr ich darüber nachdenke, Sawi, gibt es keine andere Option. Ich gehe zu den Höhlen. Ich würde dir raten, mitzukommen.«

»Wir haben nichts, Ami. Gar nichts. Wie sollen wir-«

Ami griff in ihre Gesichtsplatte und zog den hellroten Foti-Rubin heraus. »Hiermit.«

Eine Stunde Vorführung des Skars lockte die halbe Stadt in Verwunderung an und beschaffte im Tausch frische Taschen, trockene (so trocken, wie hier etwas sein konnte) Kleidung und Vorräte. Ami wählte eine bösartige, gezackte Harpune, während Sawi, ohne viel Zuversicht, ein großes Messer nahm, das zum Filetieren riesiger Fische gedacht war. Frisches Wasser aus Regenfässern und geschmolzenem Schnee füllte neue Wasserschläuche. Neue Mäntel, neue Stiefel, alle aus dicken und warmen Tierhäuten gefertigt, vervollständigten das Ensemble, eine schwere Auswahl, die Sawi zweifeln ließ, wie sie lange irgendwohin marschieren sollten.

»Du wirst dich daran gewöhnen«, entgegnete Ami, und weil Sawi keine Alternative sah, widersprach sie nicht.

All das für einen einzigen Skar, die Fähigkeit, ein Feuer zu entfachen, ein Haus zu heizen, einen Stein mit ein wenig Gedanken und konzentrierter Anstrengung zu schmelzen. Sowohl Ami als auch Sawi demonstrierten die Fähigkeit des Steins, indem sie ihn so gut wie möglich auf kleine Aktionen für die Dorfbewohner fokussierten, wie Suppe zu erhitzen oder eine vereiste Stelle auf einem Weg wegzuschmelzen. In seinem Flüstern schien der Foti-Skar von diesen alltäglichen Verwendungen weniger begeistert, aber der Stein war ein Stein, er würde dienen.

»Werde nicht übermütig damit«, sagte Ami als letzte Warnung nach einer Mittagspause. »Du könntest jemanden verletzen, dich selbst, oder ein Haus zerstören. Arbeite langsam damit, lass ihn dich lehren, und sei nicht dumm.«

»Hilfreich, Ami«, murmelte Sawi und justierte erneut ihre Tasche.

Wie Leute lange Reisen mit so schweren Lasten unternahmen ... Auf Vis konnte man genug sammeln, um nicht so viele Vorräte zu benötigen. Man konnte niemals mit einem solchen Gepäck an den Lianen schwingen.

»Sie machen den Tausch«, erwiderte Ami und nickte, als ein Dorfbewohner mit geschlossenen Augen und den Skar in einer geballten Faust haltend, als wäre der Stein irgendein tödliches Gerät, die Luft mit plötzlicher Hitze flimmern ließ. Die zuschauenden Dorfbewohner jubelten, pfiffen und klopften dem Mann auf den Rücken. »Ich versuche nur, sie am Leben zu erhalten.«

Ob Amis Schnellkurs ausreichen würde, würde Sawi nicht erfahren. Sie begannen am Nachmittag den felsigen Hang hinaufzusteigen und ließen das summende Dorf und die salzige Gischt des Meeres hinter sich. Ihre neue Kleidung hielt die Kälte auf Abstand, Sawi begann sogar durch die Kletteranstrengung zu schwitzen. Ami führte, das stumpfe Ende ihrer Harpune diente als löchriger Metallwanderstock. Stille legte sich über sie, nur unterbrochen vom Geschrei der Seevögel und den vereinzelten Geräuschen aus Richtung des Dorfes.

Doch anders als die Ruhe der vorherigen Nacht, als der Tod so nah schien, fand Sawi tatsächlich Hoffnung. Ein Skar, ein Tausch, und sie waren von ruiniert zu einer Chance gekommen. Was die Höhlen betraf, die zitternde Kante, die der Gedanke an ihre Nerven brachte, würde Sawi sich damit auseinandersetzen, wenn sie diese schrecklichen Tunnel betraten.

Sie würde sich ihrer Angst stellen, und-

»Halt«, sagte Ami, kurz bevor Sawi direkt in sie hineingelaufen wäre. »Etwas stimmt nicht.«

»Nichts stimmt, Ami.«

»Nein.« Die Wächterin schaute nach links, nach rechts. Zögerte. »Die Höhle ist gleich vor uns, aber irgendetwas ist nicht in Ordnung.«

»Sagt dir das irgendein mystischer Wächtersinn?«

»Hattest du jemals das Gefühl, beobachtet zu werden?«

Sawi wollte gerade antworten, sagen, dass im Dschungel immer etwas einen beobachtete, als Ami blitzschnell einen Arm nach hinten streckte und die Vis hart zu Boden zog. Mit dem Rucksack schlug Sawi hart auf, ein

Fluch brodelte in ihr hoch und erstarb, als ein schwarzer Pfeil über ihnen hinwegzischte.

»Was war das?«, fragte Sawi, während Ami in einer fließenden Bewegung ihren Rucksack abwarf und die Taschen vor sich schwang wie eine behelfsmäßige Mauer.

»Der erste Zug des Todes«, antwortete Ami. »Zieh dein Messer, Vis. Wir wurden entdeckt.«

45

EIN KAMPF IM FEUER

Svarde und der Tote König machten den unmöglichen Angriff. Flankiert von zerbrechlichen Leichen stürmten die beiden wie eine Speerspitze auf den Tunnel und die knisternde Flamme zu. Für Svarde war die Begründung einfach: Kivi war dort hinten, und an der Seite seines Ferrits zu sterben war mehr wert als ein langsames Dahinsiechen ohne sie. Die Motive des Toten Königs waren ein Rätsel, aber vielleicht war er seiner Zeit in der endlosen Dunkelheit überdrüssig.

Ungeachtet dessen nahm der massive Herr mit seiner ebenso massiven Klinge als Erster Kontakt mit den Unholden auf, ein weiter Querhieb durchschnitt einen wirbelnden Morgenstern und zog eine Linie über die Brust des dahinterstehenden Unholds. Svarde, von allen Seiten von sengender Wärme umgeben, stürzte sich auf ein drittes Konstrukt, dessen Metallräder und Zahnräder den Geschützturm in ihre Richtung drehten. Er sprang und grub seine Äxte, die er von ihrem ersten Opfer zurückgewonnen hatte, wie Krallen in die verbrannte schwarze Panzerung an der Vorderseite des Dings. Das eigene Leder des Barbaren zischte bei der Berührung, eine unwillkommene Empfindung, die Svarde ignorierte, während er in einer Überschlagbewegung die Vorderseite des rollenden Dings erklomm.

Der Geschützturm ragte vor ihm auf, fast so hoch wie Svarde selbst und bereit, ihn mit seinem rauchenden Rohr zu erschlagen. Svarde duckte sich unter der rotierenden Kanone weg, hieb einmal mit einer Axt darauf ein und stellte fest, dass seine Waffen nicht ausreichten. Der Rückschlag und die Funken ließen ihn zusammenzucken, ein kurzer Eindruck der Welt um ihn herum, während Svarde versuchte, seinen nächsten Zug zu finden.

Der Kampf tobte mit sieben Unholden um die beiden Maschinenkadaver, die beim ersten Angriff zerstört worden waren. Diese Unholde schwangen ihre Morgensterne, schlugen mit ihren vierarmigen Fäusten zu oder traten nach den kleineren, verdorrenden Leichen. Doch dieselben Körper erhoben sich, wenn sie konnten, wieder, fanden zerbrochene Speere, Steine oder zerbrochene Kettenglieder und stürmten zurück, um die Unholde zu stechen, zu erstechen oder sich einfach auf sie zu werfen. Ablenkend und manchmal tödlich retteten die Wankenden des Toten Königs dem Paar das Leben.

Zumindest für den Moment. Selbst als Svarde zur Verbindung des Geschützturms vorstieß, wo die Kanone mit der klobigen runden Oberseite verbunden war, erhellte sich die Höhle mit neuer Flamme. Die Quelle des Glühens, die Svarde zufällig erblickte, als er auf den Geschützturm zustürmte, schien den anderen Unholden ähnlich, nur größer und in etwas gekleidet, das wie fließende Rubine aussah, eine karmesinrote Gewandung, die schmolz und sich neu formte. Das Monster füllte die Breite des Tunnels aus, trug in seinen beiden größeren Armen zwei kürzere

Morgensterne und schien mit der blendenden Vorstellung, die über seine obsidianschwarze Krone tanzte, den Angriff zu leiten.

»Da ist unser Ziel«, murmelte Svarde und duckte sich erneut unter dem Rohr weg, als das Konstrukt es zurückschwang. Eine verzweifelte Verteidigung, besser gegen, sagen wir, diese größeren Unholde als gegen den kleineren Menschen. Nicht, dass Svarde sich beschwerte.

Der Sitz des Geschützturms bot eine gepanzerte Luke auf der Oberseite, die fast vollständig von gehärteter Asche blockiert war. Svarde sah keine Möglichkeit, das Ding zu öffnen, und ging davon aus, dass sein eigener Angriff gescheitert war, bis eine krabbelnde, steinerne Gestalt, die schnaufend die Rückseite des Konstrukts erklomm, ein Grinsen auf sein Gesicht zauberte.

»Kivi!«, rief Svarde zu niemandem, zu allen, ein vertrauter Quell der Art, der jedes Mal aufkam, wenn er, Ami oder Catya gegen alle Widrigkeiten siegten, stieg in seinem verbrühten Herzen auf. »Hast du noch Appetit?«

Der Ferrit, dessen Klauen bessere Arbeit leisteten als Svardes Äxte, gesellte sich zu dem Barbaren auf der Oberseite des Konstrukts. Die Maschine, die beschloss, dass das Paar nicht von ihrer Kanone getroffen werden konnte, konzentrierte ihre Bemühungen auf den Toten König, der gerade dabei war, einem weiteren Unhold den letzten Stoß zu versetzen. Das Rohr begann, in seinem Vor-Abfeuern-Orange zu glühen, nur damit Kivi um Svarde herum zur Verbindung der Kanone mit dem Körper der Maschine stürzte. Der Ferrit öffnete seinen steinernen Kiefer, biss zu und riss das Metall heraus.

Und zog die falsche Aufmerksamkeit auf sich.

Ein Unhold, der gerade die größere Höhle betreten und sich von anhaftenden Leichen befreit hatte, drehte sich um und schwang seinen Morgenstern in einem säubernden Hieb auf den Ferrit zu. Svarde, einen Foti-Fluch brüllend, sprang dem Schlag entgegen und schwang beide Äxte, um die Kette mit Körper und Schneide abzufangen. Das Gewicht des Barbaren und die Kraft seines Schlages lenkten den Hieb in einen schleifenden Aufprall auf die vordere Platte der Maschine um, wobei sich der Metallkopf des Morgensterns gegen den Geschützturm klemmte und Svarde gegen das Konstrukt drückte.

Möglicherweise waren Rippen gebrochen, Prellungen und Verbrennungen drangen durch sein schmelzendes Leder, aber Svarde hatte den Schmerz hinter sich gelassen.

Die Maschine zitterte, die Luft, die Svarde sehen konnte, flimmerte. Kivi nahm einen weiteren gewaltigen Bissen, die Metallsplitter rieselten um sie herum.

Ein obsidianschwarzer Schädel, lodernde mit glitzernden Sternen, grinste in Svardes Blickfeld. Das Monster zerrte an seinem Morgenstern, was dem gefangenen Barbaren ein Keuchen entlockte, als sich das Metall in seine Taille grub. Svarde versuchte, mit seinen Äxten an den Gliedern zu arbeiten, stellte aber fest, dass sie mit festgeklemmten Armen wenig nützten. Stattdessen begnügte er sich mit einem weiteren heiseren Fluch, einem schweißnassen Starren auf einen Unhold, dem es zweifellos egal war, der es nicht verstand.

Kivi biss erneut zu.

Das Konstrukt feuerte.

Orange, Rot, Schwarz explodierten in einem bogenförmigen Sprühnebel, einer ohne Richtung, ohne Absicht. Er spritzte vor Svarde, traf den zugreifenden Unhold in sein obsidianschwarzes Gesicht und schleuderte das Monster rückwärts in einen schweren Fall. Glühende Teile durchzogen die Decke des Tunnels, brannten sich durch hängende Felsen und ließen sie auf den Boden stürzen. Einige trafen den Toten König und sein aktuelles Ziel und zwangen beide in einen Stillstand, während sie ihre neuesten Verletzungen einschätzten.

Und Svarde, der all dies beobachtete, blieb verschont, da die Kanone zu seiner Linken lag und die Rinnsale ihres fehlgeschlagenen Feuers weit über ihn hinweggingen oder direkt in einen zerstörten Strom hinabbrannen.

Der Barbar lachte. Ein raues Kichern. Ein Erfolg, ein kleiner Sieg in einem scheinbar verlorenen Krieg, aber einer, den er dennoch für sich beanspruchen würde. Das Lachen wurde aufrichtig, als Kivi, diese unbesiegbare Echse, dampfend und bedeckt mit dem glühenden Orange, in seine Nähe rollte, ihre saphirblauen Augen so hell wie eh und je.

Sie biss einmal, zweimal, dreimal in die Kette. Zerbrach die Glieder. Svarde schob sie weg, versuchte aufzustehen und stellte fest, dass er es nicht konnte. Verbrennungen kreuzten sich an seiner Taille, und alles darunter war taub, in einem Schmerz, der so weit jenseits seines Verständnisses lag, dass sein Verstand ihn abschaltete. Er schien mehr als das zu blockieren, denn Svarde stellte fest, dass er seine fallengelassenen Äxte nicht aufheben konnte, da seine Hände sich nicht mehr gut genug bewegen konnten, um einen Griff zu formen.

Ein ebenso sicheres Todesurteil wie alles andere.

»Lauf, Kivi«, keuchte Svarde, nur um zu sehen, wie der Ferrit, der nun stolperte, als der Strahl der Kanone weiter in seine Steinhülle schmolz, seinen Kopf gegen Svardes Seite stieß.

Er rollte gegen seinen Willen, vom Ferrit entlang der Frontplatte der Maschine geschoben. Die Höhle donnerte, knisterte erneut, als das monströse Ungeheuer und sein rubinrotes Gewand den Kampf gegen den Toten König aufnahmen. Eine Schlacht, die der alte Wächter allein würde kämpfen müssen.

»Ich werde nicht-«, begann Svarde, als der Ferrit ihn erneut schob, seine Stimme abbrach, als eine neuere, kleinere Gestalt ins Blickfeld kam.

»Hör auf zu reden«, schnauzte Maena. »Ausnahmsweise hast du einen guten Grund, still zu sein.« Die Rana-Kapitänin, die so sauber wie immer auf der abfallenden Front des toten Konstrukts balancierte, senkte ihre Schulter, damit Svarde sich darauf stützen konnte. »Meine schlechtere Hälfte würde mich nicht gehen lassen, ohne dein dummes Selbst zu retten, also lass uns sie nicht enttäuschen.«

Schlechtere Hälfte?

Svarde hatte Fragen, konnte die Antworten nicht aussprechen, als ihr zerzaustes Trio von der Front des Konstrukts stolperte und zur gegenüberliegenden Seite der Höhle aufbrach, tiefer in die große Kammer und weg vom verlorenen Krieg.

Die Überreste des Toten Königs waren nun wirklich das, kämpften einen verlorenen Kampf mit ihrem angeschlagenen Dutzend gegen halb so viele Ungeheuer, wobei mehr brennende Bastarde den Tunnel hinter ihrem scheinbaren Anführer heraufkamen. Der Tote König schien noch zu stehen, spielte eine verzweifelte Verteidigung gegen die Zwillingsflegel des größeren Dämons, deren fließende Schläge die große Klinge wie eine Teufelstrommel trafen. Kreischendes Metall, Funken und der endlose Ofen, der die Luft versengte, zischten in Svardes gekochten Ohren.

»Hier ist der Plan, Foti«, sagte Maena und hielt sie weiterhin an der Außenwand der Höhle. »Wir gehen zurück in diese Stadt, verschanzen uns hinter diesem Tor und beten, dass Jochi rechtzeitig hier ist, um unsere Haut zu retten.« Sie sah ihn an, Svarde begegnete ihren Augen mit seinem verkrusteten Gesicht, und sie fluchte. »Du siehst scheiße aus, Svarde.«

Er versuchte zu lächeln, fand seine Lippen zu verkrustet, um sich über ein Zittern hinaus zu bewegen. Kivi schnaubte, schwach und verzweifelt.

»Sag mir nicht, dass wir es nicht schaffen werden«, sagte Maena und begann den verzweifelten Marsch über die Mitte der Höhle, über Körper, die durch unzählige Jahrzehnte verbrannt und gebrochen waren. »Ich bin nicht zurückgekommen, nur um hier zu sterben.«

Der Tote König hörte sie nicht, aber sie hörten ihn. Ein zerreißender Schrei, einer, der sowohl überrascht als auch, wie Svarde dachte, erleichtert klang. Ihre Augen wandten sich ihm zu, als das große Ungeheuer die Deckung des Verlorenen Königs durchbrach, mit einem Schlag des Flegels durchschlüpfte, um den Schwertarm des alten Wächters zur Seite zu schmettern. Ein zweiter, wilder Schwung zerbrach den dicken Helm des Toten Königs mit genug Kraft, um den Soldaten zurück in die Höhle zu werfen. Der Helm zerschellte, als der Tote König auf den felsigen Boden aufschlug, seine Hand flog nach hinten, die große Klinge pfiff durch die Luft und glitt über die Steine.

»Na, wenn das nicht das größte Pech ist«, murmelte Maena und zog weiter.

Als der Tote König dort lag, schien die Höhle zu zittern, eine Empfindung, die Svarde nicht verstand, bis er die Körper bemerkte, die noch standen, die über den Boden krochen und die es versuchten und nicht konnten, die in diese endgültige Stille zusammenfielen. Nur die Ungeheuer am Eingang des Tunnels blieben, ihre brutalen brennenden Gestalten, beobachtend, als ob sie eine Falle vermuteten.

»Komm schon«, fluchte Maena erneut, »kannst du mir gar nicht helfen?«

Schritt für Schritt, mit Kivi, die Svardes Füße in einem sanften Biss hob, bahnten sie sich ihren Weg durch die Höhle. Svarde selbst stellte fest, dass sein Atem kurz wurde, seine Augen fleckig wurden, der Schmerz in ein eisiges Ende schwand. Er wollte Maena sagen, sie solle ihn fallen lassen, ihn gehen lassen, aber er konnte verdammt nochmal nichts sagen, konnte nur in verschwommener Stille starren, als sie am Körper des Toten Königs vorbeigingen.

Der zerschmetterte Helm zeigte ein Gesicht, so blass von der Zeit, die Haut fahl und jenseits des Todes, bereits schrumpfend, da der Damm des Verfalls gebrochen war. Die Augen des Mannes geschlossen, runzelig, geschrumpft. Ein langer verwehrter Frieden?

Nein. Eine kranke Ruhe, von der Svarde meinte, dass sie besser mit der Endgültigkeit des Feuers gebracht würde, als hier in dieser zerbrochenen Höhle zu warten. Das zumindest konnten diese Ungeheuer liefern.

»Ach, verdammt«, sagte Maena und zog Svardes schwindenden Blick nach oben. Die Ungeheuer loderten auf, ihr Anführer brach in neue Funken über seinem Obsidianschädel aus. Brennende Füße schritten vorwärts, fächerten sich in die Höhle auf, wobei der rubinbeschichtete Anführer direkt auf ihr Trio zusteuerte. »Tut mir leid, Svarde. Ich hab's versucht, aber ich glaube nicht, dass wir es schaffen werden.«

Die Rana-Kapitänin zog Svarde noch einen Satz weiter, ließ den Mann dann auf dem felsigen Boden fallen. Maena machte einen Schritt vor ihn, zog einen rostigen Krummsäbel und hielt ihn mit beiden Händen. Eine schwache Waffe für einen massiven Gegner, aber Maena knurrte trotzdem eine Rana-Herausforderung heraus. Mutig, wahnsinnig und wahrscheinlich so tot wie er.

Aber vielleicht nicht dumm. Als sich das massive Ungeheuer näherte, fing Svarde einen dunklen Schimmer in seiner feurigen Reflexion auf, einen nahe dem Kopf des Barbaren. Eine zackige Linie, abgenutzt durch die Zeit, durch Konflikte, aber zusammengehalten von einer Kraft jenseits jeder einfachen Schmiede. Eine Möglichkeit, eine Hoffnung, und Svarde setzte all seine schmerzhafte Anstrengung dafür ein, ein Nicken, ein Stupsen, das leiseste Zucken eines Fingers.

Ein Hinweis, den der erstaunliche Ferrit, selbst angeschlagen und fast zerbrochen, sah. Mit steinernen Kiefern, als Maena dem ersten Schwung des Flegels auswich, brachte Kivi die Klinge des Toten Königs zu Svardes Hand.

46

FLÜSTERWARDER

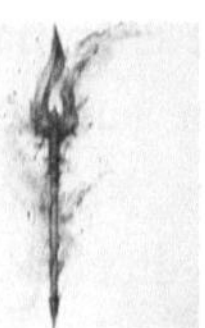

Die goldenen gefrorenen Seile rissen, Torny strauchelte und Eujo sprang. Die Kance-Königin zögerte nicht, zweifelte nicht, selbst als Wax das völlig Nutzlose tat und Tornys Namen schrie, verschwand die Königin über den Rand. Bliss und ihr Bruder eilten zu derselben eisigen Klippe, die einsame Fackel tat ihr Bestes, um zu zeigen, wohin ihre Freunde verschwunden waren, doch sie sahen nichts außer Schatten.

»Lebendig!«, kam der Ruf, Tornys Stimme, gerade bevor sich Grauen und Zweifel einschlichen. Auch nicht so weit unten wie der fallen gelassene Stein. »Irgendwie am Leben.«

»Wie?«, rief Wax, Verwirrung und Freude vermischten sich. Bliss legte sich flach auf den Bauch, den Kopf tief in die Schlucht gestreckt, als könnte sie sie durch weiteres Vorbeugen erkennen. »Was-«

»Die Kance-Skar«, diesmal Eujo, so selbstsicher wie immer. Wax lächelte, als er ihre Stimme hörte. Zwei unten, zwei oben. »Wir sind auf einem Vorsprung, aber hier ist noch eine Öffnung. Wir werden euch finden.«

»Ihr habt kein Licht?«, fragte Wax und fühlte sich etwas seltsam dabei, ins Nichts zu rufen.

»Du sprichst mit zwei Gossenbengeln, Wax«, erneut Torny. »Wir sind es gewohnt, im Dunkeln zu schleichen. Geht weiter.«

Torny hatte jetzt diesen unbesiegbaren Unterton, das lachende Entzücken, das einen überkommt, wenn man dem Tod von der Schippe springt. Wax hatte es auch, und Bliss ebenso mit ihrem wilden Grinsen, als seine Schwester auftauchte. Ein weiterer tödlicher Fehler, den die Skars gut gemacht hatten. Irgendwann würde Wax sich im Stuhl des Aegis wiederfinden, einfach weil er den Göttern so viel schuldete.

Zuerst jedoch musste er es so weit schaffen.

»Sollen wir, Schwester?«, sagte Wax und wandte sich dem weiterführenden Tunnel zu. »Wie in alten Zeiten?«

,Nicht so alt.'

Stimmt, und diese gar nicht so fernen Erinnerungen beflügelten ihre Schritte durch den kalten Felstunnel, wobei der Goldene Riss seine eisige Hülle verlor, je tiefer sie in den Berg vordrangen. Ihre Fackel fing reichlich Glitzern ein, sodass Wax blinzeln musste, als die schiere Menge an bernsteinfarbenen, gelben Funken ihn überwältigte. Ein mystischer, magischer Anblick, auf einem Schatz zu laufen, der ganz Noctia neidisch gemacht hätte.

»Die Najahn kontrollieren diesen Ort, oder?«, fragte Wax während sie gingen, der Tunnel blieb gerade breit genug, dass sie hintereinander gehen konnten, wobei Wax sich hier und da ducken musste, um tiefen Ausbuchtungen auszuweichen. »Warum graben sie das nicht alles aus?«

Bliss tippte ihm auf die Schulter. ,Weil sie die Götter nicht beleidigen wollen?'

Ein früherer, jüngerer Wax hätte dem vielleicht zugestimmt, aber die Nächte, die er unter Noctias Geschäftska-pitänen, seinen Handelsmarodeure, verbracht hatte, sagten ihm etwas anderes. Die Najahn, die Mächtigen und Reichen, kümmerten sich nicht um die Götter, zumindest nicht auf heilige Weise. Nein, wenn die Najahn hier nicht mit den Whent gruben, musste es einen anderen Grund geben.

Keine Antwort bot sich an, bis der Tunnel sich weitete und in einer gewundenen Kammer endete, deren breite Basis zu einem kaminartigen Aufstieg an ihrer Rückseite führte, der hinter einem goldenen Dach verschwand. Hier gab es nicht nur Gold: Als hätte Whent, der tote Gott, entschieden, dass ein Edelmetall nicht genug sei, schlän-gelten sich Edelsteinschnüre durch den ganzen Raum, mit beeindruckenden Rubinspiralen und Saphirkreisen. Das Gold und die Edelsteine erhoben sich auch hier und da zu seltsamen Hügeln, merkwürdigen, unförmigen Klumpen in allen Größen, wobei keiner viel höher als Wax war. Als wäre der Raum einst aufgeblubbert, nur um in der Zeit einge-froren zu werden. Während er sich umsah, ging Wax vorwärts und trat beinahe auf einen smaragdgrünen Stern direkt am Eingang, bis Bliss ihn festhielt und zurückzog.

‚Vorsichtig', gebärdete Bliss. ‚All diese Skar-Kammern haben ihre Tücken.'

Guter Punkt. Wax kniete sich hin und hielt die Fackel vor sich. Dass dies die Skar-Kammer war, stand außer Frage: Die Skars selbst saßen auf einem zentralen Hügel, der wie ein natürliches Gewächs emporragte und mit den kleinen Steinen übersät war. Das Fackellicht schien dorthin gelenkt zu werden, reflektierte von den Edelsteinen und den glitzernden Wänden, um die Mitte in einen orange-goldenen Heiligenschein zu tauchen. Schön, wenn man Schätze der Natur vorzog.

Der Unterschied zwischen dem Tunnel zu Wax' Füßen und der Skar-Kammer erwies sich als minimal: Der golddurchwirkte Stein setzte sich fort, nun frei von Eis. Die überall in der Kammer verstreuten Edelsteinformen schienen der einzige Unterschied zu sein und vielleicht der Hinweis auf eine Falle. Sie vermeiden oder nur auf sie zielen?

‚Lass mich vorangehen', gebärdete Bliss.

»Wieso?«

‚Weil ich schneller bin als du.'

»Hey-«

Sie quetschte sich an Wax vorbei, bevor ihr Bruder all die Beispiele aufzählen konnte, die zugegebenermaßen wenigen, bei denen er seine Schwester bei einem Rennen durch den Dschungel geschlagen hatte. Bliss machte sich auf den Weg zum goldenen Boden, schritt über den Fels, vermied die Edelsteinmuster und überquerte die Mitte bis zum Hügel, ohne dass ein einziger Unhold, eine einstürzende Wand oder ein anderer Schrecken auftauchte, um ihren Kopf von ihrem Körper zu trennen oder ihr ein anderes grausames Ende zu bereiten.

‚Sieht aus, als würde das funktionieren', gebärdete Bliss.

»Einfach also.«

Wax machte einen Schritt und folgte ihr. Sein Fuß berührte den goldenen Boden, und ein Schwall durchfuhr seinen Geist, die drei Skars an seiner Halskette erwachten auf einmal zum Leben und meldeten sich mit schnellen, unverständlichen Flüstern. Wax zögerte, versuchte, die Impulse zu sortieren, was diese dummen Steine sagten, nur um zu sehen, wie Bliss vorne hektisch mit den Fingern gestikulierte.

‚Dein Fuß!'

Der goldene Stein gab sich nicht damit zufrieden,

einfach dazuliegen. Der Glitzerstein fühlte sich nicht länger fest an. Stattdessen schwärmte er seinen gepflanzten Fuß hinauf, kletterte an ihm hoch wie ein wucherndes Moos auf Vis. Wax versuchte, seinen Stiefel anzuheben, fand ihn unbeweglich. Nicht einmal ein Wackeln. Sein linker Fuß schien ebenfalls festzustecken. An diesem Punkt hatte Wax festgestellt, dass Instinkt und Reaktion bessere Führer zum Überleben waren als Überlegung, und er hielt nicht inne, um darüber nachzudenken, was es bedeuten könnte, einen Stiefel in einem gefrorenen Berg zu verlieren, sondern riss stattdessen seinen bestrumpften rechten Fuß frei und stolperte vorwärts.

Dieser selbe Instinkt lenkte seinen Schritt, die Fackel in Wax' Hand spendete genug Licht, um die smaragdgrüne Spirale zu erkennen. Wax landete auf den glatten Steinen, zog seinen linken Fuß frei, um ihn anzupassen, seine zappelnden Zehen und ihre Stoffumwicklungen wurden sofort kalt, blieben aber ansonsten unversehrt inmitten der grünen Edelsteine. Wax wackelte, beobachtete, aber die Smaragde erhoben sich nicht, um ihn zu verschlingen. Dahinter verschwanden beide Stiefel im goldenen Stein, verschluckt zu kleinen Hügeln.

Die Hügel.

Diese formlosen Klumpen bekamen eine neue Bedeutung, als Wax einen Blick durch die Kammer schweifen ließ. Nicht nur zwecklose Merkmale also, sondern Dinge, die vom seltsamen Boden gefangen wurden. Wie Bliss gesagt hatte, hatte jede Skar-Kammer eine Falle. Jetzt mussten sie herausfinden, wie diese funktionierte.

»Warum werde ich nicht angegriffen?«, gebärdete Bliss, die beim mittleren Hügel mit den goldenen Skars stand. »Was ist der Unterschied?«

»Es mag dich mehr?«

»Wer würde das nicht? Aber lass uns ernst sein, Wax.«

»Nur weil ich Witze reiße, heißt das nicht, dass ich nicht nachdenke.«

Eine rubinrote Linie lag zu Wax' Linken und führte zur Mitte des Raumes, während ein brauner Steinkreuz zu Wax' Rechten leuchtete. Gold lag zwischen beiden, obwohl Wax das Gefühl hatte, dass ein guter Sprung ihn darüber bringen könnte. Trotzdem war es besser, sich zu vergewissern, ob er Akrobatik brauchte. Wer weiß, vielleicht hasste der Raum einfach nur Stiefel?

Der Renewal kniete sich hin und verschob eine einzelne Zehe von ihrem smaragdgrünen Zuhause auf den goldenen Stein. Der Fels zitterte, wie stilles Wasser, das eine Welle beginnt, und Wax zog seinen Fuß zurück. Okay, definitiv nicht die Stiefel.

»Ich werde springen müssen«, sagte Wax.

»Offensichtlich.«

»Ich sehe nicht, dass du hilfst!«

Bliss runzelte die Stirn, ging dann quer durch die Kammer zurück, nahe zu Wax. »Ich kann deine Sprünge vielleicht verstärken?«

»In welche Richtung, denkst du?«

Sie betrachteten beide Optionen, Rubin gegen Topas, und beide endeten damit, dass sie die Foti-farbene Linie ansahen.

»Sag mir warum und ich sage dir, ob ich zustimme«, fragte Wax seine Schwester.

»Der Smaragd frisst dich nicht, und du hast einen Vis-Skar. Vielleicht wird der Rubin es auch nicht tun, weil du auch einen Foti hast?«

»Aber du hast keine Skars, und du wirst nicht angegriffen?«

Ein weiteres Schulterzucken. Trotzdem stimmte Bliss'

Idee mit Wax' eigener überein, und jede Chance war besser als keine. Mit einem Nicken und einem abschätzenden Blick sprang Wax. Bliss folgte, streckte die Hand aus und stabilisierte Wax auf der schmalen Landung. Seine Augen gingen zu seinen Zehen, fand sie unversehrt, und das leichte, selbstgefällige Grinsen kehrte zurück.

»Wieder ein Gott bezwungen«, sagte Wax, die Skars in seinem Kopf schienen ebenso zufrieden. »Sieh uns an, Bliss. Professionelle Renewals.«

»Sicher, Wax. Professionell.«

Der edelsteinförmige Weg zur Mitte erforderte einige waghalsige Entscheidungen, die sie um den Raum und mehr als ein paar Hügel herumführten, über die Wax sich weigerte nachzudenken. Als er auf einem saphirblauen Spritzer nahe den zentralen Skars landete, zögerte Wax nicht, streckte die Hand aus, um einen der goldenen Steine zu pflücken. Der Skar verließ sein Zuhause ohne Widerstand, ein neues, leises Flüstern gesellte sich zu denen, die in seinem Kopf blubberten. Wax steckte ihn in die Halskette und nickte auf Bliss' Frage.

»Es ist der Skar. Jetzt müssen wir nur noch Torny und Eujo finden.«

»Es gab keinen anderen Tunnel.«

»Dann sind sie vielleicht zurück am Abgrund«, sagte Wax. »Gehen wir in die Richtung?«

Bevor Bliss ja oder nein sagen konnte, hob Wax seinen Fuß von den Saphiren, direkt auf das Gold. Das Flüstern des Whent-Skars beschleunigte sich, und es bildete sich kein Hügel. Sicheres, einfaches Gehen. Er blitzte ein Lächeln zu seiner Schwester.

»Profis«, wiederholte er.

»Worüber brabbelst du?«, fragte Torny, die mit Eujo auf den Fersen durch denselben Tunnel in den Raum schritt, den Wax und Bliss benutzt hatten. »Habt ihr sie gefunden? Gut. Denn ich bin müde nach-«

»Halt!«, schrie Wax, als Eujo den Fuß auf den goldenen Boden setzte. Torny, allein gelassen, sah nur verwirrt aus. Eujo ging weiter, ihre Füße kamen gerade an Wax' aufgehäuften Stiefeln vorbei, bevor sie fest stecken blieben. »Zieh deine Stiefel aus, Eujo!«

»Was?«, antwortete die Königin, zerrte an ihrem Bein und schaute dann nach unten. Der goldene Stein kletterte hoch, schwang in ihren kleineren Stiefel, als sie sich bückte, um die Schnürsenkel zu lösen. Torny wirbelte herum, starrte, als Bliss und Wax durch die Kammer starteten. »Ich kann nicht-«

Eujo brach in einem Fluch ab, der goldene Fels floss über ihre Finger, als sie versuchte, die Schnürsenkel zu lösen. Sie versuchte, ihre Hand wegzuziehen, fand sie fest fixiert, während weitere Flüche aus ihrem Mund strömten. Torny, bewaffnet mit ihrem Meißel, versuchte, einen Schlag auf den Felsen zu landen, schlug aber nur das kleinste Stück ab. Als Wax Eujo erreichte, hatte der goldene Fels ihre Hand verschlungen, kletterte zu ihrem Handgelenk, während ihr linkes Bein einen Hügel hatte, der ihren Knöchel bedeckte und schnell wuchs.

»Holt eure Meißel«, schnappte Torny und schlug erneut auf den Felsen ein. »Vielleicht können wir-«

»Es reicht nicht«, gebärdete Bliss, obwohl sie tat, was die Banditin verlangte, und ihren eigenen sinnlosen Hieb ausführte.

Wax jedoch traf Eujos Blick, als sie zog, ihre Augen weit, das Gesicht rot vor Anstrengung. Eine tiefe Angst ergriff sie, die gleiche, die Wax in Sawi gesehen hatte, als sie vor dem Unhold davonkrochen. Das sichere Wissen, dass der Tod nicht weit entfernt war. Vor ein paar Monaten hätte Wax diesem Blick vielleicht geglaubt, hätte er sich vielleicht der Angst hingegeben, dass sie weit über ihre Fähigkeiten, ihren Platz auf den Inseln hinaus waren.

Mit den in seinem Kopf donnernden Skars hegte Wax keinen solchen Gedanken. Stattdessen hörte er auf das Flüstern und entfesselte ihre Wünsche.

47
DER JÄGER

Deshiva, Kitayes oberste Jägerin und Befehlshaberin – wenn man dieses Wort überhaupt verwenden konnte – der Waffenführer der Stadt, stand in der Mitte des Kreises. Ein Hain, aus der Wildnis geschnitten, umgeben von Tierknochen, darunter auch Hanokos, Trophäen erfolgreicher Jagden des Jahres, errungen von eben jenen Rekruten, die sie nun umringten. Die etwa zwanzig Seelen, die in diesem Jahr in die Jägerreihen der Stadt aufstiegen, trugen frische, in den wenigen Sonnenstrahlen, die den Dschungelboden erreichten, glühende Tätowierungen und Zahnketten ihrer eigenen Beute – Schweigen, verdient durch ihre eigene Ehre.

Worte flossen in einem stetigen Rhythmus von Deshivas Lippen, die Quik kaum hörte, sich nicht erinnerte. Seine Ohren fühlten sich matschig an, seine Augen rot vom nächtlichen Starren in den Himmel in seiner Hängematte, überwältigt und beeindruckt von sich selbst. Von den Wochen, die er an der Seite eines Jägers nach dem anderen Kreaturen nachgestellt hatte, von seinem ersten Solosieg über einen Hanoko vor drei Tagen. Er hatte die Katze unbemerkt bis zu ihrem Bau verfolgt, ihr im Schlaf einen Schnurrbart abgenommen und war mit der Trophäe zurückgekehrt, ein besseres Zeichen von Geschick als eine sinnlose Tötung.

Diese Jagden, jene, die für den Lebensunterhalt oder zum Schutz notwendig waren, würden später kommen, obwohl Quik jetzt schon davon träumte.

Deshiva nahm ihren Speer auf, geschmückt mit unzähligen Federn, und begann die Salbung, lud jeden Jäger, den sie mit der glänzenden Spitze berührte, ein, seinen Namen, seine Familie und seine Waffe zu verkünden. Viele wählten Speere, während Deshiva durch den Kreis ging, wenige entschieden sich für Schwerter, und nur ein paar wählten den feigen Bogen und Pfeil, bestenfalls ein Hilfsmittel, sollten die wahren Fähigkeiten eines Jägers versagen.

Der Hanoko, dem er gefolgt war, war eine anmutige Kreatur, violett, grau und gesprenkelt mit den Narben eines langen Lebens unter den Ranken. Quik hatte beobachtet, wie die Katze ihr Mittag- und Abendessen von Kreaturen nahm, die über den Waldboden streiften, ihre Krallen passten sich jedes Mal dem Bedarf an, sei es für einen schnellen Aufstieg oder eine Verfolgungsjagd durch enge Räume.

Tödliche Vielseitigkeit.

Seine Wahl brachte Quik einen prüfenden Blick ein, weckte Deshivas Neugier, wenn auch nicht ganz ihren Respekt. Der konnte nicht im Kreis gewonnen werden, der konnte nur mit der Zeit erlangt werden, mit Erfolg, mit-

Ein vergilbter Schnabel pickte an ihm, biss und zerrte an Quiks Wange. Er ruckte mit dem Kopf und der Vogel kreischte, flog in das Dämmerlicht davon. Ein paar Mal blinzeln vertrieb den Traum, die Nachwirkungen des Mottilan-Pfeils hielten seine Muskeln träge, seinen Geist noch mehr. Die Gründe, warum er auf hartem Fels in der Kälte lag, zu rekapitulieren, fühlte sich an wie die Erholung von einer Nacht mit zu viel Wein und zu wenig Wasser.

Bis Quik sich an den Grund erinnerte.

Der Jäger rollte sich zusammen. Sah sich um, erblickte seine Tasche, seine Handschuhe, einen Schritt entfernt aufgehäuft. Masayo also, in der Annahme, ihre Aufgabe wäre erledigt, lange bevor Quik sie finden und erneut zuschlagen könnte. Vielleicht dachte sie, Sawis Tod würde Quik umstimmen. Vielleicht dachte sie, er würde aufgeben.

Vielleicht erkannte sie nicht, wie geduldig, wie entschlossen ein Vis-Jäger sein musste.

Quik ließ die Tasche zurück, streifte die Handschuhe über und verfiel in einen laufenden Trab nach Osten. Eisige Nässe hatte sich über Nacht gebildet und überzog die zerklüftete Klippe mit dem Eis des Todes selbst. Anfangs stolperte der Jäger, rutschte, fiel, jeder Fehler formte sich zu Meisterschaft. Er suchte sich die trockeneren Spitzen, wo graue Sonne getrocknete Flecken hinterließ. Er griff nach Sträuchern, um das Gleichgewicht zu halten, setzte die Füße gleichmäßig auf, um nicht abzurutschen. Die Handschuhe verließen seine Taille und fanden seine Handgelenke, ihre harten Krallen gut geeignet, um sich abzustoßen, sich zu fangen.

Er bewegte sich. Er jagte.

Obwohl es keine Spur gab.

Der Dschungel hinterließ viele Zeichen. Noctias kahle Steine gaben wenige preis, außer dem gelegentlich umgedrehten Stein oder einer verschmierten Erdstelle. Zunächst versuchte Quik, das Spiel des Jägers zu spielen, Masayos Weg zu erkennen, bevor er es zugunsten des größeren Ziels aufgab: Sawi und Ami waren auf dem Weg zu einer Stadt. Masayo würde es auch sein. Das würde er nicht verpassen.

Und obwohl der Tag schon zu weit fortgeschritten war, als er den Rauch bemerkte, die Gebäude unter ihm, die Dorfbewohner, die sich auf dem kleinen Dorfplatz versammelten, spürte Quik immer noch diesen gleichen befriedigenden Schub: eine korrekte Ahnung, die Jagd ging weiter.

Er wäre ins Dorf hinabgestiegen, hätte versucht, mit den Dorfbewohnern zu sprechen, um zu sehen, ob sie seine flüchtigen Ziele gesehen hatten, aber Vis machte es ihm einfacher: Amis Foti-Flüche trugen sich klar auf dem Winterwind und zogen Quik weiter nach Osten, um einen hervorstehenden Schiefersteinvorsprung herum.

Der Anblick tauschte das Vergnügen der Jagd gegen Panik. Ami und Sawi hatten sich hinter ihren Taschen verschanzt, während Masayo von oben zusah. Die Anführerin der Dritten Hand sprach nicht, stellte keine Forderungen, sondern schien stattdessen ihre Hände unter diesen verheerenden Roben zu bewegen. Wozu, diese Antwort kam schnell, mit einem flackernden Funken, der von Masayos Fingern zur Tasche zischte, wo der Funke in Flammen aufging, das Leder der Tasche versengte und an den leichter entflammbaren Nähten der Tasche fraß.

Ein harter Zug, dem entgegengewirkt wurde, als Ami ihre Beine gegen den Stein stemmte, die Taschenbarrikade hochschob und den Hang hinauf stürmte. Die Wächterin benutzte ihren linken Arm zum Anheben, ihr rechter richtete einen seltsamen Metallstab wie einen kurzen Speer aus. Sawi, verlassen, brach seitlich neben den Steinen aus.

Aufteilen und Masayo zu einer Entscheidung zwingen. Clever.

Quik selbst begann eine tiefe Schleichbewegung, seine Brust fast auf den Felsen, schnitt über Masayo hinweg. Ein wilder Ansturm könnte funktionieren, aber die Instinkte des Jägers sagten ihm, dass ein heimlicher Schlag eine bessere Chance hatte. Selbst während er kroch, die Handschuhe ihre Krallen über die Kiesel bewegten, hielt Quik seine Handflächen fühlend, suchend nach einem Wurfstein.

Die Tenet wartete nicht darauf, dass Ami ankam, sondern schnitt nach rechts und schleuderte etwas auf Sawi. Ein weiterer Pfeil? Quik konnte es nicht erkennen, obwohl Sawi aufschrie und fiel. Gestolpert oder nicht, unklar, und nichts, was er ändern konnte.

Masayos Zug gab Ami die Zeit, die sie brauchte, um die Tenet zu erreichen, und die Wächterin zog nichts anderes als einen Vollangriff in Betracht. Sie rammte Masayo von links, hoch und unter sie, mit einem Wurf im letzten Moment, um die heiße Tasche in die Luft zu bekommen, die auf Masayo prallte wie-

Nein, Quiks Kiefer klappte herunter, als Masayo sich duckte und um die geworfene Tasche herumschlängelte, als würde sie sich wie Wasser um einen geworfenen Stein winden. Masayo tauchte auf der anderen Seite auf, plötzlich ein kleines Messer in ihrer rechten Hand, und stach nach Ami.

Die Wächterin war jedoch keine verirrte Vis, keine Najahn-Rekrutin oder ein hilfloser Adliger, der zum Tode verurteilt war. Ami hatte ihre Waffe nach dem Wurf quer vor ihrem Körper, offenbar Masayos Zug mit einem kämpferischen Instinkt vorausahnend, den Quik nur bewundern konnte. Masayo fand ihren Schlag abgewehrt, Amis geballte linke Faust traf das Gesicht der Tenet mit einem harten Jab.

Zum ersten Mal verlor Masayo den Halt, taumelte einen Schritt zurück. Ami führte ihre Waffe in einem Rückhandschlag, das Hakenende kreischte auf Masayos Gesicht zu, nur damit die Tenet fiel, ihren Rücken auf den Felsen pflanzte, während Amis Schlag über ihrem Kopf vorbeizischte. Masayo trat mit ihrem linken Fuß aus, krachte in Amis Knie und schickte die Wächterin fluchend zu Boden, ihren Kopf genau dort, wo Masayos Tritt ihn treffen konnte.

Ami rollte sich mit dem Schlag ab, Steine flogen überall hin. Sie behielt ihre Waffe in der Hand, stoppte ihr Rutschen und erhob sich gerade rechtzeitig, um Masayos Folgeangriff, einen weiteren lungenartigen Stich, mit einem Armblock abzufangen und den Stich nach oben und über ihre Schulter zu schlagen. Der Sieg ließ Ami offen für die Niederlage, ein zweiter Tritt von Masayo an Amis Kinn schob die Wächterin nach oben und über, auf ihren Rücken. Masayo hatte das Messer in einem Augenblick umgedreht, bereit für ein ausweidendes Ende.

Nur hatte sie zu lange gebraucht. Quik hatte seine Position, hatte seinen ausgewählten Stein, und er schleuderte ihn schnell. Der Stein, fast handgroß, traf Masayo dort, wo ihre Kapuze nicht war, krachte gegen ihre Stirn und brachte die Tenet zu Fall. Ihre grauen Roben wirbelten, als sie den Hang hinunterfiel, Quik sprang auf die Füße und folgte.

»Du?«, hörte er Ami benommen fragen, als der Jäger an ihr vorbeiging.

Eine Frage, die ein andermal zu beantworten war.

Masayo befreite sich ruckartig aus der Rolle, winkelte zu Quiks Linken ab, wo ein weiterer Felsvorsprung kiesigen Boden und etwas Stabilität bot. Sie stand, das Messer nun in ihrer linken Hand, als Quik näher kam. Blut rann, teilte sich um ihr linkes Auge. Kein Lächeln jetzt, keine überhebliche Haltung, nur der Fokus einer Killerin, wie bei einem in die Enge getriebenen Hanoko.

»Ich habe dir eine zweite Chance gegeben«, sagte Masayo, als Quik gegenüber von ihr zum Stehen kam. »Ich dachte, du wärst klüger.«

»Ich bin nur eine Vis.«

»Schade.«

Masayos Handgelenk zuckte. Eine Bewegung, die Quik nicht wirklich wahrnahm, bis er bemerkte, dass das Messer, das sie gehalten hatte, nicht mehr in ihrer Hand war, bis ein roter Schimmer bestätigte, dass die Klinge nun in seinem Oberschenkel steckte, wo seine dicken Mäntel eine Lücke im Wind ließen. Als er es bemerkte, bewegte sich Masayo erneut, beide Hände kehrten zu ihren Roben zurück und kamen mit mehr Messern heraus. Sie ging in eine gleichmäßige Hocke, wartend.

Und verriet Quik, was er wissen musste. Er schlug nach der Klinge, stieß das Messer frei, obwohl das Brennen blieb.

»Solch nützliche Dinge, Messer«, sagte Masayo, während sie ihre Hocke hielt und Quik seine Handschuhe in Stellung brachte. »Man kann sie mit Gift beschichten, für Naharbeit verbergen oder für ein stilles Ende werfen, keine Armbrust nötig. Die beste Erfindung der Götter.«

Quik würdigte die Worte keiner Antwort. Er zwang dieses brennende Bein, ihn nach vorne zu katapultieren, ein staubaufwirbelnder Überkopfschlag, genau wie er es zuvor getan hatte, damals an den Hängen. Masayo ging vorwärts, um ihm zu begegnen, schoss nach vorne und unten, bereit, nach innen zu gehen, aufwärts zu stechen und Quik mit einem einzigen Streich zu erledigen.

Nur ging Quik nicht für den Überkopfschlag, stattdessen holte er mit seiner linken Hand und ihrem Handschuh zu einem Unterhandschlag aus. Der Zug zwang Masayo zu einem verzweifelten Seitenschritt, Quiks Handschuh erwischte und zerriss ihre Roben. Der Schwung des Jägers trug ihn an Masayos Gegenangriff vorbei, die Messer zu klein, um mehr zu tun, als seinen Mantel zu ritzen. Quik pflanzte sein rechtes Bein, das Brennen breitete sich unter seinem Knie aus, bis zu seiner Hüfte, und drehte sich zu einem diesmal tatsächlichen Überkopfschlag.

Masayo hatte sich noch nicht umgedreht, der Gegenversuch ließ ihre Arme und Beine nach vorne und nicht zur Seite lehnen. Sie schleuderte ihren linken Arm, das Messer hoch, um dem kommenden Handschuh zu begegnen, aber die kleine Klinge war nicht zum Blocken gebaut. Quik drückte es zu Boden und fuhr fort, drängte gegen Masayo und schnitt durch ihre bereits zerrissenen Roben in ihre Seite. Als der leichte Widerstand den Schlag verlangsamte, brachte Quik wieder seine linke Hand in einem Aufwärtsschwung, nur um einen neuen Nadelstich in seinem Unterarm zu spüren.

Masayos Messer zerriss sein Leder, zerfetzte seine Haut. Es hätte den Schwung stoppen sollen, hätte Quiks Zug genau dort beenden sollen, aber Deshiva trainierte ihre Jäger gut: Wenn du den Kill machen kannst, hältst du für nichts an, keinen Schmerz, keine Wunde, keine Bedrohung.

Quik trieb den linken Handschuh, um seinen Zwilling zu treffen, akzeptierte den tiefen Stich, um Masayo in der Mitte zu erwischen, die scharfen Holzkrallen drangen tief ein, entlockten ihr ein Keuchen, einen Krampf und dann Stille. Quik fing die verblassenden Augen der Tenet auf, ihre Gesichter nur einen Atemzug voneinander entfernt, und sah in ihnen nichts, keine Antworten, keine Geheimnisse, keine Versprechen.

Wie jede andere Beute war Masayo im Tod still.

Im Leben breitete sich das Brennen aus, Quiks Blut floss, und er fiel vorwärts in seinen Sieg, ließ sie beide auf die Felsen stürzen, als der erste Schnee des Tages zu fallen begann.

48

DIE MACHT DES BERGES

Diebsein, heimliches Herumschleichen, all das hatte Torny auf allerlei Schurkereien vorbereitet. Auf Hinterhältigkeiten und Verrat, auf Fallen und Tricks. Es hatte sie aber ganz sicher *nicht* auf diese verdammten Skars vorbereitet. Sie hatte gesehen, wie Wax mit dem Foti-Stein Monster und Schiffe in die Luft gejagt hatte, hatte gespürt, wie der Vis-Stein ihre Wunden heilte, und war problemlos mit dem Schlitten gefahren, während Eujos Kance-Skar dem Ochsen erlaubte, über den Schnee zu gleiten. All das war erschreckend, wundersam und völlig außerhalb der rationalen Welt, in der sie aufgewachsen war.

Als Wax also seine Hand auf Eujos sich rasch versteinernden Körper legte, wich Torny zurück. Schnell. Noch schneller, als die Kammer zu beben begann, als goldene Brocken abbrachen und krachend herabfielen, auf Edelsteinmuster hämmerten — wer hatte die überhaupt gemacht? — und zerbarsten. Gegen den Drang ankämpfend, einige dieser kostbaren Steine einzusacken — und vielleicht hatte sie ein oder zwei Smaragde eingesteckt, die bei dem

Krachen abgebrochen waren –, duckte sich Torny hinter den großen zentralen Skar-Haufen und beobachtete.

Eujo, die zur Hälfte golden versteinert gewesen war, als Wax seine Hand gegen sie drückte, trat aus ihrem Gefängnis, als sich das Gestein abschälte. Risse liefen über die Hülle, Risse, die nicht endeten, als sie den Kammerboden erreichten, sondern sich stattdessen ausbreiteten, nach oben und rundherum. Wenn die knackenden, schnappenden Linien auf einen hängenden Stein trafen, fiel er herab. Wenn sie auf nichts trafen, setzten sich die Risse einfach fort.

»Hör auf!«, rief Eujo und stolperte heraus, während der Raum bebte. »Ich bin frei, Wax!«

Aber sie war nicht frei. Kaum hatte sie die Worte ausgesprochen, griff der Boden unter ihren Füßen erneut nach ihren Stiefeln, während die Kammer weiter bebte. Wax sagte es ihr, der Vis-Erneuerer versuchte, Eujos Fortschritt mit seiner Skar-Magie zu verfolgen und fiel nach einer heftigen Erschütterung um. Bliss packte ihren Bruder und zog ihn weg, als ein weiterer Felsbrocken auf den Boden krachte, wo er gerade noch gestanden hatte.

Noch schlimmer war, dass der einzige Ausgang des Raumes hinter einigen massiven Steinen verloren schien.

»Torny!«, rief Wax, und die Banditin lugte um den Hügel herum, um ihn aufrecht sitzen zu sehen. »Wirf Eujo einen Skar zu!«

Hey, das konnte sie tun. Torny griff nach einem goldenen Skar, schob die knurrenden Flüsterstimmen in ihrem Kopf beiseite und schleuderte ihn quer durch den Raum. Eujo, die schon wieder bis zu den Oberschenkeln eingeschlossen war, fing den Skar. Sie steckte ihn in ihr Armband. Ihr Gefängnis, als wäre ein Schalter umgelegt worden, hielt inne. Eujos Augen schlossen sich, die

Königin sah so königlich aus, wie Torny sie in der glitzernden, immer noch von Bliss' Fackel erleuchteten Kammer je gesehen hatte. Die goldenen Steine, die sie festhielten, schälten sich ab und flossen wie Wasser davon.

Die Kammer bebte heftiger. So stark, dass Torny gezwungen war, auf die Zehenspitzen zu gehen und mit dem sich verschiebenden Boden zu tanzen. Ein gewaltiger Riss spaltete die Decke, Wax' Warnruf ließ Torny zurückweichen. Der Felsbrocken hämmerte zwischen der Banditin und ihren Freunden herab, schnitt sie voneinander ab, zermalmte den Skar-Haufen und stürzte Tornys Hälfte in eine rasselnde Dunkelheit.

Nun ja, abgesehen von diesen Skars.

Diese goldenen Flecken stachen inmitten des Rumpelns, des Fallens, des Verschiebens hervor. Torny steuerte auf sie zu, ein verzweifelter Geist, der sich an etwas, irgendetwas klammerte, das sie aus der Dunkelheit herausbringen könnte, bevor ein weiterer herabstürzender Felsen sie zu Brei zerquetschen würde. Sie krabbelte über glatte Edelsteine, über zackige Steine und zog sich auf dem Weg zu den Flecken Schnittwunden zu.

Was sie mit ihnen tun würde, wer wusste das schon, aber in der Dunkelheit, inmitten einer Panik, die sie hätte lähmen sollen, die sich aber jetzt, nach zu vielen Begegnungen mit diesem besonderen nervenzerfetzenden Schock, lediglich in Fokus verwandelte, sah Torny in diesen Flecken eine Chance.

Der erste Skar, den sie griff, den Körper am Boden, zusammengekauert bis auf die ausgestreckten Arme, um die Chance zu minimieren, dass ein verirrter Stein ihr Bein brechen würde, gab ihr eine Idee. Nicht in Worten, nein, sondern in vagen, starken Schüben durch Tornys Geist, wie ein krampfhafter Traum, der nach dem Aufwachen nachwirkt und sie aufforderte, den Skar loszulassen.

Torny hielt fest. Gab nicht nach. Noch nicht.

Sie hatte gesehen, was Wax und Eujo mit einem gemacht hatten, aber ein bisschen Goldstaub wegschmelzen würde hier und jetzt nicht reichen. Stattdessen streckte Torny ihre Linke aus und griff einen zweiten Skar. Sie kämpfte gegen sein Flüstern an und fügte es dem ersten hinzu. Sie reichte den Stein an ihre rechte Hand weiter, griff einen dritten, einen vierten.

Das Grollen hielt an. Einige gedämpfte Rufe kamen von der anderen Seite des großen Steins. Dort, wo Torny sein musste.

Die Skars nahmen diesen Gedanken auf und liefen damit los, das Quartett eine dahinstürmende Kraft, die Torny auf die Füße und in Richtung des versperrenden Felsbrockens trieb. Sie konnte nicht sehen und prallte mit der Schulter gegen den Stein, ein harter Aufprall, der Torny hätte zurückwerfen, zu Fall bringen, ihre Knochen und ihr Ego hätte prellen sollen. Stattdessen fühlte sich der Aufprall an, als würde sie auf eine weiche Strohmatratze treffen. Leuchtend weißgoldene Linien breiteten sich vom Aufprallpunkt aus, was Torny für Magie hielt, bevor sie erloschen und sich als Funken entpuppten, die beim Zerbersten des Felsbrockens entstanden waren.

Noch nicht auf der anderen Seite, setzten die Skars ihr Drängen fort, trieben Tornys Füße über den Boden, durch den zertrümmerten, zerschmetterten Felsbrocken und in den Schein von Bliss' Fackel. Das Erneuerungstrio stand wieder nahe am Ausgang der Kammer und versuchte, die Felsen wegzuschmelzen, die ihren Weg blockierten. Sie alle drehten sich inmitten des bröckelnden Schutts um, Variationen von Schock und Freude spielten über ihre Gesichter, als Torny in den Raum taumelte.

Wieder fingen die Skars die Banditin auf, spürten ihren Wunsch, die Kammer zu verlassen, und bissen sich daran fest. Der mit Gestein übersäte Boden fing Tornys Sturz auf und hob sie wieder hoch, rollte ihre Füße vorwärts, während die Banditin fluchte und den anderen dreien zurief, aus dem Weg zu gehen. Die Edelsteine, das goldene Gestein rollten hinter ihr auf, ein steinerner Umhang folgte Torny und umhüllte sie, als sie mit den tunnelblockierenden Trümmern zusammenstieß.

Wie bei dem Felsbrocken zischten beim Aufprall helle Linien hindurch und sprengten die Blockade den Tunnel hinunter. Die Skars, vor eine Öffnung gestellt, flüsterten eine undeutliche Frage, eine, die Torny zu beantworten wusste: Sie und ihre Freunde in Freiheit bringen.

Die Skars gehorchten, Wax und Eujo stimmten in Tornys eigenen Schrei ein, als die Skars die Gruppe den Tunnel hinuntertrugen und die Erde in einer rollenden Kaskade aufwühlten. Wo der Tunnel sich als zu eng erwies, wo sich ein schneller Schlag gegen hartes Gestein bot, brüllten die Skars in Tornys Geist und schoben das Problem beiseite, schmolzen es, formten es um in eine glatte Mulde, die die Gruppe ihren Weg entlangschoss.

Die Sterne nahmen die Schlucht als kleine Unannehmlichkeit hin und schoben das Tunnelende vorwärts, wobei der Fels selbst wie Unkraut zu einer überspannenden Brücke heranwuchs. Ein spektakulärer Zug, und einer, bei dem sich Torny Wax' Angewohnheit borgte, um jubelnd hindurchzufliegen, als sie zur anderen Seite sausten. Ihr Wüten zog die übrigen goldenen Seile in einem schimmernden Regen herunter, begleitet von weiteren Steinen von oben, groß und klein.

Der kleinste Zweifel kratzte an Torny, als sie in den Tunnel auf der anderen Seite der Schlucht flog. Der Berg grollte noch immer, bebte und ratterte. Risse folgten ihrem Ansturm. Diese Felszähne oben fielen weiter herab.

Wie viel konnte der Gash aushalten und trotzdem stehen bleiben?

Aber der Berg stürzte nicht auf sie ein. Die Skars spuckten die Vierergruppe aus dem Tunnelausgang auf den Pfad, den sie Stunden zuvor hinaufgegangen waren. Vor ihnen liefen die Wachen, die ihre Eskorte gewesen waren, weiter hinunter zum Außenposten. Vor einem bebenden Berg zu fliehen schien klug, aber Torny konnte sich ein Grinsen nicht verkneifen, als die Steine sie am Eingang des Berges absetzten.

»Wie war das?«, sagte Torny und schenkte dasselbe Grinsen ihren Freunden, die alle drei etwas übel und sehr verwirrt aussahen. »Sag nie wieder, ich könnte uns nicht aus jeder Klemme befreien.«

»Wie?«, krächzte Eujo, als sie auf dem Boden kniete und schwer atmete. »Was hast du getan?«

»Hast du je bemerkt, dass diese Babys zusammenarbeiten können?« Torny hielt die Skars hoch, die nun paarweise zwischen ihrer rechten und linken Hand aufgeteilt waren. Ihr Flüstern ließ sie fast zusammenzucken, aber sie konnte damit umgehen. Wie mit jeder Unterhaltung, die sie ignorieren wollte. »Weiß nicht, warum du dir nicht an jeder Stelle eine Handvoll geschnappt hast. Wir wären-«

»Die Najahn werden dich töten«, sagte Eujo und schüttelte den Kopf. »Du bist nicht bei ihnen, und du bist keine Erneuerung. Das ist das Gesetz.«

»Na ja, klar. Wenn wir es ihnen erzählen.«

Torny erwartete Hilfe von Wax und Bliss, aber beide Vis sahen sie nur mit nervösem Zweifel an.

»Ach, kommt schon.« Torny wackelte mit ihren Händen. Die Macht war offensichtlich. »Seht ihr nicht, wie viel einfacher das alles wäre? Schaut, was wir gerade getan haben!«

Die Skars sprangen bei ihren Worten. Ihr Flüstern drängte, überschüttete Torny mit dem Verlangen, ihre Macht zu zeigen, ihre Energie, wozu Whents Fragmente fähig waren. Die Banditin versuchte, sich zu wehren, versuchte, den Steinen zu sagen, sie sollten ruhig bleiben, aber wie der Felsbrocken, der den Hügel hinunterrollt, konnten die Skars nicht langsamer werden.

Der Berg, noch immer grollend, bebte heftiger. Der Schnee zu Tornys Füßen bewegte sich. Das Eis knackte. Die Banditin schluckte.

»Was ist los?«, fragte Eujo und drehte sich mit den anderen um, um zum Goldenen Gash hinaufzublicken, zum Eis und Schnee, die von seiner Spitze stürzten, Felsen nicht weit dahinter.

»Zeit zu gehen«, zeichnete Bliss.

»Einverstanden.« Wax setzte seine Worte in die Tat um, ergriff Bliss' Hand und stürmte den Pfad hinunter.

Eujo folgte, machte einen Schritt, bevor sie bemerkte, dass Torny nicht folgte.

»Kommst du, Diebin?«, fragte Eujo.

Die Skars ... sie ließen sie nicht. Sie würden Torny zeigen, wenn sie genau hier wartete, all die Macht, die sie hatten. Vier Skars, zusammen, im Einklang arbeitend, sie könnten diesen Berghang zum Einsturz bringen, alles begraben und Torny frei davongleiten lassen. Unaufhaltsam, unglaublich, Whents ganze Macht an ihren Fingerspitzen.

Totenstille. Torny schreckte auf, ihre eigenen Gedanken allein in ihrem Kopf. Sah auf ihre Hände, fand ihre Finger frei. Eujo, vor ihr, Tornys Handgelenke umklammernd. Wut, Verständnis in den Augen der Königin.

»Sie sind keine Werkzeuge«, sagte Eujo. »Sie sind nicht für dich bestimmt. Geh, jetzt.«

Für den kürzesten Moment suchte Torny nach den Skars, sofort unter den Schneewehen begraben. Dann stieß Eujo sie an, und die Banditin, deren Füße die gleiche alte gewöhnliche Magie wirkten wie immer, fand ihre Schritte auf dem eisigen Pfad. Die beiden rannten, und hinter ihnen bebte der Berg. Der Schnee donnerte.

»Okay, vielleicht hast du recht«, sagte Torny, als sie und Eujo einander auf dem Weg nach unten packten, sich gegenseitig schoben und zogen, um in Bewegung und auf den Beinen zu bleiben. »Aber wir wären tot gewesen, wenn ich diese Skars nicht bekommen hätte.«

»Du hast nicht unrecht!«, rief Eujo über das bebende Grollen hinweg, das nur noch zunahm. »Aber wir könnten trotzdem tot sein!«

Torny hätte hinter sich geschaut, aber sie brauchte es nicht. Der bebende Boden gab eine schreckliche Antwort, und der Terror auf Wax' eigenem Gesicht, nur wenige Schritte voraus, bestätigte es: Die Skars hatten recht, die Steine konnten einen Berg zum Einsturz bringen.

Und jetzt hatten sie keine Möglichkeit mehr, ihm zu entkommen.

49
ZU DEN TUNNELN

Sawi beobachtete, wie das Gefühl in ihre Glieder zurückkehrte, während Ami und Quik Masayos kleine Gestalt in die Gewänder des Tenets einhüllten. Quik nahm eine Kette von Masayos Körper, an der mehrere Skars funkelten, und stopfte sie in seine Tasche. Beweis, sagte er, dass sie gestorben sei. Ami und Quik stiegen ins Dorf hinab, zu dem großen Feuer, das die Dorfbewohner mit ihrem Foti-Skar entfacht hatten, und warfen den Körper hinein. Welche Vereinbarungen getroffen, welche Versprechen dort unten geflüstert wurden, wusste Sawi nicht.

Und es interessierte sie auch nicht.

Zum zweiten Mal in zu wenigen Monaten war sie mit einem vergifteten Pfeil getroffen worden. Sie war am Rande des Todes gewesen, hatte mehr Tage damit verbracht, sich zu fragen, ob die Person neben ihr ihr ein Messer zwischen die Rippen stoßen würde, als Sawi es je für möglich gehalten hätte. Abenteuer, was Gladdring versprochen hatte, erwies sich stattdessen als ständige Angst, Misstrauen und Bedrohung. Vielleicht war es für Wax auf seiner inselübergreifenden Reise anders gewesen, aber von hier aus, von hier aus sah Sawi nur Gründe, nach Hause zurückzukehren und zu vergessen, dass all dies je passiert war.

Obst in der Sonne zu pflücken klang in diesem Moment ziemlich perfekt, während sie umgeben von Taschen dasaß, ihr salzverkrustetes Haar im Wind wehend.

Quik und Ami kehrten in düsterer Verfassung zurück. Beide hatten Verletzungen, anscheinend nicht ernst. Beide hatten Vorstellungen davon, was als Nächstes zu tun sei, auf schreckliche Weise aufeinander abgestimmt.

»Ihr kommt nicht mit?«, fragte Sawi, als das Trio vor einem zerklüfteten Höhleneingang stand, der, so sagten die Dorfbewohner, in die endlosen Tunnel unter den Inseln führen würde. »Warum?«

Quik wirkte seinerseits so erschöpft, wie Sawi sich fühlte. Sein normalerweise starker Gang, die breiten Schultern und das stolze Gesicht verkamen unter der zerschlagenen Najahn-Lederkleidung. Die Handschuhe, blutbespritzt, hingen an seiner Hüfte wie die Todeskrallen einer Bestie. Quiks Hände blieben in Falten gesteckt, als wüsste er nicht, was er mit ihnen anfangen sollte. Ein Mann, gefangen zwischen Träumen.

Wie Pan. All die Male, in denen er gedrängt wurde, mehr zu sein als ein Sammler.

»Ich habe Wax ein Versprechen gegeben«, sagte Quik, kaum gestärkt durch den Schwur. »Die Inseln sind gefährlich, und er braucht Hilfe.«

»Und du glaubst, die Najahn, diese Najahn, werden ihm welche geben?«

Ami, die damit beschäftigt war, ihre Taschen mit einigen Dingen aus Masayos eigenem Gepäck zu füllen, schnaubte. Sawi nickte in ihre Richtung.

»Es gibt keine andere Alternative«, fuhr Quik fort. »Sie

brauchen eine erfolgreiche Erneuerung. Wir brauchen sie auch. Und wir brauchen, dass es Wax ist.«

»Warum? Warum kann er nicht einfach aufgeben und nach Hause kommen?«

»Das wird er nicht, Sawi. Es gab einen Moment, in dem ich dachte, er könnte es, nach Rana. Die Kance-Königin hat ihn überzeugt.«

Die Details hatte Sawi aus zweiter Hand gehört, die ihr von Ami und Annalyse während der Tage weitergegeben wurden, als sie Quik im Käfig hielten, im Sand, während Sawi Gladdrings kleine Rebellion vorantrieb. Wax' schreckliche Reise, sein Beinahe-Tod auf See und im Strudel. Er hätte in der Ringstadt umkehren sollen. Ein Schiff zurück nach Vis nehmen. Wie Annalyse.

Eine Flucht, die Sawi ergriffen hätte, wenn sie die Chance gehabt hätte.

»Ich hätte mit ihm gehen sollen«, sagte Sawi und schaute dabei weg, als ob die Wellen sowohl die Schuld über die Worte als auch die unausgesprochene Wahrheit, dass sie jetzt alles andere als das wollte, lindern könnten.

»Schau nicht zurück.« Quik nickte zur Höhle. »Du wirst deine ganze Konzentration dafür brauchen.«

»Er hat Recht«, warf Ami ein und trat in das Gespräch, ihren Rucksack und die Taschen bereits umgeschnallt, Sawis Gepäck ihr entgegenhaltend. Die Gesichtsplatte der Wächterin trug wieder Vis-Skars. »Es ist Zeit aufzubrechen, damit wir vor Einbruch der Dunkelheit etwas Fortschritt machen können.«

Sawi runzelte die Stirn. »Was spielt die Nacht da drinnen für eine Rolle? Es wird die ganze Zeit dunkel sein.«

»Erschöpfung dann. Je eher wir von dieser Insel wegkommen, desto besser.«

»Sie hat Recht«, fügte Quik hinzu. »Es ist Zeit. Ich

werde ein paar Tage für die Rückreise brauchen. Danach weiß ich nicht, was die Najahn tun werden.«

»Von einer Gefahr in die nächste. Verabschiede dich, Sawi. Lass uns gehen.«

Die Wächterin gab ihnen Raum und bewegte sich zum Höhleneingang, wo sie eine improvisierte Fackel entzündete. Zerrissener Stoff von Masayos Gewand, getränkt in Fischöl unten im Dorf, umwickelt um einen Holzstab. Es würde für den ersten Teil reichen, danach, so sagte Ami, würden sie Moose finden oder allein durch Tasten wandern.

»Stirb nicht da unten«, sagte Quik zuerst. »Wäre nicht schön, meine ganze Mühe zu verschwenden.«

»Deine ganze Mühe?«

Quik grinste. »Hab dich nichts tun sehen. Du lagst nur da.«

»Ich war-« Sawi seufzte, runzelte die Stirn, ließ es aber zu einem Lächeln verblassen. »Es tut mir leid, Quik. Tut mir leid, dass ich nichts getan habe, als ich dich sah. Ich war überrascht, und Gladdring sagte mir, ich solle mich fernhalten.«

»Klingt, als sollte ich ein Wörtchen mit diesem Gladdring reden.« Quik ließ seine Handschuhe klirren.

»Fassle wird ihn aufhängen, wenn er es nicht schon getan hat.« Sawi schulterte ihre Tasche. »Wir waren auf dem richtigen Weg, Quik. Weißt du das? Die Skars sind unsere einzige Chance.«

»Nichts, worüber du dir Sorgen machen musst. Komm lebend nach Hause.« Quik machte Anstalten wegzugehen, hielt dann aber inne und neigte den Kopf. »Glaubst du das wirklich, dass die Skars alles bedeuten?«

»Du etwa nicht?«

Quik nickte, seine Augen schienen unfokussiert. Ideen brodelten.

»Dann, wenn du nach Vis zurückkehrst, finde Annalyse. Hilf ihr. Sie wird es brauchen.«

Obst pflücken. Den Sonnenaufgang über ihrem geliebten Dschungel beobachten. An Lianen schwingen. Hoffnungen, die sich in diesem Moment trübten, als Sawi spürte, wie die Fäden des Abenteuers sie erneut umschlangen und zurückzogen.

»Es hört nie auf, oder?«, sagte Sawi leise, gegen das ferne Brechen der Wellen.

»Nicht mehr, nicht für uns.«

Die Fackel hielt tatsächlich die ersten zwei Stunden durch, obwohl der letzte Teil weniger eine helle Flamme als ein flackernder Schein war. In dieser Zeit verwandelte sich ihre Höhle von einem gut begangenen und abgesuchten Ort in ein verschlungenes und mäanderndes Labyrinth. Der Boden wechselte zwischen staubigem Stein und nassen, rutschigen Abhängen mit nahe fließenden Rinnsalen. Sawi und Ami kamen an großen Kammern vorbei und wählten ihre Wege fast zufällig, wobei sowohl die Wächterin als auch die Vis ihre Instinkte bündelten, um in eine bestimmte Richtung zu zielen: nach Süden.

Vis wurde ihr Ziel, obwohl Sawi Ami nicht nach ihren Gründen für die Wahl der Dschungelinsel fragte und die Wächterin sie nicht nannte. Schweigen, außer an den Kreuzungen, wurde zum bestimmenden Merkmal ihres Marsches, und Sawi versuchte nicht, es zu brechen. Sie hatte genug Gedanken, ließ die letzten Wochen Revue passieren, wobei sie sich mit der verbliebenen Konzentration darauf fokussierte, einen Fuß vor den anderen zu setzen. Sie fanden Moose, einige in leuchtenden Blau- und Violetttönen. Die Taschen wurden zu Trägern für die Pflanzen, ebenso ihre Stiefel, und Sawi fragte sich, ob sie sich schließlich ganz damit bedecken würden.

Getrockneter Fisch und kümmerliches Wurzelgemüse bildeten ihre Mahlzeiten, ergänzt durch die wenigen Pilze, die sie zwischen den Felsen fanden. Die Pilze konnten giftig sein, aber Ami gab Sawi nach dem Verzehr einen Vis-Skar zum Festhalten, und dessen Flüstern beruhigte alle Beschwerden in ihren Mägen.

Sie liefen und liefen und liefen, bis sie, geleitet vom sanften Schein des Mooses, einen kleinen Seitengang erreichten. Ein einziger Eingang zu einem runden Raum, gerade groß genug für die beiden und ihre Ausrüstung. Krallenspuren und verstreute Knochen zeigten, dass irgendein Unhold oder eine andere Kreatur hier ihr Zuhause gehabt hatte, aber Staub und Spinnweben deuteten darauf hin, dass dieses Heim schon lange verlassen war.

»Wir werden hier für die Nacht Halt machen«, verkündete Ami, eine einseitige Entscheidung, wie so viele bei ihr.

Eine Verantwortung, die Sawi vorerst gerne abgab.

»Wie weit, glaubst du, sind wir gekommen?«, fragte Sawi, nachdem sie ihre Lasten abgeworfen und eine weitere kleine Mahlzeit zwischen sich aufgeteilt hatten. Der zähe Fisch war so appetitlich wie Dreck, stillte aber zumindest den ärgsten Hunger.

»Sawi, es dauert Tage, zwischen den Inseln zu segeln. Bei unserem Tempo haben wir Glück, wenn wir innerhalb einer Woche unter Vis sind. Und das auch nur, wenn wir die ganze Zeit in die richtige Richtung gehen.«

»Moment, unser Essen wird nicht so lange reichen?«

Im violetten Licht des Mooses bekam Amis goldene Platte einen ätherischen Anstrich, Sichis rosa Schein traf auf Kitayes Einbuchtung. Ein besserer Anblick als das knurrende Lächeln der Wächterin.

»Wir werden mehr finden«, sagte Ami. »Und was wir nicht sammeln können, werden wir jagen.«

»Jagen? Du meinst Unholde?«

Ami klopfte leicht mit der Harpune auf den Stein neben ihr. »Die Monster bestehen aus Fleisch, genau wie du und ich. Wenn wir das hier überstehen wollen, Sawi, müssen wir schlimmer sein als sie. Wir werden die Unholde dazu bringen, unsere Schritte zu fürchten, unsere Waffen, unseren Geruch. Sie denken, das hier ist ihr Zuhause. Wir werden es zu unserem machen.«

Eine jüngere Sawi, eine, die es gewohnt war, auf Sanas zu sitzen und Sonnenuntergänge zu beobachten, hätte bei Amis Worten vielleicht einen Schauer verspürt. Hätte sich vielleicht zusammengerollt oder weggeschaut, eine Verneinung ausgestoßen oder sogar gelacht. Stattdessen erwiderte die Vis den Blick der Wächterin – schmutzig, müde und für die Kreaturen, die in der Dunkelheit darunter lauerten, tödlich.

50
ENDLOSES LEBEN

Von Anfang an wurde jedem Kind der Inseln klar, dass seine Heimat nicht normal war. Die Dinge ergaben einfach nicht immer Sinn. An den meisten Tagen rollten die Steine die Hügel hinunter, wie sie sollten, aber hin und wieder kam jemand vorbei, und diese Steine kletterten wieder nach oben. Vögel mochten fliegen und Ferriten laufen, aber gelegentlich erhob sich ein Unhold, der nicht leichter als diese Echsen war, in die Lüfte. Svardes Mutter pflegte diese Abweichungen von der Norm immer den Göttern anzulasten.

»Göttlicher Fehler«, murmelte sie dann.

Svarde hörte ihre Stimme, als er den massiven Griff des großen Schwertes berührte, dessen Länge sich über den gesamten Unterarm des Barbaren erstreckte. Die Worte seiner Mutter folgten einer plötzlichen Ausbreitung, als hätte Svarde Fingerspitzen, die sich überall in der Kammer ausstreckten, hier und da auftauchten und auf seinen zuckenden Befehl warteten. Einen Befehl, den er nur geben konnte, weil der Tod ihn noch nicht beansprucht hatte.

Noctias Griff hörte auf. Nicht das aus seinen Wunden fließende Blut, die Schmerzen in seinen Knochen oder das Rasseln in seinen Lungen, als Svarde sich aufsetzte und das Schwert über die Steine zog. Der ganze Schmerz blieb, aber er schien ihn nicht aufhalten zu können, Svarde nicht daran zu hindern, sich zu bewegen, zu handeln, zu kämpfen.

Die Wunder der Klinge wurden von dem gewaltigen Unhold vor ihm getrübt, von dem sich Hitzewellen abrollten, als er Maenas manische Verteidigung beiseite fegte. Der verrottete Krummsäbel stellte keine Gefahr für das Monster dar, dessen Flegel die Klingen der Rana-Kapitänin wegschlugen und sie zu einem zurückweichenden Stolpern zwangen. Sie blickte zu Svarde, Sorge und Neugier mischten sich im goldenen Hitzeschein. Kivi, die treue Steinechse, schlurfte an Maenas Stelle, weniger eine Bedrohung für den Unhold und mehr ein Staubkorn, das ausgelöscht werden sollte.

»Zurück«, sagte Svarde, seine Stimme kaum noch die eigene, ein zerfetztes, zerrissenes Ding, das eher zu einem alten Mann passte als zu dem, der jetzt stand und das Schwert des Toten Königs mit beiden Händen umklammerte. »Geh zur Seite, Kivi.«

Die Ferritin, die fragend ihre saphirblauen Augen zurückwarf, gehorchte erst, als sie den Barbaren so dastehen sah, wie er es schon so oft getan hatte. Mit hartem Gesicht, geschlagenem, aber aufrechtem Körper, einer stillen Wut in jedem sehnigen Muskel. Ein Mann, der angesichts der blutigen Pfütze zu seinen Füßen und der roten Linien, die über seine Haut liefen, tot sein sollte, aber zu lebendig aussah, um zu straucheln oder zu versagen.

Und doch marschierte Svarde trotz seiner Herausforderung nicht auf den großen Unhold zu. Stattdessen verfolgte er diese Fingerspitzen, diese winzigen Ausschläge in seinem Bewusstsein. Einige verblassten, selbst als Svarde sie fand, jene Nadelstiche, die den anderen Unholden am nächsten waren, und als er den Sprung wagte, fand er die Ursache: Diese wandelnden Toten, die unsterblichen Kämpfer, das war es, was er spürte, und das waren diejenigen, die er befehligen konnte.

Zumindest die, die noch übrig waren.

Ein Rückzug. Svarde befahl es ohne Worte, nur mit einem Eindruck, selbst als er dasselbe zu Maena und Kivi sagte. Lauft zurück zur Stadt. Schließt die Tore. Wartet auf Verstärkung.

»Bist du sicher, Svarde?«, rief Maena zurück, obwohl ihr Ruf verriet, dass sie bereits losgelaufen war.

»Geht einfach.«

Der Unhold, vier Arme, die unteren beiden die Flegel umklammernd, schloss die Distanz zu Svarde mit einem einzigen Schritt. Es gab keine Verbeugung, keinen Funken, keine Worte. Nur einen Schlag, der von links angeflogen kam, die Kette pfiff durch das schwüle Dunkel der Kammer. Svarde verschob das große Schwert, stemmte die Füße gegen ein Gewicht, das einem Berg standhalten würde, und fing den Schlag ab. Der Flegel wickelte sich um das Metall, der Klauenkopf sprühte Funken, als er auf die uralte Klinge traf. Die Kraft bewegte Svarde nach rechts, seine Füße rutschten, blieben aber stehen.

Also stemmte er sich dagegen und schwang.

Die Klinge, die den gefangenen Flegel mitzog, kreuzte Svardes Körper und brachte die Kette der Waffe in eine Linie mit dem zweiten Schlag des Unholds. Ein Flegel traf den anderen, prallte gegen die harten Metallglieder und durchtrennte sie. Das Feuer des Monsters loderte hell blau und weiß auf, heiße Wellen wogten, und der Unhold riss seine Waffen zurück, eine kehrte ganz zurück, die andere nur noch als halbe Kette.

Svarde führte die große Klinge tief, ließ den Flegel abgleiten. Um ihn herum, dem Konflikt in weitem Bogen ausweichend, zogen die übrigen Körper, schlurfend den Seitengang entlang. In langsamem Gehen, die Flegel gelegentlich nach langsameren Opfern schwingend, folgten die anderen Unholde. Alle ignorierten das Duell auf der rechten Seite der Kammer, alle gaben ihnen Raum.

Weil, so nahm Svarde an, sie alle den Ausgang erahnten.

Der Barbar kämpfte nicht mit Schwertern. Das waren Kance- und Rana-Waffen. Foti-Kämpfer bevorzugten Äxte und Hämmer, es sei denn, das Schicksal gab dir, wie Ami, eine Klinge, die zu gut war, um sie zu ignorieren. Für ihn fühlte sich das große Schwert in seinem Griff unbeständig an, zu schwer für einen Stich, zu unhandlich, um es für einen tödlichen Hieb über den Kopf zu heben.

Seine ersten wundersamen Momente trübten sich zu einer verwirrenden Gegenwart, als der große Unhold seinen verbliebenen Flegel in Rotation versetzte und einen weiteren Schlag plante. Wie hatte der Tote König dieses Ding benutzt?

Bis Svarde sein Gleichgewicht fand, würde er sich damit begnügen, am Leben zu bleiben...

Ganz. Er würde sich damit begnügen, ganz zu bleiben.

Der Unhold startete einen weiteren Angriff. Svarde versuchte, nach vorne unter dem Schlag durchzuschneiden, und stellte fest, dass sein Schritt sich verlangsamte, als er sich der intensiven Hitze des Unholds näherte. Unsterblich oder nicht, das Feuer schmerzte immer noch, und das Zögern kostete Svarde, als der Flegel in die Schulter des Barbaren krachte und ihn zu Boden warf. Die Klauen bissen durch seine Aschekleidung in die Haut darunter und rissen heraus, als der Unhold seine Waffe zurückzog.

Schmerz, der Svarde hätte bewusstlos machen sollen, tot, unfähig zu denken. Sein rechter Arm, wahrscheinlich nur noch an gebrochenen Knochen und zerfetzten Muskeln hängend, behielt dennoch seinen Griff und bewegte sich, wenn Svarde es wollte. Er stemmte den Griff der großen Klinge in den Boden und drückte sich mit beiden Händen hoch, erhob sich auf feste Füße. Diese schwarzen Narben entlang der Klinge schimmerten und zogen das schwelende Licht des Ungeheuers in sich auf.

Noctias Geschenk hielt Svarde am Leben. Es ließ ihn für ihre Insel kämpfen.

Nun, dann sollte er wohl besser mit dem Kämpfen anfangen.

Mit einem Foti-Kampfschrei brüllend, hob Svarde die Klinge zu seiner zerstörten Schulter, darüber hinaus, als er auf das große Ungeheuer zustürmte, dessen obsidianfarbener Schädel vor verwirrtem Feuer Funken sprühte. Die Flegel des Monsters zuckte, eine verspätete Verteidigung, als ein vermeintlich vernichteter Gegner erneut vorrückte. Svarde schwang die Klinge, überwand die langsame Reaktion des Ungeheuers und schlitzte dessen linkes Bein auf. Harte weiße Schuppen bildeten sich entlang des Schlags, ein wässriger Kontakt ohne den Knochen und Knorpel, den Svarde erwartet hätte. Er verlor das Gleichgewicht, der Schwung trug Svarde nach rechts, fast bis zur Kammerwand, als das Ungeheuer auf ein Knie sank.

Das Monster schien seine missliche Lage zu erkennen, als Svarde sich stabilisierte und die Kraft fand, die Klinge wie einen Speer zu halten. Svarde stürmte los, das Ungeheuer ließ seinen verbliebenen Flegel wie eine Peitsche knallen und schleuderte die krallenbesetzte Hand auf seinen Feind zu. Svarde wich nach rechts aus, was ihn hinter den Arm des Ungeheuers brachte, der Flegel rauschte ohne Berührung vorbei. Jetzt war es ein gerader Lauf zu einem tödlichen Schlag.

Durch die lodernde Hitze, die Kammer, die sich mit Ungeheuern füllte, mehr Rad-Konstrukte. Seine Freunde verschwunden, aber ein Sieg noch möglich. Svarde würde es vollbringen.

Die Spitze kam näher, Svardes brennende Füße stießen sich vom Boden ab, bis etwas seine Ferse traf und den Krieger zu Fall brachte. Svarde konzentrierte sich nur darauf, die Klinge festzuhalten, seine einzige Chance.

Der Flegel. Svarde sah ihn, als er auf den Boden aufschlug und sich einmal überschlug. Das Ungeheuer hatte ihn zurückschnellen lassen, sein Krallenende hatte ihn gestreift. Genug. Das Monster, hinkend, in der Hocke, zog seine Waffe zurück und beugte sich über Svarde. Glut brannte entlang des obsidianfarbenen Schädels, alles andere war ein brüllendes Orange und Gold. Das Feuer überwältigte, verzehrte.

Alles bis auf einen dieser Lichtpunkte, eine Fingerspitze, nah. Stark. Unbeweglich. Svarde griff danach, fragte, schrie, bettelte um Hilfe, um etwas Hoffnung vor dem Ende.

Ein Zucken.

Der untere rechte Arm des Ungeheuers beugte sich herab, legte seine lodernde Hand auf Svardes eigene, die sich fest an die Klinge klammerten. Eine weitere Bewegung, eine weitere Handlung, die Svarde weit in Noctias Reich hätte befördern sollen, und eine, die dennoch fern blieb. Der obsidianfarbene Schädel senkte sich, neigte sich, als er sich Svardes gebrochenem Körper näherte.

Was sagte es? War es ein siegreiches Grinsen in diesen Funken? Ein respektvolles Ende eines gut geführten Kampfes? Oder einfach eine Frage, die durch saphirblaue Lichter geschrien wurde?

Svarde bekam keine Antwort, denn die Linien des Ungeheuers explodierten, ihre Muster zerfielen, als das große Monster wegfiel. Der Druck des Ungeheuers auf seine Hände ließ nach, das riesige Feuer fiel zu weißer und grauer Asche zusammen. Es fiel zur Seite und enthüllte das Krallenende des zerbrochenen Flegels, das in der Rückseite seines erkaltenden Kopfes steckte. Der Mörder, das Zucken, stand dahinter, gekleidet in zerschlissener Eisenrüstung.

Rache, wenn auch von jenseits des Grabes.

Der Tote König beugte sich, zog den Krallenkopf des Flegels heraus, als die Ungeheuer in der Kammer bemerkten, dass etwas schief gelaufen war. Die Gruppe wandte sich fast wie ein Mann dem dunklen Bereich auf der rechten Seite der Kammer zu, wo die Luft nicht ganz so schwül war, wo das Licht des Feuers nicht so hell loderte. Sie sahen einen Mann, der hundertmal hätte tot sein sollen, der mit einer Klinge fest in beiden Händen dastand. Und einen zweiten, den sie hatten niederschlagen sehen, der die Waffen vom aschigen Leichnam ihres Anführers nahm.

Wenn diese Realitäten ihren Mut brachen, zeigten es die Ungeheuer nicht. Weiß-goldene Funken liefen über ihre obsidianfarbenen Schädel, die Konstrukte drehten ihre Düsen, und Svarde fragte sich, wie viel Schaden er einstecken konnte, bevor selbst das Schwert ihn nicht mehr retten konnte. Ein Test, den er lieber nicht versagen wollte.

»Zum Tunnel«, sagte Svarde, oder bildete es sich vielleicht ein. Schwer zu sagen.

Der Tote König handelte jedoch nach dem Befehl und peitschte den zerbrochenen Flegelkopf auf das Ungeheuer, das ihnen den Weg versperrte. Gleichzeitig schwang der uralte Ritter den intakten Flegel des großen Ungeheuers und begann einen wirbelnden Vormarsch. Sein Ziel fing die geworfene Kralle mit seinem kleineren, oberen Arm auf und schlug sie beiseite. Bereitete als Antwort seinen eigenen Flegel vor.

Nur um dann von einem Hornruf zu erstarren, der durch die Kammer hallte. Laut, hell, ein winterliches Heulen. In dem Moment, der seiner Ankündigung folgte, zuckten die mehreren Ungeheuer an der gegenüberliegenden Seite der Kammer, gegenüber dem Eingang der Ungeheuer, zur Seite. Eines fiel, mehrere große Eisenbolzen ragten aus seinem Rücken. Armbrustschnappen erfüllte die Luft, Bolzen surrten herein. Weiße Flecken erschienen, wo die Geschosse Ziele trafen, die Ungeheuer wirbelten, stolperten, funkelten.

Svarde und der Tote König nutzten den Vorteil. Sie schlugen auf die Konstrukte ein und überließen die verwundbareren Ungeheuer Jochis zu vielen Bogenschützen. Das nahezu unbesiegbare Paar schlug sich durch einen nach dem anderen. Die Schlacht wendete sich, die Ungeheuer verließen ihre Maschinen und rannten zurück zum abfallenden Tunnel, hinunter in seine Dunkelheit, und ließen allzu bald eine verkohlte Kammer in Stille zurück.

»Ihr solltet tot sein«, sagte Jochi danach, der Kriegsherr stand schwitzend in seinen Pelzen vor Svarde und dem Toten König. »Ich weiß nicht, wer das ist, aber er sieht auch aus, als sollte er tot sein.«

»Eine lange Geschichte«, erwiderte Svarde. »Aber da du hier bist, denke ich, werden wir Zeit haben, sie zu erzählen.«

»Diese Ungeheuer. Sie werden zurückkommen, oder?«

»Wenn wir ihnen Zeit geben.«

Jochi nickte. »Sie werden ein wenig Zeit haben. Olgata kam zurück, und wir rannten. Der Rest meiner Truppe ist weit zurück, zu weit, um jetzt einen Vorstoß zu machen. Und wenn unsere Vermutung stimmt, ist das nur ein Haufen von den Bastarden. Wir befestigen uns, dann rücken wir vor. Gemeinsam, Svarde, werden wir dem ein Ende setzen. Allem.«

Mit dem Gewicht der Klinge in seinen Händen glaubte Svarde daran.

51

DER PREIS DER MACHT

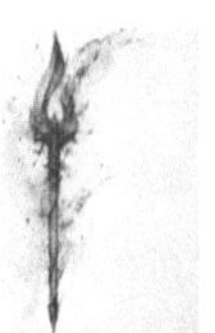

Bliss musste Wax eine panische Ohrfeige verpassen, um den Vis aus seinem staunenden Starren auf den Berg zu reißen, der auf sie zukrachte. Whents Goldene Schlucht entleerte sich, Gestein und Schnee wälzten sich wie eine wogende Welle den Hang hinunter auf ihre kleine Gruppe zu. Die glitzernde Wolke schoss hoch in die Nachmittagssonne, verschmolz mit dem gelben Himmel, während dunklere, aufgewühlte Massen herabstürzten.

»Wir können nicht weglaufen«, murmelte Wax und taumelte rückwärts, während Bliss ihn mitzog.

Ein paar Schritte den Berg hinauf stolperten Eujo und Torny den beiden Vis hinterher, halb laufend, halb fallend. Mit weit ausgestreckten Armen und unkoordinierten Beinen verfehlten sie die Steinstufen und rutschten schräg ab. Sie würden der Lawine nicht entkommen – war das das Wort, das Torny schrie? Keiner von ihnen würde es schaffen.

Die Skars wussten es auch. Sie flüsterten Vorschläge in

Wax' Ohren, wortlose Aufforderungen, die Welt aus dem Foti-Stein zu schmelzen. Der Rana-Skar schien verwirrt und versuchte zu entscheiden, ob er den Schnee für irgendetwas nutzen konnte. Der Vis-Skar tat sein Übliches und summte vor sich hin über Wax' verschiedene Schrammen und Kratzer unter seinem schweren Mantel.

Nur der Whent-Skar bot eine Idee, die Wax dazu brachte, Bliss' Zug zu erwidern und sie neben sich in die Knie zu ziehen.

»Fang sie auf«, sagte Wax und legte eine behandschuhte Hand auf die Steinstufe vor ihm.

Bliss, schlau wie immer, sprang vor und schnappte Tornys Arm, als die Banditin vorbeistolperte. Sie zog die schlanke Diebin zu ihnen herunter. Eujo rutschte bei der Bewegung aus, fiel zur Seite und prallte hart auf dem Weg auf. Wax riss seine Aufmerksamkeit von seinen Freunden los: Sie würden schon klarkommen. Er musste sich um die Katastrophe kümmern.

Wie die Berührung einer Kräuselung, wenn man die Hand in einen Bach taucht, ließ der Whent-Skar Wax den kalten Fels unter seiner Handfläche spüren. Ein Rausch, ja, aber einer, den er mit einem kleinen Stupser, einem leichten Druck gegen die Strömung des Gesteins lenken konnte. Es zitterte unter ihm, das Donnern kam näher. Torny schrie auch, brüllte Bliss an, Eujo, Wax.

Ignorier sie.

Wax blickte kurz nach oben. Die graue Masse donnerte heran. Keine Flucht, nur Standhaftigkeit. Und das konnte der Whent-Skar liefern. Wax drückte mit den Fingerspitzen, dann wölbte er seine Handfläche, als wollte er den Stein wie einen Schneeball oder einen matschigen Sandklumpen aufheben. Der Fels erzitterte vor ihm, Steine brachen am Rand des Einflusses des Skars. Wax zog, während der Skar in seinem Kopf brüllte, noch weiter hoch. Diesmal reagierte der Granit, der harte schwarzgraue Fels, mit einem Ruck. Wax' Knie hüpften, als vor ihm der Weg in einem dicken, spitzen Keil nach oben brach, der sich der herannahenden Lawine entgegenstemmte.

Die Erneuerung lenkte den Fels, vertraute dem Skar und dem wellenden Gefühl. Ein Schwimmen nach links verlängerte den Keil in diese Richtung, eine zackige Welle schoss den eisigen Hang hinauf. Rechts geschah das Gleiche, Schnee zerbrach in Brocken, als seine stabile Heimat gen Himmel ausbrach. Ein plötzlicher, improvisierter Unterschlupf, in den Wax sich gedrängt fand, als seine drei Freunde sich eng an ihn pressten.

Niemand sagte ein Wort, nicht einmal Torny, als die Lawine alle anderen Geräusche verschluckte. Die Welt bebte. Der Himmel verschwand, als ein grausilberner Strom über ihre Mauer brach. Die kürzeren Seiten des Keils verschwanden, brachen ab und gesellten sich zu der Kavalkade. Wax' Stiefel, ein Haar tiefer als sein Körper an der Barriere, versanken in mehr Schnee, als der Vis je gesehen hatte. Aber er konnte atmen, er konnte sehen, und die Lawine hatte kein Interesse daran, zu bleiben.

Sekunden verstrichen und der Himmel erschien wieder, der Lärm legte sich und das Chaos setzte sich weiter unten fort, eine plattgewalzte Mischung aus Eis, Stein und Schnee in seinem Kielwasser zurücklassend. Eine gesprenkelte Ebene, die sich bis hinunter zum Außenposten erstreckte.

»Er wird zermalmt werden«, sagte Eujo, während sie warteten, zusahen und zu Atem kamen.

»Vielleicht nicht«, warf Torny ein. »Diese großen Palisaden, weißt du, die können-«

Die Ausreden der Banditin verkümmerten, während sie sie aussprach, aber sie bot sie trotzdem an. Sie versuchte, den Dämonen zu entkommen, die auf sie warteten, denselben, die Wax jedes Mal sah, wenn er nach den Skars griff, nach ihrer ungezügelten Macht.

»Es ist okay«, sagte Wax, als Torny in schockiertes Schweigen verfiel, während die Najahn-Stadt erzitterte und kleine Punkte umherliefen, als die Lawine auf ihre Ausbreitung traf. »Du konntest es nicht wissen. Es ist nicht deine Schuld.«

Torny ließ den Kopf hängen und starrte auf den Boden. Über ihren Rücken hinweg traf Eujo Wax' Blick, der eisige Blick der Königin so aufgetaut, wie Wax ihn noch nie gesehen hatte. Noch vor Tagen hätte Eujo Tornys Handlungen vielleicht als leichtsinnig, tödlich, sogar monströs verurteilt. Jetzt legte sie einen Arm um die Schultern der Banditin und zog Torny in eine Umarmung.

»Du hast uns gerettet«, bot Eujo an. »Du hast unser Leben gerettet, Torny. Einer von uns wird der Aegis sein, wegen dir.«

»Aber-«

»Wenn du die Verantwortung einer Königin annimmst«, fuhr Eujo fort und überging die Worte der Banditin, »lernst du zu verstehen, dass es für alles eine Waage gibt. Du wägst ein Leben gegen ein anderes ab, egal wie schrecklich das klingt, weil du keine andere Wahl hast. Die Inseln gegen einen Außenposten. Du hast die richtige Entscheidung getroffen.«

»Und du wusstest es nicht einmal«, fügte Wax hinzu und legte ebenfalls seinen Arm um sie. »Nicht deine Schuld. Ich werde es immer wieder sagen.«

Ein Knirschen vor ihnen. Bliss erhob sich aus ihrem Unterschlupf und machte die ersten Schritte über den

Schnee. Sie blickte zurück auf die Viergruppe und nickte in Richtung der Katastrophe.

›Kommt. Es könnte Überlebende geben.‹

Bliss, immer mit dem richtigen Ansatz.

Sie fanden Leben. Was ein Grauen hätte sein können, erwies sich nur als schrecklich, die Zahl der Toten lag unter einem Dutzend, als die Lawine am Talboden verebbte. Die Gebäude waren zur Seite geschoben, die Mauern zerstört, aber die Najahn hatten Zeit gehabt zu fliehen, sich vorzubereiten. Torny begann zu sagen, dass sie helfen würde, jede verlorene Person zu begraben, nur damit Eujo sie beiseite zog und ihr einen behutsamen Weg zeigte, ihre Schuld zu lindern.

Lawinen auf Whent, in den Bergen, waren schreckliche, natürliche Dinge. Die Banditin hatte sie nicht verursacht. Zufällige Erschütterungen taten es.

Wax hörte dieses Gespräch nicht – er war damit beschäftigt gewesen, Vorräte auszugraben und nach weiteren unter dem Schnee gefangenen Seelen zu suchen, aber Bliss wiederholte es ihm später. Sie kauerten um ein Feuer, eines von mehreren in hastig errichteten Unterkünften aus brauchbarem Holz. Während sie gebärdete, runzelte Bliss die Stirn noch mehr, und die mutigen Züge seiner Schwester versanken in ernsthaftem Nachdenken. Wax, der gerade einige angefrorene Kartoffeln aß, dachte über die Worte nach.

»Klug«, sagte er schließlich. »Wir wissen nicht, was die Leute tun würden.«

»Sie sind verwirrt«, gebärdete Bliss zurück. »Du hörst sie. Der Goldene Riss macht so etwas nicht. Die Lawinen kommen nicht in diese Richtung. Sie werden nie erfahren, warum ihre Freunde gestorben sind.«

Eujo und Torny waren losgezogen, um dringend benötigtes Bier zu holen – die Fässer, sicher in Kellern verstaut, hatten überlebt –, aber Wax wechselte trotzdem zu den Gebärden, als sich mehrere Najahn an anderen Stellen um das Feuer niederließen.

»Wenn Torny zugeben würde, dass sie all diese Skars benutzt hat, was würde passieren?«, gebärdete Wax. »Sie würden sie eine Mörderin nennen und sie auf der Stelle töten.«

»Das weißt du nicht.«

»Doch, das sollten wir wissen. Wie haben sie die Banditen auf Foti behandelt?«

Mit Pfeilen und Hellebarden. Keine Gerichtsverhandlungen, keine überlegte Debatte.

Bliss blickte zurück ins Feuer, auf die rauchenden Ränder, wo die Hitze ihren Kampf gegen den Schnee führte. Ihre linke Hand gebärdete langsam.

»Ich mache mir Sorgen, dass wir uns selbst verlieren, Wax. Wir werden zu Mördern und entschuldigen es.«

»Wir müssen weitermachen. Jemand muss der nächste Aegis werden.«

»Du?«

»Eujo.« Obwohl er beim Gebärden des Namens der Königin zusammenzuckte. »Oder ich. Irgendjemand.«

»Dann versprich es mir, Wax. Versprich mir, dass wir damit aufhören. Wenn wir gegen Unholde kämpfen müssen, sei es drum. Aber ich bin mit dir gekommen, weil wir den Inseln helfen wollten. Nicht um sie zu zerstören.«

Das Ja kam leicht, weil Wax keine andere Wahl hatte. Er konnte Bliss nicht verlieren. Er brauchte ihren Stab, ihre Fähigkeiten. Genauso wie sie, trotz all des Chaos, das sie verursachte, auch Torny brauchten. Beschützer, die sie bis zum Ende begleiten würden.

Eujo hatte Wax so viel beigebracht: Der Aegis war alles,

was zählte. Sie würden Erfolg haben, koste es, was es wolle. Was dieser Preis für ihn bedeuten würde, damit würde sich Wax später befassen.

Die Skars, ihre Flüstern immer in seinem Kopf, ihre Dränge in seinen Knochen tanzend, schienen zuzustimmen.

52
DER NEUE KRIEG

Macht verabscheut ein Vakuum. Ein Gedanke, den Quik nie in Betracht gezogen hatte, bis er mit der Nachricht von Masayos Tod ins Najahn-Viertel zurückkehrte. Er sagte nichts zu den Torwächtern, nichts zu den Gelehrten auf den Straßen und behielt die Worte nur für einige Anführer der Dritten Hand, die Quik selbst nicht kannte, die ihn aber drei Schritte innerhalb des an der Klippe gelegenen Gebäudes des Tenets packten und mit einem Verhör begannen.

Ihre gierigen und glänzenden Augen zeigten, dass sie Quiks Lügen mit kalkulierter Freude aufnahmen. Masayo, wenn man ihren geflüsterten Bemerkungen Glauben schenken durfte, hatte den Tenet zu lange geführt. Hier war endlich ein Vorwand, um ihre Messer loszuwerden und sie durch jemand Neues, vielleicht sogar mehrere, zu ersetzen.

»Das allerdings geht Sie nichts an«, sagte einer, wie die anderen beiden in violette Roben gehüllt, als trauerten sie um ihre verlorene Anführerin. »Sie werden diesen Raum verlassen, kein weiteres Wort darüber verlieren und Ihre Ausbildung fortsetzen.«

»Meine Ausbildung?«, fragte Quik zwischen frischem Wasser und Obst, während er die Wärme des prasselnden Kaminfeuers genoss. Sobald die Gefahr eines Messers an seinem Hals vorüber war, drangen die Annehmlichkeiten der Zivilisation durch seine verminderte Vorsicht. Quik hatte die richtige Wahl getroffen, sonst wäre er jetzt in der kalten Dunkelheit unter der Erde, verloren umherirrend mit Ami und Sawi. »Welche Ausbildung?«

»Ihre Rotationen. Masayos Notizen besagen, dass Sie vielversprechend waren, aber dies war nur Ihr erster Auftrag«, die Stimme des Anführers war hell, wie die eines Lehrers, der den nächsten logischen Schritt erklärt. »Nach heute können Sie zum nächsten übergehen.«

»Was passiert heute?« Quik wollte auch fragen, wo und welcher Tenet als Nächstes kommen würde, aber das waren Details, die er später herausfinden konnte.

»Der Zirkel wird uns alle ansprechen, und zwar bald. Besorgen Sie sich frische Roben, nehmen Sie vielleicht ein Bad, um den Schmutz abzuwaschen, und folgen Sie dann den anderen.« Blicke wanderten zwischen dem Trio hin und her, bevor sie sich wieder auf Quik richteten. »Es verspricht, interessant zu werden.«

Quik tat, wie sie vorgeschlagen hatten – besonders das Bad war nach den Nächten auf den Felsen, inmitten von Salzwasser und Vogelkot, notwendig. Er nahm ein Rasiermesser und entfernte den Stoppelbart um seine Wangen und seinen Hals, band seine Haare zurück. Ohne die Roben waren seine Vis-Tätowierungen sichtbar, fehl am Platz in der ansonsten prächtigen Najahn-Welt. Er würde sie sich genauer ansehen müssen, um sich daran zu erinnern, warum er hier war und woher er kam.

Aber der Wind draußen war kalt, die Kleidung war

erwartet, und so bedeckte er seinen Körper mit demselben Violett und Schwarz wie alle anderen.

Die Anführer der Dritten Hand hatten zumindest in einer Sache recht: Alle waren auf dem Hauptplatz, einer gepflasterten Fläche vor dem Hauptturm des Zirkels. Eine Statue von Demion stand in der Mitte, groß und grimmig im grauen Morgenlicht. Eine dunkle Holzbühne stand nahe dem Turm des Zirkels, errichtet mit einem Rednerpult zum Sprechen. Stühle säumten beide Seiten, zwei Gelehrte waren damit beauftragt, den wehenden Schnee von ihren Sitzen zu fegen.

Quiks Aufmerksamkeit, zusammen mit der der Menge, schwenkte zum Galgen. Ein einfaches Gerüst, höher und rechts von der Bühne, hielt vier Schlingen bereit. Die heutigen Delinquenten warteten bereits, mit Kapuzen verhüllt und kniend. Hinter ihnen standen drei Najahn in glänzenden Rüstungen, zwei mit einsatzbereiten Glefen und der dritte, der einen komplett schwarzen Helm trug, der kein Gesicht zeigte, mit behandschuhten Händen. Quik hatte noch nie zuvor eine Hinrichtung gesehen, wusste nur dank der um ihn herumfliegenden Flüstereien überhaupt, was es war.

Wer aber waren die Verurteilten? Kniete Gladdring dort?

Ohne Freunde, die er fragen konnte, und ohne der Menge um ihn herum zu vertrauen, blieb Quik still und beobachtete. Er sagte sich, er solle das Spiel des Jägers spielen und die Menschen studieren, die vielleicht seine nächsten Feinde oder Wax' dringend benötigte Verbündete sein könnten.

Die Najahn waren nicht viel für Musik, zumindest nicht bei offiziellen Anlässen, aber die Wachen im Dienst rund um den Platz begannen, ihre Glefen gegen die Steine zu stampfen, als ein Signal, das Quik nicht mitbekam, die Runde machte. Die Türen zum Turm des Zirkels schwangen auf, Schnee wirbelte in ihrem Kielwasser, und enthüllten weitere Wachen. Hinter ihnen, auf dem Weg zur Bühne, kam der Zirkel: Fassle an der Spitze, hinter ihm die beiden Adepten, und dahinter die Tenets. Sie näherten sich der Bühne, nahmen die Stühle ein, und der Stuhl, von dem Quik erwartet hatte, dass er leer sein würde, war bereits besetzt, ein Gesicht von vor ein paar Stunden saß bereits darauf.

Mehr Geflüster, neugierig angesichts des Anblicks. Einige berührten das Wichtigere, das Seltsamere, den Anblick, der Quik zwang, seinen Mund geschlossen zu halten, während sein Verstand mit Fragen raste.

Neben Fassle, in den goldenen Gewändern eines Adepten, saß Gladdring. Ungerührt, herrisch, still, aber lebendig. Wie? Sawi hatte gesagt, Fassle hätte einen Adepten ermordet, hätte den potenziellen Verrätern den Tod erklärt. Und doch Gladdring ...

Der Anführer des Zirkels trat ans Rednerpult und sorgte für Stille. Selbst der Schnee schien seinen Sturm zu beruhigen, der Wind legte sich, als wolle er Fassles Stimme hart und klar über den Platz hallen lassen. Verräter, sagte der Mann, hätten geplant, die heiligsten Waffen der Insel zu stehlen, die Skars. Sie hätten geplant, die Najahn zu zerstören und die Welt dem Chaos zu überlassen. Diese Verräter, fuhr Fassle fort, seien gefasst worden. Einige hätten bereits den Preis bezahlt, und weitere würden es nun tun.

»Die Wächterin Ami und die abtrünnige Whent-Wissenschaftlerin Annalyse, zusammen mit ihren zwei engsten Mitarbeitern«, verkündete Fassle, »gehen nun nach Noctia, wo sie für ihre Verbrechen in ewiger Dunkelheit leiden werden.«

Der Mann machte eine schneidende Geste zum Galgen hin, wo der Henker seine knienden Gefangenen packte und ihnen einen nach dem anderen die Schlinge um den Hals legte. Für dem Untergang Geweihte kämpften sie nicht, protestierten nicht. Stumm, fast schlaff, akzeptierten sie ihr Schicksal. Keine letzten Worte, keine Reden, keine feurige Wut, wie die echte Ami sie geliefert hätte.

Nur ein Knacken, ein Fall, ein Ende.

Der Anblick zerriss etwas in Quik, einen Muskel, von dem der Mann bis zu diesem Moment nicht wusste, dass er ihn hatte. Richtig und falsch waren formbar. Nur ein Kind glaubte etwas anderes. Aber das hier? Wer war ausgewählt worden, anstelle der echten Ami, der echten Annalyse zu sterben? Und warum?

»Diese Dissidenten, so verräterisch sie auch waren, haben uns nicht ohne Wert zurückgelassen«, fuhr Fassle fort, nachdem die Opfer ihren Kampf beendet hatten. »Sie haben uns gezeigt, dass Skars nicht länger sich selbst überlassen werden können, dass man ihnen auf ihren Inseln nicht trauen kann. Stattdessen müssen wir, die wahren Wächter, die Verantwortung übernehmen.« Fassle ließ seinen zusammengekniffenen Blick über die Menge schweifen und nickte dabei die ganze Zeit. »Die Erneuerungen sind vorbei. Die Ägide ist beendet. Wir werden die Unholde ausmerzen, wir werden der Welt Frieden bringen. Wir, die Najahn, werden aufsteigen und unsere Feinde werden fallen.«

Der Jubel kam zuerst von den Wachen. Aus verschiedenen Ecken in der Menge. Er schwoll an zu einem Getöse, einem klatschenden, stampfenden, schreienden Versprechen zu beschützen, zu kämpfen, zu dominieren.

»Schaut in eure Grundsätze für Orientierung«, fuhr Fassle nach einer Weile fort, nachdem der Lärm abgeklungen war. Sein Grinsen reichte von einem Ende zum anderen. »Das neue Najahn, mit den Skars in *unseren* Händen, beginnt jetzt.«

Mehr Jubel, mehr Rufe, und inmitten von allem stand Quik verwirrt da. Zumindest bis ein Wächter die Augen des Vis' auffing und die Stirn runzelte. Der Jäger öffnete dann seinen Mund, stimmte in die Gesänge ein, seine Hände begannen zu klatschen.

Die Erneuerung war vorbei. Die Najahn würden die Kontrolle übernehmen. Wax und Bliss konnten dann nach Hause gehen. In Sicherheit sein.

War das nicht ein Grund zum Feiern?

53

VERBRECHER

Tod, Zerstörung, Verlust – all das hatte Torny schon erlebt. Aber nicht durch ihre eigenen Hände. Ein gestohlenes Schmuckstück, klar, aber Yarvick spielte das Mordspiel nicht, also war es erst, als Torny sich bei Eggrad und Sledge wiederfand, dass Leichen unter ihren Füßen auftauchten. Diese Banditen verdienten ihren Namen, indem sie Drohungen mit Gewalt untermauerten. Trotzdem hielt sich Torny zurück, zog ihre Messer nur zur Verteidigung. Spielte nie die Henkerrolle. Die Leichen waren nicht ihre.

Sie schlief nicht in der ersten Nacht im schneeversunkenen Najahn-Außenposten. Verbrachte jeden Moment damit, mit Utna und den anderen die Basis auszugraben. Nicht ein einziges Mal erwähnte Torny die Skars, die sie gestohlen hatte, die jetzt über den Berghang verstreut waren. Nicht ein einziges Mal sagte Torny, dass sie immer noch den aufgewühlten Schnee sah, der seine Opfer lebendig begrub. Zumindest musste Torny bei den Kance-Wachen, die im Ozean vor Ranas Küste ertranken, nicht zusehen. Musste sich nicht daran erinnern.

Sie brach am späten Vormittag des zweiten Tages zusammen, wobei Bliss ihr half, zu einem provisorischen Bett in einem notdürftigen Unterschlupf zu gelangen. Torny schlief bis zum Einbruch der Dunkelheit zwischen den Verwundeten und Kranken, um dann wieder aufzustehen und die Arbeit fortzusetzen. Noch mehrere Tage lang linderte sie die Schuld durch Anstrengung, Seite an Seite mit alten und neuen Freunden, Bindungen geschmiedet in der Arbeit. Läufer kehrten von anderen Whent-Städten mit Notfallvorräten zurück, Schlitten brachten Materialien, um neue Unterkünfte zu errichten, selbst als Schneestürme und Eiseskälte das Leben unterbrachen.

Beerdigungen markierten den Lauf der Zeit, eine am Morgen und eine am Nachmittag für eine Woche. Jede erhielt von Utna die gebührende Ehre. Torny wohnte allen bei. Eine Buße. Doch keine Absolution: Sie sah immer noch die Lawine und hatte immer noch das Tagebuch, versteckt in ihren Taschen. Abschotten. Ein Begriff, den Yarvick seinen Dieben beibrachte, eine Möglichkeit, Schuld wegzuschließen, damit man sich auf den nächsten Job konzentrieren konnte. Nicht so einfach, wie es klang, aber die allmähliche Arbeit tat ihre Wirkung, und am Ende der Woche trank Torny wieder Bier und sprach mit Wax und Eujo über ihre nächsten Schritte.

Nach Tamas zu kommen, wäre in diesem tiefen Winter nicht per Schiff möglich, so sagten es Eujo und Utna bestätigten es. Allerdings könnte man die schmale östliche See auf Eisschollen überqueren, temporären Brücken, wenn man verzweifelt genug wäre. Andernfalls war das Warten von mehreren Monaten auf wärmeres Wetter die einzige Option für eine sicherere Überfahrt.

»Na, das wird nicht passieren«, sagte Wax, nachdem Utna die Verzögerung erwähnt hatte, während die fünf um ein abendliches Feuer saßen. Der Außenposten grub sich weiter um sie herum aus, einige Gebäude standen wieder, die Palisaden bildeten einen stacheligen Ring gegen das düstere Zwielicht. »Die Unholde warten nicht. Und die anderen Erneuerungen auch nicht. Wir müssen uns bewegen.«

»Wir wissen nicht, wie man das Eis überquert«, gebärdete Bliss.

»Wir werden es lernen.« Wax griff nach oben und tippte auf die Halskette um seinen Hals mit den Skars. Torny bemerkte es jedes Mal, wenn er das tat, und wenn Eujo es bemerkte, berührte sie ihr Armband mit den gleichen Steinen. Skar-Besitzer halten zusammen, oder so ähnlich. »Wir haben auch die Skars. Mit Eujos Kance-Skar könnten wir wahrscheinlich den größten Teil des Weges schweben.«

»Klar«, sagte Torny, »bis es beschließt, etwas anderes zu tun und uns alle ins Meer zu werfen. Rate mal, wie lange es dauern würde, bis wir erfrieren?«

Wax zuckte mit den Schultern. »Ist dir hier nicht ohnehin schon kalt genug? Tamas liegt wenigstens ein bisschen südlicher.«

Die Banditin hob einen Finger. »Das ist ein Argument, dem ich mich anschließen könnte.«

Bliss signalisierte ihre Zustimmung, übertrieb einen Schauer, während sie ein breites Grinsen aufsetzte. Utna lachte kurz auf, brach es aber ab, als ein Najahn herankam und ihr auf die Schulter tippte. Sie entschuldigte sich und ließ die Wächter und ihre Erneuerungen mit ihrer Planung fortfahren.

»Deux sagte, er würde am östlichen Rand auf uns warten«, sagte Eujo. »Ich sage, wir gehen und sehen nach, ob er die Stadt erreicht hat. Wenn er nicht da ist, versuchen wir es mit den Eisschollen. Ansonsten ist die *Sturmkante* ein gutes Schiff. Deux ist ein guter Kapitän. Er hat vielleicht einen Weg.«

»Und was ist mit deinen Freunden?«, fragte Torny. »Denen, die euch beide von Noctia verjagt haben? Was, wenn sie auf uns warten?«

Eujo verengte ihre Augen und blickte direkt ins Feuer. »Das könnte sein. Sie werden uns wieder finden, und sie werden weiter kommen, bis ich den Thron der Ägide besteige. Es gibt nichts anderes zu tun, als bereit zu bleiben.«

»Warum hören sie nicht auf?«

»Weil sie Angst hat. Sie hat Angst vor mir. Vor den Unholden. Sie denkt, ein paar Skars würden ihr Sicherheit geben.«

»Die andere Königin weiß, was die Skars können?«, fragte Wax. »Wie kommt es, dass alle es zu wissen scheinen, außer uns?«

»Nicht alle«, erwiderte Eujo. »Ich nicht, bis ich einen hielt. Und selbst wenn ihr es wüsstet, die Najahn halten die Skars geschützt. Ich habe es erst auf Rana verstanden, aber die Erneuerung war für sie eine Gelegenheit, echte Macht zu bekommen.«

»Nun, wenn wir nach Kance kommen, können wir ihr zeigen, was ihr alles entgeht.«

Torny wollte gerade zustimmen, wollte gerade hinzufügen, dass nach all dem, was sie durchgemacht hatten, ein paar lausige Attentäter und eine verwirrte Herrscherin nicht so schlimm waren, als sie bemerkte, wie sich die Schatten verschoben. Bliss gebärdete etwas zu Wax, der Vis lachte, wiederholte den Witz, und Torny bekam nichts davon mit. Die Geräusche um das Lager, das Graben, das Hacken, die Gespräche, alles verstummte.

Die Najahn bewegten sich.

Und nicht, um sich für ein spätes Abendessen anzustellen.

»Leute«, sagte Torny und senkte ihre Stimme. »Da stimmt was nicht.«

»Da stimmt was«, sagte Utna, die mit einer Glefe in den Händen zum Feuer zurückkehrte. Sie hatte eine Najahn-Rüstung gefunden, immer noch schneebedeckt, aber passend. »Der Kreis hat eine Erklärung abgegeben. Die Umstände haben sich geändert.«

»Inwiefern?«, fragte Eujo.

»Es gibt keine Erneuerung mehr.« Utna fuhr fort, ohne diese Wahrheit einsinken zu lassen. »Die Najahn werden den Kampf gegen die Unholde anführen. Alle Inseln werden uns unterstützen, mit Soldaten und Skars gleichermaßen.« Sie richtete die Glefe auf Wax, dann schwenkte sie die Spitze zu Eujo. »Das schließt die ein, die ihr bereits gesammelt habt.«

»Moment mal, was?«, fragte Wax, stand auf und machte einen Schritt zurück von dem zerschlagenen Baumstamm, den er als Sitz benutzt hatte. »Was passiert mit der Ägide?«

»Es ist vorbei. Nicht mehr.« Utna verfiel in einen harten Blick. Der Blick einer Profi, pflichtbewusst. »Ich weiß nicht warum, aber ich weiß, dass der Zirkel das nicht ohne Grund tun würde. Wir gehen in die Offensive, Wax. Wie der Whent-Kriegsherr hier.«

Torny blickte zwischen den beiden hin und her, während Wax und Eujo Utna weiterhin mit Fragen bombardierten, die sie nicht beantwortete. Sie fragte einmal, zweimal und ein drittes Mal nach den Skars. Während des ganzen Gesprächs bewegten sich die anderen Najahn weiter und umzingelten die Gruppe. Einige harte

Gemurmel drangen herüber, nicht jeder kaufte die neue Mission ab.

Trotzdem. In einem Moment würden die Erneuerungen - Torny würde diesen Namen nicht so leicht aufgeben, denn wenn sie keine Erneuerungen waren, dann war sie kein Wächter, und scheiß drauf - umzingelt sein.

»Wählt«, gebärdete Torny, deutlich genug, dass Wax und Bliss es mitbekamen, während Eujo die Najahn-Hauptfrau erneut sinnlos befragte. »Wir rennen jetzt, oder sie werden uns mitnehmen.«

»Dann rennen wir«, gebärdete Wax zurück und entfachte ein eisiges Feuer in Tornys Bauch. Das gleiche, das sie gepackt hatte, als sie das Tagebuch an sich nahm. Ein verzweifelter Zug, einer ohne Rückzug.

»In Ordnung«, sagte Wax laut und unterbrach Eujo, wobei er die Augen der Königin auf sich zog, wo sie Bliss' Gebärden auffangen konnte. Tornys Hände wanderten zu ihren Messern. Konnte sie einen Najahn-Wächter abwehren? Ein Dutzend? »Wir machen es, Utna. Wo willst du sie haben?«

Die Kommandantin war kein leichtes Opfer. Sie entspannte sich nicht, senkte ihre Glefe nicht. Stattdessen streckte sie die Hand aus.

»Gib sie mir. Wir sollen sie heute Nacht wegschicken, zurück nach Noctia. Ihr vier könnt bis zum Tauwetter hier bleiben, dann werden wir eure Heimreisen aushandeln.«

»Klingt fair«, erwiderte Wax und griff nach der Halskette, wobei er Eujos Blick auffing. Wie immer griff Eujo nach ihrem Armband.

Als Diebin zu leben, durch die Nacht zu schleichen an Orten, an denen man nicht sein sollte, hatte Torny darauf trainiert, auf Überraschungen vorbereitet zu sein, ihre Zuckungen zu kontrollieren und entschlossene Bewegungen zu machen, selbst wenn das Unerwartete geschah. Wie zum Beispiel, wenn das Lagerfeuer explodierte.

Die fröhlichen Flammen pufften in einem hellen Blitz aus, Hitze spritzte auf Torny, als sie zusammenzuckte, aufstand und losrannte. Als sie den ersten Schritt machte, noch nicht ganz von ihrem Sitz auf dem Baumstamm aufgestanden, peitschte der Schnee in einen fast blendenden Wirbel. Flüche und Rufe erhoben sich, Metall traf auf Metall, als Glefen und Chakrams wahllos aus Scheiden und Holstern gezogen wurden. Trotzdem behielt Torny ihre Füße unter Kontrolle und rannte zum einzigen Ort, der Sinn ergab: den behelfsmäßigen Ställen, wo die Kutschen untergebracht waren.

Der Stall ragte im schwindenden Tageslicht nahe der einzigen Öffnung der Palisade auf. Ein Dach aus Brettern und vier hohe Baumstämme, die aus der Lawine geborgen worden waren. Darin, vermutete Torny, würden fünf oder sechs Schlitten und Kutschen neben den Ochsen stehen, die sie gezogen hatten. Nach ihrem schrecklichen Marsch über die Whent-Tundra bedeutete jeder Fluchtversuch jetzt, eine Mitfahrgelegenheit zu stehlen.

Schade, dass dieser Diebstahl bedeutete, an drei Najahn-Soldaten vorbeizukommen, deren Glefe-führende Arme nahe an ihren Gesichtern waren, um den harten Schnee von ihren Augen fernzuhalten. Dennoch, drei Soldaten gegen einen Dieb waren schlechte Chancen. Besser, einen Kampf zu vermeiden, als einen schlechten zu wählen.

»Sie sind verrückt!«, schrie Torny, als das Feuer hinter ihr erneut aufflammte. Wax und Eujo setzten den Skars zu, um sich am Leben zu halten, um die Soldaten zurückzuhalten. Wie lange das funktionieren würde, wer wusste das schon? »Helft mir!«

Die Panik, die Torny in ihre eigene Stimme legte, machte sie stolz, und sie verwirrte die ohnehin nervösen Najahn. Vor ein paar Minuten hatten sie sich auf eine Nachtschicht oder ein Bier und einen harten Schlaf vorbereitet. Jetzt mussten ein plötzlicher Schneesturm, seltsame Magie und der Befehl, genau die Leute festzunehmen, die ihr Leben retten sollten, ihnen Kopfschmerzen bereiten. Jedenfalls zögerten sie, ihre Blicke gingen an Torny vorbei zum Feuer, und die Banditin rannte einfach vorbei.

Erst als Torny die Hälfte des Weges zum Stall zurückgelegt hatte, drehte sich einer um und begann ihr zu folgen, rief Torny an, stehen zu bleiben. Mit freiem Weg riskierte Torny einen Blick zurück, sah den stolpernden Najahn und dahinter ein Netz, das sich eng um ihre Freunde schloss. Bliss, immer bereit mit einem abgebrochenen Stock als Stab, stand stark da, während Wax und Eujo neben ihr glühten. Die beiden Erneuerungen hatten abwechselnd die Augen geschlossen, ihre Hände wedelten, sie sahen aus wie seltsame Puppen, als sie sich den Skars hingaben.

Oder vielmehr, als die Skars sie übernahmen. Wie bei den Whent-Edelsteinen zurück im Berg konnte Torny sich die heranstürmenden Worte vorstellen, die wilden Impulse, die unbekannte Kraft anzogen und sie verstreuten.

Einiges musste sie sich nicht vorstellen. Der Boden zitterte in scharfen Stößen, stieß Steine aus dem Boden und warf Najahn-Wachen in den Schnee. Derselbe Schnee wurde glitschig, gefror in Sekundenschnelle zu dickem Eis, um seine Opfer einzufangen. Der Schneesturm wirbelte, intensivierte sich, wann immer ein Najahn in die Nähe kam, und peitschte sie mit harten Flocken. Utna zog die ganze Aufmerksamkeit des Feuers auf sich, die Flammen peitschten wie wütende Peitschen heraus, um die Najahn-Hauptfrau zu treffen und sie zum Rückzug zu zwingen.

Eine beeindruckende Vorstellung, eine erschreckende, und Torny hätte vielleicht länger gestarrt, wenn ihre Füße nicht ihren eigenen Fokus behalten hätten. Die Ochsen machten Torny auf ihre Ankunft aufmerksam, ihr ängstliches und verwirrtes Muhen, als sie sich auf ihre Hufe erhoben. Der Najahn-Wächter kam auch, scheinbar erkennend, dass Tornys Ziel vielleicht kein Zufall war. Die Glefe fand seine Hände, richtete ihr spitzes Ende auf sie.

Torny stürzte nach links, umrundete einen Ochsen und brach dann nach rechts aus, blickte auf die Frachtkutschen und versuchte, eine zu finden, die noch zum Aufbruch bereit war. Nicht die erste, und auch nicht die, an der sie jetzt entlanglief, die Zügel lagen im Schnee. Torny hatte weder die Zeit noch das Wissen, eine Fahrt vorzubereiten, ein Mangel, den sie vielleicht beklagt hätte, wäre die Situation nicht so absurd gewesen.

An welchem Punkt in ihrem Leben hätte Torny das erwarten können, eine Flucht in einem entfernten Außenposten im toten Griff des Winters?

Sie umrundete das Ende der zweiten Kutsche und bemerkte die vierte. Ihr Ochsenpaar stand über dem dritten, einem kleinen Schlitten, und zeigte den Glanz der Anstrengung. Die Kutsche selbst enthielt noch Vorräte, die Zügel waren befestigt. In vergoldetem Lila und Schwarz, das Licht, das von den hier und da aufgehängten Laternen hereinkam, sah die Kutsche so bereit zum Aufbruch aus, dass es Torny verwirrte, bis sie sich an Utnas Worte erinnerte.

Die Skars sollten heute Nacht abreisen. Kein Herumfummeln an den Edelsteinen, kein Überlassen in fremde Hände. Genau wie der Zirkel. Keine Zeit für Vertrauen.

»Halt, verdammt.« Der Wächter stellte sich in den schmalen Gang zwischen der dritten und vierten Kutsche, die Glefe auf Torny gerichtet. »Ich habe dir einen Befehl gegeben.«

Schwer atmend neigte Torny den Kopf, »Hast du schon mal von Panik gehört? Macht es verdammt schwer zuzuhören.«

Der Wächter, dessen Augen unter dem Najahn-Helm schwer zu sehen waren, rührte sich nicht. »Dann hör jetzt zu. Komm her, halte deine Hände frei, und dir wird nichts geschehen.«

Während er sprach, sprang die Erde erneut. Ein Schrei trug sich mit dem Wind, ein schmerzerfüllter. Der Wächter zuckte. Torny machte einen Schritt. Vergrub ihre Hände in ihrem Mantel. Maß die Entfernung ab.

»Hände raus«, sagte der Wächter erneut.

»Es ist kalt.«

Noch ein Schritt. Jetzt auf halber Strecke entlang der Kutsche. Wenn er wollte, könnte der Wächter vorschnellen und sie mit diesem gebogenen Speer aufspießen.

»Es ist mir egal, ob du kurz davor bist zu erfrieren«, knurrte der Wächter. »Hände. Raus.«

»Na gut, Idiot.« Torny bewegte sich entlang der Kante der Hellebarde, während sie ihre Hände ausstreckte, in denen sie kleine Messer hielt. Mit ihrer linken Hand schlug Torny die fingerlange Klinge gegen die Hellebarde und drückte sie gerade weit genug weg, um hineinzustürmen. Ihr Stich prallte an der Rüstung des Wächters ab, der sich drehte, um seine Panzerplatte genau dort zu positionieren, wo sie sein musste.

Auf festem Boden wäre Torny tot gewesen. Der Wächter hätte seinen Schwung korrigieren und Torny am Kopf treffen können. Auf dem rutschigen Schnee, der durch Wagenräder und Ochsenatem zu Eis verdichtet war, fanden die Stiefel des Mannes keinen Halt, als Tornys Schulter, die ihrem abgeprallten Stich folgte, auf die Brust des Wächters traf. Er trat mit dem Schlag zurück, rutschte aus und fiel nach vorne, wobei er die Hellebarde fallen ließ, um sich im Schnee abzustützen.

Dadurch befand sich der Kopf des Wächters in perfekter Tritthöhe.

»Tut mir leid«, sagte Torny und versetzte dem ungeschützten Kinn des Mannes einen Tritt.

Er brach stöhnend zusammen, und Torny drehte sich auf dem Absatz um. Sie durchschnitt das Seil, das die Kutsche an den Seitenpfosten des Stalls band, und sprang auf den Kutschbock.

»Hoffe, ihr seid nicht zu müde«, murmelte Torny, ergriff die Zügel und schnalzte einmal mit ihnen. Das Ochsenpaar schnaufte und starrte sie an. »Ihr habt mich gehört, los!«

Mit einem zweiten Schnalzen machten die beiden widerwillig einen Ruck nach vorne und gaben Torny einen weiteren Blick auf den Kampf im Feuer. Das Netz der Najahn wurde enger, wobei Bliss jetzt aktiv schwang und versuchte, die Speerspitzen fernzuhalten, während Wax und Eujo sich aneinander lehnten. Die Peitschen des Feuers zuckten spastisch, die Erschütterungen der Erde waren leise, und der Schnee wurde nur leicht aufgewirbelt.

»Los!«, schrie Torny und schnalzte erneut mit den Zügeln. »Bliss!«

Der Ruf, der Name, hallte über den vereisten Außenposten. Die Worte fanden ihr Ziel, die Wächterin fand ihre Erneuerungen. Hoffnung spornte zu neuem Leben an, und während die Ochsen vor dem Feuer zurückschreckten, konnten sie dem Boden nicht ausweichen, dem aufsteigenden Eis und Schlamm, der Wax, Eujo und Bliss umgab, als sie halb rennend, halb stolpernd durch die von plötzlichen Windstößen beiseite geblasenen Najahn liefen. Bliss warf ihren Bruder und Eujo in die hintere Hälfte der Kutsche, zwischen Säcke und Stroh, bevor sie sich Torny anschloss, als die Banditin versuchte, die Ochsen zurück zum Ausgang zu lenken.

»Wie macht man das?«, fragte Torny, als Bliss die Zügel ergriff und die Tiere in Richtung Freiheit lenkte.

Hinter ihnen ertönten mehr Rufe, mehr Flüche, einige stampfende Stiefel, aber die Najahn schleuderten ihre Chakrams nicht, riefen nicht zur harten Verfolgung auf.

›Einfach‹, bedeutete Bliss mit einer Hand, als sie an den letzten Laternen der Palisade vorbeifuhren. ›Du lenkst sie von der Gefahr weg und sagst ihnen, sie sollen rennen.‹

———

Auf der Flucht vor Attentätern und Schlimmerem überqueren Wax und seine Freunde das Eis zu einem fremden und tödlichen Land.

Mit noch einigen zu findenden Skars macht sich die Gruppe auf den Weg nach Tamas, knapp bei Vorräten und den Mitteln, sie zu kaufen. Tamas hat jedoch andere Möglichkeiten, seinen Aufenthalt zu verdienen, und was es kostet, könnte mehr sein, als Wax und Eujo ertragen können. Dennoch, wenn sie ihre Freunde, ihre Familie, ihre Welt retten wollen, ist die einzige Antwort mitzuspielen.

Setzen Sie Wax' und Eujos Abenteuer in *Der Tanz der Götter:*

DANKSAGUNG

Es gibt diese Vorstellung, dass Schreiben ein einsamer Akt sei, aber das könnte nicht weiter von der Wahrheit entfernt sein. Jeder Schriftsteller ist auf Freunde, Familie und, ja, die Leser angewiesen, um seine Geschichten weiter zu spinnen.

Insbesondere möchte ich meiner Frau Nicole danken, deren endlose Liebe und Ermutigung jeden Tag heller machen. Meinen Brüdern Jonathan, Justin und Matthew sowie meinen Eltern Bob und Mary, die mir helfen, ein Lächeln im Gesicht zu behalten.

Und natürlich all euch Lesern, die dieses Leben möglich machen.

Danke.

ÜBER DEN AUTOR

A.R. Knight schreibt Science-Fiction und Fantasy im eisigen Norden von Wisconsin. In Begleitung zweier Katzen taucht er gerne in Abenteuer ein, die sich ebenso sehr um den Bösewicht wie um den Helden drehen.

Nachdem er einen Abschluss in Journalismus gemacht und das Land mit der Installation von Gesundheitssoftware bereist hatte, dachte sich A.R. Knight, es wäre gut, zu dem zurückzukehren, was er liebt. Jetzt hat er ein kleines Büro und frühe Morgenstunden, um all die Geschichten zu spinnen, die seiner Fantasie entspringen.

Wenn A.R. Knight nicht gerade schreibt, reist er gerne überall hin, sei es zu Inseln vor der Küste Ecuadors, in den Regenwald, zum Snowboarden in die Rocky Mountains oder um in Edinburgh einen Whisky zu genießen. Das ist das Schöne am Schriftstellerleben – man kann es überall hin mitnehmen.

Um ihn zu kontaktieren oder zu sehen, was er gerade macht, besuchen Sie www.blackkeybooks.com

arknight@blackkeybooks.com

Facebook-Symbol Facebook

X (Twitter)-Symbol X (Twitter)

Für Blythe und Clint